Laila El Omari

Die Farbe der Pfefferblüte

ROMAN

KNAUR

Besuchen Sie uns im Internet:
www.knaur.de

Wenn Ihnen dieser Roman gefallen hat und Sie auf der Suche sind nach ähnlichen Büchern, schreiben Sie uns unter Angabe des Titels »Die Farbe der Pfefferblüte« an: frauen@droemer-knaur.de

FSC
www.fsc.org
MIX
Papier aus verantwortungsvollen Quellen
FSC® C083411

Originalausgabe Oktober 2015
Knaur Taschenbuch

Redaktion: Antje Nissen
Covergestaltung: ZERO Werbeagentur, München
Coverabbildung: Trevillion Images/Lee Avison Photography; Gettyimages/José Eduardo Nucci, Kcris Ramos, Deb Perry, amanda vivan, Kadir Barcin
Satz: Wilhelm Vornehm, München
Druck und Bindung: CPI books GmbH, Leck
ISBN 978-3-426-50680-6

2 4 5 3 1

Olinda im 17. Jahrhundert

Buch 1

1625–1627

I

Olinda, Mai 1625

»Aufhören!« Catarina lief über das taufeuchte Gras, das Kleid höher gerafft, als es der Anstand erlaubte. Über Marcos' Schreie hinweg vermochte sie kaum, sich Gehör zu verschaffen. Der *Feitor*, Rodrigo Coentrão, hob indes die Peitsche zum nächsten Hieb, kam jedoch nicht mehr zum Schlag, als Catarina sich zwischen ihn und den geschundenen Rücken des siebzehnjährigen Jungen stellte.

Senhor Coentrão ließ die Peitsche sinken, verengte die Augen leicht, indes die umstehenden Sklaven leise raunten.

»Dona Catarina?« Die höfliche Anrede kam ihm nur schwer über die Lippen.

Catarina hörte ein leises Schluchzen und blickte zu Elisa hinüber, der älteren Schwester Marcos', die ihre zarten Hände um den Bauch gelegt hatte, jene nicht mehr zu übersehende Wölbung, die sie Rodrigo Coentrão verdankte und die, daran zweifelte Catarina keinen Augenblick, der Grund für die Bestrafung ihres Bruders war.

»Dom Alvaro«, setzte der *Feitor* an, »hat angeordnet ...«

»Mein Onkel ist nicht hier«, fiel Catarina ihm ins Wort. »Und ich sage, dass jetzt Schluss ist. Bindet ihn los.«

»Bei allem Respekt, Dona, aber ich ...«

»Senhor Coentrão.« Catarina breitete die Arme aus. »Wollt Ihr meinem Onkel nun endlich einen Grund geben, Euch von der Plantage zu jagen, so wie Dona Lea und ich es ihm seit Eurem ersten Tag hier raten?«

Der *Feitor* lief rot an, und seine Kiefer mahlten, dann winkte er einen Sklaven herbei. »Binde ihn los und schaff ihn fort.«

Kaum war dies geschehen, eilte Elisa zu ihrem Bruder, fing ihn auf, ehe er zu Boden sank.

»Du nicht!«, bellte Rodrigo Coentrão. »Zurück an die Arbeit.«

Elisa zögerte, dann richtete sie sich auf und eilte ins Haus, den Kopf gesenkt, als schäme sie sich dafür, dem *Feitor* zu gehorchen und ihren Bruder halb bewusstlos im Sand liegen zu lassen, die Haut um ihretwillen vom Rücken gepeitscht.

Rodrigo Coentrão stieß Marcos mit der Stiefelspitze an, was dem Jungen nur ein Stöhnen entlockte, dann wandte er sich an Catarina. »Zehn Hiebe fehlen noch, Dona. Ich hoffe, Euer Onkel verpasst sie Euch – ich an seiner Stelle wäre nur zu versucht.«

Catarina lächelte kühl. »In der Tat?«

Er kam näher, nun ebenfalls ein Lächeln in den Mundwinkeln. »Ihr spielt hier die Hausherrin, und doch seid Ihr kaum mehr als die Folge eines gut gehüteten Geheimnisses Eures Vaters«, sagte er nur für sie hörbar.

Die vernichtenden Worte, die sie ihm für diese Dreistigkeit entgegenschleudern wollte, erstarben ihr ungesagt auf der Zunge.

»Man sollte ihm mit seiner eigenen Peitsche die Seele aus dem Leib prügeln«, fauchte Catarina und lief aufgebracht im Gesellschaftszimmer auf und ab.
Ihre Großtante Lea betrachtete sie mit einem nachsichtigen Lächeln. »Was hast du erwartet? Du kennst ihn.« Ihr Lächeln schwand. »Und du weißt, dass hier andere Zeiten angebrochen sind, seit mein Paulinho verstorben ist.«
Großonkel Paulinho. Selbst in hohem Alter hatte der ehemalige Verwalter der Plantage *Villa da Silveira* derartige Grausamkeiten zu verhindern gewusst.
»Hätte«, fuhr Dona Lea fort, »mein Bruder André das Haupterbe der da Silveiras angetreten, gäbe es vermutlich gar keine Sklaven mehr im Besitz seines Familienzweigs.«
André da Silveira war jedoch mit sechsundzwanzig auf See verschollen, und so hatte Dom Miguel, Catarinas Großvater, alles geerbt. Obwohl der Verlust schon mehrere Jahrzehnte zurücklag, färbte immer noch eine leise Wehmut Dona Leas Stimme. Sie hatte ihren Bruder geliebt. Und nach dem, was sie von ihm erzählte, konnte sich Catarina gut vorstellen, dass sie mit ihm wesentlich besser ausgekommen wäre als mit ihrem Großvater, der mit eiserner Hand über die *Casa da Monteira* geherrscht und ihr das Leben recht schwergemacht hatte. Mit Großtante Sofia, die bereits mit fünfzehn den Schleier genommen hatte und seither im Kloster lebte, konnte Catarina nicht viel anfangen. Und als Ausgeburt des sündhaften Lebens ihres Neffen Ramón hielt Dona Sofia es mit Catarina ähnlich.
Großtante Lea hingegen war hinreißend, und Catarina hatte sie auf Anhieb liebgewonnen, als sie mit sechzehn Jahren in Olinda angekommen war, wohin ihr Vater Dom

Ramón sie geschickt hatte, weil sie sich mit seiner Ehefrau Dona Ester nicht verstand. Catarina war nicht unglücklich darüber gewesen, die *Casa da Monteira* verlassen zu müssen, denn selbst nach dem Tod ihres strengen Großvaters war es daheim nur schwer erträglich gewesen. Zwar kam sie mit ihrem Vater gut aus, aber seine Ehefrau war ihr gegenüber unausstehlich, und als sie ihr erstes Kind erwartete, hatte sie darauf bestanden, dass Catarina fortmusste. Olinda, das hatte verführerisch geklungen. Ó *linda,* o wie schön. Ja, das war es in der Tat, jene Stadt mit ihren dicht bewachsenen Hügeln, den weißen Häusern in einem Meer aus Palmen, den smaragdfarbenen Zuckerrohrfeldern. Aber es war auch grausam, und Catarina hatte in den drei Jahren, in denen sie hier lebte, mehr Sklaven auf der Plantage sterben sehen, als sie in Lissabon überhaupt Sklaven gekannt hatte.

Sie ließ sich auf einer Bank nieder. »Habt Ihr Euch jemals nach Lissabon zurückgesehnt?«, fragte sie.

»Ich war dort nie wirklich zu Hause, wenngleich Dona Noelia sich alle Mühe gegeben hat, mich als Tochter der Familie zu behandeln. Im Gegensatz zu dem Benehmen der Frau deines Vaters dir gegenüber. Miguel hatte nie eine gute Hand bei Frauen, weder bei seiner eigenen noch bei jenen, die er deinem Vater und deinem Onkel aufgedrängt hat.«

»Euer Vater hat sich zu nichts zwingen lassen, nicht wahr?«

Dom Alessandro. Der erste Kommandant einer Indienflotte in der Familie. Zu den Geschichten, die man sich über ihren Urgroßvater erzählte, von seinen Kindern von verschiedenen Frauen, die alle bei ihm lebten, und dem Kampf um die Ehe mit seiner großen Liebe passte kein Zwang.

»Auch er«, entgegnete Dona Lea jedoch, »musste sich den Pflichten beugen, meine Liebe. Und seine erste Frau hat mich ebenfalls nicht ausstehen können. Aber das mag auch daran gelegen haben, dass sie selbst so verzweifelt versucht hat, ein Kind zu bekommen, und mein Vater ihr mit den Kindern anderer Frauen praktisch vor Augen geführt hat, dass das Versagen allein ihr anzulasten war.«

»Wie war Euer Vater?«, fragte Catarina.

Dona Lea hielt den Blick zum Fenster gerichtet, sah einen jungen, hochgewachsenen Reiter auf den Hof galoppieren und lächelte spöttisch. »Er war ein wenig wie dein Onkel.«

Álvaro da Silveira warf die Zügel seines Pferdes dem Stallburschen in die Hände und betrat das Haus. In der Halle ließ er seinen Umhang achtlos zu Boden fallen, woraufhin ein zehnjähriges Sklavenmädchen sich beeilte, ihn aufzuheben.

»Erspar mir, es mir ein weiteres Mal anzuhören«, sagte er, als Catarina in die Halle geeilt kam. »Senhor Coentrão hat mich bereits an der Wegbiegung abgefangen und mir alles erzählt.«

»Aber aus meiner Sicht …«

»Stellt es sich anders dar, wie jedes Mal.« Dom Álvaro ging in den angrenzenden Raum und nahm das Frühstück genauer in Augenschein. »Warum ist das Brot so dunkel?«, wandte er sich an eine Haussklavin.

»Onkel Álvaro, ich …«

Er gebot Catarina mit einer Handbewegung zu schweigen, damit die Sklavin reden konnte.

»Joana hat es zu lange im Ofen gelassen, Dom Álvaro.«

»Tatsächlich?« Er schien etwas sagen zu wollen, bemerkte dann jedoch Catarinas kämpferische Haltung und verdrehte die Augen. »Beim nächsten Mal gibt es fünf Hiebe mit der Peitsche. Sie soll achtsamer mit dem Essen umgehen, sag ihr das.«

»Ja, Herr.« Die Sklavin verließ den Raum.

Álvaro da Silveira sah seine Nichte an und hob die Brauen. »Was denn? Ich habe sie nicht bestrafen lassen. Nicht, weil sie es nicht verdient hätte, wohlgemerkt, sondern weil mir deine Tiraden am frühen Morgen lästig sind. Aber sei's drum.« Er griff nach einem der kleinen, dunklen Brotlaibe.

»Senhor Coentrão hat mich einen Bastard genannt.«

Ihr Onkel hielt inne. »*Das* hat er gesagt?«

»Nun, nicht mit diesen Worten, aber …«

»Senhor!« Die hektische Stimme von Dom Álvaros Ehefrau, Dona Mécia, ertönte, gefolgt von eiligen Schritten, in der Halle.

Catarinas Onkel murmelte etwas vor sich hin, das wenig schmeichelhaft war für Catarina, Mécia und die Frauen allgemein.

»Was gibt es?«, fragte er kühl.

Mécia trug ihren Sohn im Arm, den dreijährigen Fernão. »Ich glaube, er ist krank.«

»Dann ruf den *Médico*.«

Unsicher blickte Dona Mécia zwischen ihm und seiner Nichte hin und her. Mit einem Seufzen nahm Catarina ihr den Kleinen aus den Armen, und ihre Tante schien erleichtert, die Bürde abgeben zu können. Dona Mécia mochte einiges sein, eine Hausherrin jedoch ganz bestimmt nicht.

»So«, sagte Dom Álvaro zu seiner Ehefrau, als habe er ein lästiges Kind vor sich. »Und nun gehst du zurück in dein Zimmer, legst dich zu Bett und kümmerst dich um deine Kopfschmerzen. Ich nehme doch an, sie plagen dich auch heute wieder?«

Mécia nickte, und prompt stiegen ihr die Tränen in die Augen. »Ja, ich denke, es ist wohl das Beste, ein wenig zu ruhen.« Sie wandte sich ab und verließ den Raum.

Catarina berührte mit den Lippen die Stirn ihres Vetters, die in der Tat ein wenig warm war, wenngleich nicht besorgniserregend. Sie verlagerte sein Gewicht auf ihrem Arm und ging mit einem gespielten Ächzen leicht in die Knie, was Fernão ein Kichern entlockte. Seine Mutter scherzte nie mit ihm. Was hatte ihre Großtante Lea noch über ihren Großvater Dom Miguel gesagt? Keine glückliche Hand bei Frauen. Anders war es nicht zu erklären, dass er dieses blutarme Geschöpf ausgerechnet mit Álvaro da Silveira verheiratet hatte.

»Ist er wirklich krank?«, fragte Dom Álvaro.

»Er fiebert leicht.«

Dom Álvaro berührte mit den Fingerrücken seiner rechten Hand die Wange des Kleinen, dann nickte er. »Schick jemanden zu Senhor Ferreira, er soll sich das ansehen.«

Er wirkte zwar nicht übermäßig besorgt, nahm die Angelegenheit jedoch auch nicht auf die leichte Schulter, schließlich war der Dreijährige sein einziges Kind. Und wenn Dona Mécias seit der Geburt des Kindes andauernde Kopfschmerzen anhielten, war wohl auch in absehbarer Zeit kein weiteres zu erwarten.

»Was Marcos angeht«, fuhr er fort, »mag ihm das dieses

Mal Strafe genug sein, aber er soll sich künftig in Acht nehmen.«

»Wenn Ihr Senhor Coentrão verbieten würdet, sich an Elisa zu vergreifen, wäre er sicher umgänglicher.«

»Es steht Marcos nicht zu, Forderungen zu stellen, das weiß er. Und was Elisa angeht, tut Senhor Coentrão nichts, was andere *Feitores* nicht auch tun würden. Allerdings werde ich in der Tat mit ihm reden, ehe er fortfährt, die Plantage mit seinen Bastarden zu besiedeln.« Er blickte zur Tür, durch die eine hübsche Mulattin trat, deren Haut die Farbe von dunkler Bronze hatte und die ihr Haar in dicken Flechten um den Kopf gesteckt trug. »Letícia, sorgst du bitte dafür, dass ich künftig in diesem Haus etwas Anständiges zu essen bekomme? An dem Brot beißt man sich die Zähne aus.«

Der Blick der Angesprochenen glitt flüchtig über den reich gedeckten Tisch, dann nickte sie. »Natürlich, Herr.«

Seufzend ging Catarina mit Fernão auf dem Arm zurück in die Halle, schickte einen Sklaven zum Haus des *Médico* und machte sich auf die Suche nach der *Mucama,* dem Kindermädchen des Kleinen.

Letícia sorgte dafür, dass das Brot zurück in die Küche gebracht wurde, wo eine Sklavin es zerrieb, um mit Milch einen Brei für die Kinder anzurühren, die so etwas Gutes selten bekamen. Sie spürte die Blicke der anderen Sklaven, wusste, dass sie über sie sprachen, dass sie dem, was sie ihnen auftrug, nur widerwillig nachkamen. Immerhin war sie ebenfalls nur eine Haussklavin. Aber sie war Dom Álvaros Geliebte, und mochten auch gelegentlich andere Sklavinnen sein Bett teilen – er konnte nur selten widerstehen, wenn eine hübsche Frau Einzug in sein Haus hielt –, so war sie es, die sich seit Jahren beständig an seiner Seite hielt. Und sie wiederum gab Acht auf ihre Schönheit und sorgte dafür, dass sie nicht von ihm empfing.

Vielleicht hätte sie Elisa ebenfalls in das Geheimnis einweihen sollen. Die dumme Gans war sich nicht im Geringsten bewusst, welche Macht sie über Rodrigo Coentrão hatte, der Elisa gänzlich verfallen war. Er war jung, und die Brutalität, die sein Gesicht – das andernfalls durchaus ansehnlich gewesen wäre – prägte, hatte etwas Abstoßendes. Aber dennoch. Wäre sie ein wenig zugänglicher, wäre er Wachs in ihren Händen, und Marcos müsste sich nicht die Haut vom Rücken peitschen lassen, um seine Schwester davor zu bewahren, wieder und wieder mit Gewalt genommen zu werden. Er müsste sich nicht närrisch aufführen und Dom Álvaro vor Besuchern herausfordern, indem er ins Gesellschaftszimmer kam, Porzellan zerschlug und die Rettung der Unschuld seiner Schwester forderte – als ob es da noch etwas zu retten gäbe. Dass er dafür am nächsten Tag mit bloßem Rücken am Pranger stehen würde, hätte ihm klar sein müssen.

Sinhazinha Catarina war klug. Ganz selbstverständlich übernahm sie von Jahr zu Jahr mehr Pflichten der Hausherrin, und man vermisste Dona Mécia inzwischen nicht einmal mehr. Dom Álvaro hatte Letícia erzählt, er habe bei Feierlichkeiten lieber seine in blühender Jugend stehende Nichte an seiner Seite als seine kränkelnde Ehefrau. Dabei legte *Sinhazinha* Catarina es nicht einmal darauf an, sie sah die Dinge eben und wusste, was zu tun war.

Und Letícia wusste es ebenfalls, hatte es schon damals gewusst, als Dom Álvaro keinen Zweifel daran gelassen hatte, worauf das Leben in seinem Haus für sie hinauslief. Er war nicht der Erste, das waren die beiden Söhne ihres vorherigen Herrn gewesen. Während der Ältere, der ihr mit vierzehn die Unschuld genommen hatte, sich wenigstens um Behutsamkeit bemüht hatte, war der andere stets ungeduldig gewesen, gleich, ob es schmerzte oder nicht. Beiden war jedoch gemein, dass sie, Letízia, nicht mehr für sie gewesen war als ein Gefäß, in dem sie sich erleichterten. Wie ein Abort. Sie hatte demnach keine Angst davor gehabt, Dom Álvaros Bett zu teilen, sie hatte nur gehofft, dass es nicht wieder so weh tun würde.

Aber es hatte nicht weh getan, es tat nie weh. Nach fünf Jahren in den Händen der Dominguez-Brüder war Dom Álvaro der erste Mann, der ihr gezeigt hatte, dass es nicht unangenehm sein musste. Gelegentlich gefiel es ihr sogar, aber bis dahin war es ein langer Weg gewesen, und meist tat sie nur so, als ob sie es mochte. Sollten die anderen Sklavinnen über sie reden, das war ihr gleich. Es gab nicht viel, worüber eine Sklavin entscheiden konnte, erst recht nicht, was ihr Leben anging. Und da sie nun einmal war, was sie war, wäre es da nicht dumm gewesen, nicht nach dem Besten zu greifen, das sich ihr bot mit all seinen Vorzügen?

Letícia nahm ein Tablett und ging hinauf ins Zimmer von Dona Mécia, die nach einem Kräuteraufguss gegen ihre Kopfschmerzen verlangt hatte. Als sie das düstere Zimmer betrat, schlug ihr dumpfe, säuerlich riechende Luft entgegen, und sie krauste die Nase. War es ein Wunder, dass Dom Álvaro das Bett seiner Ehefrau mied? Und doch würde er es irgendwann wieder aufsuchen müssen, denn er brauchte mehr als ein Kind. Andere Ehefrauen taten alles, um ihre Männer an sich zu binden und sie ihre Geliebten vergessen zu lassen. Léticia stellte das Tablett auf einem kleinen Tisch neben dem Bett ab und sah auf das bleiche Gesicht ihrer Herrin, die bebenden Lider, die farblosen Lippen. Von dieser Frau drohte ihr wahrhaftig keine Gefahr.

London, Mai 1625

Verborgen in den Schatten der St.-Paul's-Cathedral atmete Jeremy Glanville flüchtige Küsse auf die Lippen seiner Verlobten und ließ die Finger in ihr silberblondes Haar gleiten, woraufhin sie sich von ihm löste.

»Benimm dich«, sagte sie.

Jeremy jedoch dachte gar nicht daran und umschlang sie wieder. »Nun komm schon, Tereza, bald bin ich für viele Monate fort. Eine kleine Wegzehrung wirst du mir nicht verweigern, ja?«

Sie lachte und entwand sich ihm erneut, trat spielerisch einige Schritte von ihm fort, um sich dann hernach einfangen zu lassen. Nur mehr halbherzig fielen ihre Versuche nun aus, sich von ihm zu befreien, offensichtlich allein dem Zweck dienend, dass er sie umso fester umschlang. Und schließlich erlaubte sie ihm, sie zu küssen.

»*Miss* Channing!«

Hastig befreite Tereza sich von ihm und schenkte ihrer Amme, deren Ausmaße ihrer Stimmgewalt in nichts nachstanden, ein entschuldigendes Lächeln. »Bist du schon fertig mit deinen Besorgungen, Dora?«

»Ja, und keinen Augenblick zu früh, wie mir scheint.« Ein vernichtender Blick aus runden Augen traf Jeremy. »Ihr seid ein schlimmer Mensch, Mr. Glanville. Mit einem wie Euch sollte man kein Mädchen allein lassen, ehe Ihr ihm nicht vor Gott die Treue gelobt habt.«

Jeremy lächelte entwaffnend, was Dora ein wenig milder zu stimmen schien, dennoch schob sie sich wie ein Bollwerk zwischen ihn und seine Verlobte und machte es ihnen bis zum Haus der Channings unmöglich, noch ein weiteres privates Wort zu wechseln.

»Morgen geht es los?«, begrüßte ihn Mr. Channing, als Jeremy mit Tereza die Halle betrat.

»Ja, wir laufen in aller Frühe aus.« Es war Jeremys erstes Kommando über ein Schiff, und er konnte einen gewissen Stolz in seiner Stimme nicht verbergen.

»Dann hoffe ich, dass Ihr Euch die Zeit nehmt, viel von der Welt zu sehen, mein Junge.«

»Wie könnt Ihr ihn auch noch ermutigen, Vater?«, stieß Tereza schmollend hervor. »Er wird auch so lange genug weg sein.«

Mr. Channing lachte nachsichtig. »Das ist das Leben in einer Händler- und Reederfamilie, mein Herz. Man muss fremde Länder gesehen haben und Erfahrungen sammeln.«

»Ach, wenn ich nur mitkönnte.«

»Du wirst dich auf die großartige Aufgabe vorbereiten, das Haus zu verwalten und eine neue Generation aufzuziehen«, sagte ihr Vater mit echter Begeisterung.

Jeremy bemerkte, wie die Röte Tereza vom Hals in die Wan-

gen hochstieg, und er lächelte sie aufmunternd an. *Wenn wir erst verheiratet sind, mein Herz,* versprach er stumm.
Mr. Channing war Gewürzhändler, ebenso wie die Glanvilles, und die Verbindung zwischen ihren Familien galt als wahrer Glücksgriff. Jeremy hatte Tereza kennengelernt, als diese ihren Vater mit sechzehn Jahren das erste Mal zum Haus der Glanvilles begleitet hatte, und er hatte sich, in seinem neunzehnten Lebensjahr stehend, vom ersten Augenblick an in sie verliebt. Aber erst jetzt, drei Jahre später, waren sie offiziell verlobt. Ihr Vater hatte nichts überstürzen wollen, Jeremy sollte sich bewähren. Nur Spross einer reichen Familie zu sein genügte ihm nicht.
Nun trat Jeremy zu Tereza und ergriff ihre Hände. »Ich werde dir schreiben, wann immer es mir möglich ist«, versprach er. Sie nickte tapfer, aber in ihren Augen schimmerten es bereits verdächtig. Jeremy sah ihren Vater an. »Mr. Channing, ich wünsche Euch alles Gute.«
Zwar bedauerte er es, seine Verlobte nun für mindestens zwei Jahre nicht sehen zu können, nichtsdestotrotz war Jeremy froh, als er wieder auf der Straße stand. Lange Abschiedsmomente lagen ihm nicht, und er konnte nicht leugnen, dass er sich auf die Reise freute.
»Na, alles hinter dich gebracht?«, fragte sein älterer Bruder Dominic, als Jeremy das Speisezimmer des Glanville-Hauses betrat, wo die Familie beim späten Frühstück saß.
Jeremy nickte nur und brach ein Stück weißes Brot ab, das er aß, ohne sich zu setzen. Sein Großvater, Sebastian Glanville, saß am Kopfende des Tisches. Zu seiner Linken saß Dominic, daneben dessen hochschwangere Ehefrau Elizabeth, die ihr drittes Kind trug, dieses Mal ein Junge, wie alle

nach zwei Mädchen hofften, auch wenn Dominic immer wieder beteuerte, dass er seine Töchter hinreißend fand. Aber er war der Haupterbe der Glanvilles, das brachte Erwartungen mit sich.

Jeremy beobachtete einen vereinzelten Lichtstrahl, der sich, durch das Wolkengrau kämpfend, in den Raum tastete. Einen kurzen Moment lang schimmerte eine goldene Linie auf dem Holzboden, ehe sie wieder von den Schatten verschluckt wurde.

Wie ein Wirbelwind stürmte Jeremys Schwester Anna in das Speisezimmer, völlig außer Atem, und ließ sich in den Stuhl gegenüber von Dominic fallen. »Verzeihung, Großvater«, sagte sie.

Während Sebastian Glanville eine Braue hob, sah Dominic sie nachsichtig tadelnd an. Unauffällig zupfte Jeremy ihr einen Strohhalm aus den Haaren, und Anna drehte sich zu ihm um, errötete leicht und schenkte ihm dann ein dankbares Lächeln, als er den Halm beiläufig zu Boden fallen ließ. Jeremy lächelte zurück, sah sie aber auf eine Art an, die unmissverständlich war. *Darüber reden wir noch.*

Oliver Calbot schien einen morgendlichen Besuch gut genutzt zu haben. Ehe er abreiste, würde er sich den Kerl auf jeden Fall noch einmal vornehmen müssen. Heimliche Mondspaziergänge im Garten waren eine Sache, sich im Heu herumzuwälzen eine gänzlich andere.

Als die Morgenmahlzeit beendet war und alle den Raum verließen, wandte Anna sich an ihn, kam jedem Vorwurf zuvor. »Wir wollen heiraten.«

»Dann erinnere ihn daran, ehe er dich in Schwierigkeiten bringt.«

Anna errötete leicht. »So weit ist es nicht gekommen.«
»Na, das will ich ja wohl hoffen.«
»Seine Eltern wollen mich nicht, sie sagen, Oliver könne etwas Besseres bekommen.«
»Spricht für ihn, dass er dir das mit diesen Worten wiedergibt.«
»Ach, Jeremy«, fuhr Anna ihn an. »Er liebt mich, das hat er mir gesagt.«
»Das sagen Männer meistens, wenn sie wissen, worauf sie hoffen dürfen.«
»Es ist ihm ernst mit mir.«
Jeremy erhob sich. »Dann tut er gut daran, die Sache offiziell zu machen.«
»Aber seine Eltern …«
»Die werden ihre Meinung sicher nicht ändern, wenn er dich vorher im Stall entehrt.«
Dieses Mal wurde ihr Gesicht flammend rot, er gab ihr jedoch keine Möglichkeit zu widersprechen. »Heute Abend wirst du mit Großvater über die Sache sprechen, oder ich tue es morgen vor meiner Abreise.«
»Großvater mag die Calbots nicht, er sagt, sie seien arrogant.«
»Wie kommt er nur auf diesen Gedanken?«, spottete Jeremy. »Heute Abend, Anna, und darüber lasse ich nicht mit mir reden.«
Was sie vor sich hin murmelte, als er den Raum verließ, war vermutlich wenig schmeichelhaft, aber das scherte ihn nicht. Er würde seinerseits den Abend nutzen, um Oliver Calbot aufzusuchen und ihm unmissverständlich darzulegen, was ihn erwartete, wenn er seine Hände künftig nicht bei sich behielt.

Es war lange her, seit Sebastian Glanville das letzte Mal zur See gefahren war. Er hatte sich nie dafür begeistern können und war die Reisen nur angetreten, weil sein Vater damals der Meinung gewesen war, es sei eine wichtige Erfahrung für einen Händler, andere Länder zu sehen und zu wissen, woher all die kostbaren Spezereien kamen.
Jeremy war da aus ganz anderem Holz geschnitzt, er schien in vielen Dingen gänzlich nach seinem Urgroßvater zu schlagen. Er und Dominic waren die einzigen männlichen Erben der Glanvilles. Sebastians jüngerer Bruder, das einzige der vier Kinder von Geoffrey Glanville und Ana da Silveira, das in England geboren war, hatte nicht einmal das vierte Lebensjahr erreicht. Von Sebastians drei Söhnen hatte einer das Erwachsenenalter erreicht, um dann mit seiner Ehefrau an Halsbräune zu sterben und drei Kinder zu hinterlassen. Sebastians Frau war ihnen kurz darauf gefolgt. Zuerst hatte sich Sebastians Tochter Charlotte um die Kinder gekümmert, und als sie geheiratet hatte und aus dem Haus war, hatten Kindermädchen und Lehrer die Erziehung fortgeführt. Und die Kinder waren gut geraten, wenn Anna auch etwas zu wild war und nichts von ihrer Urgroßmutter, nach der sie benannt worden war, gemein zu haben schien, sah man von dem wundervollen dunklen Haar und den feinen Gesichtszügen ab. Und ganz offensichtlich hielt sie ihn auch noch für einen Narren, der nicht merkte, dass Oliver Calbot ihr allzu dreist den Hof machte. Aber das würde er, Sebastian, zu unterbinden wissen, wenn Jeremy keinen Erfolg hatte. Sollte sein Enkel nur glauben, er habe den Strohhalm in Annas Haaren nicht bemerkt.
Jeremy hungerte danach, die Welt zu sehen, und nachdem

er umfassend ausgebildet worden und oft auf See gewesen war, hatte Sebastian durchsetzen können, dass Jeremy trotz seines jungen Alters das Kommando eines Schiffes, das im Auftrag der Glanvilles nach St. Kitts auslief, übernehmen konnte. Hilfreich war dabei sicher auch gewesen, dass die Reederei ihm gehörte, denn Adela, deren Ehemann sie ihr vererbt hatte, war kinderlos gestorben, und so war alles an ihren jüngeren Bruder gefallen. All dies mehrte den Reichtum der Glanvilles, die nun dieses prachtvolle Stadthaus besaßen, das Sebastians Vater kurz vor seinem Tod erbaut hatte.

Ein Familiensitz, das war etwas, das Geoffrey Glanville seinem Sohn hinterlassen wollte, damit dieser ihn von Generation zu Generation weitergab. Ana da Silveira hatte noch einige Jahre mit ihm und ihren Enkelkindern hier gelebt, selbst in hohem Alter fast krank vor Heimweh nach Lissabon, das sie nie wieder besucht hatte. Zwar war sie wirklich darum bemüht gewesen, Engländerin zu werden, aber innerlich, das wusste Sebastian, auch wenn sie es nie gesagt hatte, hatte sie die *Casa da Monteira* und Lissabon stets als wahre Heimat gesehen. Sie war die Einzige gewesen, die ihn mit seinem portugiesischen Namen Sebastião angesprochen hatte, und er bewahrte ihr Erbe, indem er dafür sorgte, dass seine Kinder und Enkelkinder Portugiesisch ebenso fließend sprachen wie Englisch.

»Seid Ihr nicht in Sorge«, hatte Dominic ihn noch am Vorabend gefragt, »dass es etwas übereilt war, Jeremy ein Schiffskommando zu übertragen?«

»Natürlich bin ich das«, war Sebastians wahrheitsgemäße Antwort gewesen. »Aber das wäre ich auch in zehn Jahren noch.« Denn es war nicht zu erwarten, dass Jeremys Ungestüm und Abenteuerhunger mit dem Alter weniger werden würde. »Aber ich traue es ihm durchaus zu.«

»Das Kommandieren? Ja, das traue ich ihm auch zu«, hatte Dominic mit einem spöttischen Lächeln entgegnet. »Und er hat einen fähigen Navigator. Ich befürchte eher, er könnte sich zu einem leichtfertigen Abenteuer hinreißen lassen.«

»Während der Fahrt wird er kaum Gelegenheit dazu haben, und St. Kitts bietet außer dem kleinen Stützpunkt nichts, was seine Abenteuerlust reizen könnte. In welche Schwierigkeiten sollte er sich da wohl bringen?«

Olinda, Juni 1625

Vom Fenster ihres Zimmers aus sah Catarina, wie die Leichen zweier Sklaven auf einen Wagen gehievt wurden, um sie aus den Feldern zu schaffen und zu verbrennen. Sie wandte sich ab, presste eine Faust an ihre Stirn, während ihre Augen brannten. Die Arbeit auf den Feldern war außerordentlich hart, und es wurden ausschließlich junge, männliche Sklaven eingesetzt. Aber dennoch war auch die Lebenserwartung der Männer gering, länger als fünf Jahre hielten die wenigsten durch. Den Zuckerbaronen machte der rasche Verschleiß keine Sorgen, denn ein Sklave hatte nach sechzehn Monaten den Wert seiner Anschaffung bereits wieder eingebracht.

Als sie das nächste Mal hinausblickte, war der Wagen schon fast außer Sicht, und nichts erinnerte mehr an die beiden

Männer. Die Zuckerrohrfelder erstreckten sich wie ein üppiger grüner Teppich über die Landschaft mit ihren sanften Hügeln, in dem die *Boçais,* die Feldsklaven, dunkle Tupfer waren, die sich stetig bewegten. Auf den Wegen ritten die *Feitores,* und gelegentlich war der Knall einer Peitsche zu hören, wenn sie die Männer antrieben. Ursprünglich hatte man versucht, Indios für die Plantagen heranzuziehen, denn natürlich hatten die reichen Senhores, die in die Terra do Brasil auswanderten, nur wenig Interesse daran, selbst Hand anzulegen. Die Indios jedoch erwiesen sich als untauglich, denn sie waren der schweren Arbeit nicht gewachsen und starben rasch oder flohen. Irgendwann stellte die portugiesische Regierung sie unter Schutz, und es mussten anderweitig Arbeiter herangezogen werden. So war man recht bald dazu übergegangen, afrikanische Sklaven einzusetzen, die weitaus kräftiger, robuster und darüber hinaus an den Küsten Afrikas jederzeit zu beziehen waren.

Catarina drehte sich vom Fenster weg, als sie die erste Rauchsäule zum Himmel aufsteigen sah.

Sie sah nach Fernão, der schon wieder kränkelte, und wies das Kindermädchen an, mit ihm ein wenig in den Garten zu gehen. Ihr eigenes Kindermädchen, das sie zu ihrem großen Kummer in Lissabon hatte zurücklassen müssen, hatte nicht viel davon gehalten, Kinder stets im Haus zu hüten, und so war Catarina oft draußen gewesen, im Garten und im Wald, der die *Casa da Monteira* umgab, hatte sich Erde und Kiesel in den Mund gesteckt und war entgegen dem, was viele Mütter ihrem Vater bei einer solchen Kindererziehung prophezeit hatten, nie krank gewesen. Ihr Vater hatte sie gelegentlich vor sich auf sein Pferd gesetzt und war mit ihr ausgeritten. Später war jede Aufmerksamkeit ihr gegenüber von der Frau ihres Vaters mit Zorn beobachtet worden.

»Du tust das nur um *ihretwillen*«, hatte Catarina sie mehrmals sagen hören. Wer auch immer mit »ihr« gemeint war. Die Identität von Catarinas Mutter war ein wohlgehütetes Geheimnis, aber gerade das machte die unbekannte Frau möglicherweise gefährlich, denn sie war nicht angreifbar, da niemand wusste, wer sie war. Die große Liebe, die in den Schatten der Vergangenheit kauerte. Catarina selbst hätte einiges dafür gegeben, wenigstens ihren Namen zu erfahren, aber in dieser Hinsicht blieb ihr Vater eisern. Und auch ihr Onkel Álvaro ließ sich durch schmeichelndes Ausfragen keine Antwort abringen.

Catarina verließ das Haus und ging zu den Stallungen. Senhor Coentrão hatte sein Pferd bestiegen und ritt zu den Zuckerrohrfeldern. An der Wand neben dem Stalltor lehnte Elisa, die Hände auf den Bauch gelegt und das Gesicht fleckig von Tränen. Marcos führte ein Füllen über den Hof, ein hübsches Tier, für das Dom Álvaro schon mehrere Interessenten hatte.

»Marcos.« Catarina lief zu ihm und streichelte die weiche Nase des Pferdes. »Hilfst du mir?«, fragte sie mit gesenkter Stimme. »Ich möchte ausreiten.«

Marcos sah sich um, dann nickte er und führte das Füllen in den Stall zurück. Marcos war zehn Monate jünger als Elisa. Beide waren als Kinder auf die Plantage gekommen, und während Elisa als Haussklavin erzogen war, hatte man dem feinsinnigen Marcos die Pferde anvertraut. Dass er trotz

seines oft so aufsässigen Verhaltens nicht bereits auf die Felder geschickt worden war, lag allein daran, dass er so gut mit Dom Álvaros geliebten Tieren umgehen konnte.
Jetzt half er Catarina, eine Apfelschimmelstute zu satteln und aufzuzäumen. Dom Álvaro hatte Ausritte verboten. Sie seien hier ja schließlich nicht auf der Serra da Árrabida, wo sie in der Abgeschiedenheit der Wälder um die *Casa da Monteira* reiten könnte, ohne dass es jemand mitbekam. Hier würde man über sie reden, in der Gesellschaft Olindas kannte man sich. Und gewisse Dinge gehörten sich nicht für eine portugiesische Dame.
»Wenn ich nur noch tue, was eine portugiesische Dame tun darf«, sagte Catarina sich stets, »dann kann ich mich ins Bett legen und auf den Tag meiner Beerdigung warten.«
Hinzu kam, dass die Wälder oftmals sehr gefährlich waren, vor allem jene dichten, in denen man stundenlang in völliger Einsamkeit ritt und doch von unzähligen Augen beobachtet werden konnte. Und wem immer man auf diesen Wegen begegnete, die wenigsten waren einem wohlgesinnt. Lichtere Teile des Waldes hingegen, wie jene, zwischen denen sich die Zuckerrohrfelder erstreckten, die wie smaragdene Flecken in das schwarzschattige Grün getupft waren, konnten oftmals einigermaßen sicher durchquert werden. Und Catarina hielt sich stets so, dass sie zwar von den weitläufigen Zuckerrohrfelder aus nicht gesehen werden, sie ihrerseits aber jederzeit die Flucht auf die breiten Wege antreten konnte.
Sie führte die Stute auf einen verborgenen Weg hinter den Stallungen, ließ sich von Marcos in den Sattel helfen und ritt in das schattige Dunkel der Palmen. Hierher verirrte

sich ihr Onkel nur selten, er bevorzugte die breiten Wege, auf denen er im vollen Galopp reiten konnte. Das hätte Catarina auch zu gerne getan, aber da sie seit ihrer Abreise aus Lissabon nur mehr heimlich reiten konnte und auch das nicht allzu häufig, war sie aus der Übung. Wehmütig dachte sie an ihr Pony, das nun ihre kleinen Halbgeschwister reiten würden, und an das Pferd, das ihr Vater ihr versprochen hatte.

Sie legte den Kopf zurück und blickte zu den Palmwipfeln empor, die sich in dunklem Grün von dem bestürzend blauen Himmel abhoben. Ein roter Papagei flatterte auf, und um sie herum war die Luft erfüllt von Zirpen, raschem Flügelschlag, kehligen Lauten und dem leisen Rauschen des Windes. Ein leichter Fäulnisgeruch mischte sich in das feuchte, modrige Aroma, das vom Boden aufstieg. Zwischendurch lichteten sich die Palmen und gaben den Blick frei auf die Felder.

Das gemächliche Tempo, mit dem sie ritt, hatte etwas Verträumtes, und so erschrak Catarina umso mehr, als sie eine Bewegung aus dem Augenwinkel wahrnahm, ein Rascheln im Unterholz hörte. Nervös warf die Stute den Kopf hoch, und es gelang Catarina nur mit Mühe, das auf der Stelle tänzelnde Tier zu zügeln und zum Stehen zu bringen. Sie spähte in die Schatten und sah eine Gestalt zwischen den Baumstämmen kauern, halb verborgen von dichtem Gebüsch. Ein Gesicht von hellem Braun, in dem das Weiße der Augen nahezu leuchtete. Die Frau schien ebenso erschrocken zu sein wie Catarina, sie starrte sie an, so bewegungslos, dass sie mit den Bäumen zu verschmelzen schien.

Stimmen waren zu hören, weit entfernt, aber nun kam Bewegung in die Frau, und sie blickte sich gehetzt um. Catarina hob langsam den Zeigefinger an die Lippen. Schweigen. Kurz zögerte die Frau, dann drehte sie sich mit einer abrupten Bewegung um und floh tiefer in den Wald hinein. Es gab Verstecke im Wald und in den Bergregionen von jenen Männern und Frauen, die weggelaufen waren. Oftmals entwickelten sich sogar dörfliche Gemeinschaften, *Quilombos,* unauffindbar für die Häscher und gut bewacht von Männern, die nichts mehr zu verlieren hatten. Man fürchtete sie wegen ihrer Raubzüge auf die Plantagen und weil man wusste, dass sie nicht selten Freibeutern und Schleichhändlern in die Hände spielten.
Wieder waren Stimmen zu hören, und Catarina dachte, es sei besser, wenn man sie hier nicht entdeckte. Gerade eben hatte sie einer ganz offensichtlich entflohenen Sklavin geholfen, und selbst wenn man ihr glaubte, dass sie die Frau nicht gesehen hatte, würde man die Sache ihrem Onkel zutragen. Bei der Jagd nach entflohenen Sklaven hielten die Zuckerbarone zusammen. Sie trieb die Stute langsam einen Pfad entlang, der von den Stimmen wegführte.
Der Pfad wurde breiter und ging über in einen Weg, der zu den Zuckerfeldern von Pedro Cardoso führte, einem *Senhor des Escravos,* einem der benachbarten Großgrundbesitzer von Dom Álvaro. Um den *Feitores* nicht zu begegnen, ritt Catarina in einem großen Bogen um die Felder und sah von einer leichten Anhöhe aus die Hazienda Cardosos inmitten eines Palmenwalds. Wenn die Sklavenjäger erst einmal ausgeschwärmt waren, konnte sie den Weg, den sie eben gekommen war, nicht mehr zurücknehmen, und wenn

sie zwischen den Feldern hindurchritt, würde man sie sehen. Sie würde also den Umweg über die Plantage nehmen und von der anderen Seite her heimreiten.
Sie kam nur selten in Kontakt mit den Nachbarn. Die weiten Wege, die zudem oftmals als sehr unsicher galten, waren häufigen Besuchen nicht gerade förderlich.
Die ersten Hütten der Sklavenquartiere kamen in Sicht, stallartige Gebäude, die denen auf der Plantage da Silveira ähnelten. In der Hinsicht gaben sich alle nichts. Catarina sah Kleinkinder im Staub spielen, pausbäckige Jungen und Mädchen, die die Welt auf dicken Beinchen erforschten und nicht ahnten, was auf sie zukommen würde. Noch war alles einfach, und wenn man sie nicht verkaufte, konnten sie die ersten Jahre ihrer Kindheit in der scheinbaren Sicherheit bei ihren Müttern verbringen. Erst nach und nach würde sich entscheiden, wer von den Jungen auf die Felder musste, wen man behielt, wen man verkaufte, welches Mädchen man ins eigene Haus schickte, welches man den Händlern anbot, welches hübsch genug war, um es sich ins Bett zu holen.
Die Kinder wurden auf sie aufmerksam und sahen sie neugierig an. Einige Frauen eilten herbei, die Blicke respektvoll gesenkt, während sie ihre Kinder aus dem Weg nahmen. Catarina hätte gerne etwas Freundliches gesagt, eines der Kinder auf die Arme genommen, aber sie wusste, dass sie hier nichts verloren hatte. Sie war ein Eindringling, und wenn die Sklaven auch nicht viel hatten, dann wenigstens die kleine Welt ihrer Unterkünfte, in der Personen wie Catarina, die zu *denen* gehörte, nicht erwünscht waren. Es war jedoch nicht nur Abneigung, sondern auch Angst, die

wie ein eigentümliches Summen in der Luft lag. Steinchen knirschten unter den Pferdehufen, als Catarina weiterritt, indes sich Blicke kurz zu ihr erhoben, dann rasch wieder gesenkt wurden, ihr jedoch zu folgen schienen, denn Catarina verspürte ein leichtes Kribbeln im Nacken. Dann ertönte ganz in der Nähe ein durchdringender Schrei, jäh, der in ein Wimmern überging. Stille, dann jenes so vertraute Klatschen, mit dem Lederstränge auf bloße Haut trafen. Die Frauen um Catarina herum starrten weiterhin zu Boden, nur die Kinder zeigten offene Neugier, aber auch sie schwiegen und schienen zu spüren, dass gerade etwas Schlimmes geschah.

Catarina trieb die Stute weiter, bis sie auf eine Wiese kam, die gesäumt war von filigranen Schatten, die die Sonne durch die Palmblätter auf das Gras malte. Um den Pranger, der unter den ausladenden Wipfeln der Palmen stand, war die Erde aufgewühlt von allzu vielen Füßen, die sich hier verzweifelt in den Boden gestemmt hatten. Wieder das Klatschen, gefolgt von einem gellenden Schrei. Es war ein Sklave, der die kurze neunschwänzige Katze hielt und nun, den Arm zum nächsten Schlag erhoben, fragte: »Wo ist sie?«

»Ich weiß es nicht«, schluchzte die Frau, »bei Gott, ich …«

Ihre nächsten Worte zerriss das Sirren der Lederschnüre, und die Schreie der Frau klangen, als berste ihre Stimme. Dann ließ der Mann von ihr ab.

»Sie weiß nichts.« Er nickte zwei weiteren Sklaven zu. »Bindet sie los und holt die nächste.«

Jetzt wurde er auf Catarina aufmerksam, die immer noch unbeweglich dastand, Zorn wie ein roter Schleier vor den Augen, und sein grausames Lächeln erstarb. Catarina kannte diesen Schlag Sklaven, Mulatten, die von ihren Herren bezahlt wurden, um Aufseherpflichten wahrzunehmen, was sie in der Regel auch in aller Härte taten. Er legte den Kopf schief, schien zu überlegen, woher er sie kannte, dann wandte er sich ruckartig ab.

»Hol Senhor Cardoso«, befahl er einem Jungen.

Jetzt kam Bewegung in Catarina. Sie preschte auf den Sklaven zu, holte aus, hieb ihm ihre Gerte ins Gesicht, was der Mann mit einem erschrockenen Schrei und dem Hochreißen beider Hände parierte, und zischte: »Du bist schlimmer als dein Herr.«

Der Sklave griff nach ihren Zügeln, aber Catarina war schneller und trieb die Stute von ihm fort.

»Steht nicht so dumm rum!«, brüllte der Mann. »Haltet sie fest! Bestimmt hat sie Benedicta zur Flucht verholfen.«

Álvaro war mit zwanzig Jahren nach Olinda geschickt worden, um dort die Plantage zu übernehmen, die sein Großvater Alessandro da Silveira seinerzeit erworben und auf der er Dom Paulinho, den Ehemann seiner Tochter Lea, als Verwalter eingesetzt hatte. Obwohl Paulinho de Vasconselos die Plantage mehrere Jahrzehnte lang verwaltet hatte, war diese immer im Besitz der da Silveiras geblieben, und nun hatte Dona Lea hier zwar Wohn-, aber kein Besitzrecht. Ihre Kinder lebten in Bahia, Indien und Portugal, aber Dona Lea wollte dort bleiben, wo sie mit ihrem Ehemann eine so glückliche Zeit verbracht hatte. Drei Jahre nachdem Álvaro mit seiner frisch angetrauten Ehefrau nach Olinda gereist war, hatte sein Bruder Ramón Catarina hergeschickt, ein Mädchen, das ihm eher kleine

Schwester als Nichte war und darüber hinaus ein gesellschaftlicher Glücksfall, bedachte man, dass seine Ehefrau ihrer Rolle als Hausherrin und Gastgeberin nur unzureichend nachkam.
Er sah Maria, die *Mucama* seines Sohnes, mit Fernão an der Hand durch den Garten spazieren. Ihre Zähne blitzten weiß in dem dunklen Gesicht auf, als der Kleine sie mit seinem Geplapper zum Lachen brachte. Der Junge liebte die *Mucama* mehr als seine Mutter, was Álvaro ihm nicht verdenken konnte.
Ein Reiter näherte sich in schnellem Galopp dem Haus und ließ sein Pferd erst in Trab fallen, als er den Hof fast erreicht hatte. Recht abrupt zügelte er das Tier und ritt im Schritt auf die Veranda zu, auf der Álvaro stand.
»Senhor Cardoso«, begrüßte Álvaro ihn. Pedro Cardoso stieg vom Pferd ab und hielt sich nicht lange mit Begrüßungsfloskeln auf. Die beiden kannten und schätzten sich seit langem, aber dies, ahnte Álvaro, war kein Höflichkeitsbesuch.
»Dom Álvaro.« Er neigte kaum merklich den Kopf. »Mir ist eine Sklavin abhandengekommen, Benedicta. Heute morgen hat sie noch ihre Arbeit versehen, aber nun ist sie fort.«
»Benedicta?« Álvaro überlegte kurz. Er erinnerte sich an das Mädchen. »Hell und groß?« Sie war kaum zu übersehen, wenn sie in Dom Pedros Haus bediente. Die Fülle an schwarzem Kraushaar, die sich nur schwer bändigen ließ, und die feinen Gesichtszüge.
»Genau die.« Pedro Cardoso war sichtlich ungehalten. Das Mädchen, kaum sechzehn, hatte ihn viel Geld gekostet.

»Sie ist schwanger, inzwischen unübersehbar, sie dürfte also nicht so schnell zu Fuß sein.« Es war, als hingen weitere Worte in der Luft und als zögere Senhor Cardoso, sie auszusprechen.
»Und? Ich nehme an, Ihr wollt meine Hilfe bei der Suche? Natürlich überlasse ich Euch meine Männer.«
Pedro Cardoso rieb sich mit der Hand über das Kinn. »Habt Dank.« Wieder das kurze Zögern. »Dom Álvaro, ich sage das nicht gerne, aber könnt Ihr mir sagen, was Dona Catarina in der Nähe der Sklavenquartiere meiner Plantage macht?«
»Meine Nichte?« Álvaro starrte ihn ungläubig an. »Ihr müsst Euch irren, sie ist im Haus.«
»Einer meiner Männer hat sie erkannt und mich sofort geholt, sie war jedoch schon fort, als ich gekommen bin. Es ist bekannt, dass Dona Catarina etwas, hm, eigene Ansichten über die Sklaverei hat. Könnte es nicht sein …«
»Was Ihr da andeutet, ist ungeheuerlich!«, fiel Álvaro ihm ins Wort. »Glaubt Ihr ernsthaft, meine Nichte läuft durch die Gegend und befreit Sklaven?«
»Ich behaupte nichts, ich bitte Euch lediglich, sie zu fragen, was sie auf meinem Land getan hat. Noch dazu ganz offensichtlich ohne Euer Wissen. Sie hat einen meiner Sklaven, den ich mit der Befragung nach Benedicta beauftragt habe, geschlagen.«
Álvaro konnte sich einiges vorstellen, das jedoch nicht. Aber um nicht unhöflich zu erscheinen und um sinnlose – und zweifellos ermüdende – Dispute zu vermeiden, wandte er sich ab und ging mit wenigen Schritten zur Haustür, die er ungeduldig aufstieß. »Jorge.« Er winkte den Sklaven, der

dienstbeflissen in der Halle stand, zu sich. »Sag Dona Catarina, dass ich sie sprechen möchte.«

Auf dem Weg nach Hause machte sich Catarina keine Illusionen darüber, dass ihr verbotener Ausflug ihrem Onkel verborgen bleiben würde. Vermutlich hatte Pedro Cardoso nichts Eiligeres zu tun gehabt, als sie zu verraten, kaum dass er von seinem Aufseher erfahren hatte, was geschehen war. Doch es war weniger die Angst vor der bevorstehenden Strafe, die ihr Sorge bereitete, sondern, dass mit den Ausritten von nun an endgültig Schluss war. Außerdem fürchtete sie um Marcos, der ihr die verbotenen Ausflüge ermöglicht hatte.

Sie hörte Hunde bellen, und inzwischen schwärmten überall Männer auf Pferden aus, die nach der entflohenen Sklavin suchten. Die Frau musste sehr verzweifelt gewesen sein, dachte Catarina, und vermutlich ahnte sie selbst inzwischen, dass ihre Flucht zum Scheitern verurteilt war. Es würde kein Entkommen geben, ebenso wenig eine zweite Möglichkeit, dies zu versuchen. Wenn man sie nicht tötete oder ihr einen Fuß verstümmelte, dann wäre man dennoch wachsam. Einer der Nachbarn hatte eine Sklavin zu Tode peitschen wollen, eine langsame, qualvolle Art zu töten, und über mehrere Tage hinweg waren ihre schrillen Schreie manchmal sogar bei Nacht zu hören gewesen, bis Dom Álvaro zusammen mit zwei Städtern die Plantage des Mannes aufgesucht und ihn nachdrücklich aufgefordert hatte, dem barbarischen Treiben ein Ende zu bereiten. Die Sklavin war schließlich gehängt worden.

Catarina ritt durch die Zuckerfelder ihres Onkels, nun

nicht mehr sorgsam darauf bedacht, sich verborgen zu halten. Die *Feitores*, denen sie begegnete, wirkten erstaunt und machten ihr Platz. Sie bemühte sich um eine aufrechte Haltung und hob das Kinn.

Dom Álvaro stand bereits im Hof, und die finstere Miene, mit der er ihr entgegensah, bestätigte Catarinas schlimmste Befürchtungen. Rechtfertigungen wollten ihr über die Lippen quellen, aber sie hielt sie zurück, denn diese würden die Sache vermutlich nur verschlimmern. Sie zügelte die Stute, und ihr Onkel half ihr schweigend vom Pferd.

»Geh auf dein Zimmer.« Seine Stimme war ruhig und beherrscht.

Catarina blieb stehen und sah ihn an, wollte ihn herausfordern zu sagen, was er zu sagen hatte, um es hinter sich zu bringen.

»Meine Liebe, um deiner Würde willen, möchte ich dich ungern hier auf dem Hof bestrafen, wo alle es sehen können, aber ich werde nicht zögern, es zu tun.«

Das Bild geschundener Rücken trat Catarina vor Augen, und ihr Blick flog zum Pranger. Dies drohte ihr natürlich nicht, aber sie sah täglich, wie sich dort Männer und Frauen, gänzlich jeglichen Stolzes beraubt, schreiend unter Schlägen wanden. Ihr Onkel beobachtete sie, dann lächelte er kühl.

»Wie du willst.« Er wandte sich an einen Sklaven, der in Nähe stand. »Hol mir den Stock.«

Catarina bemühte sich, ihm einigermaßen gefasst gegenüberzustehen, wenngleich sie auch zitterte.

»Kannst du dir vorstellen, wie ich vor Senhor Cardoso dastehe, wenn er behauptet, er habe dich auf seiner Plantage gesehen, und ich steif und fest dagegenhalte, das könne nicht sein, denn du seiest im Haus? Und wenn dich hier dann niemand findet und zudem eines meiner Pferde fehlt? Wofür ich den Verantwortlichen noch zur Rechenschaft ziehen werde, aber das nur nebenbei.«

»Nein«, rief Catarina hastig. »Ich ... habe es befohlen. Er durfte mir nicht widersprechen.«

Ihr Onkel hob eine Braue.

»Ich nehme das doppelte Strafmaß auf mich, wenn Ihr ihn dafür in Ruhe lasst.«

»Ich soll meine Nichte anstelle eines Sklaven bestrafen? Bist du toll?«

»Nein, aber ich habe ihn zum Ungehorsam angestiftet, also bin ich es, die bestraft werden muss.«

»Ich bin mir nicht sicher, ob du weißt, was du da verlangst.« Dom Álvaro bog einen schmalen Rohrstock zwischen den Fingern, mit denen die Kinder der Sklaven gezüchtigt wurden und den ihm ein Sklave soeben gereicht hatte. »Hast du einer flüchtigen Sklavin geholfen?«

Catarina zögerte. »Ich ... ich habe sie im Wald gesehen, als sie auf der Flucht war.«

»Was hattest du auf Pedro Cardosos Plantage zu suchen?«

»Ich wollte seinen Häschern aus dem Weg gehen, und dann habe ich eine Frau schreien gehört, die ausgepeitscht wurde ...« Ihre Stimme erstarb. »Bitte, bringt es hinter Euch, Onkel Álvaro«, bat sie schließlich matt. »Ich habe die Frau nicht befreit, aber ich habe sie auch nicht verraten, was ich vermutlich hätte tun sollen, um den anderen Sklaven die Befragung zu ersparen. Ich habe also verdient, was Ihr mir zugedacht habt, nicht wahr?«

»Senhor Cardoso bleibt dabei, dass du Benedicta geholfen hast.«

»Davon wird er sich wohl nicht abbringen lassen.«

Ihr Onkel nickte nur. Dann befahl er ihr, die Hände auszustrecken. »Zehn für deinen Ungehorsam, fünfzehn dafür, Marcos anzustiften, dir ein Pferd zu geben.« Offenbar bemerkte er ihre Bestürzung. »Dachtest du wirklich, ich wüsste nicht, wer es war?«

Langsam streckte Catarina die Hände aus, ließ den Blick über den Hof fliegen, bemerkte Sklaven, die in ihrer Arbeit innegehalten hatten, Haussklaven, die an der offenen Tür standen, Aufseher – darunter Senhor Coentrão in sichtlicher Schadenfreude – und ihre Großtante, die soeben aus dem Haus trat und die Hand an den Mund hob. Dann kam der erste Schlag, und es kostete Catarina ihre gesamte Selbstbeherrschung, die Hände nicht wegzuziehen. Jeder Hieb erschien ihr schlimmer als der vorhergehende, aber sie ließ die Hände, wo sie waren. Was sie nicht verhindern konnte, war das leise Wimmern, das jedem Schlag folgte und das sich auch nicht ersticken ließ, als sie die Zähne in die Unterlippe grub, bis sie Blut schmeckte. Sie schloss die Augen und spürte Tränen zwischen ihren Lidern hervorquellen. Als Dom Álvaro fertig war, senkte sie die Hände, verbarg die brennenden Handflächen in den Falten ihres Kleides und spürte, wie ihre Unterlippe anschwoll.

»Du bleibst die nächsten zwei Wochen auf deinem Zimmer«, verkündete Dom Álvaro das nächste Strafmaß. »Selbst die Mahlzeiten wirst du dort zu dir nehmen. Und nun geh.«

Sie nickte nur und verließ den Hof in aufrechter Haltung.

Erst in ihrem Zimmer gab sie die erzwungene Starre auf. Sie warf sich bäuchlings auf ihr Bett, zog sich das Kissen über den Kopf, drückte es gegen die Ohren, und die Welt versank in Stille.

Atlantischer Ozean, August 1625

Jeremy leckte sich Gischtspritzer von den Lippen und genoss für einen kleinen, unbeobachteten Moment mit geschlossenen Augen am Bug stehend den Wind, der ihm das Haar zauste und seinen Umhang flattern ließ. Sein Navigator – und bester Freund – George Witherspoon hatte an diesem Morgen noch einmal den Kurs leicht korrigiert, da eine schwer gehende See sie von ihrer Route hatte abweichen lassen, aber alles in allem waren sie zuversichtlich, St. Kitts in dem berechneten Zeitraum zu erreichen.

Das Flottenkommando über die fünf Linienschiffe oblag einem Mann namens Thomas Irving, einem erfahrenen Kapitän, der bereits die halbe Welt besegelt hatte. Die *Cormoran,* das dreimastige Pinassschiff der Glanvilles, war das einzige Handelsschiff und ebenfalls gut bewaffnet – Handelsstraßen waren beliebt bei Piraten –, aber im Vergleich zu den anderen Schiffen mit der leichtesten Artillerie ausgestattet. Gleichzeitig hatte es die wertvollste Fracht an Bord. Daher würde Jeremy, wenn es zu einem Gefecht kommen sollte, in der Mitte der Flotte segeln. Außerdem galt es, auf der Hut zu sein vor den Spaniern und Portugiesen. Da Philipp II. von Spanien nun beide Reiche regierte,

war Portugal inzwischen ebenfalls ein Gegner der zahlreichen europäischen Feinde Spaniens, darunter auch sein traditioneller Verbündeter England.
Derzeit jedoch war kein feindliches Schiff in Sicht, und Jeremy, der sich so nahe dem Ziel glaubte, spürte, wie die unausgesprochene Furcht von ihm wich, seine erste Reise mit dem Verlust seines Schiffes zu besiegeln. Es war eine bedeutsame Reise für ihn, denn zum ersten Mal lastete wirklich Verantwortung auf seinen Schultern. Obwohl die Tuchindustrie sich zum Rückgrat der englischen Wirtschaft etabliert hatte, waren die Glanvilles mit Gewürzen erfolgreich geblieben und hatten ihren Reichtum Jahr um Jahr gemehrt. Langsam verlagerten sich auch die Machtstrukturen in Europa. Nachdem 1580 der letzte Herrscher des portugiesischen Königshauses Avis ohne Nachfolger gestorben war, hatte der spanische Habsburger Philip II. seinen Erbanspruch geltend gemacht und wurde zu Philip I. von Portugal. 1588 hatte er versucht, England wieder der katholischen Kirche zu unterwerfen, was jedoch zum Untergang der Spanischen Armada geführt hatte, wodurch England zur beherrschenden Seemacht geworden war. Im Vorjahr war in England erneut einem Krieg gegen Spanien zugestimmt worden.
Es war Jeremys erste Reise nach St. Kitts, und er konnte es kaum erwarten, anzukommen und all das Neue zu erforschen, das dort seiner harrte. Sein Großvater sagte stets, er habe die Liebe zu Reisen von seinem Urgroßvater geerbt, im Gegensatz zu seinem Bruder Dominic, der freiwillig keinen Fuß auf ein Schiff setzte. Abends hielt Jeremy seine Eindrücke in Briefen an Tereza fest. Er vermisste sie, aber

auf all das hätte er auch um ihretwillen nicht verzichten mögen.

Als Kapitän kam Jeremy uneingeschränkte Disziplinargewalt zu, er hingegen musste sich nur den Befehlen des Flottenkommandanten Thomas Irving beugen. Gleichzeitig war es ihm nicht erlaubt, willkürlich oder aus einer Laune heraus zu handeln, und so wollte jedes Kommando und jede Strafe, die auf Verfehlungen seiner Besatzung folgte, genau überlegt werden. Er übte die richterliche Gewalt an der Spitze des Schiffsrates aus, der sich aus seinen ranghöchsten Offizieren zusammensetzte. Für Jeremy war es das erste Mal, dass er einen derart verantwortungsvollen Posten einnahm, und er gab sich alle Mühe, das in ihn gesetzte Vertrauen nicht zu enttäuschen. Bisher war die Fahrt ereignislos verlaufen, was es ihm erleichtert hatte, sich in die neue Position und die Schiffsabläufe einzufinden.

Der Tag war aufgegliedert in sechs Wachen, die jeweils acht Glasen umfassten, was acht Umdrehungen des Halbstundenglases entsprach. Die Aufgaben waren klar aufgeteilt, vom Master, der Jeremy direkt unterstellt war, bis hin zum untersten Schiffsjungen wusste jeder, was er zu tun hatte. Die Offiziere führten das Kommando über die Soldaten, und dann gab es noch den Schiffsgeistlichen, den Schiffsarzt, Notare, Schreiber und Zahlmeister, denen allein es den strengen Regeln nach zustand, zusammen mit dem Kapitän und den Offizieren in der Offiziersmesse zu speisen. Und nahezu alle waren älter als Jeremy.

Gelegentlich gab es die eine oder andere Strafmaßnahme, wenn die Seeleute beim Fluchen oder bei verbotenen Kartenspielen erwischt wurden. Aber grober Ungehorsam und Diebstahl waren bisher ausgeblieben. Ein einziges Mal hatte Jeremy zwei Männer auspeitschen lassen, Matrosen, die sich geprügelt hatten und auch nach mehrmaliger Ermahnung nicht voneinander hatten ablassen wollen. Auf See war es wichtig, die Disziplin aufrechtzuerhalten und rasch einzugreifen, wenn es zu Handgreiflichkeiten kam. Täte er es nicht, sähe er schon bald einer Meuterei entgegen. Die harten Bedingungen an Bord, das eintönige und oft – durch Einlagerung – viel zu salzige Essen, die Gefahr, von der Rah zu fallen oder über Bord gespült zu werden, konnten die Stimmung rasch kippen lassen. Jeremy trug dem Rechnung, indem er versuchte, die Mannschaft bei Laune zu halten, ihnen gelegentlich das Musizieren erlaubte und die Zügel nur dann straff anzog, wenn es unumgänglich war.

Doch seine eigentliche Bewährungsprobe stand ihm noch bevor. Am jenem frühen Morgen schien die Sonne von einem strahlend blauen Himmel, und während die Matrosen und Schiffsjungen ihre morgendliche Frühstücksration erhielten, tanzte das Frühlicht in zartgoldenen Strahlen über die Planken. Der Vormittag zog sich ereignislos, fast träge dahin, und Jeremy genoss das Rauschen des Windes in den Segeln. Zum Mittag hin ließ der Wind nach, und sie verloren an Fahrt. Aber das kam gelegentlich vor und war nicht alarmierend. Eine leichte Brise brachte Abkühlung, schaffte es jedoch nicht, die Segel zu blähen.

Dann hallte die helle Stimme eines Schiffsjungen über das Deck. »Da ist ja Land!« Im nächsten Moment erhielt er vom Master eine Backpfeife für sein vorlautes Benehmen.

Stirnrunzelnd sah Jeremy in die bezeichnete Richtung, in der sich in der Tat am Horizent etwas Schwarzes, Gebirgsähnliches abzeichnete.

»Ausgeschlossen«, sagte George Witherspoon, der den Jungen ebenfalls gehört hatte. »Da kann nichts sein.« Seine Augen verengten sich leicht, indes er auf die dunkle Masse am Horizont sah. »Da braut sich was zusammen.«

Das Meer lag ruhig und glatt da, und die anderen Linienschiffe, die im großen Kreis um sie herum segelten, waren ebenso wie Jeremys *Cormoran* nahezu zum Stillstand gekommen. Bis in den frühen Nachmittag hinein dauerte der Stillstand, dann kam ein leicht böiger Wind auf, und das schwarze Gebirge am Horizont schien näher zu kommen.

Jeremys Blick flog hoch zu den Toppsgasten, denen auf dem Mars unterhalb der Mastspitze die Kontrolle über die Segel anvertraut war. Im nächsten Moment ertönte der ohrenbetäubende Knall eines Donnerschlags.

»Toppsegel reffen!«, befahl Jeremy. »Dann holt das Großsegel ein und lasst nur das Bram- und das Besansegel gehisst.« Der Master gab die Befehle weiter, und die Matrosen beeilten sich, Folge zu leisten.

»Wer nicht unmittelbar gebraucht wird«, fuhr Jeremy fort, »geht unter Deck. Die Wachen bleiben.«

Der Himmel verfinsterte sich, als würde am frühen Nachmittag bereits die Nacht hereinbrechen. Den Männern, die bei Jeremy an Deck geblieben waren, stand die Angst sichtlich ins Gesicht geschrieben. Jeremy musste sich eingestehen, dass es ihm selbst kaum besser ging, und er hoffte, man würde es ihm nicht ansehen. Um ihn herum hing eine atemlose Spannung in der Luft, die sich kaum in dem nächsten Donner zu entladen schien. Ein Wetterleuchten ließ die bleichen Gesichter der Männer aufflackern, dann erhob sich ein Grollen, und im nächsten Moment fuhr ein heftiger Schlag in das Schiff, ließ es erbeben, und Jeremy fand eben noch Halt an der Reling, ehe er stürzte. Um ihn herum lagen fünf Männer reglos am Boden, dann hoben sie die Köpfe, sahen sich benommen um. Ein weiterer weißgezackter Blitzstrahl schoss auf das Schiff nieder und schlug in den Besanmast ein, ließ das Segel aufflammen.

»Feuer!« Die panische Stimme des Matrosen auf der Mars überschlug sich, und mit fliegenden Fingern lösten die Toppsgasten das Segel.

»Nein!« Jeremys Ruf kam zu spät, und das brennende Segel fiel an Deck, genau auf einen der liegenden Männer, der sich nun schreiend darunter wälzte. Jeremy stürzte vor, die Wachen taten es ihm gleich, fassten das Segel dort an, wo es noch nicht brannte, und warfen es über Bord. Zwei Matrosen traten kleine Flammen an Deck aus, ein weiterer beugte sich über den verletzten Mann, der sich unter Stöhnen aufrichtete.

»Narren!«, presste Jeremy zwischen den Zähnen hervor. »Bringt ihn zum Schiffsarzt«, ordnete er an und deutete auf zwei Matrosen, »und kommt rasch zurück.« Er sah hoch zu den Toppsgasten, die angesichts dessen, was sie getan hatten, reglos dastanden und aller Wahrscheinlichkeit nach eine drakonische Strafe für ihre Eigenmächtigkeit erwarteten. Aber das würde warten müssen, derzeit hatte Jeremy andere Sorgen. Eine unheilvolle Ruhe hatte sich über das spiegelglatte, schwarzglänzende Wasser gelegt. Es war, als würde man ihnen einen kurze Atempause gönnen, die

Möglichkeit, ihre Kräfte für jenen ungleichen Kampf mit den Naturgewalten zu sammeln. Dann zuckte es wieder weiß über den Himmel, und im nächsten Augenblick fuhr ein Blitzschlag in den Fockmast und daran hinab bis an Deck, wo er ein faustgroßes Loch schlug. Ein Knirschen war zu hören, Schreie, und ehe Jeremy so recht wusste, was geschah, schlug die Mastspitze auf dem Deck auf und kippte dann zur Seite. Die Matrosen sprangen zurück, einem jedoch, der nicht schnell genug war, riss das zersplitterte Ende das Hemd in Fetzen und hinterließ von der Brust bis zum Bauch heftig blutende Striemen. Nach vorne gekrümmt, fiel der Mann auf die Knie, und Jeremy ließ auch ihn unter Deck bringen.

In den nächsten Stunden blieb das Meer wie ein Spiegel unter einer dräuenden Masse schwarzgrauer Wolken. Ein leichter Wind kam auf, strich spielerisch über das Schiff, kräuselte das Wasser zu kleinen Wellen und verfing sich in den Tauen. Jeremy stockte die Mannschaft an Deck um einige gesunde Männer auf und rief die beiden Toppsgasten von der Mars, die das Besansegel gelöst hatten, um sie zum Master zu schicken. Sie erwartete zwei Tage Arrest. Von einer körperlichen Züchtigung sah Jeremy ab, denn auch wenn ihr Tun übereilt und unvorsichtig gewesen war, so musste ein guter Kapitän wissen, wann harte Strafen angebracht waren, und diese Maßnahmen hob er sich für groben Ungehorsam auf.

Der Wind frischte auf, wurde böiger und schien aus allen Richtungen zu kommen. Das Schwarzgrau des Himmels nahm vom Horizont her eine fast dunkelviolette Tönung an. Blitze zuckten über den Himmel, malten für die Dauer eines Atemzugs verästelte Muster in die Wolken. Schwere Regentropfen zerplatzten an Deck, wurden vom Wind in die Gesichter der Männer getrieben, erschwerten ihnen die Sicht.

Es war nicht das erste Unwetter, das Jeremy auf See erlebte, aber keines davon hatte unter so unheilvollen Vorzeichen begonnen, und niemals waren die Schiffe beschädigt worden. Es waren heftige Regenschauer gewesen, starke Winde, die die Schiffe umherwarfen, hochschlagende Wogen, aber immer stand inmitten des Schiffs ein Kapitän, der wusste, was zu tun war. Und nun begegnete ihm das schlimmste Unwetter seines Lebens, während die Blicke aller Männer vertrauensvoll auf ihm ruhten. »Gott, steh mir bei«, murmelte er.

Mit zunehmender Stärke prasselte der Regen auf das Schiff ein, wurde von orkanartigen Böen getrieben, indes der leichte Wellengang des Meeres sich zu einem schäumenden Brodeln gewandelt hatte. Wie führerlos wurde das Schiff auf dem Wasser umhergewirbelt, und mehr als einmal wurde dem Steuermann das Ruder aus der Hand gerissen, so dass er es nur mühsam wieder unter Kontrolle bekam und sich gewaltsam gegen den aufgezwungenen Kurs zu stemmen versuchte. Damit es ihn nicht über Bord riss, war er am Ruder festgebunden worden.

Jeremy ließ eines der Rahsegel am Großmast hissen, um zumindest ein klein wenig Kontrolle über das Schiff zu erlangen, aber damit nahmen sie so viel Fahrt auf, dass er es wieder reffen ließ, was einen der Toppsgasten fast das Leben gekostet hätte, als ihn eine Windböe von der Mars reißen wollte.

Jeremy hatte Mühe, sich über das Brüllen des Sturms und das wilde Tosen der Wellen hinweg verständlich zu machen. Zudem ließen Finsternis und sturzbachartiger Regen alles um ihn herum wie in verwaschenen Schlieren erscheinen, und er konnte kaum etwas erkennen. Wassermassen schlugen krachend auf dem Schiffsdeck ein und rissen alles, was nicht angeschraubt oder festgebunden war, mit sich in die schäumende See. Das unmittelbar unter dem Hauptdeck gelegene Batteriedeck wurde geflutet, und auch die Bilge stand bereits unter Wasser. Jeder verfügbare Mann war an den Pumpen, jedoch zeitigten ihre Bemühungen keine nennenswerten Erfolge.

Waren die anderen Schiffe zunächst noch als schimmernde Lichtpunkte in der Ferne zu sehen gewesen, so war die *Cormoran* nun nur noch von einer heulenden Wasserwüste mit hohen, schaumgekrönten Bergen umgeben. Davon, das Schiff zu führen, es gar auf Kurs zu halten, konnte keine Rede mehr sein. Jetzt ging es nur noch darum, es vor dem Kentern zu bewahren. Jeremy brüllte Befehle, hielt sich an nassen Seilen fest, um auf den rutschigen Planken den Halt nicht zu verlieren, und musste hilflos mit ansehen, wie immer wieder Besatzungsmitglieder in den schwarzen Schlund des Meeres gerissen wurden.

Die Nacht war unbemerkt über sie hereingebrochen, eine Finsternis, die in eine andere glitt, während der Sturm in unverminderter Stärke weitertobte. Irgendwann ließ der Regen nach, die Wellen schlugen nicht mehr ganz so hoch, und selbst die nach wie vor orkanartigen Windstöße schienen mit verminderter Kraft das Wasser um sie herum aufzuwirbeln. Am Horizont fransten die Wolken aus und färbten sich in dunkles Kupfer. Gleichsam mit dem neuen Tag schien auch die Besatzung der *Cormoran* wieder Luft zu holen. Obschon immer noch Brecher auf das Schiff trafen und es sich oft gefährlich zur Seite neigte, schien das Schlimmste überstanden zu sein.

»Keine Spur von der Flotte«, sagte Jeremy, während er in den frühen Morgenstunden eine erste Bestandsaufnahme machte. Es regnete immer noch, aber dafür hatte das Meer sich beruhigt, und die kleinen Wellen waren kaum mehr der Rede wert. Der Wind ließ die Männer in ihrer durchnässten Kleidung zittern, aber da das Batterie- und Orlopdeck sowie die Bilge nach wie vor unter Wasser standen, war an trockene Kleidung nicht zu denken. Inzwischen ging jedoch das Abpumpen gut voran, und bald schon würden der Zimmermann und der Kalfaterer sich daranmachen zu überprüfen, ob das Schiff noch an weiteren Stellen leckgeschlagen war. Die Trinkwasservorräte waren zum größten Teil erhalten, dafür hatte das Salzwasser sämtliches Mehl sowie den Schiffszwieback unbrauchbar gemacht. Die Tiere, die die Mannschaft mit frischem Fleisch versorgen sollten, waren allesamt ertrunken und mussten schnellstens über Bord geworfen werden, ehe der Verwesungsgestank alles durchdrang. Die Fässer mit dem gepökelten Fleisch waren weitgehend intakt, ebenso die mit dem Dörrobst. Der Proviantmeister würde den halben Tag damit beschäftigt sein, die Bestände zu kontrollieren und alles sorgsam in Schriftrollen einzutragen. Jeremy versuchte, sich einen Überblick zu verschaffen, wie viele Männer er verloren hatte, und kam grob gezählt auf fünfzehn. Um

Klarheit zu bekommen, rief er zum Appell auf und zählte erneut durch. Insgesamt waren neunzehn Männer, davon zehn Matrosen, vier Schiffsjungen, vier Soldaten und der Schiffsarzt dem Sturm zum Opfer gefallen. Das war bedauerlich, aber angesichts einer Besatzung von ehemals zweihundertachtundvierzig Männern ein überschaubarer Verlust.

Am späten Nachmittag hörte der Regen auf, und die Wolkendecke lichtete sich, gab den Blick frei auf einen blauen Himmel, und einige vorsichtig tastende Sonnenstrahlen berührten das Wasser. Abgesehen von den Männern, die unbedingt gebraucht wurden, schickte Jeremy alle anderen in ihre Kojen. Die Toppsgasten standen wieder auf den Marsen, um mit Hilfe der verbliebenen Segel das Schiff wieder manövrierfähig zu machen. Währenddessen versuchte George Witherspoon, den Kurs neu zu bestimmen, was durch die sich immer wieder zuziehenden Wolken erschwert wurde.

Die ganze Nacht hindurch trieb das Schiff auf dem Meer, ohne dass sie ausmachen konnten, wo genau sie waren oder aber eines der anderen Schiffe sahen. Aber lieber gar kein Schiff sehen als womöglich auf ein spanisches zu stoßen, dachte Jeremy. In ihrem jetzigen Zustand wäre das Pinassschiff weder imstande, sich zu verteidigen – was angesichts eines Kriegsschiffs ohnehin zum Scheitern verurteilt wäre –, noch die Flucht anzutreten. Jeremy erhob sich, als die dritte Wache vier Stunden nach Mitternacht begann. Es war ihm trotz seiner Erschöpfung nicht möglich, länger zu schlafen. Er trat auf das Deck und ließ seinen Blick über das dunkle Meer gleiten. Lange stand er da, hing seinen Gedanken nach und überlegte, was zu tun wäre, wenn sie nicht bald wieder Anschluss an die Flotte fänden. Indes färbte das erste Licht des Tages den Himmel kupferrot. Die dichte Wolkendecke, deren Grau zu einem zarten Violett wurde, riss auf und schien an den Rändern aufzuflammen. Während das Tagewerk auf dem Schiff aufgenommen wurde und der Schiffsgeistliche die Mannschaft zum Morgengebet rief, wölbte sich der Himmel in strahlendem Blau über dem Wasser. Die Männer stimmten inbrünstige Dankesgebete an, froh, den Sturm überstanden zu haben. Nach dem Gebet widmete sich George wieder der Kursbestimmung. Sobald er den Kurs entsprechend korrigiert hatte, würde er die Ergebnisse seiner Berechnungen dem Steuermann weitergeben, und dann mussten sie darauf hoffen, dass sie es nach St. Kitts oder wenigstens in Sichtweite der Flotte schafften, ehe sie in einen weiteren Sturm gerieten, denn einen solchen würde das schwer angeschlagene Schiff nicht mehr überstehen. Ehe George jedoch seine Arbeit beendet hatte, ertönte die aufgeregte Stimme eines der Toppsgasten von der Mars am Großmast.

»Land in Sicht!«

Jeremy spähte in die angezeigte Richtung, konnte jedoch nichts sehen. In der atemlosen Stille, die dem Ausruf des Matrosen folgte, wurde langsam ein dunkler Streifen am Horizont sichtbar, erst silhouettenhaft, dann immer eindeutiger. Vor ihnen zeichnete sich ein Küstensaum im Dunst ab.

Olinda, August 1625

»Die Terra do Brasil.« George deutete auf die Karte und markierte dann mit dem Finger jenen Punkt, an dem sie seinen Berechnungen nach lagen. »Das da vorn muss Olinda sein.«

Jeremy nickte nur und betrachtete die Karte. *Terra do Brasil.* Er hatte das Land bisher noch nicht besucht, kannte es aber von Erzählungen seines Großvaters, jenes Land, das von hohen Wäldern beschattet und von unzähligen Strömen durchflossen war. Es gab dichte Urwälder, die auch die portugiesischen Kolonialherren nur selten durchbrachen und die sich über das Binnenland erstreckten.

Aus leicht verengten Augen betrachtete Jeremy die auf den grünen Hügeln thronende Stadt. Olinda, die Hauptstadt der *Capitania* Pernambuco, ein blühender Ort. Der Hafen der Stadt lag am Endpunkt einer schmalen, sich nach Süden erstreckenden Landzunge. Hier war ein natürlicher Ankerplatz, den ein der Küste vorgelagertes Felsriff schützte. Dies war der Karte zufolge *Povo de Recife,* durch zwei Forts abgeschirmt vor Überfällen feindlicher Schiffe. Jeremy zögerte, dann entschied er, an Land zu gehen.

»Die Leute werden uns nicht gerade willkommen heißen«, mutmaßte George, als sie das Beiboot bestiegen. Außer ihm und Jeremy war noch ihr erster Offizier, William Pitt, an Bord, außerdem acht Matrosen, die das Boot ruderten, aber nicht mit an Land kommen sollten.

»Was erwartest du?«, entgegnete Jeremy. »Wir segeln unter englischer Flagge.«

Seit letztem Jahr herrschte Krieg zwischen Spanien und den Niederlanden, den Verbündeten Englands. Im selben Jahr war Bahia von den Niederländern erobert worden, und sie hatten die Stadt für einige Zeit halten können, ehe sie zurückerobert worden war. Vier Monate früher und Jeremy hätte gute Chancen gehabt, einer spanisch-portugiesischen Kriegsflotte zu begegnen. Im Mai hatten die Niederländer die Kapitulation unterzeichnet. Kurzum, es war nicht gerade die beste Ausgangssituation, um als Engländer vor einer portugiesischen Küste zu kreuzen.

Als sie sich dem Hafen näherten, standen dort bereits Soldaten, wachsam, alarmiert. Jeremy hob die Hände, um zu signalisieren, dass er unbewaffnet war und nicht in feindlicher Absicht erschien. Er konnte nur hoffen, dass die Abneigung der spanischen Krone gegen England nicht auf die portugiesische Bevölkerung übergegangen war. Wobei er gestehen musste, dass man in England ein spanisches Schiff auch nicht mit offenen Armen willkommen geheißen hätte.

»Was ist, wenn man uns als Kriegsbeute an die Spanier ausliefert?«, fragte George.

»Darüber denke ich nach, wenn es so weit ist«, antwortete Jeremy kaum hörbar.

Ein Mann, der Kleidung nach ein portugiesischer *Fidalgo,* der unter einem Schirm ging, den ein schwarzer Sklave hielt, kam näher und musterte die Besatzung des Bootes aufmerksam. Eine kleine Traube von Menschen, von denen ein Gutteil Sklaven waren, folgte ihm. Das Wort ergriff jedoch ein portugiesischer Soldat.

»Falls Ihr zu Euren Verbündeten wollt, so habt Ihr Euch

um einige *Légua* geirrt«, sagte er in gebrochenem Englisch. »Ihr solltet es mit arabischen Navigatoren probieren, ehe Ihr Euch selbst daran versucht.« Einige der Umstehenden lachten.

Das war also die Arroganz eines ehemaligen Weltreiches, das die Meere erobert hatte und nun nur noch spanische Provinz war. Jeremy lächelte schmal. Dann antwortete er in fließendem Portugiesisch: »Ich bin Jeremy Glanville, ein Verwandter der Familie da Silveira, und bitte um Gastfreundschaft. Mein Schiff ist bei einem Sturm schwer in Mitleidenschaft gezogen worden, und wir können nicht weitersegeln.«

Das arrogante Lächeln des Soldaten verblasste, aber er schien noch nicht bereit, die Ankömmlinge so ohne weiteres an Land kommen zu lassen. »Die da Silveiras haben keine Angehörigen in England.«

»Ach, tatsächlich? Warum fragt Ihr sie nicht?« Jeremy gaukelte mehr Überlegenheit vor, als er empfand. In der Tat war er sich nicht sicher, ob er willkommen sein würde. Sein Großvater hatte keinen Zweifel daran gelassen, dass sich die Familien nicht im Guten getrennt hatten. Aber würde man ihnen die Gastfreundschaft verwehren, selbst wenn das bedeutete, dass sie Gefahr liefen, mit ihrem Schiff unterzugehen? Der Soldat jedoch schien ihm seine Selbstsicherheit abzukaufen, denn er wandte sich um und bellte einen Befehl. Daraufhin löste sich ein weiterer Soldat aus der Menge und verließ den Hafen.

»Ihr bleibt, wo Ihr seid«, beschied ihnen der Soldat, als sie an Land gehen wollten.

»Was sagst du da?«, fragte Dom Álvaro und taxierte seinen Haussklaven Jorge. »Ein Verwandter? Wir haben keine Verwandtschaft in England.«
»Nun, das ist so nicht ganz richtig«, widersprach Dona Lea. »Die Familie meiner Tante ist damals nach England ausgewandert.«
Dom Álvaro krauste die Stirn. »Ach ja, da war mal was, mein Großvater hatte davon erzählt, als ich noch klein war. Irgendein englischer Halunke, der meine Großtante entehrt hat oder so etwas in der Art.«
Dona Lea lächelte spöttisch. »Ja, das klingt nach meinem Vater.«
»Was soll ich dem Soldaten sagen, Herr? Er wartet draußen«, fragte der Sklave.
Ein mokantes Lächeln umspielte Álvaros Lippen. »Wenn der Mann sagt, er sei ein Verwandter, kann ich ihm meine Gastfreundschaft nicht verwehren, nicht wahr?«, sagte er an Dona Lea gewandt. »Und ich gestehe, ich bin ein wenig neugierig.«
Dona Lea erhob sich mit einer Eleganz und Schnelligkeit, die er einer Frau ihres Alters nicht zugetraut hätte. Ihr Gesicht leuchtete auf, und sie umfasste mit beiden Händen seinen Arm. »Oh, das musst du unbedingt, Álvaro. Womöglich ist er ein naher Verwandter meiner Base Leonor.« Sie wirkte aufgeregt wie ein junges Mädchen, und in diesem Moment konnte Álvaro erahnen, wie schön sie in ihrer Jugend gewesen sein musste. »Ich habe so lange nichts mehr von ihnen allen gehört, so lange. Ich glaube, außer mir erinnert sich hier niemand mehr an sie.«

Sie drehte sich zu dem Sklaven um, der immer noch abwartend dastand. »Sag ihm, er soll ihn herschicken, Jorge.«

Seit Dom Álvaro Catarinas Einzelhaft im Zimmer – und es waren wirklich lange, eintönige Tage gewesen – aufgehoben hatte, ging sie ihm aus dem Weg. Die Leichtigkeit, mit der sie gelegentlich miteinander gescherzt hatten, kam ihr nicht mehr über die Lippen. Wenigstens hatte er Marcos nicht bestraft, wenngleich er es sich nicht hatte nehmen lassen, ihm anzudrohen, was ihn erwartete, sollte er Catarina jemals wieder ein Pferd überlassen.
Catarina sah auf ihre Hände, auf denen die roten Striemen schon lange verblasst waren. Die Bestrafung war das Schmerzhafteste gewesen, das sie je erfahren hatte, und es ließ sie nicht einmal erahnen, was man erlitt, wenn die empfindsame Haut des Rückens unter den Hieben der Peitsche aufriss.
Sie hatte den Tag damit verbracht, die Vorräte im Keller durchzugehen, was eigentlich Dona Mécias Aufgabe gewesen wäre, aber diese lag schon den ganzen Tag im Bett, weil sie sich krank fühlte und behauptete, sie habe sich am Vorabend offenbar eine Verkühlung eingefangen. Auf diese Weise machte sie Dom Álvaro auch klar, dass er es sich nicht noch einmal einfallen lassen sollte, darauf zu bestehen, sie vor seinen Gästen die Gastgeberin spielen zu lassen. Sie hatten den Abend im Garten verbracht, und Dom Álvaro war so aufgeräumt und gut gelaunt gewesen, dass er sogar Dona Mécias Anwesenheit einiges hatte abgewinnen können. Für jene offenbar ein böses Vorzeichen, denn sie war, noch ehe die letzten Gäste fort waren, in ihr Zimmer

gegangen und hatte sich durch eine Sklavin damit entschuldigen lassen, dass heftige Kopfschmerzen sie plagten.
Catarina war sich sicher, dass nicht nur sie das unheilvolle Dunkel in den Augen ihres Onkels gesehen hatte. Dass es nicht noch an jenem Abend ein Donnerwetter gegeben hatte und er morgens sogar einigermaßen bei Laune gewesen war, hatten sie vermutlich Letícia zu verdanken, die übernächtigt aussah mit ihren dunkel umschatteten Augen. Aber Dom Álvaros Blick, mit dem er sie bedachte, das Lächeln, als er nach seinem Ausritt beim Frühstück erschien, sprachen Bände. Er hatte mit Catarina geplaudert und sich nicht an ihren einsilbigen Antworten gestört. In ihr jedoch keimte wieder der leise Zorn auf, der sie seit ihrem Arrest für den verbotenen Ausritt stetig begleitete. Letzteres, so befand sie, war unverdient gewesen, und dafür grollte sie ihrem Onkel. Gerade er musste wissen, wie unbändig der Freiheitsdrang an einem zerren konnte. Ihr Onkel ritt aus, wann er wollte, liebte, wen er wollte, ging, wohin er wollte, während ihr Dasein sich auf das Haus beschränkte. Selbst die Haushaltspflichten seiner Ehefrau übernahm sie, hatte sie dafür nicht ein wenig mehr Anerkennung verdient? Vertrauen? Freiheit?
Sie besprach in der Küche mit der Köchin die Speisenfolge für den kommenden Tag, dann begab sie sich in die Halle, hielt jedoch inne, als sie Männerstimmen in einer ihr unbekannten Sprache reden hörte. Dann vertraute Worte, Portugiesisch, gefärbt von einem fremden Zungenschlag, gefolgt von einer Antwort Dom Álvaros. Was sie aber wirklich neugierig machte, war Dona Leas Stimme, die so unüberhörbar aufgeregt klang, dass Catarina nicht, wie

vorgehabt, in ihr Zimmer ging, sondern in das kleine Gesellschaftszimmer, in dem die Familie Besuch empfing.
Das Gespräch verstummte, als sie durch die Tür trat, und drei Männer drehten sich zu ihr um. Ihr Onkel schenkte ihr ein versöhnliches Lächeln, als wüsste er, wie es um ihre Stimmung bestellt war.
»Catarina, Liebes, wir haben Besuch aus England.« Er deutete auf den Mann, mit dem er sich eben unterhalten hatte. »Jeremy Glanville, ein entfernter Verwandter, Senhor Witherspoon und Senhor Pitt. Dies, meine Herren, ist meine Nichte Catarina da Silveira.«
Die Männer neigten die Köpfe und versicherten ihr, dass es ihnen ein Vergnügen sei, ihre Bekanntschaft zu machen. Der als Verwandter vorgestellte Senhor Glanville schenkte ihr ein hinreißendes Lächeln, das sie zögernd erwiderte.
»Was verschafft uns die Ehre?«, fragte sie.
»Senhor Glanville«, antwortete ihr Onkel, »ist *Capitão* eines Schiffes, das im Sturm seinen Kurs verloren hat, und er bittet uns für die Zeit seines Aufenthaltes um unsere Gastfreundschaft.«
Catarina nickte und ließ ihren Blick erneut über die drei Männer schweifen, bis dieser bei Jeremy Glanville hängenblieb. Wieder dieses irritierende Lächeln, eines von jener Art, das es ihm bei Frauen sicher allzu leicht machte. Aber sie konnte sich dennoch nur schwer davon losreißen und erwiderte es einen Augenblick länger, als schicklich war.
»Senhor Glanville.« Dona Lea übertönte Dom Álvaros unmissverständliches Räuspern. »Ihr müsst mir alles von Eurer Familie erzählen. Es ist so lange her, seit ich von ihr gehört habe.«

Catarina bemerkte, dass ihr Onkel sie ansah, und sie hob herausfordernd das Kinn. *Wagt es, mich auf mein Zimmer zu schicken wie ein ungezogenes Kind, und in Zukunft werdet Ihr Euch selbst um Euren Haushalt kümmern müssen.* Er verengte die Augen, dann wandte er sich wieder den Männern und seiner Tante zu.

»Wie geht es Eurer Tante Leonor? Und Adela?«, fragte Lea.

»Tante Adela ist vor zehn Jahren verstorben, und Tante Leonor ist ihr vier Jahre später gefolgt.«

Das wurde mit angemessener Betroffenheit zur Kenntnis genommen, wobei Dona Leas Traurigkeit echt schien. »Wir hatten uns in den ersten Jahren noch geschrieben, aber wie das so ist, wenn man nicht die Aussicht darauf hat, sich jemals wiederzusehen. Auch die Briefe bleiben irgendwann aus.«

Catarina besann sich ihrer Pflichten als Gastgeberin und schickte eine Sklavin fort, um süßes Gebäck zu holen, und ließ sich neben ihrer Tante auf einem zierlichen Sofa nieder, jetzt ganz Dame des Hauses, die an dem Besuch nur ein distanziertes Interesse hatte.

»Euer Großvater ist Sebastião Glanville?«, fragte Dona Lea Senhor Glanville. »Ich habe damals noch mitbekommen, dass Dona Anas jüngstes Kind gestorben ist. Oder gab es später noch weitere Brüder?«

Catarina befürchtete, dass dem Gast die Fragerei lästig werden würde, aber Jeremy Glanville blieb unverändert freundlich und antwortete geduldig auf diese sowie auf alle weiteren Fragen, bis das Eintreten der Sklavin, die ein schwerbeladenes Tablett trug, das Gespräch unterbrach.

Aus einer Kanne stieg Dampf und ein unverkennbares Aroma auf.

»*Café*«, erklärte Catarina, die nicht wusste, ob man dergleichen auch in England kannte. »Die Araber nennen es *Qahwa*, es kommt aus dem Orient.«

»Mein Großvater bezieht gelegentlich welchen«, sagte Jeremy Glanville und schenkte ihr wieder ein Lächeln, zu kurz, um den Unmut seines Gastgebers auf sich zu ziehen.

»Wohin wart Ihr unterwegs?«, fragte Catarina, nachdem alle mit Gebäck und *Café* versorgt waren.

»Nach St. Kitts. Eigentlich gehörten wir einer Flotte an, aber im Sturm haben wir die übrigen Schiffe aus den Augen verloren und sind vom Kurs abgekommen.«

»Und warum habt Ihr hier geankert?«

»Olinda war günstig gelegen, und ich habe mich alter Familienbande erinnert. Unser Schiff ist schwer in Mitleidenschaft gezogen worden, ich war froh, überhaupt bis hierher gekommen zu sein.«

»Und mehrere unserer Männer sind verletzt und brauchen medizinische Hilfe, nachdem der Schiffsarzt über Bord gegangen ist«, fügte Senhor Witherspoon hinzu. Es war das erste Mal, dass Catarina ihn sprechen hörte, und sie mochte seine Stimme und das stark gebrochene Portugiesisch, das er sprach.

Nur ungern löste sie sich von den Besuchern, als diese aufbrachen, um die Verletzten vom Schiff herzubringen und sich um Bevorratung und Reparaturen zu kümmern. Sie brachten Bilder ferner Länder mit sich, in denen Catarina nur zu gerne geschwelgt wäre, und sie bebte vor Ungeduld, die Männer wiederzusehen.

Dom Álvaro erwies sich als überaus gastfreundlich und stellte ausreichend Zimmer für die Verletzten zur Verfügung. Es war zwar keine herzliche Aufnahme in sein Haus – was angesichts der politischen Situation nicht verwunderte –, aber er achtete die Familienbande. Allerdings vermutete Jeremy in Dona Lea die treibende Kraft, denn diese schien aufrichtig erfreut, ihn zu sehen.

»Seltsame Familienkonstellation«, sagte George Witherspoon. »Eine alte Frau, die mit ihrem Neffen und ihrer Großnichte zusammenlebt. Ob es noch weitere Familienmitglieder gibt?«

»Keine Ahnung«, antwortete Jeremy, der mit den Gedanken bei seinem Schiff und den anstehenden Reparaturen war. Die Männer am Hafen waren nicht eben hilfsbereit, und er verdankte es nur Dom Álvaro, dass man ihn nicht einfach davonjagte. Sie hatten die letzten Stunden damit zugebracht, die verletzten Männer vom Schiff zu holen und Aufgaben zu delegieren. Der Proviant musste so schnell wie möglich aufgestockt werden, und Jeremy rechnete bereits damit, dass man ihnen das Doppelte der normalen Preise berechnen würde. Aber sei's drum, sie hatten ohnehin keine andere Wahl.

Nun standen sie im Hof, besprachen die letzten Einzelheiten, und George machte keinen Hehl aus seinem mit Faszination gepaarten Befremden. Natürlich waren sie mit der Sklaverei vertraut, auch wenn die Glanvilles diesem Geschäftszweig keinerlei Aufmerksamkeit schenkten. Aber sie leibhaftig zu erleben war etwas gänzlich anderes. Die Aufseher zu sehen, die zwischen den Feldern umherritten und die Peitschen knallen ließen, die Frauen, die

Wäsche in großen Zubern hinter dem Haus wuschen und bei der Arbeit sangen, den scheinbaren Müßiggang junger Haussklaven, die auf den Hof traten und für einen Moment in der Sonne verharrten, träge wirkten und gleichzeitig wachsam, Sklaven, die nervöse Vollblüter über den Hof führten, Kinder mit nackten Gliedmaßen, die Fangen spielten.

»Wie nah seid ihr verwandt?«, fragte George.

Jeremy zuckte mit den Schultern. »Irgendwie über meine Urgroßeltern, so richtig weiß ich das nicht, es hat mich nie interessiert. Ich glaube, Dona Lea ist eine Cousine meines Großvaters.«

»Eine Halbsklavin«, sagte eine Männerstimme hinter ihnen, und beide fuhren herum. Einer der Aufseher stand an einen Baum gelehnt da und schien ihre Unterhaltung belauscht zu haben. »Edler Abstammung väterlicherseits natürlich«, fügte er geschmeidig hinzu, als wolle er der Unterstellung, er könne es der alten Frau gegenüber an Respekt fehlen lassen, entgegenwirken.

»Und Ihr seid Senhor …?« Jeremys Tonfall ließ keinen Zweifel daran, dass ihm diese Einmischung seitens eines Untergebenen nicht gefiel.

»Coentrão, Senhor. Erster Aufseher.« Der Mann lächelte. »Ich wollte nur behilflich sein. Dom Álvaro gab die Anweisung, es Euch an nichts fehlen zu lassen. Möchtet Ihr Euch die Plantage ansehen?«

»Jetzt nicht«, antwortete Jeremy.

Der Mann neigte respektvoll den Kopf, blickte dabei jedoch nicht sie an, sondern über ihre Schultern hinweg, und als Jeremy zum Haus sah, bemerkte er eine sehr blasse, zer-

brechlich wirkende Frau, die eben das Haus verließ, einen Jungen an der Hand, der begeistert an ihr herumzerrte.
»Mama, wenn ich es Euch doch sage«, krähte er. »Das war wahrhaftig die größte Spinne, die ich je gesehen habe.«
»Um des lieben Himmels willen, Fernão, du sagtest, du wolltest mir etwas *Schönes* zeigen.«
»Aber sie ist schön.«
Die Frau befreite ihre Hand. »Maria!« Sie wandte sich einer hübschen jungen Sklavin zu, die ihnen gefolgt war. »Kümmere dich um ihn. Ich bin müde.«
»Aber Mama.«
»Schweig! Dafür holst du mich aus dem Bett, obwohl du weißt, wie sehr ich der Ruhe bedarf.« Die Frau drehte sich um und ging ins Haus zurück und überließ es der Sklavin, sich um den enttäuscht dreinblickenden Jungen zu kümmern.
»Das war Dona Mécia, Dom Álvaros Ehefrau.«
»Wie viele Kinder haben sie?«, fragte George.
»Nur das eine bisher. Dona Mécia ist kränklich.«
Ja, diese Art von Krankheit kannte Jeremy aus den Erzählungen einiger Freunde. Dunkle Räume, Kopfschmerzen, keinerlei eheliches Beisammensein, Schwermut. »Leben noch andere Familienmitglieder hier?«
»Nur noch Dona Catarina, Senhor. Sie ist vor einigen Jahren aus Portugal gekommen.«
»Eine Waise?«
»Nein, Senhor, aber ihr Vater hat geheiratet, und seine Ehefrau duldete das Mädchen nicht mehr im Haus.«
Auch das kam durchaus vor und sprach nicht gerade für den Vater. »Ist ihre Mutter verstorben?«

»Das weiß ich nicht, Senhor, niemand kennt sie.«

Ach, so war das. Da sah die Sache natürlich anders aus, und für das Mädchen war das Leben als ständiger Beweis für voreheliche Liebschaften ihres Vaters vermutlich nicht ganz einfach gewesen. Auch das kannte Jeremy von zweien seiner Freunde, und deren Ehefrauen hatten den Kindern das Leben sehr schwergemacht.

»Wenn Ihr mich nicht mehr braucht, Senhores, dann werde ich wieder an die Arbeit gehen.«

»Geht nur.« Jeremy entließ ihn mit einer nachlässigen Handbewegung.

Der Mann neigte ehrerbietig den Kopf und ging über den Hof, die Peitsche zusammengerollt in der Hand. »Marcos!«, brüllte er. »Setz dein schwarzes Fell in Bewegung, hier wird nicht gefaulenzt!«

»Hinreißender Zeitgenosse«, bemerkte George mit Blick auf Coentrão. Ein junger Sklave ging mit aufreizender, ja, beinahe schon arroganter Lässigkeit zum Stall. Eine schwangere Frau war in ihrer Bewegung verharrt und beobachtete die Szene, eine Hand an die Brust gelegt, die Augen aufgerissen, als habe sie Angst. Senhor Coentrão ging zu ihr, schob seinen Arm um sie und küsste ihren Hals. Die Frau war immer noch wie erstarrt, neigte den Kopf ein klein wenig, als wolle sie Abstand zwischen sich und ihn bringen, indes der junge Sklave, Marcos, kurz vor dem Stalltor stehen geblieben war und zu ihnen sah, die Lippen zusammengepresst, die Fäuste geballt. Der Aufseher presste für einen kurzen Moment seine Hüfte gegen die der Sklavin, dann umfasste er ihre Hand und zog sie mit sich. Marcos wirkte, als wolle er sich auf ihn stürzen, aber ein alter Mulatte ging zu ihm und legte ihm die Hand auf die Schulter, sprach mit ihm, rief ihn offenbar zur Mäßigung.

»Sehr hübsch, *Yayá*«, sagte Zara, Catarinas Zofe schon aus Zeiten in der *Casa da Monteira*. Die junge Mulattin war im Haus der da Silveiras geboren, eine Mestizin, die für die Dienste der jungen Herrin erzogen und ausgebildet worden war und die Catarina auf ihrer Reise in die Terra do Brasil begleitet hatte.

Kritisch besah Catarina ihr Spiegelbild. Bedauerlicherweise kleideten sich die portugiesischen Mädchen und Frauen nach wie vor in die starre und in Europa inzwischen unpopuläre spanische Mode, die den Körper mit Hilfe von Miederleibchen mit tief angesetzter Taille in eine steife Haltung presste und geradezu aufgliederte, so dass Hüften und Schultern besonders betont wurden. Ihren Hals zwang ein hoher spanischer Kragen in eine aufrechte Haltung. Immerhin konnten die Kleider inzwischen etwas farbenfroher gestaltet werden, und Catarina hatte sich an diesem Nachmittag für ein Kleid in dunklem Blau entschieden, auf dessen vorderen Rockteil von der Taille bis zum Saum blassgoldene Ranken gestickt waren.

Zufrieden drehte sich Catarina vor dem Spiegel einmal um sich selbst, dann verließ sie das Zimmer und ging hinunter in die Halle.

»So feierlich für ein Abendessen?«, hörte sie ihren Onkel sagen und drehte sich um. Er stand zusammen mit Dona Lea in der Tür zum Gesellschaftszimmer, offenbar eben im Begriff, dieses gemeinsam mit seiner Tante zu verlassen.

»Nun, Álvaro«, sagte die alte Frau, »immerhin haben wir Gäste.«
»Engländer.«
»Die zur Familie gehören. Und sollen sie etwa über uns sagen, unsere Töchter würden bei Tisch ärmlicher gekleidet sein als die ihren?« Dona Lea schenkte Catarina ein verschmitztes Lächeln.
Aus leicht verengten Augen musterte Dom Álvaro seine Nichte, dann nickte er. »Nimm dich dennoch in Acht, ich traue diesen Burschen nicht über den Weg. Wenn einer von ihnen dich ungebührlich ansieht, gehst du auf dein Zimmer.«
Den Gast des Raumes zu verweisen kam selbstverständlich nicht in Frage. Mit einem leichten Neigen des Kopfes fügte Catarina sich, und bei dem Gedanken an das abendliche Mahl verspürte sie ein erwartungsvolles Flattern im Bauch. An der Seite ihres Onkels ging sie in das Speisezimmer, wo die Haussklaven den Tisch gedeckt und sich bereitgestellt hatten, die Speisen aufzutragen. Die Besucher wurden in den Raum geführt, und Catarina spürte die Blicke der Männer, bewundernd, aber nicht lange genug auf sich ruhen, um als unhöflich zu gelten. Außer Jeremy Glanville, George Witherspoon und William Pitt waren noch zwei weitere Männer anwesend, die ihnen als Lord Galsworth und Lord Doringham vorgestellt wurden, Passagiere der *Cormoran*. Beide waren bereits in jenem Alter, das Dom Álvaro offenbar als ungefährlich für seine Nichte ansah, denn er erlaubte ihnen, ihr Komplimente zu machen und sie zu Tisch zu führen.
»Ich habe bereits nach meinem Arzt rufen lassen«, sagte er,

als alle am Tisch saßen. »Er wird noch heute Abend kommen und nach den Verletzten sehen.«
»Habt Dank.« Jeremy Glanville neigte leicht den Kopf.
»Hattet Ihr bereits Muße, Euch ein wenig umzusehen?«, fragte Dom Álvaro.
»Zu unserem Bedauern noch nicht.« Jeremy Glanville brach ein Brot entzwei.
»Möchtet Ihr, dass ich Euch morgen herumführe?«, fragte Catarina, ehe ihr Onkel zum Antworten kam. Er warf ihr einen scharfen Blick zu. »Oh, bitte erlaubt es, Onkel Álvaro. Ich würde so gerne mehr über unsere Verwandtschaft in England erfahren.«
»Und dergleichen lässt sich besser erfragen, wenn man dabei durch die Gegend läuft, anstatt in einem Gesellschaftszimmer zu sitzen?«
»Es ist auf jeden Fall deutlich unterhaltsamer«, kam Catarina ihrer Großtante zu Hilfe.
»Wir wären selbstverständlich überaus erfreut über eine derart bezaubernde Begleitung«, ließ sich Lord Doringham vernehmen.
Dom Álvaro sah ihn forschend an, als müsse er sein erstes Urteil nun noch einmal überdenken.
»Sag Marcos und Elisa, sie sollen sie begleiten«, schlug Dona Lea vor. »Ich selbst bin zu meinem Bedauern nicht mehr so gut zu Fuß.«
Marcos, einer der wenigen Sklaven, die keinerlei Scheu davor hätten, einen der weißen Herren in die Schranken zu weisen. Und seine Schwester, damit der Anstand gewahrt blieb. Sichtlich widerstrebend nickte Dom Álvaro.

»Aber Ihr werdet nicht weiter als bis zu den Zuckerfeldern gehen.«

Die Männer versprachen es, und Catarina verspürte eine kribbelnde Vorfreude. Sie fing Jeremy Glanvilles Blick auf, sein flüchtiges, schiefes Lächeln, bei dem er nur einen Mundwinkel hob.

Unter dem Türspalt zu Mécias Zimmer schimmerte Licht. Da dieses jedoch die ganze Nacht hindurch brannte, weil Mécia die Dunkelheit nicht mochte, war es gut möglich, dass sie bereits schlief. Álvaro betrat ihr Zimmer dennoch und sah, wie sie sich auf den Kissen regte. Ihre Zofe saß in einem Sessel am Fenster und stickte. Mit einer knappen Kopfbewegung schickte er sie fort. Nun richtete Mécia sich auf.

»Senhor?«

»Wer sonst sollte es um diese Zeit sein?«

Sie presste die Decke an die Brust. »Ist etwas passiert?« Ihre Stimme klang hoffnungsvoll, denn es gab sonst nur einen weiteren Grund, warum er nachts bei ihr auftauchte – was überaus selten geschah. Aber Álvaro brauchte weitere Kinder, mindestens noch einen Sohn, falls Fernão das Mannesalter nicht erreichte.

»Nein, es ist alles in bester Ordnung.«

Mécias Atem entwich in einem leisen Keuchen. »Ich bin so müde, Álvaro.«

»Du tust von früh bis spät nichts anderes, als zu ruhen.«

»Mein Kopf …«, begann sie, verstummte dann jedoch. »Bitte, Senhor.«

Er hatte sich bis zum Tag ihrer Hochzeit dagegen gesträubt,

sie heiraten zu müssen, ebenso wie sie. Dennoch hatte er sich in ihrer Hochzeitsnacht um sie bemüht, hatte es mit sanfter Verführung versucht, war behutsam gewesen, hatte ihre anfängliche Abscheu vor dem körperlichen Akt auf ihre Unschuld geschoben. Aber was er auch tat, sie blieb abweisend, ließ seine Liebkosungen stets mit abgewandtem Gesicht über sich ergehen, presste die Augenlider zusammen, wenn er die Vereinigung mit ihr vollzog, und gab ihm jedes Mal das Gefühl, sie gewaltsam genommen zu haben. Inzwischen waren sie stillschweigend übereingekommen, dass er den Akt nicht mehr in die Länge zog als unbedingt nötig, wenn er ihn denn überhaupt vollzog.

»Bist du indisponiert?«

Brennende Röte überzog ihre Wangen. »Nein.«

»Nun gut.«

Sie fügte sich, letzten Endes tat sie das immer, stumm, mit abgewandtem Gesicht, die Augen geschlossen, der Körper kalt und abweisend, während er sich in ihr bewegte. Um die Sache überhaupt zu einem Abschluss bringen zu können, dachte er an Letícia. Schließlich erhob er sich abrupt von seiner Frau, und sie zog rasch das Nachthemd über ihren Leib.

»Gute Nacht«, sagte er, ehe er ging.

»Gute Nacht«, murmelte sie.

Álvaro ging in sein Zimmer wies seinen Sklaven barsch an, ihm ein Bad zu bereiten, und stand, während er darauf wartete, dass ausreichend Wasser erhitzt war, am Fenster und starrte in die Dunkelheit. Mécia hatte ins Kloster gewollt, aber ihr Vater hatte nur diese eine Tochter, eine Familie aus altem, aber verarmtem Adel. Ein Name, der mit Geld verheiratet worden war. Im Grunde genommen bedauerte Álvaro sie, aber er konnte nichts für sie tun.

Als Catarina am frühen Morgen das Zimmer ihrer Tante betrat, um dieser einen guten Morgen zu wünschen, sah sie Letícia, die eben ein Tablett mit Brot, Käse, dünn geschnittenem Fleisch und Oliven auf einem kleinen Tisch nahe dem Bett abstellte. Dona Mécia saß auf einem unbequem aussehenden Stuhl am Fenster, und das einfallende hellgraue Morgenlicht ließ sie ungesund aussehen, die Haut blass und rotfleckig, die Wangen klebrig feucht von Tränen.

»Ist Euch nicht wohl, Tante?«

Dona Mécia sah sie nicht an. »Ach, Kind, es ist nichts, womit ich dich belasten möchte.«

»Soll ich einen Arzt rufen?«

»Nein, mir kann kein Arzt helfen.«

Catarina sah zu Letícia, die schweigend dastand, den Blick kurz zu dem zerwühlten Bett gleiten ließ, dann wieder zu Dona Mécia. Ihr Gesicht gab keine Regung preis.

»Lass mich nun bitte allein.« Noch immer starrte Catarinas Tante aus dem Fenster, zerknüllte ein Batisttuch zwischen den Fingern, während ihr eine weitere Träne aus dem Augenwinkel lief.

»Was fehlt ihr denn?«, fragte Catarina Letícia, nachdem sie das Zimmer verlassen hatten.

Der Ausdruck in den Augen der jungen Sklavin war undeutbar. »Vielleicht war Euer Onkel bei ihr.«

»Haben sie sich gestritten? Oder warum …« Dann dämmerte es Catarina, und sie spürte, wie ihr Hitze in die Wangen stieg, was sie ärgerte, denn sie fühlte sich vor der Sklavin, die nur wenig älter war als sie, auf einmal unbedarft und naiv. Sie biss sich auf die Lippen und ging die Treppe hinunter in die Halle. Aus dem Speisezimmer waren bereits Stimmen zu hören, die sich in einer ihr fremden Sprache unterhielten. Als sie den Raum betrat, verstummten sie, und die fünf Männer wandten sich ihr zu.

»Was für ein zauberhafter Anblick am frühen Morgen«, sagte Lord Doringham galant.

Catarina neigte leicht den Kopf. »Ich hoffe, Ihr hattet eine angenehme Nacht.«

»Man weiß den Komfort eines Bettes wohl erst wieder zu schätzen, wenn man vorher wochenlang in einer engen Koje schlafen musste.«

»Daran kann ich mich noch gut erinnern, als ich von Portugal hierher gereist bin. Obwohl ich es seinerzeit alles furchtbar aufregend fand und in meinem Eifer mehrmals fast über Bord gegangen wäre.« Catarina lachte.

»Wie alt wart Ihr?«, fragte Jeremy Glanville.

»Sechzehn.«

»Sehr jung für eine so weite Reise.« Lord Galsworth sah sie interessiert an, und für einen Moment senkte Catarina den Blick. Sie wusste nicht, was sie darauf antworten sollte, ohne die Umstände zu erwähnen, die sie hergeführt hatten. *Ich bin ein Bastard, der nicht einmal weiß, wer seine Mutter ist, und die Ehefrau meines Vaters duldete mich nicht in ihrem Haus.*

»Meine Base lebte eine Weile bei uns«, sagte Jeremy Glanville. »Ihre Familie machte sich Hoffnung auf eine gute Partie in London. Es kann nicht schaden, die Fühler ein wenig weiter auszustrecken.«

Catarina sah ihn dankbar an, und er zwinkerte ihr zu.
»Mein Sohn möchte seine Tochter auch in eine der Kolonien schicken«, sagte Lord Galsworth. »Ich weiß noch nicht, was ich davon halten soll, aber es brechen wohl andere Zeiten an.«
Dom Álvaro betrat den Raum, die Stiefel staubig von seinem morgendlichen Ausritt. Er überzeugte sich mit einem raschen Blick, dass niemand es seiner Nichte gegenüber an Anstand fehlen ließ, und lächelte Catarina zu, die, ganz Gastgeberin und würdige Vertreterin der Hausherrin, die Sklaven anwies, das Essen aufzutragen. »Wie geht es Euren Männern?«
»Besser«, antwortete Jeremy Glanville. »Der *Médico* wird heute – mit Eurer Erlaubnis – noch einmal nach ihnen sehen.«
Dom Álvaro nickte. »Sind die Männer auf Eurem Schiff versorgt?«
»Darum kümmert sich der Master.«
Das Brot war noch warm und dampfte, als Catarina die knusprige Kruste aufbrach. Ihre Großtante hatte sich neben ihr am Tisch niedergelassen und verwickelte Jeremy Glanville in ein Gespräch über London, erzählte aus ihrer Kindheit, die sie mit seinen Großtanten und seinem Großvater verbracht hatte, und wusste die Männer am Tisch allesamt in ihren Bann zu ziehen.
Als Letícia erschien, um zu fragen, ob noch etwas gewünscht würde, zog sie die Blicke aller Männer auf sich. Was *deren* Wünsche waren, ließ sich nur unschwer erraten. Catarinas Lippen kräuselten sich spöttisch. Sie erhob sich, und augenblicklich standen die Männer ebenfalls auf, entzogen Letí-

cia ihre Aufmerksamkeit, um es ihr gegenüber nicht an Höflichkeit mangeln zu lassen. Sie wies die Sklavinnen an, das Essen abzutragen. Dom Álvaro berührte Letícias Arm, eine flüchtige Liebkosung, die jedoch keinen Zweifel darüber ließ, dass sie mehr als nur eine Haussklavin war. Er musste seinen Gästen gegenüber keine Besitzansprüche geltend machen, denn alle Sklaven hier gehörten ihm. Aber dieser einen, das sagte seine Geste deutlich, näherte man sich besser nicht ungebührlich.

Als Catarina das Haus verließ und in den Hof trat, schmeckte sie die morgendliche Kühle, die sich im Laufe des Vormittags verlieren würde. Jeremy Glanville war noch bei seinen Männern und würde später mit George Witherspoon und William Pitt auf seinem Schiff nach dem Rechten sehen. Lord Doringham und Lord Galsworth waren in ein Gespräch mit ihrem Onkel vertieft und ließen sich von den Sklaven kühle Getränke auf die hintere Veranda bringen.

Noch während Catarina überlegte, wie sie die Zeit verbringen sollte, bis sie den Männern die Plantage zeigte, sah sie Jeremy Glanville aus dem Haus kommen. Er lächelte zögerlich und schien nicht so recht zu wissen, ob er sich ihr ohne weiteres nähern durfte. Catarina nahm ihm die Entscheidung ab, indem sie zu ihm ging.

»Geht es Euren Männern besser?«

»Ja, Euer Médico ist ein tüchtiger Mann.«

Catarina ging an seiner Seite, während er den Hof überquerte. »Ehe Ihr kamt, wusste ich nicht, dass wir Verwandte in England haben.«

»Ich glaube, wir sind ein wohlgehütetes Geheimnis Eurer

Familie.« Er zwinkerte ihr zu. »Mein Großvater hat dafür gesorgt, dass wir unsere portugiesischen Wurzeln nicht vergessen.«

»Waren unsere Familien verfeindet?« Catarina würde ihre Großtante bei Gelegenheit darum bitten, ihr die ganze Geschichte zu erzählen.

»Offenbar hat man es meiner Urgroßmutter nicht verziehen, einen Engländer geheiratet zu haben. Sie soll sich seinerzeit auf dem Schiff ihres Bruders als blinder Passagier versteckt haben.«

Das klang romantisch und abenteuerlich. Catarina seufzte. Offenbar erahnte Jeremy Glanville ihre Gedanken, denn er grinste. »Oh, es ist sehr ungemütlich in der Bilge, das kann ich Euch versichern.«

»Ich habe leider von dem Schiff, das mich hergebracht hat, nicht mehr gesehen als meine Kajüte und das Hauptdeck, wo ich mir die Beine vertreten durfte.«

»Ja, man lässt nicht gerne Passagiere das ganze Schiff erkunden. Wenn Euer Onkel es erlaubt, nehme ich Euch mit an Bord und zeige Euch alles.«

»Das wird er niemals dulden.«

»Und in seiner Begleitung?«

Catarina schüttelte den Kopf. Sie wandte den Blick ab und bemerkte, dass Senhor Coentrão sie aus der Ferne belauerte. Vermutlich malte er sich bereits genüsslich aus, seinem Herrn von dem verbotenen Spaziergang der beiden zu erzählen, so gänzlich ohne jede Anstandsbegleitung. Und dann würde dieser sie ganz sicher nicht mehr mit den Besuchern sprechen lassen.

»Ich möchte Euch nicht in Schwierigkeiten bringen«, sagte

Jeremy Glanville, dem die Aufmerksamkeit des Aufsehers ebenfalls nicht entgangen war. »Auf später.«
»Auf später«, antwortete sie, wandte sich ab und ging zum Haus zurück. Ehe sie die Tür öffnete, drehte sie sich noch einmal um. Senhor Coentrão sah sie nach wie vor an und lächelte, als wisse er etwas, wovon sie noch nichts ahnte.

Olinda, September 1625

Seit mehr als zwei Wochen waren sie nun schon hier, und die Reparatur des Schiffes ging langsamer voran als erwartet. Zudem verschlang der Aufenthalt hier horrende Summen. William Pitt hatte ihm gestern Bericht darüber erstattet, wie viel man ihnen für Nahrungsmittel abgenommen hatte, und da war die Bevorratung für die Reise noch nicht inbegriffen. Süßwasser konnten sie aus dem Brunnen holen, bisher war glücklicherweise noch niemand auf den Gedanken gekommen, sie dafür auch noch zu schröpfen. Zudem entging Jeremy die zunehmende Feindseligkeit nicht, die ihnen die Leute entgegenbrachten, auch wenn man sie als Gäste von Dom Álvaro unbehelligt ließ.
Es war zu einem Zwischenfall gekommen, als sich einer der genesenden Männer große Freiheiten bei einer Sklavin herausgenommen hatte, die ihn pflegte. Das Mädchen hatte nicht gewagt, ihn zurückzuweisen, hatte aber später Letícia davon erzählt, und diese wiederum hatte die Sache Dom Álvaro zugetragen. Die Folge war ein recht unerfreulicher Vortrag darüber, was passieren würde, wenn sich noch einmal jemand an seinem Eigentum vergriff. Jeremy seiner-

seits hatte – als die Besatzung unter sich war – sehr drastische Strafen angekündigt, wenn dergleichen noch einmal vorkommen sollte. Sie waren von Dom Álvaros Gunst abhängig, mochte es ihnen passen oder nicht.
»Sklavenhalterpack«, hatte einer der Männer geantwortet.
»Dergleichen hättet Ihr bei einer freien Frau wohl kaum gewagt«, war Jeremys Antwort gewesen.
Dann hatte einer der Matrosen, ein ausgemachter Narr, wie Jeremy ihn zuvor noch nicht kennengelernt hatte, eine Schlange angefasst, ein scheues Tier, das erst zustieß, als er es zu fest drückte. Vielleicht wäre das Leben des Mannes zu retten gewesen, hätte er die Wunde direkt aussaugen lassen, aber da er keinerlei Schmerzen hatte, auch nicht als die Hand anschwoll, dachte er sich nichts dabei. Dann verspürte er eine zunehmende Kälte in der Hand und Schmerzen, indes die Schwellung weiter zunahm. Es kam zu Zuckungen des Gesichts und des Körpers, dann begann der Mann unkontrolliert zu zittern – da war der Biss schon über eine Stunde her. Man ließ eine weitere Stunde verstreichen, ehe man Jeremy benachrichtigte. Zu dem Zeitpunkt konnte der Mann keinen zusammenhängenden Satz mehr artikulieren und geriet in Panik. Er war schweißüberströmt, hatte Nasenbluten, und sein ganzer Körper hatte eine gelbliche Färbung angenommen. Da niemand in Olinda bereit war, ihn aufzunehmen und er in diesem Zustand unmöglich auf das Schiff zurückkonnte, schaffte man ihn in einem Karren auf die Plantage. Dort lebte er noch bis in den kommenden Morgen, wand sich stöhnend unter starken Schmerzen, und weder der *Médico* noch die heilkundigen Sklavinnen konnten ihm helfen, nicht einmal Linderung verschaffen. Jeremy

selbst war dabei, als eine Sklavin dem Mann fortwährend ein Gemisch aus Wasser, Zucker und Rum einflößte. Zwei weitere Sklaven wechselten mehrmals die Laken, weil der Mann das Wasser nicht mehr halten konnte und fortwährend aus der Nase blutete. Als der Morgen schließlich anbrach, hatte sich sein Körper dunkel verfärbt. Er verstarb fast vierundzwanzig Stunden nach dem Biss, und sein Leichnam schwoll rasch an, wurde fleckig und verbreitete einen pestilenzartigen Gestank. Dom Álvaro fluchte, ließ die Bettwäsche verbrennen und das Zimmer mit Schwefel ausräuchern.

»Hoffentlich war es in der Tat nur ein Schlangenbiss und keine unselige Krankheit, die Ihr mir ins Haus geschleppt habt«, sagte er, wurde jedoch vom eilig hinzugezogenen *Médico* beruhigt.

Jeremy hielt seiner Mannschaft einen Vortrag darüber, welchen Tieren man sich in diesem Land besser nicht näherte und welche Maßnahmen nötig waren, wenn es doch einmal zu einem Schlangenbiss kam. Die Wunde hätte sofort abgebunden, ausgesaugt und mit Salzwasser gereinigt werden müssen. Hernach wäre ein Arzt hinzuzuziehen gewesen. Glücklicherweise blieb es bei dem einmaligen Vorfall.

Mochte das Leben auf der Plantage anfänglich eine gewisse Faszination gehabt haben, so war diese einer Eintönigkeit gewichen, in die lediglich die morgendlichen Ausritte, zu denen Dom Álvaro die Männer einlud, Abwechslung brachten. Ansonsten verliefen die Tage gleichförmig. Einigen der Besatzungsmitglieder ging es gut genug, um die Gastfreundschaft der da Silveiras nicht mehr in Anspruch nehmen zu müssen, die anderen befanden sich auf dem Weg der Genesung.

Catarina da Silveira war gewiss der erfreulichste Anblick, den Olinda bisher zu bieten gehabt hatte. Zu Jeremys Bedauern jedoch wurde ihr nur selten erlaubt, sich in seiner Gesellschaft aufzuhalten. Es gab wohl keine Frau in Europa, die weniger Freiheiten hatte als eine portugiesische.

An diesem Morgen war er Dona Catarina noch nicht begegnet. Er trat in den Hof und hörte das Klatschen einer Peitsche auf bloßer Haut – er kannte dergleichen von Bestrafungen auf dem Schiff –, gefolgt von Schreien, einer Stimme, die in schrille Höhen schraubte und sich überschlug. Es war eine Frau, die dort stand, groß und von kräftiger Statur, das Kleid am Rücken aufgerissen, so dass die blutigen Striemen auf der dunklen Haut zu sehen waren.

George Witherspoon betrachtete die Szene, die Hände hinter dem Rücken verschränkt. »Reizende Verwandtschaft hast du«, sagte er, ohne Jeremy anzusehen.

»Was hat sie getan?«

Ein alter Sklave, der die Frage gehört hatte, gab an Georges Stelle Antwort. »Das ist eine Küchensklavin. Hat einen Stapel Teller zu Bruch gehen lassen. Ist seit zwei Monaten hier. Erst hat man ihr Kind verkauft, dann sie.« Der Mann berührte seine Stirn. »Drehen durch, wenn man ihnen die Kinder wegnimmt.«

George wandte sich ab. »Sehen wir zu, dass wir hier fertig werden, und dann nichts wie weg.«

Obwohl er wusste, dass er nicht das Recht hatte einzuschreiten, rang Jeremy mit sich. Er war zu liberal erzogen worden, um eine solche Szene regungslos mit anzusehen. Viele Engländer beteiligten sich am überaus lukrativen

Sklavenhandel, aber ein solcher Weg kam für die Glanvilles nicht in Frage.

»Es ist genug!« Dona Catarina kam aus dem Haus gelaufen, unbeachtet von Senhor Coentrão. Als er jedoch mit der Peitsche erneut ausholte, bekam sie diese zu fassen und riss heftig daran. Dem überraschten Aufseher entglitt der Griff, und er drehte sich ruckartig um.

»Euer Onkel hat die Bestrafung angeordnet, Dona Catarina.«

»Hat er auch das Maß bestimmt?«

»Er sagte, die Strafe solle angemessen sein.«

Catarina da Silveira deutete mit dem Griff der Peitsche auf den geschundenen Rücken. »Auch *unsere* Teller sind nicht das Leben einer Frau wert.«

»Frau!« Senhor Coentrão spuckte aus. »Für eine hübsche Haussklavin kriegt Ihr mindestens acht von diesen hier.« Er streckte die Hand aus. »Und nun lasst mich meine Arbeit tun.«

Als Dona Catarina keine Anstalten machte, ihm die Peitsche auszuhändigen, griff er danach und zog sie mit einem Ruck zu sich, so dass die junge Frau den Halt verlor, stolperte und vor ihm auf die Knie fiel. Mit wenigen Schritten war Jeremy bei ihnen.

»Ich glaube, Ihr vergesst Euch, Senhor!«

»Es tut mir aufrichtig leid«, beteuerte der *Feitor,* sein kaum verhohlenes Feixen strafte diese Worte jedoch Lügen.

Dona Catarina ignorierte seine hilfreich hingestreckte Hand und ließ sich von Jeremy aufhelfen. Ihr Rock war staubbedeckt, und Röte kroch über ihre Wangen. Diese Demütigung ertrug sie nur schwer, das war offensichtlich.

»Mein Onkel sollte Euch auf die Straße setzen!«, fauchte sie.

»Ich folge seinen Anweisungen, welchen Grund sollte er dazu haben?«

»Ihr lasst es mir gegenüber an Respekt fehlen.«

Scheinbar demütig neigte der *Feitor* den Kopf. »Das war nicht meine Absicht.«

Einen Moment lang schien Dona Catarina mit sich zu ringen, ob sie den Disput weiterführen sollte, dann wandte sie sich jedoch mit einem Ruck ab und ging zum Pranger. »Losketten«, befahl sie einem breitschultrigen Sklaven mit nahezu schwarzer Haut. Dieser zögerte keinen Augenblick.

»Das wirst du nicht tun, Pablo«, fuhr ihn Senhor Coentrão an. »Oder du stehst als Nächster dort.«

Der Sklave hielt inne.

»Er schuldet mir noch vor Euch Gehorsam«, sagte Dona Catarina und schenkte dem *Feitor* nur einen kurzen, herablassenden Blick. Sie hatte sich wieder gefangen. »Tu, was ich gesagt habe, Pablo.«

Nach kurzem Zaudern folgte der Sklave ihrem Befehl und löste die Handgelenke der Frau aus den Ketten. Diese richtete sich auf, ging mit stolz erhobenem Haupt zwei Schritte fort vom Pranger, ehe sie zusammenbrach und reglos liegen blieb. Dieses Mal ging Dona Catarina freiwillig in die Knie, neigte sich über die Frau und berührte ihren Hals. Dann sah sie auf.

»Wenn Ihr sie getötet habt, sorge ich dafür, dass mein Onkel Euch zur Rechenschaft zieht.«

Senhor Coentrão berührte nun seinerseits den Hals der

Sklavin. »Seid unbesorgt, Dona, ich weiß, wie man Sklaven bestraft, ohne sie zu töten.« Er winkte zwei Mulatten heran. »Kümmert euch um sie.« Dann richtete er das Worte wieder an Dona Catarina: »Sie hätte noch zwanzig Hiebe durchstehen können, ohne dem Tode auch nur nahe zu sein. Ich weiß, was ich tue.«

Ohne ihn einer Antwort zu würdigen, wandte Dona Catarina sich ab und ging in Richtung Garten davon.

»Kriech doch in die Gosse zurück, in der dein Vater deine Mutter bestiegen hat«, presste der *Feitor* kaum hörbar zwischen den Zähnen hervor.

»Hütet Eure Zunge«, wies Jeremy ihn scharf zurecht.

Senhor Coentrão drehte sich zu ihm, überrascht, als habe er seine Anwesenheit vergessen. »Ah, stimmt, Ihr seid ja ein entfernter Verwandter von ihr. Habt Ihr Schwestern?«

»Eine«, antwortete Jeremy widerstrebend.

»Ich nehme an, Eure Schwester schleicht sich nicht in aller Heimlichkeit aus dem Haus und treibt sich in den Wäldern herum. Dona Catarina hingegen wurde als adlige Tochter erzogen, kann ihre Herkunft aber nicht verleugnen.«

»Noch ein verleumderisches Wort über sie, und ich werde Dom Álvaro über Eure Unverschämtheit in Kenntnis setzen.«

Der *Feitor* lachte. »Er weiß längst darum. Als Ihr kamt, hatte er gerade erst ihren Hausarrest aufgehoben, nachdem sie ihm wieder einmal entwischt war. Vorher hat er sie geschlagen, hier auf dem Hof, vor den Augen aller.« An Jeremys Blick erkannte er offenbar, dass er seinen Herrn in einem wenig schmeichelhaften Licht darstellte, und so fügte er rasch hinzu: »Er hat sie auf ihr Zimmer geschickt,

um ihr die Demütigung zu ersparen, aber sie wollte ihre Strafe hier entgegennehmen. Sie ist eine Sklavenfreundin, fühlte sich ihnen wohl auf diese Weise näher.«
Jeremy sah zum Garten, in dem Dona Catarina verschwunden war. Eigentlich musste er zum Schiff zurück, aber es gab so wenig Zerstreuung hier. Und ihm fehlte weibliche Gesellschaft. Die kurzen Begegnungen unter den Argusaugen ihres Onkels konnte man nicht gerade als erbaulich bezeichnen. Und auch ihre Führung über die Plantage war kaum geeignet gewesen für Geplauder. Nachdem er einen Blick zum Haus geworfen hatte, folgte er Catarina in den Garten.

Catarina zupfte einige Blätter von einem Zitronenbaum, zerrieb sie zwischen den Fingern und atmete den aromatischen Duft ein. Tränen verschleierten ihren Blick in das Grün, und sie blinzelte heftig. Teller, dachte sie. Es waren doch nur Teller. Und zu ihrer Schande musste sie gestehen, dass die Demütigung, die Senhor Coentrão ihr zugefügt hatte, ebenso in ihr brannte wie der Anblick von Eilas blutig gepeitschtem Rücken.
Als sie Schritte hörte, drehte sie sich hastig um, in Erwartung, ihrem Onkel gegenüberzustehen. Ihr lag bereits eine Antwort auf die Vorwürfe, die er ihr zweifelsohne machen würde, auf der Zunge, als sie Jeremy Glanville sah. »Ach«, sagte sie, »Ihr seid es.«
Er blieb wenige Schritte von ihr entfernt stehen. »Und Ihr scheint nicht eben erfreut darüber. Wenn Ihr lieber allein sein möchtet …«
»Nein«, antwortete sie rasch. »Nein.«

Er trat zu ihr, nicht so nahe, um von einem zufälligen Beobachter als anstößig betrachtet zu werden, aber nahe genug, um eine gewisse Vertraulichkeit vorzugaukeln. Catarina faltete die Hände und barg sie in den Falten ihres Kleides, die Zitronenblätter zwischen den Fingern. Sie sah ihn an, dann an ihm vorbei in jene Richtung, wo ein Weg verborgen von Farnen und hohen Sträuchern auf den Hof führte, wo der Pranger ihren Blicken entzogen stand.

»Wäre Eila eine der hübschen Haussklavinnen«, sagte sie, »hätte man sie nicht so hart bestraft. Eine schöne Sklavin peitscht man weniger hart und nie auf den bloßen Rücken, damit sie keine Narben bekommt, das würde ihren Wert mindern.« Sie beobachtete Jeremy Glanville, während sie sprach. Seine Brauen zogen sich leicht zusammen, und eine kleine Falte bildete sich dazwischen. »Meine Großtante Lea«, fuhr sie fort, »ist ebenfalls die Tochter einer Sklavin. Ihr Ehemann war der Sohn einer Sklavin.« Nun wirkte er erstaunt, sagte jedoch immer noch nichts. »Uneheliche Kinder sind keine Seltenheit in unserer Familie. Normalerweise ist das Kind einer Sklavin ebenfalls Sklave, selbst wenn der Vater ein freier Mann ist. Aber mein Urgroßvater hat Großtante Lea freigelassen und als Tochter aufgezogen.« Sie sah ihm an, welche Frage ihm auf der Zunge lag, die er jedoch nicht zu stellen wagte. »Meine Mutter war keine Sklavin. Eine solche Herkunft müsste nicht geheim gehalten werden.«

»Es würde für mich keinen Unterschied machen«, antwortete Jeremy Glanville.

»Tatsächlich nicht? Weil ich nicht schwarz bin?«

»Nein, weil Ihr seid, wer Ihr seid, gleich, wer Eure Mutter war.«

Catarina lächelte. »Wie freundlich von Euch.«

»Es ist mir ernst.«

Ein kleines Flattern hob ihr den Magen. Er sah in der Tat gut aus mit seinem honigbraunen Haar und den grauen Augen. Ihr war noch kein Mann, der nicht zur Familie gehörte, so nahe gewesen wie er in diesem Moment. Sie war die ehrbare Tochter von Ramón da Silveira, das wies die jungen portugiesischen Männer bei den seltenen Gelegenheiten einer gesellschaftlichen Zusammenkunft in die Schranken, man wusste schließlich, was sich gehörte. Da es unter den Söhnen der Plantagenbesitzer niemanden gab, der sie ernsthaft interessierte, war ihr dies nur recht. Und in dem Augenblick, da sie Jeremy Glanville gegenüberstand, wusste sie, dass sich daran auch künftig nichts ändern würde. Er war anders, und sie mochte es, wie er war, wie er sprach. Und dass sie in seinen Augen in jenem Moment, als Eila am Pranger stand, jene Abscheu gesehen hatte, die auch sie empfand.

»Lebt Ihr gerne hier?«, fragte er.

Sie zuckte mit den Schultern. »Im Haus meines Vaters hatte ich mehr Freiheiten, ich bin geritten und im umliegenden Wald spazieren gegangen. Aber wir lebten dort sehr abgelegen. Hätten wir unmittelbare Nachbarn gehabt, hätte ich dergleichen wohl nicht gedurft. Aber ich mag, wie es hier riecht, das dichte Grün und das Gefühl, in einem immer blühenden Garten zu leben.«

Ein kleines Lächeln umspielte Jeremy Glanvilles Lippen. Er schien etwas sagen zu wollen, da hörte Catarina, wie

jemand ihren Namen rief. Es war die schleppende, stets ermüdet klingende Stimme ihrer Tante.
»Entschuldigt mich.« Sie wandte sich ab und eilte zurück zum Haus, ehe jemand in den Garten geschickt würde, um sie zu suchen, und sie in Gesellschaft des Engländers sah.
»Ah, Catarina, da bist du ja. Sprich doch bitte die Speisen für morgen mit der Köchin durch. Ich weiß, ich wollte es tun, aber mir ist nicht gut, Kind.«
Sie erwarteten Gäste für den kommenden Abend, eine Einladung, die schon vor Wochen ausgesprochen worden war und die auch angesichts der anwesenden Engländer unmöglich zurückgenommen werden konnte. Die *Fidalgos* kamen ohne ihre Frauen, demnach würde es Mécia erspart bleiben, an der Seite ihres Ehemannes zu erscheinen. Catarina neigte fügsam den Kopf und ging in die Küche, in Gedanken immer noch im Garten bei Jeremy Glanville.

»Wie erträgst du das bloß all die Nächte?« Die hochschwangere Elisa stemmte sich die Hände ins Kreuz. »Und wieso bleibt dir *das hier* erspart?«
Letícia zählte die silbernen Löffel durch und wandte sich der jungen Frau zu. »Dom Álvaro ist nicht Senhor Coentrão.«
»Aber dieses Gefühl, wenn sie …«
»Schweig!« Letícia sah zur Tür und dann wieder zu Elisa. Kein falsches Wort hier, wo man es hören und Dom Álvaro zutragen konnte. Eine Sklavin, die ihren Platz einnahm, fand sich nur zu schnell.
»Wehr dich nicht gegen ihn«, sagte sie leise. »Dann tut es vielleicht nicht so weh.«

Elisa zog erschaudernd die Schultern hoch. »Kannst du nicht Dom Álvaro sagen, er soll es ihm verbieten?«
»Was denkst du denn? Dass er auf mich hört? Ihm ist es gleich, welche Sklavin Senhor Coentrão beschläft. Und seine Wahl ist nun einmal auf dich gefallen.«
Jorge erschien in der Tür. »Letícia, bist du fertig mit dem Silber?«
»Ja.« Sie reichte es ihm. Elisa sah ihm nach, als er fortging, betrachtete seine hochgewachsene Gestalt, schlank und breitschultrig. Für das Haus wählte man schöne Sklaven, um den eigenen Reichtum zu präsentieren.
»Er wird weitermachen«, nahm Elisa das Gespräch wieder auf. »Sieh mich nur an.« Sie breitete die Arme aus und präsentierte ihren füllig gewordenen Leib. »Er bekommt nicht einmal jetzt genug.«
»Frag Munia, sie wird dir sagen, wie du künftig verhindern kannst, ein weiteres Kind von ihm zu empfangen.«
Munia war Hebamme und sorgte für all jene Sklavinnen, die niederkamen. Zudem war sie die beste Heilkundige unter ihnen und kannte Kräuter für jedes Leiden. Und sie wusste eben auch, wie man eine Empfängnis verhindern konnte.
»Helfen ihre Zaubermittel denn?«
»Nun, ich erwarte kein Kind, nicht wahr? Und das liegt sicher nicht daran, dass Dom Álvaro sich zu wenig bemüht.«
Elisa nickte.
Zaida, die dem Haushalt vorstand, erschien im Speisezimmer. Sie zeigte mit dem Finger auf Elisa. »Was stehst du hier herum und quatschst? An die Arbeit mit dir. Wenn die Gäste morgen kommen, muss alles ordentlich sein. Also

steh hier nicht herum.« Sie scheuchte die junge Sklavin aus dem Raum.

»Wer wird bei Tisch bedienen?«, fragte Zaida dann, an Letícia gewandt.

»Das werde ich tun«, antwortete Letícia. »Zusammen mit Jorge.«

»Gut.« Zaida wischte sich mit dem Arm über ihr schwarzes, schweißglänzendes Gesicht. »Es kommt hoher Besuch aus Portugal, hat Marcos erzählt. Die Männer sind gestern mit dem Schiff aus Indien gekommen. Wenn Dom Álvaro nicht zufrieden ist, setzt es was mit der Peitsche.«

»Er wird zufrieden sein.« Und wenn er es nicht war, würde Letícia in einer langen Nacht dafür sorgen, dass er es am nächsten Morgen war. Zaida wusste das. Niemand hatte ernsthaft etwas zu befürchten. Nur um Marcos musste man sich kümmern, er war in letzter Zeit wieder so aufsässig geworden. Wenn er Dom Álvaro am kommenden Abend vor den Gästen brüskierte, würde auch Letícia ihn nicht retten können.

»Wer kümmert sich um die Pferde der Gäste?«, fragte sie.

»Marcos.«

»Diogo soll das tun. Marcos wird die Nacht damit verbringen, die Sättel zu putzen.«

»Das haben wir nicht zu entscheiden.«

Letícia lächelte. »Nein, aber darum kümmere ich mich.«

Weil es Catarina an diesem Abend ohnehin nicht erlaubt war, dem Essen beizuwohnen, genoss sie die Freiheit, zu tun und zu lassen, was ihr gefiel – wenn auch in eng gestecktem Rahmen. Ihr Onkel widmete sich ganz seinen Gästen, die Sklaven eilten hin und her, um alles zur Zufriedenheit des Hausherrn zu erledigen, und ihre Tante lag bereits den halben Tag im Bett.

Catarina ging in den nächtlichen Garten hinaus, ein Vergnügen, das sie sich selten gönnen konnte. Schon als Kind hatte sie es geliebt, sich bei Nacht hinauszuschleichen und auf dem väterlichen Gut alles im Dunkeln zu erkunden. Die Welt wirkte verändert, alles, was vertraut war, schälte sich in Silhouetten aus den Schatten, oftmals nur spärlich beleuchtet vom Mondlicht. Die Wachhabenden hatten sie gelegentlich gesehen, wenn sie durch die Nacht lief, doch niemand verriet sie je ihrem Vater. Aber sie hatten darauf achtgegeben, dass sie Hof und Garten nicht verließ.

In der Loggia streifte Catarina ihre Schuhe ab und ging barfuß weiter durch das kühle Gras. Es gab nur wenig, was ihr mehr Vergnügen bereitete als das Gefühl kitzelnder Halme an ihren Zehen und die nachgiebige Erde unter ihren Fußsohlen. Sie spürte jede Unebenheit, jedes kleine Steinchen, als sie zu dem künstlich angelegten Bachlauf des Gartens kam, der in einem Teich endete. Dort setzte sie sich auf die steinerne Umfriedung und ließ die Füße ins Wasser gleiten. Sie legte den Kopf zurück und betrachtete das schwarze Laubdach über sich.

»Euch hatte ich hier um diese Zeit nicht erwartet.«

Catarina fuhr hastig herum. »Senhor Glanville?« Sie zog die Füße mit dem nassen Rocksaum aus dem Wasser. »Ich vermutete Euch auf der Gesellschaft meines Onkels.«

»Lasst Euch nicht stören«, sagte Jeremy Glanville und ließ sich neben ihr nieder, so dass sie den Kopf nicht mehr zurückbiegen musste, um zu ihm aufzuschauen. »Euer

Onkel dachte, dass es angesichts des Besuches aus Portugal besser sei, wenn wir uns nicht zeigen. Es sind wohl einige Gäste anwesend, die dem Königshaus nahestehen, und er wollte vermutlich unerfreuliche Dispute vermeiden.«

»Und nun habt Ihr Euch dennoch aus Eurem Zimmer gewagt?«

»Ich kam mir ein wenig vor wie ein unfolgsames Kind«, gestand Jeremy Glanville.

Catarina lachte.

»Ihr lacht selten. Ihr solltet es öfter tun.«

Diese Art von Komplimenten kannte Catarina. Meist wurden sie gemacht in der Hoffnung, wenigstens einen Kuss zu bekommen, so hatte man Catarina von klein auf erzählt. Während sie jedoch im dunklen Garten so nahe bei Jeremy Glanville saß, dass nur wenige Handbreit Platz zwischen ihnen war, dachte sie mit einem wilden Flattern in der Brust, dass sie ihm diese Gunst möglicherweise gewähren würde. Er machte jedoch keine Anstalten, es auch nur zu versuchen. Vielleicht weil er wusste, was er seinem Gastgeber schuldig war.

»Möchtet Ihr in der Terra do Brasil bleiben?«, fragte er.

»Ich weiß es noch nicht. Mir gefällt es hier, aber wenn ich bliebe, würde ich irgendwann die Ehefrau eines Plantagenbesitzers, und ich könnte gegen das Sklavenelend doch nichts bewirken.«

»Als Hausherrin und Ehefrau …«

»Hätte ich nicht viel zu sagen, glaubt mir.« Catarina zupfte ein paar Grashalme heraus und verflocht sie zwischen ihren Fingern. »Dass es solche Dinge gibt, wie ich sie hier sehe, hatte ich nicht gewusst …«

»Aber ich dachte, in Portugal hält man auch Sklaven?«
»Ja, aber das ist anders. Sie sind unfrei und werden auch auf Sklavenmärkten in Lagos verkauft, aber trotzdem … Bei uns wurde noch nie ein Sklave ausgepeitscht. Sie arbeiten im Haus und im Stall, sind Ammen, Zofen, Diener und Dienerinnen, Schreiber … Mein Vater vertraut seine gesamten Geldgeschäfte einem Sklaven an. Dergleichen ist hier undenkbar.«
»Befürchtet man hier nicht, die Sklaven könnten sich gegen ihre Herren verbünden?«
Catarina schüttelte den Kopf. »Nein, sie hassen sich. Man schickt Sklaven aus verfeindeten Stämmen miteinander auf die Felder, damit keine Gefahr besteht, dass sie sich verbünden. Sie sprechen verschiedene Sprachen, entstammen verschiedenen Kulturen und haben alle ihre eigenen Traditionen. Es gibt Stammesführer und Priester. Die *Hausa* und *Naga* sind Muslime, sie können lesen und schreiben und sind oft gebildeter als ihre Herren, sie unterwerfen sich nicht widerstandslos. Oft verraten Sklaven die geplanten Aufstände von Sklaven anderer Religionsgemeinschaften, aus Angst, ebenfalls getötet zu werden, wenn die Aufständischen Erfolg haben. Und dann gibt es die Sklaven, die hier geboren wurden, die *Crioulos*, die sich als etwas Besseres fühlen. Die *Boçais* wiederum sind die Niedrigsten unter den Niedrigen, weil sie sich auf den Feldern totschuften, und die *Ladinos* blicken auf sie hinab. Wenn sie sich zusammentäten, gäbe es vermutlich ein schreckliches Gemetzel.«
»Ja, das ist anzunehmen.«
»Und doch gibt es kein elenderes Leben als das in den Zuckerrohrfeldern«, fügte Catarina leise hinzu.

Jeremy schien etwas sagen zu wollen, als vom Haus her laute Stimmen zu hören waren. Erst dachte Catarina, einige Gäste hätten die Loggia betreten, aber als sie sich umwandte und zu den erleuchteten Fenstern spähte, bemerkte sie tumultartige Bewegungen, und sie erhob sich.

»Entschuldigt mich.« Mit gerafften Röcken lief sie zum Haus, ungeachtet möglicher Vorwürfe, die ihr Onkel ihr für ihr unangemessenes Erscheinen machen würde. Über die Loggia betrat sie das Speisezimmer und hörte, wie Dom Álvaro jemanden in scharfem Ton zurechtwies. Dann öffnete sie die Tür und hielt inne, als sie Marcos bemerkte, der betrunken herumlärmte. Zeitgleich mit Catarina erschien Senhor Coentrão und packte den Arm des Jungen. Letícia und Jorge standen neben dem reichgedeckten Tisch, an dem die Gäste wohl eben noch gesessen hatten, und starrten auf die Szene, während zwei Haussklavinnen mit erschrockenen Gesichtern durch die Tür lugten, die zur Halle führte.

»Was soll mit ihm geschehen?«, fragte Senhor Coentrão und ignorierte alle Versuche Marcos', sich zu befreien.

»Sklavenhalterpack«, lallte Marcos in verwaschenen Silben. Entsetzt schlugen sich die beiden Haussklavinnen eine Hand vor den Mund, und auch Catarina, die noch unbemerkt geblieben war, hielt erschrocken die Luft an.

»Macht mit ihm«, sagte Dom Álvaro, »was Ihr für richtig erachtet.«

Nun löste sich Catarina aus ihrer Erstarrung. »Nein, Onkel Álvaro.« Sie lief auf ihn zu und umfasste seinen Arm. »Nein, er wird ihn umbringen.«

»Keineswegs«, antwortet Senhor Coentrão anstelle ihres Onkels mit einem kleinen Lächeln.

»Ihr müsst das Strafmaß festlegen«, beharrte Catarina, an ihren Onkel gewandt.
Dom Álvaro befreite seinen Arm aus ihrem Griff. »Und wenn meine Nichte versucht, Euch an der Ausübung Eurer Pflicht zu hindern«, sagte er an den *Feitor* gewandt, »so beachtet sie nicht. Ich verbiete Euch ausdrücklich, ihren Anweisungen heute Abend Folge zu leisten.«
»Wie Ihr wünscht.« Nun glitt ein breites Grinsen über die Lippen des Aufsehers. Er wandte sich ab und zog Marcos hinter sich her durch die Halle in den Hof.
Catarina folgte ihnen und blieb auf der breiten Treppe vor der Haustür stehen. Letícia trat neben sie.
»Senhor Coentrão.« Elisa, die mit ihrem dicken Bauch kaum mehr laufen konnte. »Tut ihm nichts an, ich bitte Euch.«
Der *Feitor* schob sie beiseite.
»Ich gebe mich freiwillig hin.« Sie umklammerte sein Handgelenk, versuchte, seinen Blick auf sich zu lenken. »Ich tue, was Ihr wollt, Ihr müsst mir nichts gegen meinen Willen abringen.«
»Hure«, lallte Marcos. »Verdammte … Hure.«
»Hörst du die liebreizenden Worte deines Bruders?«
Elisa blieb stehen, und ihr Körper krümmte sich, während sie weinte. Weitere Sklaven kamen hinzu, auch Haussklaven, Gärtner, Stallburschen, Kutscher der Besucher.
»Und überhaupt, was um alles in der Welt soll dieser schamlose Aufzug?«
Catarina fuhr herum. »Onkel Álvaro, ich war nur im Garten und …«
Er schnitt ihr mit einer raschen Handbewegung das Wort

ab, und ihr wurde bewusst, was sie für einen Anblick geboten haben musste, als sie zuvor das Speisezimmer mit den bloßen Füßen und dem nassen Rocksaum betreten hatte. Dennoch traf seine Ohrfeige sie gänzlich unerwartet. Sogar Letícia fuhr zusammen. Dom Álvaro sah die Sklavin an und deutete mit einem ruckartigen Nicken zum Speisezimmer. Gehorsam ging sie an ihm vorbei, durchquerte die Halle und verschwand in dem Raum dahinter.

»Geh auf dein Zimmer, Catarina«, befahl Dom Álvaro drohend leise, »ehe ich mir eine weitere Strafe für dich ausdenke. Ich bin gerade in keiner sehr duldsamen Stimmung. Und untersteh dich, dich jemals wieder in Gegenwart von Gästen in meine Anweisungen einzumischen.«

Catarina lag ein Widerspruch auf der Zunge, aber sie wusste, dass sie damit eher sich selbst strafte als ihn. Für ihren Onkel wäre es der letzte Anlass, den es noch brauchte, um erneut Arrest zu verhängen oder Schlimmeres. »Ja, Onkel Álvaro.« Sie ging ins Haus zurück.

In diesem Augenblick hallte Marcos' erster Schrei über den Hof.

»Dom Álvaro wird uns alle auspeitschen lassen.« Zaida rang die Hände.

Nach dem Vorfall mit Marcos war eine Ungeschicklichkeit nach der anderen passiert. Jorge hatte ein Tablett schief gehalten, so dass das süße Gebäck zu Boden gefallen war, einer Haussklavin war eine Karaffe entglitten und auf dem polierten Boden vor den Füßen der Gäste in tausend Teile zersprungen. Die *Muleca* hatte dafür eine Ohrfeige von Zaida erhalten und war aus dem Raum geschickt worden, ehe Dom Álvaro die Strafe in die fähigeren Hände seines zweiten Aufsehers legen konnte, denn Senhor Coentrão war noch beschäftigt, wovon die schrillen Schreie, die von draußen zu hören waren, zeugten. Ein anderes Mädchen wurde mit dem Aufsammeln der Scherben beauftragt, und während es sichtlich nervös zu Füßen der Gäste hockte und das zersplitterte Glas in seiner Schürze sammelte, schnitt es sich mehrmals in die Finger.

Nun standen viele der Haussklaven in der kleinen Küche, die der großen vorgelagert war, und das Hausmädchen, dem die Karaffe zu Bruch gegangen war, weinte bitterlich, erinnerte sie sich doch nur zu gut an die Folgen, die ein Stapel zerbrochener Teller für Eila gehabt hatte. Jorge war ebenfalls blass, denn auch ihm schien bewusst zu sein, was Dom Álvaros vernichtender Blick für Konsequenzen verhieß. Letícia stellte ein Tablett mit silbernen Bechern ab und schickte zwei Mädchen in das Speisezimmer, um den Rest abzutragen. Der letzte Gast war gerade aufgebrochen, ein wichtiger Mann, den Dom Álvaro an der Tür verabschiedete. Sie holte tief Luft und verließ die Küche. Vor Müdigkeit schmerzten ihr die Glieder, aber sie wusste, dass Zaida recht hatte. Mindestens dreien von ihnen drohte die Peitsche, Jorge, der *Muleca* und Zaida als Verantwortlicher. Letícia strich sich ordnend über das Haar und betrat die Halle.

Durch die weit geöffnete Haustür war Marcos' Schluchzen zu hören, sein beständiges Bitten, dass es nun genug sei. Offenbar hatte Senhor Coentrão eine Pause eingelegt, um seine Kräfte zu schonen. Letícia verzog das Gesicht vor Abscheu.

»Dom Álvaro«, sagte sie sanft.

Er hatte still dagestanden und in den von Fackeln erhellten Hof geschaut. Nun drehte er sich um, und Letícia bemerkte, wie finster seine Miene war, wie unheilverkündend die Falte zwischen seinen Brauen. »Ah, Letícia«, sagte er, und seine Stirn glättete sich kaum merklich. »Wenigstens auf dich war heute Verlass.«

Sie lächelte. Unterdessen war Marcos' »Nein! Nein!« zu hören, dann ein Klatschen, gefolgt von einem Schrei. Es fiel Letícia schwer, ihr Lächeln zu halten.

»Wünscht Ihr etwas, Herr? Ein Bad?«

Dom Álvaro betrat das Haus und schloss die Tür hinter sich. »Nein.«

Das war nicht gut. Letícia berührte seinen Arm. »Dann lasst mich euch wenigstens helfen, Euch für die Nacht umzukleiden.«

Er zögerte, entschied dann jedoch offensichtlich, dass das Verhängen der Strafen auch am kommenden Tag noch früh genug war. Als Letícia ihre Hand in seine Armbeuge schob, um an seiner Seite zur Treppe zu gehen und dabei seinen Oberarm wie beiläufig mit der Brust streifte, kam Senhor Witherspoon die Treppe hinunter, hochrot im Gesicht und im Gehen damit beschäftigt, sein Hemd zuzuschnüren.

»Wenn Ihr nicht augenblicklich diese Barbarei dort draußen beendet«, sagte er und deutete mit dem Zeigefinger auf die Tür, »werde ich es tun, ungeachtet meines Respekts für Euch als Gastgeber. Wenn Ihr den Jungen töten wollt, hängt ihn auf, anstatt ihn langsam zu Tode zu quälen.«

Dom Álvaro hob die Brauen. »Er wird nicht sterben, seid unbesorgt. Es steht Euch aber gerne frei, die Nacht auf

Eurem Schiff zu verbringen. Bis morgen früh wird er die Bestrafung überstanden haben.«

Obgleich er nur notdürftig angekleidet war, schritt Senhor Witherspoon zur Tür. »Nicht nur diese, sondern von jetzt an jede Nacht.«

Dom Álvaro zuckte mit den Schultern und ging mit Letícia die Treppe hinauf. In seinem Zimmer angekommen, ging sie ihm beim Umkleiden zur Hand, dann schickte er sie fort. Letícia löschte das Licht, verließ das Zimmer jedoch nicht, sondern ließ ihr Kleid zu Boden fallen, dann das Unterkleid. Schließlich glitt sie unter Dom Álvaros Decke.

»Du musst nicht bleiben«, sagte er, während seine Hände ihre Taille umschlossen und er unverkennbar auf sie reagierte. »Es war ein langer Tag, du musst müde sein.«

Anstelle einer Antwort umschloss Letícia sein Gesicht mit beiden Händen und küsste ihn. Er ließ sich nicht lange bitten, und in jeder Liebkosung, jeder Bewegung spürte Letícia seinen Zorn, der sich in ein heftiges Verlangen gewandelt hatte, das er an ihr abreagierte. Er schien sich an ihrer völligen Hingabe regelrecht zu berauschen, und Letícia täuschte eine Intensität an Gefühlen vor, die sie selbst fast schwindeln ließ. Vielleicht war es ihre eigene Wut, die dafür sorgte, dass ihre Müdigkeit schwand, Wut auf Marcos, der so närrisch gehandelt und ihnen den ganzen Ärger eingebrockt hatte. Was hatte er denn erwartet, wenn er volltrunken auftauchte und Dom Álvaro vor seinen Gästen brüskierte, indem er die Männer anpöbelte?

Erst in den frühen Morgenstunden ließ Dom Álvaro von ihr ab, küsste sie, strich ihr das Haar aus der Stirn und zog sie an seine Brust, wo sie einschlief, kaum, dass sie die Augen geschlossen hatte.

Es war nicht zu erwarten gewesen, dass Zaida, Jorge und die junge *Muleca* ohne Strafe davonkamen, aber angesichts der Wut Dom Álvaros am Vorabend fiel diese mit jeweils fünf Hieben vergleichsweise harmlos aus. Catarina war erleichtert darüber, dass ihr Onkel am nächsten Morgen sogar recht aufgeräumt wirkte und, abgesehen von der Verkündung des Strafmaßes, kein Wort mehr über den vorherigen Abend verlor.

Die Bestrafung würde jedoch nicht Senhor Coentrão vornehmen, denn dieser war in der Nacht zuvor schlimm verprügelt worden, wie er mit geschwollenen Lippen mühsam beklagte. Er stand in der Halle, bebend vor Zorn, mit einer Platzwunde auf dem linken Wangenknochen und etlichen blauschwarzen Flecken, die sich von den Schläfen bis zum Kinn verteilten, und blauviolett verquollenen Augen. Auch wirkte seine Nase seltsam schief. Catarina starrte ihn an, ebenso die Sklaven. Sogar Jorge und Zaida schienen für einen Moment die anstehende Bestrafung vergessen zu haben. Nur die unglückliche *Muleca* weinte leise vor sich hin.

»Wer?«, fragte Dom Álvaro.

»Einer der Engländer.«

»Das kann ich kaum glauben. Gibt es Zeugen für Eure Behauptung?«

»Etliche Sklaven.«

Die jedoch behaupteten samt und sonders, sie seien zu der späten Stunde gar nicht mehr auf dem Hof gewesen. Senhor Coentrão schäumte vor Wut. Nicht nur, dass ihm keiner der Sklaven zu Hilfe gekommen war, nun bestritten sie auch noch, überhaupt anwesend gewesen zu sein.

»Ich werde euch von einem meiner Helfer auspeitschen lassen, nacheinander, bis ihr mit der Sprache herausrückt!«

Dom Álvaro hob die Hand. »Das werdet Ihr nicht tun. Ihr lasst Euch verprügeln und wollt nun meine Sklaven auspeitschen lassen, nur weil Ihr Euch Eurer Haut nicht zu erwehren wisst?«

»Sie waren zu zweit.«

»Ach, nun waren es zwei?«

Senhor Coentrão zeigte auf Jeremy Glanville, der eben die Treppe hinunterkam. »Er war es zusammen mit seinem Freund, diesem stämmigen Rothaarigen. Einer hat mich festgehalten, der andere hat zugeschlagen.«

Jeremy Glanville wirkte einigermaßen entrüstet. »Ich darf doch bitten, Senhor! Wirke ich wie ein einfacher Matrose, der sich auf Schlägereien einlässt?«

»Er hat vollkommen recht«, sagte Dom Álvaro, ehe der *Feitor* antworten konnte. »Ich verbitte mir Verleumdungen meines Verwandten, der noch dazu Gast in meinem Haus ist. Ich erwarte, dass Ihr Euch entschuldigt.«

Senhor Coentrão sah ihn fassungslos an, aber Dom Álvaro wirkte nicht, als wolle er scherzen, und so presste der *Feitor* ein »Verzeihung, Senhor« heraus.

»Nun gut.« Dom Álvaro breitete die Arme aus. »Damit wäre das geklärt.« Er rief den zweiten Aufseher herbei, damit dieser die Haussklaven zur Bestrafung abholte, dann wandte er sich an Zaida. »Du nicht. Die Angst vor den Schlägen mag dir dieses Mal Strafe genug sein. Wenn ich die Verantwortung für eine Gesellschaft in deine Hände lege, erwarte ich, dass du Zwischenfälle wie gestern vermeidest.«

»Habt Dank, Herr.« Zaida wirkte unendlich erleichtert.

Dom Álvaro nickte, dann sah er den Aufseher an, der zur Tür hereintrat. »Fünf Hiebe für die beiden, aber sieh zu, dass du ihre Haut nicht verletzt.«

»Ja, Herr.« Der Mann nahm den stoisch schweigenden Jorge und die in Tränen aufgelöste junge Sklavin mit sich.

»Und was ist nun mit Marcos?«, fragte Senhor Coentrão.

»Was soll mit ihm sein?«

»Ich konnte die Bestrafung nicht beenden.«

Das ging nun offenbar selbst Dom Álvaro zu weit, denn er sah den Mann eine Weile schweigend an, dann sagte er: »Ihr habt Euch lange genug an ihm ausgetobt, denke ich.«

Folgsam senkte der *Feitor* den Kopf.

»Ist er in seiner Hütte?«, fragte Dom Álvaro.

»Ja, Herr«, antwortete Zaida. »Elisa kümmert sich um ihn.«

Catarina sah Jeremy Glanville an, um zu ergründen, ob an Senhor Coentrãos Worten etwas Wahres dran war. Aber der Engländer erwiderte ihren Blick arglos. Als ihr Onkel jedoch das Haus verließ, um, wie er sagte, nach Marcos zu sehen, zwinkerte Senhor Glanville hinter dem Rücken Dom Álvaros dem *Feitor* zu. Der lief unter seinen schwarzblauen Flecken rot an. Catarina lächelte.

»Was willst du?«, fragte Dom Álvaro, als sie ihm folgte.

»Mit Euch zu Marcos gehen.«

Ihr Onkel seufzte tief, verbot es ihr jedoch nicht. Jeremy Glanville war anzusehen gewesen, dass er ebenfalls gerne mitgekommen wäre, aber er wusste wohl, dass dies aufdringlich gewesen wäre, denn die Belange der Plantage gingen ihn nichts an.

Jorge stand am Pranger, als sie den Hof überquerten, und abgesehen davon, dass es in seinem Gesicht bei jedem Hieb zuckte, gab er keine Regung preis. Der *Feitor* hatte ihm sein Hemd nicht ausgezogen und hieb gerade fest genug, damit die Haut nicht aufplatzte. Die *Senzalas,* die Sklavenhütten, lagen auf der anderen Seite des Hofs.

Dom Álvaro stieß die Tür zur Hütte der Geschwister auf, und in dem Halbdunkel sah Catarina Marcos auf dem Bett liegen. Neben ihm kauerte Elisa und wrang einen Lappen aus, den sie aus einer Schüssel mit Wasser nahm. Marcos weinte. Er musste höllische Schmerzen haben.

»Mach Licht«, befahl Dom Álvaro, und Elisa erhob sich, um die Fensterläden aufzustoßen.

Catarina schnappte nach Luft. Marcos' Rücken war blutig gepeitscht, und die Beine des Jungen waren übersät mit nässenden Brandwunden.

»Senhor Coentrão hat einen Eisenstab in Glut erhitzt und ihn in seine Beine gedrückt.« Elisas Stimme klang erstickt, als würgte sie an Tränen.

»Was hat er noch getan?«, fragte Catarina.

Marcos drehte sich mühsam auf die Seite. »Meine Beine«, schluchzte er, und dann sah Catarina die Flecken auf den Schienbeinen und seinem rechten Knie, schwarzviolett auf der braunen Haut. »Er hat mich mit einem Holzknüppel geschlagen.«

Dom Álvaro hatte die Hände hinter dem Rücken verschränkt, dann drehte er sich ruckartig um und winkte einen Sklaven herein, der vor der Tür stand. »Geh zum *Médico.*«

»Aber Herr, der behandelt keine Sklaven.«

»Das weiß ich selbst, du Narr. Er soll Mário schicken.« Der Sklave des *Médico* kannte sich in der Heilkunst fast besser aus als sein Herr, der ihn vor Jahren einem maurischen Händler abgekauft hatte.

Dom Álvaro wandte sich wieder Marcos zu. »Du hast deine Lektion gelernt, nehme ich an?«

»Ja, Herr.« Marcos legte die Stirn auf seine Hände und weinte laut, als Elisa mit dem Tuch seinen Rücken berührte.

»Wer hat dir Essig aus der Küche gegeben?« Der säuerliche Geruch war auch Dom Álvaro nicht entgangen.

Elisa hielt inne und blickte auf. »Letícia, Herr.« Niemand sonst hätte das eigenmächtig gewagt.

Dom Álvaro nickte, dann verließen er und Catarina den Raum und traten auf den Hof hinaus. Inzwischen war die *Muleca* an der Reihe, an den Pranger gestellt zu werden, und sie schrie schon, ehe sie angekettet wurde.

»Die stellt sich an«, sagte eine der Sklavinnen, die für die Wäsche zuständig waren. Sie und einige andere hatten in ihrer Arbeit innegehalten und sahen dem Schauspiel zu, das sich ihnen bot.

»Erspar mir die Predigt«, sagte Dom Álvaro an seine Nichte gewandt, als sie zu den Quartieren der Aufseher gingen.

»Ich habe doch gar nichts gesagt«, antwortete Catarina.

»Nein, das musst du auch nicht.«

Catarina holte tief Luft. »Hättet Ihr mich gestern …«

»Ich habe es geahnt.«

»Aber ich habe doch recht.«
Ohne sich mit einem Mindestmaß an Höflichkeit aufzuhalten, stieß Dom Álvaro die Tür zur Hütte des *Feitors* auf und betrat den Hauptraum. Senhor Coentrão trat aus der angrenzenden Kammer, sichtlich erstaunt.
»Ihr solltet Marcos bestrafen«, bellte Dom Álvaro, »nicht verstümmeln.«
»Ich verstehe nicht ...«
»Wenn die Wunden brandig werden und er ein Bein oder gar beide verliert, werde ich Euch dafür zur Rechenschaft ziehen.«
Senhor Coentrão schwieg.
»Und was habt Ihr mit dem Knüppel gemacht? Ihr wisst, dass der Junge meine Pferde betreut, das kann er mit gebrochenen Beinen nicht.«
»Ich habe darauf geachtet, dass sie nicht brechen«, verteidigte sich der *Feitor*. »Nur ein Schlag ging fehl, als Elisa nicht aufhörte, mich zu bedrängen. Ich wollte ihr zeigen, was ihrem Bruder droht, wenn sie sich weiterhin einmischt.«
»Und Ihr hieltet es für eine angemessene Drohung, ihm das Knie zu zertrümmern?«
»Er konnte es noch beugen ...«
Dom Álvaro hob einen Finger und deutete auf den *Feitor*.
»Wenn Ihr nicht imstande seid, zwischen einer Bestrafung und dem Austoben Eurer grausamen Gelüste zu unterscheiden, dann muss ich Euch durch jemand anderen ersetzen.«
»Es wird nicht wieder vorkommen, Dom Álvaro.«
Catarina folgte ihrem Onkel hinaus. »Es kann Euch doch

unmöglich entgangen sein, dass Marcos die halbe Nacht geschrien hat.«

»Ich dachte, er peitscht ihn aus und unterbricht die Bestrafung, um seine Kräfte zu schonen. Er hat bislang nie das Maß dessen überschritten, das ich angeordnet habe.«

»Aber Ihr habt nichts angeordnet, und ich habe Euch gesagt ...«

»Ja, hast du, und es tut mir leid. Bist du nun zufrieden?«

Damit hatte Catarina nicht gerechnet, und ihr fiel keine Erwiderung ein. So nickte sie nur, was er jedoch nicht sah.

Olinda, Oktober 1625

Eigentlich war es nicht erlaubt, was sie hier taten, aber Jeremy Glanville hielt sich bei dem kleinen Spaziergang in dem weitläufigen Garten stets einen Schritt hinter Catarina, so dass ihr Anblick auf jeden Beobachter unverfänglich wirken musste. Eine Unterhaltung war so freilich nicht möglich, und so schwiegen sie, bis sie außer Sichtweise des Hauses waren. Im Schutz der Bäume trat Senhor Glanville einen großen Schritt nach vorn und war nun gleichauf mit Catarina.

»Wie lange werdet Ihr noch bleiben?«

»Das weiß Gott allein. Das Schiff hat im Sturm mehr Schaden genommen, als wir zunächst vermutet hatten.«

Senhor Witherspoon war seit der Nacht von Marcos' Bestrafung nicht mehr in das Haus zurückgekehrt und zog die Nächte in seiner unbequemen Koje vor. Catarina ahnte, dass Jeremy Glanville es ihm gerne gleichgetan hätte, dies aber aus Respekt vor ihrem Onkel nicht tat. Dass ihn die Vorgänge auf der Plantage abstießen, war nur zu offensichtlich. In Augenblicken wie diesen, wo er nah bei ihr ging, erweckte er jedoch den Eindruck, dass es nicht nur Höflichkeit ihrem Onkel gegenüber war, die ihn hier festhielt, eine Ahnung, die ein wildes Flattern in Catarinas Bauch und eine befremdliche Sehnsucht auslösten.

Der Garten endete kurz vor dem Wald, nur eine hohe Mauer trennte sie von der Wildnis, und Catarina stellte sich vor, wie sie dieses Hindernis zusammen mit Jeremy Glanville überwand und mit ihm durch die geheimnisvolle Finsternis zwischen Sträuchern, Farnen und dichtem Gehölz streifte, wie rote Papageien um sie herum aufstoben. Sie drehte sich zu ihm um und sah ihn an, versuchte, in seinem Blick zu lesen, ob er ähnlich empfand wie sie, ob ihn dieselbe Sehnsucht trieb.

Er hob eine Hand an ihre Wange, eine federleichte Berührung, glitt mit den Fingerspitzen in ihr Haar, strich über ihren Hals, die kleine Kuhle zwischen ihren Schlüsselbeinen, wo er ihren rasch gehenden Atem spüren musste.

Für einen kurzen Moment schloss Catarina die Augen, und als sie diese wieder öffnete, war sein Gesicht nahe dem ihren, sein Mund nur wenige Fingerbreit von ihrem entfernt. Catarina öffnete die Lippen, wollte etwas sagen, brachte jedoch kein Wort heraus. Jeremy nahm dies offenbar als Einladung und senkte den Kopf, küsste sie erst ganz behutsam, dann mit leichtem Druck, ließ ihr Zeit, ehe er den Kuss vertiefte, spielerisch, lockend. Kurz löste er sich von ihr, dann küsste er sie erneut, dieses Mal fordernder, was Catarina zunächst verwirrte, aber dann folgte sie

ihm instinktiv. Die Liebe war bestürzend, berauschend, schmeckte nach Erde, regennassen Blättern und verrottendem Holz.
Während seine rechte Hand um ihre Taille glitt, und Jeremy Catarina fester an sich zog, wagte sich seine linke Hand zu etwas kühneren Liebkosungen vor. Catarina erstarrte kurz und wich ein winziges Stück zurück, aber Jeremys Hand folgte ihr, während er seinen Kuss fortsetzte. Und obwohl ihr das alles zu schnell ging, ließ sie ihn gewähren, spürte seine vorsichtigen Berührungen durch den Stoff hindurch und gab sich ihnen mit geschlossenen Augen hin.
Schließlich löste Jeremy sich von ihr. »Ich denke«, seine Stimme klang belegt, »wir sollten zurück zum Haus gehen, ehe man auf die Idee kommt, dich zu suchen.«
Zögernd trat Catarina einen Schritt zurück, dann hob sie die Hand, berührte mit den Fingern ihre Lippen. Sie sah Jeremy an und wandte sich in plötzlicher Verlegenheit ab, um durch den Garten zum Haus zu eilen. Ihr Herz pochte in einem wilden Glückstaumel, und in ihrer Phantasie malte sie sich bereits aus, mit ihm auf seinem Schiff zu stehen, spürte Wind und Gischt im Gesicht. Und niemand würde ihr verbieten, an Deck zu gehen, wann immer es ihr beliebte. *Die Ehefrau des Capitão.*
»Gefällt er dir, mein Kind?«
Catarina blieb an der Tür, die von der Loggia in das Speisezimmer führte, stehen, als sie die Stimme ihrer Großtante hörte. Hitze stieg ihr in die Wangen.
»Wen meint Ihr?«
Dona Lea lächelte, und in ihren dunklen Augen blitzte

unverhohlen Belustigung auf. »Du lächelst zu strahlend, und deine Wangen sind zu rot, als dass du damit einen einfachen Spaziergang erklären könntest.«
Catarina biss sich auf die Lippen und drehte flüchtig den Kopf, um zu sehen, ob Jeremy ihr durch den Garten gefolgt war.
»Oh, keine Sorge, er wird nicht auftauchen, solange ich hier bin. Er ist ein Ehrenmann, der dich sicher nicht ins Gerede bringen möchte. Aber denkst du, es ist ihm ernst?«
Catarina nickte.
»Nun, warum auch nicht? Sein Urgroßvater hat dasselbe getan. Die Glanvilles scheinen ebenso draufgängerisch zu sein wie die de Vasconselos', ich muss das wissen, ich war mit einem verheiratet.« Sie lachte leise.
Draufgängerisch. Ja, das war Jeremy in der Tat. Vielleicht war es der Gedanke an seinen baldigen Aufbruch, der ihn zu einem so raschen Vorstoß vorantrieb. Wieder berührte Catarina ihre Lippen.
»Geoffrey Glanville war ein anständiger Kerl«, fuhr Dona Lea fort, »ich habe ihn immer gemocht.«
»Sieht Jeremy ihm ähnlich?«
»Ach, Kind, das ist schon so lange her, ich erinnere mich kaum noch daran, wie er ausgesehen hat. Vieles an Jeremy erinnert mich an ihn, aber ich könnte dir nicht mehr sagen, ob es eine familiäre Ähnlichkeit ist oder eine charakterliche.« Dona Lea erhob sich von der Bank, auf der sie gesessen hatte. »Und nun komm, mein Liebes, damit sich dein Kavalier endlich aus dem Dunkel der Bäume herauswagen darf.«

»Möchtet Ihr mitkommen und Euch die Zuckersiedereien ansehen?« Dom Álvaro führte ein Pferd am Zügel, als Jeremy von der Inspektion seines Schiffes zurückkehrte.
Warum eigentlich nicht? Jeremy hatte hier ohnehin nichts zu tun, und Catarina zu treffen war zwar abenteuerlich und spannend, aber da hieß es stets, den passenden Zeitpunkt abzuwarten. Allerdings war Catarina äußerst geschickt darin, der strengen Beobachtung zu entkommen, was das anging, hatte Senhor Coentrão richtiggelegen. Und sie schien in der Tat einem kleinen Abenteuer gegenüber nicht abgeneigt zu sein. »Sehr gerne«, antwortete er, und Dom Álvaro schickte Diogo in den Stall, um ein weiteres Pferd zu satteln. Marcos stand an die Stallwand gelehnt und beobachtete das Treiben auf dem Hof. Er ging gekrümmt wie ein alter Mann, denn die nur langsam verheilenden Brandwunden an seinen Beinen und die Striemen auf seinem Rücken machten ihm arg zu schaffen, und es war unübersehbar, dass er auch zwei Wochen nach der Bestrafung noch starke Schmerzen litt.
»Warum liegt er nicht mehr im Bett?«, fragte Jeremy und wies mit dem Kinn zu dem jungen Sklaven.
Dom Álvaro zuckte mit den Schultern. »Der Sklave des *Médico* vertritt sehr eigenartige Vorstellungen und sagt, Bewegung in geringem Maße sei der Heilung förderlich, weil der Körper vom fortwährenden Liegen an Kraft einbüße.«
Der Stallbursche führte einen ruhigen Braunen am langen Zügel. Jeremy überprüfte den Sitz des Sattels, saß auf und ritt an Dom Álvaros Seite vom Hof. Zu beiden Seiten des Wegs erstreckten sich die Zuckerrohrfelder, und Jeremy

sah die schweißglänzenden Körper der Feldsklaven, die sich zwischen den Stauden bewegten. Zuckerrohr, das hatte er inzwischen gelernt, war eine sehr arbeitsintensive Pflanze. Während der Wachstumszeit verlangte sie ständige Fürsorge. Dann folgte die Erntezeit, in der das Zuckerrohr geschnitten und zu den Siedereien transportiert wurde. Jeder Sklave führte bestimmte Arbeitsschritte durch, die er unablässig wiederholte. Die einzelnen Tätigkeiten aufeinander abzustimmen erforderte viel Disziplin, und es musste so schnell geerntet werden, wie Zucker gemahlen und verflüssigt werden konnte.

Noch ehe die Zuckermühle, *Engenho,* in Sicht kam, konnte Jeremy das süßliche, leicht verbrannte Aroma riechen.

»Das ist der Grund, warum die Siedereien außerhalb liegen, diesen Geruch hat niemand gerne in seinem Haus«, erklärte Dom Álvaro, als habe er Jeremys Gedanken geahnt. »Es gibt keine Pflanze, deren Verarbeitung so aufwendig ist wie Zuckerrohr, und die *Engenhos* sind unablässig in Betrieb.«

Hütten kamen in Sicht, einfache Holzverschläge, die sich um die Zuckermühle gruppierten. Ochsenkarren standen vor der Siederei, voll mit Zuckerrohr, das von Sklaven in dicken Bündeln abgeladen wurde. In der Zuckermühle wurden die Stengel zermahlen, dann presste man den Saft heraus und fing ihn in Bottichen auf. Jeremy hatte das Gefühl, der schwere Geruch setzte sich in seinem Hals fest, in seiner Kleidung und auf seiner Haut. Schon jetzt fiel ihm das Atmen schwer, denn der süßlich-verbrannte Geruch wurde zunehmend unangenehmer.

»Dom Álvaro!« Ein Sklave stürzte aus der Zuckermühle heraus. »Dom Álvaro! Senhor Cardoso ist hier, Benedicta ist aufgetaucht, sie steht auf dem Kessel mit Eurem Zuckerrohr.«

Dom Álvaro stellte keine Fragen, sondern beeilte sich, dem Sklaven ins Innere der Zuckermühle zu folgen.

»Wer ist Benedicta?«, fragte Jeremy, während er an Dom Álvaros Seite die Siederei betrat.

»Eine entlaufene Sklavin.«

Die Siedekessel, in denen der durch Pressen gewonnene Zuckersaft eingedickt wurde, verbreiteten eine enorme Hitze, und Jeremy spürte kitzelnde Rinnsale von Schweiß an seinen Schläfen. Es roch nach Holzrauch und der schweren Süße von Karamell. Die Männer standen um einen Kessel versammelt, und Dom Pedro hatte die ersten Stufen einer Leiter erklommen, die nach oben führte. Nun hob auch Jeremy den Kopf. Oben am Rand des Kessels stand eine hochgewachsene Frau, das Gesicht glänzte wie eingefettet, und die Kleidung klebte ihr am Körper, offenbarte die enorme Rundung ihres Bauches.

»Benedicta«, rief Pedro Cardoso und streckte die Hand aus.

»Es geschieht dir nichts.«

Er konnte nicht ernsthaft annehmen, dass sie ihm das glaubte. Die Frau schüttelte wild den Kopf.

»Ich bringe dich heim, und wir vergessen, was du getan hast.«

Die Frau machte keine Anstalten, den Rand des Kessels zu verlassen.

»Sie wird Euch nicht glauben«, sagte Jeremy. »Erst, wenn Ihr Eure Männer wegschickt und sie gehen lasst.«

Pedro Cardoso fuhr herum. »Dom Álvaro, würdet Ihr die

Güte haben, Eurem *englischen* Verwandten zu sagen, dass meine Belange ihn nichts angehen?«

Benedicta wankte, und Jeremy sah förmlich, wie jeder Lebensmut sie verließ. Sie tat einen unsicheren Schritt auf dem Kesselrand, ihr Blick schweifte durch die Halle, schien jemanden zu suchen, blieb dann bei Jeremy hängen, weiße Verzweiflung und die stumme Bitte, nicht sterben zu müssen. Er konnte nichts für sie tun, das war ihm klar. Und ihr offenbar auch, denn ihre Augen erloschen unter bebenden Lidern, und die Sklavin ließ sich fallen. Was dann folgte, waren die entsetzlichsten Schreie, die er je gehört hatte, Schreie, die sich zu schrillem Entsetzen steigerten, in dem dicken Zuckersaft erstickt wurden und denen hektisches Stimmengewirr folgte.

Jeremy, unfähig, sich zu regen, starrte auf den glühenden Kessel, sah, wie die Männer es irgendwie schafften, den Körper der Frau mit Stangen herauszufischen, ehe sie ihn über den Rand zogen. Schmerzensschreie, als sich jemand verbrühte.

Beim Anblick des dampfenden Frauenkörpers stürzte Jeremy aus der Mühle, fiel vor einer Böschung auf die Knie und erbrach sich. Keuchend hielt er sich mit einer Hand den Bauch, stützte sich mit der anderen am Boden ab, während er an saurer Galle würgte.

Jemand reichte ihm ein Taschentuch, und als er danach griff, erkannte er Dom Álvaro. Er blinzelte, wischte sich den Mund ab und kam schwankend auf die Beine. Das war's, dachte Jeremy. Er würde nie wieder Zucker essen können.

Nach dem Ausritt mit Dom Álvaro war Jeremy umgehend zu seinem Schiff aufgebrochen. Während Dom Álvaro zu dem Vorfall in der Siederei schwieg, erfuhr Catarina von Benedictas Schicksal durch die Schwatzhaftigkeit der Sklaven, denn die Nachricht von Benedictas Tod ging wie ein Lauffeuer durch die *Senzalas* und setzte sich im Herrenhaus fort. Catarina dachte an den Blick der Frau, als sie sie im Wald gesehen hatte, an ihr ungeborenes Kind. Wieder keimte Schuldbewusstsein in ihr auf.

Hätte sie etwas ändern können, wenn sie die Frau verraten hätte? Hätte Pedro Cardoso Gnade vor Recht ergehen lassen, weil ihm an dieser Sklavin besonders gelegen war? Andererseits musste es etwas gegeben haben, das sie weggetrieben hatte, etwas, das so schwer wog, dass ihr selbst ein so furchtbarer Tod besser erschien. Catarina wusste, sie musste sich damit abfinden, dass sie es nie erfahren würde, aber dennoch verursachte der Gedanke ihr Übelkeit, und in ihrem Magen rumorte es fortwährend.

Sie verbrachte fast den ganzen Tag im Garten, beschäftigte sich fahrig mit einer Handarbeit, ging spazieren, sah dem Gärtner bei der Arbeit zu und setzte sich schließlich auf eine steinerne Bank unter dem ausladenden Dach einer Palme. Den Rücken an den Stamm gelehnt, bog sie den Kopf zurück und blickte in das Grün, durch das das Sonnenlicht in Bündeln feingesponnener Fäden fiel. Nach einiger Zeit beendete der Gärtner sein Tagewerk und scheuchte seine beiden Kinder, die ihm geholfen hatten, hinaus. Jacarandá und Paranussbäume warfen dichte Schatten auf das Gras, Wasser tropfte von Farnen, den grünbronzenen Blättern des Pfefferbaums und den Blütenkelchen weißer

Orchideen. Papageien, die in den Wäldern beheimatet waren, flogen auf kurze Besuche in den Garten, Kolibris saßen in den Bäumen, Schmetterlinge tanzten im goldgelben Licht des späten Nachmittags träge zwischen den Blumen. Nachts verirrten sich gelegentlich sogar kleinere Wildkatzen in den Garten.

Sie hörte, wie sich Schritte näherten, gedämpft durch das Gras, und als sie den Kopf wandte und die Augen öffnete, blickte sie in Jeremys bleiches Gesicht.

»Nach dem, was heute passiert ist, wollte ich nicht wiederkommen«, gestand er. »Und dann, als ich es doch tat, hatte ich gehofft, dass du die Erste bist, die ich hier sehe.«

»Benedicta war schon so lange fort, ich hätte nie gedacht, dass sie noch hier ist«, erwiderte Catarina.

Ohne darauf einzugehen, ließ Jeremy sich neben ihr auf der Bank nieder, so nahe, dass seine Schulter die ihre streifte. Er beugte sich vor und barg das Gesicht in den Händen. »Ich wünschte nur, ich könnte diese Bilder vergessen«, kam es gepresst von ihm.

Zögernd berührte Catarina seine Schulter, ließ ihre Hand über seinen Rücken gleiten. Für die Dauer mehrerer Lidschläge verharrte Jeremy, dann richtete er sich auf und umfasste ihre Hand.

»Wie erträgst du das, Tag für Tag, ohne die Hoffnung, etwas zu ändern?«

Catarina zuckte nur resigniert mit den Schultern. Kurz flammte etwas in seinem Gesicht auf, Wut, Schmerz, Entsetzen, dann schloss er für einen Moment die Augen, öffnete sie wieder und sah Catarina mit einem Blick an, der unverhülltes Verlangen preisgab. Sie neigte leicht den Kopf,

erlaubte, dass er sie küsste, und er presste seinen Mund auf den ihren, trank ihren Atem mit geöffneten Lippen, schob seine Hände über ihren Rücken und drückte sie an sich. Zuerst wollte Catarina zurückweichen, aber er hielt sie fest, und sie gab nach, erwiderte seinen Kuss und ließ zu, dass Jeremy sie noch fester an sich zog.
Sie spürte, wie ihr der Atem leichter ging, spürte, wie das Kleid an ihren Schultern lose wurde, spürte seine Brust an der ihren, als sie von der Steinbank zu Boden glitten. Mit einer Hand drückte sie leicht gegen seine Schulter, wollte, dass er sich zurückhielt, aber entweder verstand er sie nicht oder er wollte sie nicht verstehen, denn seine Hände glitten in immer gewagteren Liebkosungen über ihren Körper, wurden kühner, und während Catarina ihn noch abzuwehren versuchte, weil ihr das alles viel zu schnell ging, genoss sie das feine Kribbeln, das sie durchlief. Das hier war Irrsinn, und sie wusste, dass sie Jeremy unbedingt Einhalt gebieten musste, wenngleich ihr Körper jeglicher Vernunft zuwiderhandelte und sich Jeremys Händen entgegenwölbte. Catarinas Lippen formten seinen Namen, der sich stumm in ihrem Innern fortsetzte, während Jeremy sie küsste.
Dann erstarb jedes Gefühl in einem sengenden Schmerz. Sie stieß einen Schrei aus, der an Jeremys Mund erstarb, bemerkte, wie er erschrocken innehielt, dann jedoch fortfuhr, als sei es ihm unmöglich, jetzt noch aufzuhören. Es zerriss sie, rieb sie wund, und Catarina dachte bei jedem Stoß, dass sie einen weiteren nicht würde ertragen können. Dann war es auf einmal vorbei, und sie blieb mit geschlossenen Augen liegen, spürte, wie Jeremy sich nach einigen

hastigen Atemzügen aufrichtete, hörte das Rascheln seiner Kleidung. Zögernd öffnete sie die Lider, Scham brannte in ihr, und sie vermochte kaum, ihn anzusehen. Sie wusste, dass das, was sie getan hatten, nur Eheleuten gestattet war – wenngleich sie sich nun fragte, warum ein solches Aufhebens darum gemacht wurde. War es, weil man wusste, dass kein Mädchen freiwillig heiratete, wenn es wusste, dass sie *das* erwartete? Oder war *das* nur der Auftakt zu etwas Vollkommenerem, die Einlösung eines Versprechens, das die Küsse vorher gemacht hatten? Aber Jeremy würde sie heiraten, er wäre eben nie so weit gegangen, wenn er dergleichen nicht vorhätte. Und bei diesem Gedanken konnte sie ihm nun sogar in die Augen blicken.

Er wirkte unbehaglich, während er sein Hemd zuschnürte, vermochte kaum, sie anzusehen. Als er es schließlich tat, hatte Schuldbewusstsein das Begehren in seinen Augen verdrängt. »Warum, um alles in der Welt, hast du mir nicht gesagt, dass du das noch nie gemacht hast?«

Es dauerte einen Augenblick, bis Catarina klarwurde, was er da eben gesagt hatte. Eine Hure! Er hielt sie für eine Hure. Dass ihr das Wort über die Lippen gekommen war, bemerkte sie erst daran, dass Jeremys Augen sich weiteten und er vehement widersprach.

»Nein«, sagte er. »Nein, natürlich habe ich dich nicht für eine …« Ihm fiel es offenbar schwerer als ihr, das Wort auszusprechen, mit dem er sie zweifellos innerlich bereits bedacht hatte.

Nun mischte sich Wut in die Scham, schwelend und stetig genährt von den Gedanken an Jeremys Worte. *Warum, um alles in der Welt, hast du mir nicht gesagt, dass du das noch nie gemacht hast?*

Catarina raffte ihr Kleid um sich und stand mit zittrigen Knien auf. In ihr pochte es schmerzhaft, und sie spürte Wärme, die ihr die Beine hinabrann. Die Demütigung raubte ihr fast den Atem. »Was hast du denn gedacht?« Ihre Stimme klang schrill, so ganz und gar nicht zu ihr gehörend, die Stimme einer Fremden. »Du weißt, wer mein Vater ist, und du befindest dich im Haus meines Onkels, eines ehrbaren Mannes. Und da warst du der Meinung, ich ... ich ... sei eine ...« Ein weiteres Mal brachte sie das Wort nicht über die Lippen.

»Nein, das war es nicht. Aber du warst so leicht zugänglich, du hast mir nicht einen Moment lang wirklich Einhalt geboten, da dachte ich ... Du wirktest, als wärest du ebenso wie ich auf ein Abenteuer aus.«

»Ein Abenteuer? Ich habe so etwas noch nie getan, nicht einmal geküsst. Kein Mann wäre je so weit gegangen wie du, alle haben zu viel Respekt vor meiner Familie. Und da denkst du, ich würde mich dir nur aus Abenteuerlust hingeben? Ich hätte das nie getan, wäre ich mir nicht sicher gewesen, du würdest mich danach heiraten.«

Nun wirkte er wahrhaft entsetzt. »Heiraten? Bist du von Sinnen? Ich hatte nie die Absicht, dich zu heiraten, das musst du doch gemerkt haben. Denkst du, ich hätte mich sonst nicht erklärt? Außerdem habe ich eine Verlobte in London.«

Der Garten verschwamm vor Catarinas Augen, und sie wandte sich abrupt von ihm ab.

»Catarina.«

Sie lief fort, ungeachtet dessen, dass ihr Haar halb gelöst war und ihr Kleid noch immer offen stand im Rücken.

»Catarina.« Er holte sie ein und hielt sie fest, ehe sie in Sichtweite des Hauses waren. »Lass mich dir wenigstens helfen, dein Kleid zu schließen.«

»Warum? Hast du Angst, mein Onkel bringt dich um?«

»Nein, so wie ich die Portugiesen kenne, gilt meine Sorge eher dir als mir.«

Das Lachen quoll in einem hässlichen Laut aus Catarina heraus. Er schloss ihr Kleid so rasch, als habe er Sorge, sie könne ihm wieder davonlaufen. Was sie auch tat, kaum dass er fertig war. Sie rannte ins Haus, riss die Tür zur Halle auf, tränenblind, stieß mit dem Bein gegen ein Tischchen, und stürzte die Treppe hoch, nahm schemenhaft Silhouetten weißgekleideter, dunkelhäutiger Menschen wahr und warf die Tür zu ihrem Zimmer mit einem Krachen ins Schloss. Dann schob sie den Riegel vor, ließ sich auf ihr Bett fallen und brach in hemmungsloses Schluchzen aus.

Was hatte er getan? Was hatte er bloß getan? Jeremys Fäuste ballten sich um die Reling, und er blickte hinab ins Wasser, das in kleinen Wellen gegen das Schiff schwappte. Er war nicht mit der Absicht in den Garten gegangen, Catarina zu verführen, vielmehr hatten ihn die Bilder jener Sklavin verfolgt, ihr Anblick, als man sie aus dem Kessel mit dem kochenden Sirup gezogen hatte. Und dann war Catarina da gewesen, so hübsch, so rein und unversehrt, hatte Trost geboten und die Möglichkeit, diese Bilder zu vergessen. Warum hatte sie ihn nicht zurückgewiesen, als klar war, worauf es hinauslaufen würde? Sie hätte nein sagen können, er hatte sich ihr ja nicht aufgezwungen. Nicht einmal Tereza hätte ihn je so weit gehen lassen.

Sie war ihm so bereitwillig entgegengekommen, dass ihm überhaupt nicht der Gedanke gekommen war, es könne das erste Mal für sie sein. Ihre kurze Abwehr, dann das Weiche, Nachgiebige, das ihn hatte glauben lassen, sie sei ebenso gewillt wie er – all das hatte ins Bild gepasst, das er sich von ihr gemacht hatte. Ein Mädchen, das bereit war, ein Abenteuer zu erleben, und doch jedes Mal von neuem erobert werden wollte. Angesichts dessen, dass sie angenommen hatte, er wolle sie heiraten, verstand er ihr Benehmen zwar, aber damit gerechnet hatte er nicht. Er hatte ihr doch in keiner Weise dergleichen Absichten auch nur angedeutet.

Dann dachte er an seine Schwester Anna und daran, wie er ihr ins Gewissen geredet hatte vor seiner Abreise.

»Wir wollen heiraten.«

»Dann erinnere ihn daran, ehe er dich in Schwierigkeiten bringt.«

»So weit ist es nicht gekommen.«

»Na, das will ich ja wohl hoffen.« Obwohl Oliver sie in dem Glauben gelassen hatte, dass er ernste Absichten hegte, war es nicht bis zum Äußersten gegangen. Jeremy hatte Catarina gegenüber nichts gesagt, was sie auch nur würde annehmen lassen, er wolle sie heiraten, und dennoch hatte sie ihn letztlich gewähren lassen. Als er bemerkt hatte, dass sie noch unschuldig war, war es freilich zu spät gewesen. Und einen klaren Gedanken darüber zu fassen, warum sie sich ihm hingab, war ihm in diesem Augenblick schlechterdings nicht möglich gewesen.

Er musste unbedingt mit ihr reden, ihr sagen, dass er sie

nicht für eine Hure gehalten hatte. Abenteuerlustig und ein wenig leichtsinnig, aber keine Hure. Sie würden sich ganz sicher nie wieder sehen, aber Jeremy wollte sich nicht so von ihr trennen.

»Was ist los mit dir?«, fragte George Witherspoon. »Hast du es hier inzwischen auch über?«

Jeremy nickte. »Ja.« Diese Begründung war so gut wie jede andere. Auf keinen Fall würde er erzählen, was vorgefallen war. Die Angelegenheit würde zwischen ihm und Catarina bleiben, auf ihren Namen durfte nicht der kleinste Makel fallen, das war das Mindeste, was er ihr schuldete. Niemand sollte sie ansehen und wissen, dass sie ihre Unschuld beiläufig im Garten verloren hatte.

»Mir ging die Sache auch nahe«, sagte George, und Jeremy brauchte einen Augenblick, um zu verstehen, wovon er sprach. »Und ich war im Gegensatz zu dir nicht dabei. Grauenvolle Geschichte.«

»Wie lange brauchen wir, bis wir wieder seetüchtig sind?«

»Einige Tage werden es noch sein.«

»Gut.« Jeremy richtete sich auf. »Ich muss zurück zur Plantage.« Dabei gab es nichts, was er an diesem Abend weniger wollte. Aber er konnte nicht fernbleiben, ohne seinen Gastgeber zu brüskieren.

Jeremy hatte damit gerechnet – und gehofft –, dass Catarina auf ihrem Zimmer bleiben würde. Sie erschien jedoch bei Tisch, das Kinn gehoben, jeder Zoll die stolze Tochter des Hauses. Wäre da nicht diese geisterhafte Blässe gewesen, die dunklen Schatten um die Augen, die Art, wie sie die Lippen zusammenpresste. Und sie wich Jeremys Blick nicht aus, sondern neigte grüßend den Kopf, dann setzte sie sich, und ihm entging nicht, wie sie dabei kurz zusammenzuckte. Nichts konnte darüber hinwegtäuschen, dass sie sich elend fühlte und dies nur zu überspielen suchte. Und an der Art, wie ihre Großtante sie ansah, war klar, dass diese es ebenfalls bemerkte.

»Gibt es Neuigkeiten von Eurem Schiff?«, fragte Dom Álvaro.

»Ja, wir werden in wenigen Tagen abreisebereit sein.« So Gott will, fügte er stumm hinzu. »Ich danke Euch sehr für Eure Geduld und hoffe, ich habe Eure Gastfreundschaft nicht gar zu sehr ausgenutzt.«

»Aber keineswegs.«

Catarina erhob sich. Sie war sehr bleich. »Entschuldigt mich.«

Die Männer standen pflichtschuldig auf. »Natürlich, mein Liebes«, sagte Dom Álvaro, der sie musterte, aber offenbar befand, dass es indiskret war, sie auf ihr sichtliches Unwohlsein anzusprechen.

Dona Lea sah ihr nach, die Augen besorgt zusammengekniffen. Dann richtete sich ihr Blick auf Jeremy, ganz kurz nur, aber lange genug, um ihn wissen zu lassen, dass sie ahnte, wer am Elend ihrer Großnichte Schuld trug. Sicher wusste sie nicht, was konkret vorgefallen war, sonst würde Dom Álvaro keineswegs so gelassen mit ihm bei Tisch sitzen. Aber vermutlich ahnte sie, dass Catarina sich gewisse Hoffnungen gemacht hatte, die er nun, mit der Ankündigung seiner baldigen Abreise, zerschlagen hatte. Einen Moment seines Lebens zurückbekommen, dachte er, und sich in diesem Moment anders entscheiden.

Olinda, Januar 1626

Jeremy hatte mit Catarina gesprochen, ehe er abgereist war, hatte sie auf einem Spaziergang nahe der Zuckerrohrfelder scheinbar zufällig abgefangen und war in einem Abstand zu ihr geblieben, der auf jeden Unbeteiligten gänzlich unverfänglich wirkte. Reglos hatte sie ihn angehört, seine Entschuldigungen, seine Beteuerungen, er habe sie nicht verletzen wollen. Ein kleines Nicken war das einzige Zeichen, mit dem sie ihm zu verstehen gegeben hatte, dass sie zur Kenntnis nahm, was er sagte. Sie zweifelte nicht daran, dass er es aufrichtig meinte, und ebenso wusste sie, dass sie einen Teil der Schuld trug, weil sie ihm so bereitwillig gefolgt war. Aber sie hatte einfach nicht damit gerechnet, dass er so schändlich handeln würde. Er wusste doch, wer sie war, die ehrbare Tochter eines portugiesischen Adligen, die in behüteter Abgeschiedenheit erzogen worden war. Ja, sie war zu leichtgläubig gewesen, aber hatte es einen Grund gegeben, das auszunutzen? Wenn Jeremy Glanville nur eine Frau für ein Abenteuer gesucht hatte, hätten sich da nicht andere Möglichkeiten geboten?

Jetzt war er fort, und Catarina blieb nur der Abglanz einer Verliebtheit, die keinerlei schöne Erinnerungen barg. Sie fühlte sich schwerfällig, jede Bewegung schmerzte, und sie vermochte morgens kaum, sich aus dem Bett zu erheben. Wie gut konnte sie ihre Tante nun verstehen. Ihr Onkel hatte sie gefragt, ob er einen Arzt kommen lassen sollte, was sie jedoch abgelehnt hatte. Danach bemühte sich Catarina wieder um mehr Haltung.

Ihre einstmals geliebten Spaziergänge durch den Garten

wurden weniger, oft war sie nach nur wenigen Schritten erschöpft und musste sich setzen. Dann starrte sie in das üppig wuchernde Grün um sich herum und dachte an Jeremy, obwohl sie ihn einfach vergessen sollte. An einem jener Tage war es, als ihre Großtante Lea ebenfalls in den Garten kam. Catarina saß auf dem Sims eines Brunnens, und ihre Tante berührte mit den Fingern den dunkelgrünen Farn, roch an den Blüten wildwachsender Blumen und lächelte sanft. »Ich war als junge Frau so oft in diesem Garten.«

Catarina erwiderte das Lächeln angestrengt. Offenbar immer noch in Erinnerungen an längst vergangene Zeiten versunken, schwieg die alte Frau und ließ die Blätter eines Efeus durch ihre Finger gleiten.

»Es ist von Jeremy Glanville, nicht wahr?«

Catarinas Herz schlug in harten Schlägen, nahm ihr fast den Atem, der in immer schwereren Zügen über ihre Lippen ging. Ihr Körper tat alles, um den Keim zu nähren, den Jeremy darin gesät hatte und der ihr jede Kraft entzog. Und nun, nachdem ihre Großtante diese entsetzliche Wahrheit in Worte gefasst hatte, konnte Catarina sie nicht länger leugnen. Sie gab keine Antwort, sondern senkte lediglich den Blick und schlang die Arme um ihren Oberkörper, als könne sie sich irgendwie schützen vor dem, was nun geschehen würde.

»Woher weißt du es?«, fragte sie nur.

»Dein Zustand ist offensichtlich, mein Kind. Zuerst habe ich gedacht, du seiest niedergeschlagen, weil er abgereist ist. Nachdem du dir Hoffnungen gemacht hast und er deine Gefühle zu erwidern schien, war das nur zu verständlich.«

Dona Lea setzte sich nun ebenfalls und gab dabei ein leises Ächzen von sich. »Aber es ist mehr als bloßer Kummer, du bist gänzlich verzweifelt, und das zu Recht.«
Catarina fuhr zu ihr herum. »Ich kann es nicht bekommen. Onkel Álvaro bringt mich um, mein Vater bringt mich um ... Bestimmt kennt sich eine der Hebammen damit aus.«
»Ausgeschlossen.«
»Bitte, Tante Lea.« Tränen stiegen Catarina in die Augen.
»Ach, Liebes.« Dona Lea legte ihre Hand auf Catarinas. »Eine Abtreibung kann dich das Leben kosten und das der Sklavin, die sie vornimmt, ebenfalls. Das kann und werde ich nicht zulassen. Dein Onkel wird außer sich sein, dein Vater gleichfalls, aber du wirst es überstehen.«
Catarina dachte an die Nächte, in denen sie die Fäuste in ihren Bauch gedrückt hatte, als könne sie das beginnende kleine Leben aus sich hinausquetschen. Die Angst schnürte ihr die Brust zu, presste ihr den Atem aus dem Körper.
»Wie lange bist du überfällig?« Ihre Tante begann, die Angelegenheit von der praktischen Seite anzugehen.
»Seit Oktober.«
»Man wird es bald sehen, aber ein bisschen Zeit hast du noch.«
»Wie tröstlich«, murmelte Catarina.
»Du wirst es deinem Onkel sagen müssen, und zwar so bald wie möglich, damit er eine Lösung findet.«
In der feuchten Wärme des Nachmittags fröstelte Catarina, und ihre kalten Finger gruben sich in ihre Oberarme. Welche Lösung sollte das wohl sein?
»Möchtest du, dass ich mit ihm spreche?«

Catarina war nur allzu versucht, das Angebot anzunehmen, aber sie schüttelte den Kopf. Stets bot sie ihrem Onkel die Stirn, wenn sie mit seiner Haltung gegenüber den Sklaven nicht einverstanden war, und nun sollte sie sich hinter ihrer Großtante verstecken? »Ich mache es selbst«, sagte sie kaum hörbar. »Ich brauche nur ein wenig Zeit.«

Letícia hatte Zuckerrohr in der kleinen Küche schälen lassen, so dass nur noch das weiße, wurzelartige Innere zu sehen war, dann verteilte sie es an die Kinder im Hof, die ganz wild waren auf die Süßigkeit. Als sie zurück ins Haus wollte, sah sie *Sinhazinha* Catarina über den Hof auf das Haus zukommen. Schon seit Wochen hatte die junge Frau diese starre Haltung, die Schultern angespannt, die Bewegungen seltsam eckig und bemüht. Ihr Blick hatte etwas Unstetes, als suche sie den Horizont nach etwas ab. Dann wieder sah sie zu Boden, gedankenverloren, still.
Elisa war vor einigen Tagen zu Letícia gekommen und hatte ihr gesagt, dass Zara ihr anvertraut habe, *Yayá* Catarina habe bereits zwei Monate nicht geblutet. Und ihr Kleid, in dem sie an jenem Tag damals so aufgebracht ins Haus gelaufen gekommen war, sei zerknittert und verschmutzt gewesen. Ob vielleicht einer der Engländer … Letícia war ihr ins Wort gefallen, hatte ihr verboten, auch nur ein Flüstern über eine derart ungeheuerliche Vermutung laut werden zu lassen.
»Ich muss dir nicht sagen, was Dom Álvaro mit dir und Zara macht, wenn er hört, was ihr über seine Nichte verbreitet, oder?«
Elisa hatte nur genickt und das Kind, das sie in einem Tuch

vor der Brust trug, liebkost. Offenbar hielt die Anwesenheit des Säuglings Senhor Coentrão derzeit davon ab, sich ihr zu nähern. Das ersparte Marcos wenigstens weitere Bestrafungen.

Als Dona Catarina beim Haus angelangt war, blieb sie bei Letícia stehen, sah sich rasch um, als befürchte sie, belauscht zu werden, dann sagte sie: »Sorge bitte dafür, dass mein Onkel morgen guter Stimmung ist.« Diese Worte kamen ihr sichtlich schwer über die Lippen, und rote Flecke erschienen auf ihren Wangen.

»Ja, *Sinhazinha*«, antwortete Letícia.

»Danke.« Kein Lächeln begleitete das Wort, und Dona Catarina wandte sich ab, um durch die offene Tür in die düstere Halle zu treten. Armes Mädchen, dachte Letícia. Wenn sie sich zu einer solchen Bitte durchrang, musste es schlimm um sie stehen. Sollte Elisa richtigliegen mit ihrer Vermutung – und daran zweifelte Letícia nicht –, dann stand der *Sinhazinha* ein harter Gang bevor.

Den ganzen Tag über bekam sie Dom Álvaro jedoch kaum zu Gesicht, erst war er zu Besuch bei einem Nachbarn, dann nahm er ein rasches Abendessen zu sich, um sich danach zurückzuziehen. Als Letícia seine Räume betrat, fand sie ihn dort jedoch nicht vor. Erst wartete sie im Korridor auf ihn, gab es dann aber auf und nahm sich vor, später noch einmal hinzugehen.

»Dom Álvaro ist bei Dona Mécia«, sagte Mayara, eine *Muleca,* mit hämischer Stimme, als Letícia die kleine Küche betrat. »Du brauchst also in dieser Nacht nicht länger wie eine läufige Hündin seine Tür belauern.«

Letícia ignorierte sie, während Zaida der vorlauten Sklavin

mit einem nassen Tuch eins überzog. »Schweig, dummes Ding.«

»Sie streiten.« Dona Mécias Zofe, Nuria, kam in die Küche. »Er hat mich fortgeschickt und wollte mit Dona Mécia darüber sprechen, dass sie sich mehr um ihre Pflichten als Hausherrin kümmern soll.« Sie zerkleinerte einige Kräuter und machte sich daran, Wasser zu kochen. »Danach wird Dona Mécia vermutlich Kopfschmerzen haben, und ich muss mich die halbe Nacht um sie kümmern.«

»Es könnte schlimmer um dich stehen«, sagte die junge Sklavin, die nach jener verhängnisvollen Nacht zusammen mit Jorge ausgepeitscht worden war.

»*Yayá* Catarina kümmert sich doch sonst um alles.« Nuria drückte den Rücken durch.

»Es geht ihr nicht gut«, wandte Zaida ein, »vermutlich will Dom Álvaro daher, dass Dona Mécia sich wieder auf ihre Pflichten besinnt.«

»Ist sie krank?«, fragte Jorge, der auf einem Hocker saß und Kleiebrot aß.

Mayara kicherte. »Ich vermute, es ist die Art von Krankheit, an der auch Elisa gelitten hat.« Dieses Mal schlug Zaida ihr mit der flachen Hand gegen den Hinterkopf.

Einige machten große Augen, andere nickten wissend. »Auch von Senhor Coentrão?«, fragte eine Küchensklavin.

»Oh, Grundgütiger!«, rief Zaida erschrocken und sah hastig zur Tür. »Möchtest du, dass Dom Álvaro dich eigenhändig auspeitscht, du dummes Ding?«

»Ich vermute …«, begann eine Sklavin, aber Zaida gebot ihr zu schweigen.

»Kein Wort mehr über die Sache!«

Letícia erhob sich und verließ die Küche. Sie hatte Dom Álvaros Zimmer gerade betreten und Licht gemacht, als dieser die Tür mit einer ruckartigen Bewegung aufstieß. Er war schlecht gelaunt, das wusste Letícia, ohne hinsehen zu müssen. Sie drehte sich um und lächelte, während er sein Wams auszog und nachlässig auf einen Stuhl warf. Als er sich daranmachte, sein Hemd aufzuschnüren, kam Letícia ihm zu Hilfe, schob seine Hände beiseite und löste die Schlaufen.

»Ihr habt Euch aufgeregt, Herr?« Sie schob ihm das Hemd über die Schultern und legte es auf eine Kleidertruhe am Fußende des Bettes.

»Der übliche Ärger«, murmelte er. »Ich vermute, du hast es von Mécias schwatzhafter Zofe bereits gehört.«

Letícia schwieg und schlug die Decke auf dem Bett zurück, ehe sie sich daranmachte, ihn weiter auszukleiden. Als sie das Band an seiner Hose öffnen wollte, umfasste er ihr Handgelenk, und sie hielt inne. Langsam löste er ihr Haar, zog die Nadeln heraus und ließ sie zu Boden fallen, bis sich Flechte um Flechte löste und ihre Schultern umspielte. Er breitete es wie einen Fächer über ihrem Rücken aus. Wenn er sich dafür die Zeit nahm, schien sein Verlangen die Wut bereits zu verdrängen. Sie küsste ihn, während er ihr Kleid aufschnürte, dann hob er sie hoch und trug sie ins Bett.

Catarina hatte erbärmlich schlecht geschlafen, hatte sich erst die halbe Nacht über zurechtgelegt, wie sie es ihrem Onkel sagen würde, um dann jedoch jeden Satz zu verwerfen. Schließlich war der Rest der Nacht durchzogen gewesen von unruhigen Träumen, und als Catarina erwachte, dämmerte der Tag gerade heran. Sie erhob sich mit schweren Gliedern aus dem Bett, goss Wasser in eine Schüssel und wusch sich, dann rief sie nach Zara, damit diese ihr beim Ankleiden half. Immer wieder trieb ihr die Verzweiflung Tränen in die Augen, und es kümmerte sie nicht mehr, was ihre Sklavin denken mochte, es würden ja nun ohnehin alle die Wahrheit erfahren. In der überschaubaren Gesellschaft der Plantagenherren und der geschwätzigen Sklaven auf der Terra do Brasil war es unmöglich, heimlich ein uneheliches Kind zu bekommen.

Als sie das Speisezimmer betrat, waren mehrere Sklavinnen gerade dabei, alles für das morgendliche Mahl vorzubereiten. Letícia war nicht zu sehen, und Dom Álvaros Pferd stand noch im Stall, wie Catarina durch beiläufiges Fragen erfahren hatte. Sie war viel zu früh aufgestanden, und nun stand ihr eine zermürbende Wartezeit bevor. Um sich abzulenken, ging sie im Garten spazieren und beobachtete, wie die Sklaven das Tagewerk aufnahmen. Gelegentlich traf sie ein flüchtiger Blick. Catarina fragte sich, ob andere ihre Schwangerschaft ebenso bemerkt hatten wie ihre Großtante.

Sie wusste nicht, wie lange sie dort gesessen hatte, als sie Hufgetrappel im Hof hörte. Sie richtete sich auf, ging zu einer Stelle, wo die Hecke niedrig genug war, um darüberzuspähen, und sah ihren Onkel davonreiten. Es war an der Zeit, sich darum zu kümmern, dass alles seinen Wünschen gemäß aufgetragen wurde, und Catarina ging zurück ins Haus. Sie achtete darauf, dass das Brot nicht zu dunkel gebacken war, sorgte dafür, dass es auf dem Tisch an nichts fehlte, probierte einen Streifen getrocknetes Fleisch und rückte hier und da noch etwas zurecht. Als sie in die Halle ging, bemerkte sie Dona Mécia, die die Treppe hinunterkam, das blasse Gesicht zu einer Miene stummen Kummers verzogen. Wenn es etwas gab, das Dom Álvaro an diesem Morgen den Tag gründlich verleiden konnte, dann dieser Anblick.

»Liebe Tante«, Catarina trat zu ihr und legte ihr die Hand auf den Arm. »Ihr seht müde aus, wollt Ihr Euch das Essen nicht lieber aufs Zimmer bringen lassen?«

»Nichts täte ich lieber, aber dein Onkel wünscht, dass ich zugegen bin und mich um meine Pflichten kümmere.«

Catarina kam sich schäbig vor, aber sie konnte auf keinen Fall dulden, dass ihre Tante den Morgen mit ihrem Onkel verbrachte, auch wenn dieser es gefordert hatte. »Ich bin mir sicher, dass er es verstehen wird.«

Tränen traten Dona Mécia in die Augen. »Oh, ich sagte es ihm letzte Nacht, aber er bestand darauf. Dabei bin ich in der Tat so schwach.« Wie zum Beweis umfasste sie haltsuchend einen Pfosten am Fußende der Treppe. »Er wird sehr ungehalten sein, wenn ich mich wieder zu Bett begebe.«

»Ich werde ihm sagen, dass Ihr seinem Wunsch gefolgt seid und ich Euch nahegelegt habe, Euch wieder hinzulegen, weil Euch nicht wohl ist.«

Ein dankbares Lächeln verzerrte die bleichen Lippen Dona Mécias. »Das ist reizend von dir, meine Liebe.«

Kurz befürchtete Catarina, sie werde dennoch bleiben wollen, aber dann drehte sich ihre Tante um und stieg folgsam die Treppe wieder hoch. Erleichtert stieß Catarina die Luft aus, dann ging sie zurück in das Speisezimmer. Letícia erschien nun ebenfalls und ließ ihren Blick prüfend durch den Raum gleiten. Ganz kurz nur sah sie Catarina an, nickte ihr kaum merklich zu und gab ansonsten mit keiner Miene zu erkennen, dass sie sich noch an den Wunsch vom Vortag erinnerte. Catarina war ihr dankbar dafür, dass sie ihr diese Peinlichkeit ersparte.

Dom Álvaros Schritte waren in der Halle zu hören, und als er den Raum betrat, wirkte er bestens gelaunt.

»Wo ist deine Tante?«, fragte er an Catarina gewandt, während Letícia ihm den Stuhl zurechtrückte. Er schenkte seiner Lieblingssklavin ein Lächeln, dann setzte er sich.

»Ich habe ihr gesagt, sie solle sich hinlegen, sie sah erschöpft aus.«

»Aber sie war hier?«

»Ja.«

»Nun gut.« Damit war Dom Álvaro offenbar fürs Erste zufrieden. »Und wie geht es dir, meine Liebe? Du siehst auch müde aus.«

»Ich habe einfach schlecht geschlafen.« Catarina griff nach einem Brotfladen, obwohl sich ihr schon beim Gedanken an Essen der Magen hob. Sie brach das Brot auseinander und nahm sich Oliven, Käse und getrocknetes Fleisch, von allem nur wenig, gerade genug, damit ihr Onkel nicht während des Essens darüber nachzudenken begann, was ihr fehlte. Er erzählte, was er an Neuigkeiten von den benachbarten Plantagen erfahren hatte, wer sich mit wem verlobt hatte, wo bald Nachwuchs anstand, wer sich eine Ehefrau aus Portugal kommen ließ und was er sonst noch an Gesellschaftsplaudereien erfahren hatte. Catarina kannte die Ehefrauen und Töchter der Nachbarn kaum, denn die Frauen besuchten einander normalerweise nicht auf den Plantagen.

Wenn überhaupt möglich, hielten die *Senhors des Escravos* ihre Frauen in noch engeren Grenzen als die *Fidalgos* in Portugal.

Als Dom Álvaro das Essen beendet hatte und sich erhob, stand Catarina ebenfalls auf. Sie verließ mit ihm zusammen die Halle, und als er eben im Begriff war, zur Haustür zu gehen, holte Catarina tief Luft, schloss für einen Moment die Augen und sagte: »Habt Ihr kurz Zeit für mich? Ich muss mit Euch sprechen.«

Er drehte sich zu ihr um. »Natürlich, Liebes. Was gibt es?«

»Unter vier Augen, bitte.«

»Gut, dann komm.« Er ging ihr voran in sein Arbeitszimmer, öffnete die Tür, ließ sie eintreten, folgte ihr und schob die Tür wieder ins Schloss. »Worüber möchtest du mit mir sprechen?« Seine Stimme war freundliche Aufmerksamkeit. Als sie schwieg, sagte er: »Ich merke schon länger, dass dich etwas bedrückt.«

Sie schlang die Arme um den Oberkörper, spürte das Beben, das durch sie hindurchlief. Es war, als ballten sich die Laute in ihrer Kehle und drohten, sie zu ersticken. Da war nichts, was die Wahrheit in einem freundlicheren Licht erscheinen lassen oder sie auch nur abmildern würde. Und so presste Catarina schließlich Wort um Wort heraus: »Ich erwarte ein Kind. Und Jeremy Glanville ist der Vater.«

Schweigen.

Dom Álvaro schrie sie nicht an, er tobte nicht, er holte nicht aus, um sie zu ohrfeigen. Er sagte nur leise und sehr ruhig: »Sag das bitte noch einmal.« Und das machte ihr mehr Angst, als es ein zorniger Ausbruch vermocht hätte.

Sie konnte es nicht wiederholen, konnte die beschämende Wahrheit kein weiteres Mal über die Lippen bringen.
»Du hast Jeremy Glanville nie zuvor gesehen«, Dom Álvaros Stimme blieb ruhig, »du hattest hier kaum Gelegenheit, ihn richtig kennenzulernen. Er war bei uns, weil sein Schiff kurz vor dem Kentern stand, und hat keinerlei Zweifel daran gelassen, dass er hernach wieder abreisen und nicht zurückkehren würde. Und von diesem Mann lässt du dich schwängern? Was bist du? Eine Hure, mit der sich Seemänner auf Landgang vergnügen?«
Catarina antwortete nicht, hob jedoch zögernd den Blick, um ihren Onkel anzusehen. Er schien jedoch auf eine Antwort ihrerseits zu warten, und so sprach sie mühsam: »Ich dachte, er würde mich heiraten.«
Dom Álvaro stieß ein Lachen aus, ein kurzer, harter Laut, kalt, höhnisch. »Heiraten? Das hat er aber recht gut zu verbergen gewusst.«
Es schnürte ihr immer enger die Kehle zu, schon jetzt konnte sie kaum mehr atmen, was ihr Herz immer rascher schlagen ließ. »Aber ich dachte …«
»Du dachtest, ja?« Jetzt kam der erwartete Ausbruch, und im Haus gab es vermutlich niemanden, der Dom Álvaro nicht brüllen hörte. »Du dachtest? Was dachtest du? Dass ein Mann, der dich nebenbei schwängert, während er darauf wartet, dass sein Schiff abreisebereit ist, auf eine Ehe aus ist?«
Catarina zuckte zusammen, senkte den Blick, spürte, wie ihr Tränen in die Augen stiegen. Kurz verschwamm der Boden vor ihr, dann sah sie wieder klar, während ein warmes Rinnsal über ihre Wange rann.

Ihr Onkel stieß hörbar die Luft aus. »Hat er gesagt, er wolle dich heiraten?«
Sie schüttelte den Kopf.
»Nicht einmal das!«
Ruckartig hob sie das Kinn, zwang ihren Blick in seinen. »Er hat … Ich habe erst nicht gemerkt …«
»Nicht gemerkt? Meine Liebe, wenn ich eines genau weiß, dann, dass *das* garantiert nicht unbemerkt geschieht.«
»Ich dachte, er wollte mich nur küssen.« Ihre Stimme war wieder klein geworden, belegt von der Scham, die sie bei dem Gedanken an das überkam, was zwischen ihr und Jeremy vorgefallen war und das sie ihrem Onkel nun gestand.
»Hat er dir Gewalt angetan?«
Sie wollte ja sagen, wollte diesen einfachen Ausweg nutzen. Aber die Folgen waren nicht abzusehen, und sie ahnte, dass keiner der da Silveiras es auf sich beruhen lassen würde, wenn ein Engländer, dem man Gastfreundschaft gewährt hatte, sich an einer Tochter des Hauses verging. »Nein«, antwortete sie schließlich. »Aber er …«, sie atmete tief ein und langsam wieder aus, »er hat mich geküsst, und dann … dann …« Wieder quollen Tränen aus ihren Augenwinkeln, lösten sich, als sie blinzelte, und liefen ihr über die Wangen. »Es ging so schnell. Ich habe es erst gemerkt, als es weh getan hat.« Ihre Stimme, die bei jedem Wort leiser geworden war, erstarb, und nun war Catarina nicht mehr fähig, ihrem Onkel in die Augen zu sehen.
»Ich verstehe«, sagte Dom Álvaro nach längerem Schweigen. Als Catarina vorsichtig den Blick hob, sah sie, wie er sich mit den Fingern der rechten Hand über die Augen

rieb, bemerkte die völlige Ratlosigkeit, die aus dieser Geste sprach. »Was mache ich denn jetzt mit dir?«

»Könnt Ihr mich nicht nach Portugal schicken?«

Er sah sie an. »Zu deinem Vater? In deinem Zustand? Ausgeschlossen. Erfahren muss er es natürlich, aber ich kann es ihm nicht auf die Art mitteilen, ihm seine Tochter, die er in meine Obhut gegeben hat, schwanger heimzuschicken. Wie weit bist du?«

»Ungefähr drei Monate.«

»Es ist zu gefährlich, du könntest auf dem Schiff zu früh niederkommen und sterben. Zudem wäre dein Zustand schon bald offensichtlich. Was sollte es bringen, wenn sich erst die Besatzung und dann ganz Lissabon das Maul über dich zerreißt?«

»Das werden sie hier auch tun.«

»Ganz recht, daher ist es nicht nötig, dass du dazu eine anstrengende Reise auf dich nimmst.« Dom Álvaro ging um seinen Schreibtisch herum und ließ sich dahinter nieder. »Ich werde deinem Vater schreiben, er muss herkommen. Und was Jeremy Glanville angeht – er hat dich nicht einmal glauben lassen, es sei ihm ernst? Wie um alles in der Welt konntest du dich dann hinreißen lassen?«

»Ich dachte, er würde mich ebenso lieben wie ich ihn.«

»Grundgütiger«, murmelte ihr Onkel. »Gut, weiter.«

»Aber nachdem er … als wir …«

»Schon gut, du musst es nicht weiter erklären. Und danach?«

»Er hat gefragt, warum ich ihm nicht gesagt habe, dass ich es noch nie zuvor getan habe.«

Was nun in Dom Álvaros Augen glomm, ließ wenig Gutes

für Jeremy Glanville hoffen. »Er hat das also nicht für selbstverständlich gehalten? Was bildete er sich denn ein? Dass die Frauen unseres Hauses Dirnen sind?« Wieder diese bedrohlich ruhige Stimme.
»Er war der Meinung, ich sei nur auf ein Abenteuer aus, und war vollkommen entsetzt, als ich von einer Ehe gesprochen habe. Er sagte, er habe eine Verlobte in England.«
Dom Álvaro nickte langsam. »Ich muss mit Tante Lea sprechen, sie wird wissen, wie lange wir deinen Zustand verbergen können. Es wird sich herumsprechen, daran zweifle ich nicht, aber wir müssen es ja nicht allzu offensichtlich zeigen. Sobald man es sieht, wirst du auf deinem Zimmer bleiben, wir sagen, dir sei nicht wohl. Nur Zara wird zu dir dürfen. Und Letícia, auf ihre Verschwiegenheit ist Verlass. Munia wird dir bei der Niederkunft beistehen. Danach nehme ich das Kind und bringe es nach England, du wirst es nicht zu Gesicht bekommen.«
»Ja, Onkel Álvaro.«
»Dann sind wir uns einig. Du kannst gehen, ich werde jetzt den Brief an deinen Vater verfassen.«
Catarina wandte sich um, dann hielt sie inne und drehte sich noch einmal zu ihrem Onkel hin. »Bitte, schreib ihm erst in einem Monat.«
»Warum?«
»Wenn du ihm jetzt schreibst und er sofort aufbricht und beide Schiffe ohne Verzögerung sind, wird er ankommen und mich in diesem«, sie deutete vage auf ihren Körper, »Zustand sehen. Die Schande könnte ich nicht ertragen.«
Erst schien es, als wolle er ihr Ansinnen abschlagen, dann jedoch nickte Dom Álvaro. »Ist gut, ich schicke den Brief

erst in einem Monat ab. Darauf kommt es nun wahrhaftig nicht mehr an.«

»Danke.« Catarina ging zur Tür, zog sie auf und betrat den Korridor, der gerade und düster vor ihr lag. Wie mein Leben, dachte sie.

II

St. Kitts, März 1626

Die Tage in Olinda waren so weit weg, als lägen sie bereits Jahre zurück. Mit jeder Meile, die das Schiff zwischen sie und die Terra do Brasil gebracht hatte, war Jeremy leichter ums Herz geworden. Nur wenn er an Catarina dachte, ballte sich ein kalter Klumpen in seinem Magen zusammen. Und er dachte öfter an sie, als ihm lieb war, an ihren Körper, der sich unter dem seinen verkrampft hatte, während er sie nahm, an den Ausdruck auf ihrem Gesicht, nachdem er sich von ihr gelöst hatte. *Warum, um alles in der Welt, hast du mir nicht gesagt, dass du das noch nie gemacht hast?* Beim Gedanken an seine eigenen Worte krümmte er sich innerlich.

»Vermisst du deine Verlobte?« George Witherspoon entging die Niedergeschlagenheit seines Freundes nicht.

»Ja.«

»Hast du ein schlechtes Gewissen, weil dir die Kleine in Olinda gefallen hat?«

Jeremy zögerte mit der Antwort, schüttelte dann jedoch den Kopf. »Es gibt nur Tereza für mich.« Und das stimmte in der Tat, Catarina hatte ihm nichts bedeutet, es war ein

Moment der Lust gewesen, das Verlangen nach einer Frau nach all den einsamen Wochen auf See.
Nachdem sie Olinda verlassen hatten, waren sie recht schnell wieder auf Kurs gegangen, und nur wenige Wochen später hatten sie St. Kitts erreicht. Sie waren mit großer Freude empfangen worden, hatte man doch geglaubt, das Schiff sei untergegangen. Mit ihrem Auftauchen hatte niemand mehr gerechnet. Tatsächlich hatte die Flotte ansonsten kein weiteres Schiff verloren, und auch auf spanische Kriegsschiffe oder Freibeuter war man nicht gestoßen, so dass sie wohlbehalten am Ziel eintraf.
Dort, wo sich das gebirgige St. Kitts aus dem Meer erhob, durchmischte sich das dunkle Blau der karibischen See mit Grüntönen, wurde heller, wo es über die felsigen Ausläufer leckte. Die Landschaft war geprägt von grünbewachsenen Bergen, in deren Mitte sich die Silhouette eines Vulkans erhob. Die Siedlung der Engländer lag an der Westküste, strategisch günstig, ein Ausgangspunkt für die weitere Expansion der Europäer. Es gab derzeit noch nicht viele englische Siedler hier, die meisten waren Händler. Man hatte bereits vor zwei Jahren damit begonnen, Tabak anzubauen, der in diesem Klima gut gedieh. Am Nord- und Südteil der Insel befanden sich die französischen Kolonien. Die Spanier hatten die Insel mehr oder weniger sich selbst überlassen, da das Land für sie keinerlei Reichtümer bot. Hernach hatten sich hugenottische Glaubensflüchtlinge auf St. Kitts niedergelassen. Ihre Siedlung wurde jedoch schon bald von den Spaniern zerstört, und die Hugenotten wurden deportiert. Zu einer englischen Kolonie kam es erst später, da man die günstige Lage mitsamt sicherem Anker-

platz der Insel erkannte, bemerkte, wie fruchtbar die Böden waren und dass es frisches Süßwasser im Überfluss gab. Zudem schätzte man die Eingeborenen als friedlich ein. Ein Jahr später trafen Franzosen ein, bereitwillig aufgenommen von den Engländern, und belebten die ehemalige Siedlung der Hugenotten neu.

Sosehr sich Jeremy auch seiner Aufgabe verschrieb, dem Namen Glanville auch in dieser Kolonie Gewicht zu verleihen, so musste er doch stets wieder an Catarina denken, und mochten die Tage in Olinda auch zunehmend verblassen, das schlechte Gewissen tat es nicht. Er konnte nur zutiefst hoffen, dass sie ihn vergaß, sich gänzlich von ihm abgewandt hatte, die Tage an seiner Seite abtat als Erinnerung, die wenig erfreulich war, aber keine Spuren in ihrem Leben hinterlassen hatte. Sie würde andere Männer kennenlernen, Männer aus ihren Kreisen, Männer, die ihrer Liebe wert waren. Und irgendwann würde sie einen von ihnen heiraten, und ihr Ehemann würde sie diesen einen Moment im Garten vergessen lassen. Aber sosehr sich Jeremy dies auch wieder und wieder sagte, es minderte seine Schuldgefühle nicht. Einen Moment seines Lebens zurückbekommen, dachte er wie so viele Male zuvor, und sich in diesem Moment anders entscheiden.

Olinda, Mai 1626

Catarina fragte sich, ob ihr Vater den Brief bereits erhalten hatte und auf dem Weg war. Seit vier Wochen war sie in ihr Zimmer verbannt mit dem Ausblick aus ihrem Fenster als

einziger Möglichkeit, etwas von der Außenwelt mitzubekommen. Ihr Bauch war im sechsten Monat sprunghaft gewachsen, so dass er sich nicht mehr verbergen ließ. In den ersten Monaten hatte Zara ihre Kleider ausgelassen, so dass ihr zunehmender Körperumfang zunächst nicht so auffiel. Nur einmal, als Catarina auf der Treppe vor dem Haus stand, hatte Senhor Coentrão sie angesehen, die Hand auf seinen Bauch gelegt und hämisch gegrinst.
Ihr Onkel schwieg sie die meiste Zeit an, während er die Mahlzeiten an ihrer Seite einnahm, und machte den Eindruck, als ertrage er ihre Anwesenheit nur schwer. Auch ihre Tante Mécia, die nun gezwungen war, das Bett zumindest gelegentlich zu verlassen und ihren Pflichten nachzukommen, begegnete ihr kalt und distanziert.
»Wie konntest du *das* nur freiwillig tun?«, fragte sie. »Im Grunde genommen verachte ich dich.«
»Dein Onkel«, erklärte wiederum Dona Lea, »ist wütender auf sein eigenes Versagen als auf dich. Er muss seinem Bruder gegenübertreten und ihm gestehen, dass er nicht imstande war, auf dich achtzugeben.«
Für Catarina war das kein Trost, sie fühlte sich allein gelassen und zurückgestoßen. Nun, da sie praktisch in ihrem Zimmer eingesperrt – wenngleich nicht eingeschlossen – war, mehr denn je. Ihr Körper wurde von der Schwangerschaft neu geformt und fühlte sich fremd an, so schwer und träge. In ihrem Bauch regte sich allmählich das Kind, anfangs in kleinen, flatternden Bewegungen, als streiften sie Schmetterlingsflügel. Dann kam die Zeit, da trat es heftiger und zeigte, wie es wuchs und gedieh.
Vom Fenster aus sah sie, wie die *Boçais* auf den Feldern

arbeiteten, sah die *Feitores*, die auf Pferden ritten und die Peitschen knallen ließen, sah, wenn wieder ein Sklave am Pranger stand, sah Marcos mit den Pferden und Elisa mit ihrem Kind, sah ihren Onkel morgens ausreiten und heimkehren. Und dachte, sie würde verrückt, wenn sie noch länger hier eingesperrt bliebe. Über zwei Monate noch. Und sie wusste jetzt schon kaum mehr, wie sie es ertragen sollte. Gelegentlich besuchte Dom Álvaro sie auf ihrem Zimmer, und in diesen Momenten verging sie fast vor Scham, wie sie mit ihrem dicken Bauch vor ihm stand. Dona Lea kam täglich und massierte ihr mit sanften Fingern den Bauch mit duftendem Öl. Zara sorgte dafür, dass es ihr an nichts fehlte, und gelegentlich erschien auch Letícia und brachte ihr süßes Gebäck und kandierte Früchte.

Unter Catarinas Fingern wuchsen gestickte Ranken auf Batist, bunte Blüten, filigrane Muster. Sie las wieder und wieder dieselben Bücher. Und all das half nicht, dieser lähmenden Langeweile zu entfliehen.

»Deine Urgroßmutter war einmal in einer ähnlichen Situation«, erzählte Dona Lea. »Sie verließ das Schiff deines Urgroßvaters schwanger und musste sich und das Kind allein durchbringen. Das war mein Halbbruder André.«

»Und wie hat ihre Familie darauf reagiert?«

»Sie hatte nur einen Bruder, und den hat dein Urgroßvater an die portugiesische Gerichtsbarkeit ausgeliefert, weil er ein Spion war und Karten kopiert hat.«

»Immerhin ging es für sie gut aus.« Für sich selbst sah Catarina hingegen eine sehr düstere Zukunft.

»Ja, aber auch erst nach vielen Jahren. Sie lebte in Lagos mit ihrem Sohn und ihrem Bruder.«

Das war wohl kaum mit ihrer Lage zu vergleichen, dachte Catarina, aber sie schwieg. Es war ihr eigener Leichtsinn gewesen, der zu dieser Situation geführt hatte, was brachte es da, fortwährend zu jammern? Wieder dachte sie an Jeremy Glanville, der sie vermutlich längst vergessen hatte. Für ihn war sie nur eine von vielen Frauen, denen er beigewohnt hatte.

Schon als Álvaro Pedro Cardosos Haus betrat und die Blicke der übrigen *Senhors des Escravos* spürte, wusste er, dass die Sache die Runde gemacht hatte. Sklaven waren geschwätzig, und so wanderten Neuigkeiten von Plantage zu Plantage.

»Dom Álvaro«, Senhor Cardoso hielt sich nicht lange damit auf, um die Angelegenheit herumzureden. »Man hört, Ihr habt Euch reichlich Ärger ins Haus geholt.«

»Und ich sagte noch«, mischte sich Dom Vasco ein, ein *Senhor des Escravos* aus der nächsten Nachbarschaft, »diese Engländer sollte man auf ihrem maroden Schiff umgehend zurück aufs Meer schicken.«

»Ich war durchaus versucht«, sagte Miguel da Silva, ein weiterer Plantagenbesitzer, »meinen jüngsten Sohn eine Ehe mit Dona Catarina nahezulegen, wenn die Mitgift ausreichend hoch ist. Aber natürlich kann ich nicht von ihm verlangen, ein Mädchen zu heiraten, bei dem bereits ein anderer Mann gelegen hat.«

»Und das die Brut dieses Mannes austrägt.«

»Sie handelte in dem Glauben«, erklärte Álvaro ruhig, »der Mann habe eine Ehe im Sinn.«

»Normalerweise lässt man sich das Kind erst nach dem

Ehegelöbnis machen.« Pedro Cardoso wirkte, als bereite ihm das Thema Vergnügen. »Und es war wirklich einer der Engländer? Bei ihrer Zuneigung zu den Sklaven wäre es doch auch möglich, dass sie einen von ihnen rangelassen hat.«

»Das geht zu weit«, sagte Dom Vasco, und auch die übrigen Männer wirkten unbehaglich.

Álvaro spürte, wie ihm das Blut ins Gesicht stieg. »Dafür werdet Ihr Euch augenblicklich entschuldigen.«

Senhor Cardoso hob beschwichtigend die Hände. »Natürlich, verzeiht mir. Aber wäre sie meine Tochter, würde ich sie töten.«

»Was nützt mir ihr Tod?«

»Was nützt sie Euch lebend?«

»War ihre Mutter nicht auch so?«, fragte Dom Miguel. »Sonst wäre Dona Catarina wohl mitnichten unehelich geboren. Das beweist, dass Verderblichkeit von den Müttern an die Töchter weitergegeben wird. Die Kette sollte bei Dona Catarina unterbrochen werden, ihre Töchter würden womöglich ebenso.«

Álvaro bereute bereits, gekommen zu sein, aber er konnte die Kontakte zu den anderen Plantagenbesitzern nicht mit einem Mal abbrechen, nur wegen Catarinas Leichtsinn. Wenn er Jeremy Glanville in die Finger bekäme, würde er ihn eigenhändig erwürgen. Oder an den Pranger stellen und auspeitschen, bis ihm die Kräfte erlahmten. Oder …

»Dom Álvaro?«, riss ihn Dom Vascos Stimme aus seinen blutrünstigen Vorstellungen. »Ich fragte, wann Ihr Euren Bruder erwartet. Er weiß doch Bescheid, vermute ich?«

»Ich nehme an, er reist ab, sobald er mein Schreiben erhalten hat.«
»Und wie werdet Ihr weiter vorgehen?«
»Ich werde das Kind zu der Familie des Vaters bringen.«
»Eine ehrenhafte Handlung. Manch einer hätte es in einen Sack gesteckt und ertränkt.«
»Weiße Säuglinge bringen gute Preise auf den Sklavenmärkten«, schlug Senhor Cardoso vor. »Vor allem, wenn es ein Mädchen ist und man erwarten kann, dass es so hübsch wird wie die Mutter. Und bei einer Sklavin sind Dona Catarinas Neigungen ja durchaus willkommen.« Er grinste anzüglich.
Álvaro stellte den Becher, den er eben an den Mund hatte heben wollen, mit einem Knall auf den Tisch. »Ein weiteres Wort, Senhor Cardoso, und ich sorge dafür, dass Euer Bruder nie wieder ein portugiesisches Schiff besteigt.« Pedro Cardosos Bruder war Navigator, und die da Silveiras hatten einen nicht unbeträchtlichen Einfluss auf die portugiesische Seefahrt. Und wen die da Silveiras nicht kannten, kannten die de Vasconselos und die de Brissacs, mit denen man ebenfalls verwandt war.
Pedro Cardoso murmelte eine Entschuldigung, und Dom Miguel lenkte das Gespräch auf andere Themen. Niemand wollte es sich mit den da Silveiras verderben. Und doch klang immer wieder durch, wie froh man war, nicht an Álvaros Stelle zu sein. Die Verantwortung für die Tochter seines Bruders zu tragen und gestehen müssen, dass diese praktisch unter den eigenen Augen geschwängert worden war – eine schauderhafte Vorstellung.

Als die Nacht hereingebrochen war und Catarina sicher sein konnte, dass ihr Onkel sich in sein Zimmer begeben hatte, hüllte sie sich in eine Decke, die ihren dicken Bauch verbarg, und verließ das Zimmer. Ihr Onkel vertraute ihr und ließ daher die Tür unverschlossen. Aber sie musste raus, wenn auch nur für einen Moment. Den Weg durch den dunklen Korridor fand sie fast blind, und sie tastete sich behutsam die Treppe hinunter, durchquerte die Halle und verließ das Haus durch die Loggia. Im Garten setzte sie sich auf eine steinerne Bank, zog die Beine an und hüllte sich in ihre Decke. Es war schön, wieder frische Luft zu atmen, und Catarina genoss die Einsamkeit, in die sie die Dunkelheit hüllte.

Das Kind bewegte sich, und Catarina legte die Hand auf den Bauch, spürte die leichten Tritte, stupste es an und fühlte, wie es gegen ihre Hand trat. Es war ein seltsames Gefühl, das dieses kleine Wesen in ihr auslöste, auf der einen Seite wollte sie es nicht, auf der anderen Seite fühlte sie sich ihm zutiefst verbunden. Und auf einmal keimte in ihr der Gedanke auf, was wäre, wenn sie irgendwo allein leben könnte, zusammen mit ihrem Kind, irgendwo, wo sie niemandem eine Antwort darauf schuldig war, warum es nur sie und das Kind gab, aber keinen Vater.

Ein Geräusch ließ sie aufmerken, und sie spähte in die Finsternis. Wieder hörte sie etwas, ein Scharren, ein Flüstern. Erst vermutete sie ein Liebespaar, aber jemand machte sich an dem Schloss des Tores zu schaffen, das den Garten vom Dschungel trennte. Kurz befürchtete Catarina, jemand versuche, von außen hineinzukommen, aber dann bemerkte sie schemenhafte Bewegungen. Sie erhob sich und ging langsam durch den Garten. Es waren ein junger *Boçal* und ein *Crioulo*, die versuchten, das Schloss mit einem dicken Metallspan aufzustemmen. Als sie Catarina hörten, fuhren sie herum.

»Was tut ihr hier?«, fragte Catarina.

Der *Boçal* fing sich als Erster, und als er sprach, klang er wild und aggressiv. »Wer …«

»Es ist die *Sinhazinha*«, fiel ihm der *Crioulo* ins Wort. »Dom Álvaros Nichte.«

»Ich hatte auch mal eine Nichte. Sie ist auf dem Schiff, das mich hergebracht hat, über Bord geworfen worden, weil wir überladen waren.«

»Was tut ihr hier?«, fragte Catarina erneut, obwohl es offensichtlich war. »Ihr wollt fliehen?«

»Sie wird uns verraten«, sagte der *Boçal* und richtete den spitzen Metallspan auf Catarina.

»Bist du verrückt?« Der *Crioulo* fiel ihm in den Arm. »Sie ist eine Freundin der Sklaven.«

»Wir haben keine Freunde unter *denen*.« Der *Boçal* spuckte ihr vor die Füße.

»Bitte, *Sinhazinha*«, sagte der *Crioulo*, »tut, als hättet Ihr uns nicht gesehen.«

»Ihr dürft nicht fliehen«, widersprach Catarina. »Es wäre euer Tod, ihr wisst, was mein Onkel mit euch macht.«

»Ich sage, töten wir sie und verschwinden.« Wieder richtete der *Boçal* den Span auf sie. »Wir sind sowieso tot, wenn sie jetzt anfängt zu schreien und uns verrät.« Der Mann war groß und kräftig, sonst hätte man ihn nicht für die Arbeit auf den Feldern gekauft. Und er war vermutlich erst seit kurzem hier, so dass seine Kräfte noch nicht erschöpft waren. Dennoch hatte Catarina keine Angst vor ihm, bisher hatte ihr jeder Sklave vertraut, auch wenn sie mit den *Boçais* kaum je zu tun gehabt hatte und sie in einer Welt für sich lebten.

»Ich werde euch nicht verraten.«

»Natürlich wird sie das.« Er sprach sie nicht einmal direkt an, sondern wandte sich an den *Crioulo.* Und im nächsten Moment war er bei ihr, hob sie mühelos hoch und presste ihr die Spitze des Spans an den Hals. Der *Crioulo* schrie auf und wollte ihm in den Arm fallen, aber er war deutlich kleiner und schmächtiger, und der *Boçal* schüttelte ihn mit einer Handbewegung ab wie eine lästige Fliege.

Er hielt sie so dicht an sich gepresst, dass Catarina sich fragte, ob er den Schlag ihres Herzens spüren konnte. Ein vorspringender Stein in der Mauer drückte sich schmerzhaft in ihr rechtes Schulterblatt, und das Blut rauschte in ihren Ohren. Als spüre es ihre Erregung, bewegte sich das Kind nun lebhafter.

»Na los«, würgte Catarina hervor und sah dem Mann in die Augen, die nur ein mondbestäubtes Glimmen in der Dunkelheit waren. »Tu es doch einfach. Meine Familie wird dir dankbar sein.«

Der *Boçal* zögerte, dann senkte er den Blick, schien die Rundung ihres Bauchs zu spüren. Langsam ließ er sie hinunter und legte beide Hände an ihren Leib, als wolle er sich vergewissern, dass sie wirklich ein Kind erwartete. Dann lachte er. »Dom Álvaros unverheiratete Nichte ist schwanger wie eine Viehmagd.«

Catarinas Wangen wurden heiß, und sie wollte von ihm zurücktreten, aber die Mauer war in ihrem Rücken. So wartete sie nur schweigend und sah ihn an. Es war ein seltsamer, intensiver Moment, während er ihren Blick erwiderte, erheitert, höhnisch, die Zähne ein weißes Blitzen in dem dunklen Gesicht. Dann ließ er sie los und trat einen Schritt zurück.

»Dort«, Catarina deutete in Richtung Westen an der Mauer entlang, »bieten die Steine genug Vorsprünge, um hinaufzuklettern. Ich weiß das, ich habe mir oft genug vorgestellt, es zu tun.«

Der *Boçal* sagte nichts, aber er ließ den Span fallen. »Wenn du mich verrätst, töte ich dich.«

»Wenn ich dich verrate, lebst du nicht lange genug, um das zu tun.«

Ohne ein weiteres Wort lief der *Boçal* mit langen federnden Schritten los. Der *Crioulo* wollte ihm folgen, aber Catarina hielt ihn am Arm fest. »Bleib. Er schafft es vielleicht. Du nicht.«

Der Sklave zögerte, dann befreite er sich aus ihrem Griff. »Ich kann nicht bleiben, *Sinhazinha*. Ich kann nicht.« Er rannte dem anderen Mann nach, und sie verschmolzen mit den Nachtschatten der Bäume.

Olinda, Juli 1626

Die Schmerzen setzten am frühen Nachmittag ein. Zunächst schenkte Catarina dem Ziehen in ihrem Rücken kaum Beachtung, klopfte das Kissen in ihrem Rücken zurecht und versuchte, ihren unförmigen Leib in eine bequemere Position zu bringen. Seit zwei Wochen konnte sie kaum mehr im Liegen schlafen, das Aufstehen bereitete ihr Probleme, und es ziepte und drückte überall. Seit dem Morgen saß sie auf ihrem Bett und stickte an einem Nachthemd, ertrug das Ziehen stoisch, und erst als sich ein dumpfer Schmerz in ihrem Bauch aufbaute, ein wenig ärger, als sie es während ihres monatlichen Unwohlseins hatte, ahnte sie, dass der Moment der Geburt bevorstand. Schwerfällig schob Catarina sich vom Bett, öffnete die Tür und rief nach Zara.

»Hol Dona Lea«, sagte sie und watschelte zurück zum Bett, die Hände in den Rücken gedrückt. Wie sehr sehnte sie sich danach, diese Last endlich abzulegen. Und wenn die Schmerzen so blieben, wie sie jetzt waren, war es ja vielleicht nicht ganz so schlimm, wie alle immer erzählten.

Als es auf den Abend zuging, wünschte sie sich nichts mehr, als Jeremy Glanville nie in ihrem Leben begegnet zu sein. Der Schmerz tobte rot glühend durch ihren Körper, rollte in Wellen über sie hinweg, ebbte ab und baute sich erneut auf, kaum dass Catarina wieder zu Atem gekommen war. Sie würde sterben, es war unmöglich, dergleichen zu überleben.

Großtante Lea saß neben ihr und stützte ihren Körper, während Catarina zum Fußende des Bettes gerutscht war, einen Bettpfosten umklammert hielt, abwechselnd weinte und gellend schrie. Munia hockte zwischen ihren Beinen und gab mit ruhiger Stimme Anweisungen.

»Tante Lea«, japste Catarina, und Dona Lea schlang die Arme um sie und gab ihr Halt. »Ich sterbe.«

»Nein, du stirbst nicht.«

Wieder schluchzte Catarina auf, dann schrie sie.

»Ich sehe den Kopf, *Yayá*«, sagte Munia. »Bei der nächsten Wehe presst Ihr, so fest Ihr könnt.«
Es fühlte sich an, als stecke das Kind in ihr fest. Wehe um Wehe baute sich auf, und keine brachte die ersehnte Erlösung. Schreie erstickten in ihrer Kehle, als Catarina presste. Sie japste, rang nach Atem und wollte nichts mehr, als dass dieser entsetzliche Schmerz aufhörte. Dann auf einmal glitt es warm aus ihr heraus, und ehe Catarina das nächste Mal Luft holen konnte, war das maunzende Weinen eines Säuglings zu hören. Munia lief mit dem Kind zu der Amme, die schon seit Tagen im Haus bereitstand, drückte es der Frau in die Arme, und was weiter geschah, entzog sich Catarinas Blicken, denn die Frau verließ das Zimmer. Munia setzte sich auf einen Hocker zwischen Catarinas Beinen und massierte ihren Bauch, wieder ein warmes Herausgleiten, und Catarina sah die blutige Masse, die die Hebamme in den Händen hielt und zufrieden musterte.
»Damit wurde Euer Kind genährt«, erklärte sie.
Catarina wollte das alles nicht mehr wissen. Der Schmerz war fort, wenngleich sie nach wie vor einen stetigen Druck spürte und sich immer noch unbehaglich fühlte. Ihr Bauch fühlte sich nicht mehr prall an, obschon immer noch geschwollen, und ihre Beine zitterten heftig. Munia band ihr dicke Tücher zwischen die Beine.
»Komm, Kind.« Dona Lea half ihr, sich hinzulegen, zog ihr das blutige Nachthemd aus und ein sauberes über. »Später kannst du dich waschen, jetzt schlaf erst einmal.«
Catarina schloss gehorsam die Augen, und kurz darauf war sie eingeschlummert.

Das Erste, was sie empfand, als sie die Augen wieder öffnete, war Leere. Es musste mitten in der Nacht sein, eine Kerze erhellte das Zimmer, in dem sich die Umrisse nur schemenhaft abzeichneten. Vorsichtig richtete Catarina sich auf, zuckte kurz zusammen, als sie den brennenden Schmerz zwischen ihren Beinen spürte, und sah sich um. Zara saß auf einem Stuhl zusammengekauert und schlief, ansonsten war das Zimmer leer. Jemand hatte alle blutigen Tücher und Schüsseln mit Wasser hinausgetragen, nur ein metallener Geruch lag in der Luft.

Vorsichtig schob Catarina ihre Beine über die Bettkante, dann stemmte sie sich hoch, schwankte, ging ein paar Schritte, ehe ihr schwarz vor Augen wurde und sie taumelnd zu Boden stürzte. Im nächsten Moment war Zara bei ihr.

»Warum habt Ihr mich nicht geweckt, *Yayá?«* Sie half Catarina auf, die sich schwer auf sie stützte.

»Ich möchte mich waschen.«

Zara führte sie zurück zum Bett, half ihr auf den Nachttopf, zog sie aus, ließ Krüge mit warmem Wasser von einer schlaftrunkenen *Muleca* aus der großen Küche bringen und ging Catarina zur Hand, als diese sich mit nassen Tüchern abrieb. Am liebsten hätte sie sich in einen Zuber mit Wasser gesetzt, aber dies verbot Munia, die geweckt und zu Rate gezogen worden war. Als Catarina schließlich wieder in ihrem Bett lag, das mit frischen Laken bezogen war, fühlte sie sich besser. Nur diese Leere blieb und zog ihr die Brust zu.

»Wo ist mein Kind?«, fragte sie.

Zara wirkte unbehaglich. »Dom Álvaro hat sich darum gekümmert.«
»Ich will es wenigstens einmal sehen.«
»Wartet bis morgen, *Yayá,* dann frage ich Dona Lea.«
Catarina ging langsam zur Tür und zog sie auf. »Ich will es doch nur einmal sehen.«
»Bitte, *Yayá,* ich weiß ja selbst nicht, wo es ist. Legt Euch zu Bett, ich kümmere mich morgen um alles.«
Stur schüttelte Catarina den Kopf. »Ich will es sehen.« Sie ging durch den Korridor, und jeder Schritt fühlte sich an, als reibe sie Sand in ihrem Schoß.
»*Yayá,* ich glaube, Dom Álvaro wäre sehr ungehalten.«
»Ich will es nur sehen«, antwortete Catarina langsam und betont, als habe sie eine Schwachsinnige vor sich. Sie ging weiter, blieb dann unschlüssig stehen. »Wo ist Letícia? Frag sie, wo mein Kind ist.«
Zara rang die Hände. »Sie schläft vermutlich.«
»Dann weck sie.«
»Und wenn sie bei Dom Álvaro ist?«
»Sieh in ihrer Kammer nach.«
»Sie wird es Euch nicht sagen, wenn Dom Álvaro es verboten hat.«
Catarina drehte sich um und ging zu dem Zimmer ihrer Tante.
»*Yayá,* wo wollt Ihr hin? O Grundgütiger«, jammerte Zara, als Catarina die Tür zu Dona Mécias Zimmer aufstieß.
Ihre Tante lag schlafend im Bett, und Catarina berührte sie sacht an der Schulter. Dona Mécia regte sich, schlug die Augen auf und fuhr mit einem Schrei hoch. »Um des lieben Himmels willen!« Die Hand an ihre Brust gepresst, stieß

Dona Mécia die Luft aus. »Willst du mich zu Tode erschrecken?«
Nun fuhr auch Nuria auf, die auf dem Boden im Zimmer genächtigt hatte.
»Ich finde mein Kind nicht«, sagte Catarina.
»Und was fragst du mich da? Denkst du, mich kümmert es, wo dein Hurenbalg abgeblieben ist?«
Catarina zuckte zurück. »Ihr habt doch bestimmt alles mitbekommen.«
»Nein, und nun verlass auf der Stelle mein Zimmer.«
»Nicht, ehe Ihr mir sagt, wo mein Kind ist.«
»Ich weiß nicht, wo es ist.«
»Dann fragt Onkel Álvaro.«
»Ich werde ihn sicher nicht wecken, um deinen Bastard ausfindig zu machen.«
»Dann geht und befehlt den Sklaven, es Euch zu sagen, Euch werden sie gehorchen.«
»Verschwinde.«
Catarina umfasste die Handgelenke ihrer Tante, wollte insistieren, aber Dona Mécia riss sich los, stolperte aus dem Bett und lief zur Tür. »Raus!«, schrie sie.
»Ich will wissen, wo mein Kind ist.«
»Raus! Raus! Raus!« Dona Mécias Stimme steigerte sich zu einem schrillen Kreischen. Zara stand starr vor Schreck im Korridor.
»Was ist hier los?« Dom Álvaro.
Catarina verließ das Zimmer und sah sich ihrem Onkel gegenüber, den der Lärm offenbar aufgeschreckt hatte. Er wirkte jedoch nicht, als hätte er bereits geschlafen. Noch ehe Catarina antworten konnte, ereiferte Dona Mécia sich

bereits mit schriller Stimme. »Weckt mich mitten in der Nacht, um nach ihrem Hurenbalg zu fragen.«

»Ich wollte mein Kind doch nur einmal sehen.«

»Nein«, sagte Dom Álvaro. »Und nun geh schlafen.«

»Ich werde Euch nicht lästig fallen«, versprach Catarina. »Einmal nur, bitte, Onkel Álvaro.«

»Nein.«

»Sagt mir wenigstens, ob es ein Junge oder ein Mädchen ist.«

»Nein.«

Tränen trübten Catarinas Blick. »Bitte, nur einmal.«

Dom Álvaro öffnete den Mund zu einer Antwort, aber Dona Mécia kam ihm zuvor. »Er sagte nein, du hast es doch gehört. Vielleicht haben wir deine Hurenbrut ja auch einfach den Hunden vorgeworfen.«

Catarina fuhr zu ihr herum. »Ihr seid neidisch, ja? Weil Ihr bisher kein weiteres kriegen konntet und es Euch zuwider ist, zu empfangen. Dabei könnte Onkel Álvaro es vermutlich aufgeben, sich weiterhin auf Euch abzumühen, ein verdorrter Strauch trägt nun mal keine Früchte.«

Die Ohrfeige kam mit einer Kraft, die Catarina ihrer Tante nie zugetraut hätte. In ihrem linken Ohr summte es, und ihre Wange brannte.

»Das reicht.« Dom Álvaro ging dazwischen. »Geh zu Bett, Mécia. Ich rate dir künftig zur Mäßigung. So etwas will ich nie wieder sehen. Und du«, wandte er sich an Catarina, »wählst deine Worte in Zukunft mit Bedacht. Angesichts deines Zustands will ich es dir dieses eine Mal durchgehen lassen.« Er drehte sich zu Zara um, die angstschlotternd an die Wand gepresst dastand, als hoffe sie, darin zu verschmelzen. »Begleite Dona Catarina auf ihr Zimmer«, sagte er jedoch nur.

Catarina blieb, wo sie war, als sie eine Bewegung im Augenwinkel wahrnahm. Dona Lea war in den Korridor getreten, die schmale, leicht gekrümmte Gestalt in einen Morgenmantel gehüllt. »Geh zu Bett, Álvaro, ich mache das.«

Sie kam zu Catarina, umfasste behutsam ihren Arm und führte sie mit sich.

»Ich möchte doch nur einmal mein Kind sehen«, presste Catarina hervor.

»Glaub mir, es ist das Beste so«, sagte Dona Lea. »Wem nützt es, wenn du es siehst?«

Sie schloss die Tür hinter Catarina und brachte sie zu Bett. »Leg dich hin und versuch zu schlafen.«

Catarina presste die Hände auf ihre Brust. »Es fühlt sich so seltsam an, als würde es nie wieder hell werden.«

»Das wird es, mein Liebes, irgendwann wird es das.« Dona Lea gab ihr einen Kuss auf die Stirn. »Und nun schlaf. Ich bleibe bei dir.«

»Sie sah aber auch einfach zu unheimlich aus, kein Wunder, dass Dona Mécia sich fast zu Tode erschrocken hat«, erzählte Nuria. »Im Nachthemd, das Haar hing ihr zottelig ums Gesicht, und sie war bleich wie der Tod.« Sie wollte sich ausschütten vor Lachen, und einige Haussklaven stimmten ein.

»Ihr solltet euch nicht über das arme Kind lustig machen«, schimpfte Zaida.

»Oh, ich lache nicht über *Yayá* Catarina«, beteuerte Nuria. »Und wisst ihr, was sie zu Dona Mécia gesagt hat?« Sie senkte die Stimme und wiederholte Dona Catarinas Worte aus der letzten Nacht. *Ein verdorrter Strauch trägt nun mal keine Früchte.* Einige lachten, andere schlugen erschrocken die Hände vor den Mund und sahen rasch zur Tür.

Letícia bemerkte Zara, die mit dunkel umschatteten Augen die kleine Küche betrat. »Ich dachte«, so die junge Mestizin, »Dom Álvaro lässt mich noch in der Nacht auspeitschen.«

»Du konntest *Sinhazinha* Catarina ja nicht im Zimmer festbinden. Armes Geschöpf.« Zaida war voll des Mitleids. »So übel hat man ihr mitgespielt, und dann läuft sie bei Nacht durchs Haus und sucht ihr Kind.«

»Wenigstens weiß sie, dass es in gute Hände kommt«, sagte Eila, jene Küchensklavin, die seinerzeit wegen der zerbrochenen Teller ausgepeitscht worden war. »Meines werde ich nie wiedersehen und nie erfahren, was daraus geworden ist.«

»So hässlich, wie du bist, frage ich mich eh, wer dir eins gemacht hat«, sagte Mayara, die *Muleca*, die sich oft so vorlaut hervortat und die Letícia nicht ausstehen konnte. Sie war noch kein Jahr im Haus, sehr hübsch und stiftete gerne Unfrieden zwischen den Haussklaven. Jorge argwöhnte bereits, dass sie allein zu diesem Zweck gekauft worden war. Jetzt sah er sie an, sah dann zu Eila und schließlich wieder zu ihr. »Mayara, wenn du der letzte Mensch auf Erden wärst, ich würde dich eher fressen als nehmen.«

Die *Muleca* starrte ihn mit offenem Mund an, während die Sklavinnen in der Küche anfingen kreischend zu lachen. Selbst Letícia musste lachen, was ihr einen giftigen Blick von Mayara einbrachte.

»Hast du nicht bemerkt, wie Dom Álvaro mich ansieht«, sagte sie. »Deine Tage in seinem Bett sind gezählt.«
Letícia zuckte nur mit den Schultern. Ja, vermutlich würde er das junge Ding einmal zu sich rufen, vielleicht auch zweimal, wenn es ihm gefiel, aber meist verlor er schnell das Interesse.
»Sei still.« Zaida scheuchte Mayara von ihrem Hocker auf. »Und mach dich nützlich. Bring Dona Mécia diese Platte mit Brot und Fleisch.«
Widerwillig erhob Mayara sich und griff nach der Platte, dann verließ sie die Küche.
»Wie geht es *Sinhazinha* Catarina?«, fragte Zaida an Zara gewandt.
»Sie schläft noch«, antwortete die junge Sklavin. »Ich glaube, in dem Kräuteraufguss, den Dona Lea zubereiten ließ, war etwas, das sie beruhigen sollte.«
Jorge sah Letícia an. »Du solltest dich in Acht nehmen, Mayara versteht sich auf Hexerei.«
»Das macht mir keine Angst.«
»Sollte es aber.«
Letícia erhob sich nun auch und trug das Brot in das Speisezimmer, wo Dom Álvaro und Dona Lea in Kürze ihr Frühstück zu sich nehmen würden. Durch eines der Fenster sah sie Mayara über den Hof eilen. Sie musste die Platte nur rasch abgestellt und das Haus dann verlassen haben. Einige Sklavinnen schlossen sich ihr an, dann verschwanden sie im Schatten der Bäume.

Álvaro stand in einem kleinen Zimmer, das weit entfernt von Catarinas gelegen war und in dem das Kind in einer

Wiege schlief, die Fäustchen rechts und links neben dem Kopf, eingewickelt in eine weiße Decke, das schwarze Haar von einer winzigen Haube bedeckt. Am Vortag hatte er Catarina bis in die Abendstunden schreien hören, als müsse sie ihr eigenes Leben für das ihres Kindes geben. Sie hatte überlebt, und ein winziger Teil in Álvaro hatte sich gewünscht, das Kind hätte es nicht. Aber nun war es da, gesund und kräftig, und er musste tun, was zu tun war.

Das Schiff nach Portugal würde in zwei Tagen ablegen, ein Sklavenschiff, das neue Ware aus Afrika gebracht hatte und nun mit Zucker beladen weiterreisen würde nach Lissabon. Álvaro hoffte, dass er von dort aus schnell ein Schiff nach England bekam. Er wollte nichts mehr, als diese Reise endlich hinter sich gebracht zu haben.

Jorge trat ein. »Sie haben einen der Entflohenen gefunden.«

»Wen?« Álvaro wandte den Blick nicht von dem Kind ab.

»Tómas.« Der entflohene *Crioulo.*

»Wurde er befragt?«

»Das macht Senhor Coentrão gerade.«

Álvaro nickte abwesend.

»Was soll danach mit ihm geschehen?«

Normalerweise wurden entflohene Sklaven hart bestraft, man hängte sie auf, wenn sie entbehrlich waren, oder hackte ihnen den halben Fuß ab, wenn man sich nicht leisten konnte, sie zu verschwenden. Aber Álvaros Gedanken waren von dem gefangen, was vor ihm lag, und er wollte sich nicht den Kopf über ein angemessenes Strafmaß zerbrechen.

»Senhor Coentrão soll einen Käufer für ihn suchen.« Sollte sich jemand anders mit ihm herumschlagen.

»Ja, Herr.« Jorge verließ den Raum.
Vor über zwei Monaten waren die beiden Sklaven geflohen. Der Verlust des *Crioulo* war sofort am nächsten Morgen aufgefallen, aber dass einer der *Boçais* fehlte, merkte man erst, als abends durchgezählt wurde. Offenbar war er am Abend zuvor aus seiner Hütte befreit worden. Die Sklaven, die mit ihm zusammen dort schliefen, waren befragt worden, aber niemand hatte etwas mitbekommen. Der *Crioulo* war wohl aus demselben Stamm wie der *Boçal*, man kannte sich über Familienbande. Das war ungünstig und brachte nur Ärger.
»Genau wie du«, murmelte er und sah das Kind an. »Du bringst auch nur Ärger.«
Der Säugling verzog das Gesicht und wimmerte, als habe er die Worte verstanden. Álvaro stieß ein beruhigendes Schnalzen aus und berührte den Kopf des Kindes.
»Aber du kannst nichts dafür, nicht wahr? Du würdest vermutlich lieber auch ein Leben führen, in dem du deine Mutter kennst. Als Junge wirst du es allerdings leichter haben als sie.«
Die Amme kehrte mit einem Stapel weißer Tücher ins Zimmer zurück, und Álvaro wandte sich von der Wiege ab. Im Korridor war es dunkel und still. Der Tag war fast lautlos und unbemerkt an ihm vorbeigeglitten. Álvaro schlug den Weg zu Mécias Zimmer ein. Er musste an das denken, was Catarina gesagt hatte. *Ein verdorrter Strauch trägt nun mal keine Früchte.* Im Grunde genommen sprach sie genau das aus, was er selbst oft gedacht hatte, aber es war dennoch ungehörig gewesen, und hätte sie sich nicht in diesem elenden Zustand befunden, hätte er ein solches Verhalten nicht geduldet.

Wie immer brannte Licht im Zimmer seiner Ehefrau. Und wie immer weiteten sich ihre Augen beunruhigt, als sie ihn eintreten sah. Sie war allein.

»Senhor.« Ihre Stimme zitterte leicht.

Álvaro trat neben ihr Bett und sah sie an. »Hab keine Angst, ich werde nicht lange bleiben.«

Ihre in die Decke verkrampften Hände lösten sich. »Warum bist du hier?« Dennoch stellte sie die Frage in einem Ton, als habe sie Angst vor der Antwort.

»Ich werde jetzt für einige Zeit fort sein. Du musst mit Catarina auskommen, ich weiß nicht, wann mein Bruder hier sein wird. Wenn sie dir gegenüber ungehörig wird, sag es Ramón. Aber ich möchte bei meiner Rückkehr nicht hören, dass es einen Ausbruch wie letzte Nacht gab.«

»Sie stand einfach in meinem Zimmer.«

»Du hast geschrien wie eine Furie, ich habe dich gehört. Du bist ihre Tante, ich erwarte von dir Ruhe und Besonnenheit. Schick sie fort, wenn sie dir lästig fällt.«

»Das habe ich versucht. Und du solltest *sie* ermahnen, nicht mich. Sie hat mich aufs … aufs Übelste beleidigt.« Ihre Lippen bildeten einen schmalen Strich, eng zusammengepresst, als werde ihr gerade bewusst, dass sie Álvaro mit der Erinnerung an Catarinas Worte auf das unliebsame Thema brachte.

»Sie war nicht sie selbst.«

»Du findest immer Entschuldigungen für sie.«

Álvaro hatte nicht vor, einen längeren Disput über die Angelegenheit zu führen. »Wie auch immer.« Er wünschte ihr eine gute Nacht und verließ das Zimmer. Kurz erwog er, nach Catarina zu sehen, aber dann ließ er es sein, da er befürchtete, sie würde ihn mit Fragen zu ihrem Kind bedrängen. Und es fiel ihm schwer, ihr gegenüber unnachgiebig zu bleiben, da ihn ihr Zustand dauerte. Vor seiner Abreise würde er zu ihr gehen und sich verabschieden, mehr brachte er nicht über sich, solange das Kind noch im Haus war.

Catarina weinte. Sie weinte, wenn sie die Kinder der Sklaven im Hof schreien hörte, sie weinte, wenn sie an das Schiff dachte, das ihr Kind nach England brachte, sie weinte, weil sie das Kind nicht hatte haben wollen und es ihr nun das Herz brach, sich vorzustellen, wie es in den Armen seiner Amme lag und zu Menschen gebracht wurde, die es ebenfalls nicht würden haben wollen. Und manchmal weinte sie auch, wenn sie an Jeremy dachte, daran, wie er sie angesehen hatte nach jenem verhängnisvollen Moment im Garten. *Warum, um alles in der Welt, hast du mir nicht gesagt, dass du das noch nie gemacht hast?*

Seit der Geburt rang Catarina in der Schwärze, die sie verschlang, nach Atem, während eine düstere Verzweiflung sie immer tiefer in sich hineinsog. Eines Nachmittags lag Catarina wieder in ihrem Bett und barg das Gesicht in den Kissen, während abgehackte Schluchzer ihren Körper schüttelten. Sie hörte, wie die Tür geöffnet wurde, und kümmerte sich nicht darum. Zara würde das Tablett mit dem nahezu unberührten Essen forttragen und in wenigen Stunden ein neues bringen.

Die Schritte waren jedoch zu fest für die der Sklavin, und da Dom Álvaro zwei Tage zuvor abgereist war, fiel Catarina nicht ein, wer es sonst sein könnte. Jäh stieg die Furcht in ihr auf, Senhor Coentrão könne die Abwesenheit des Hausherrn nutzen, um sich in höhnischer Freude an ihrem Anblick zu weiden. Sie wandte den Kopf, und ihre Augen weiteten sich.

»Den ganzen Weg hierher«, sagte ihr Vater, der, die Hände hinter dem Rücken verschränkt, nun vor ihr stand, »habe ich mir überlegt, welche Strafe deinem Vergehen angemessen sein könnte. Aber nun denke ich, du bist bereits ausreichend gestraft für deinen Leichtsinn.«

Wieder stiegen Catarina die Tränen in die Augen. »Verzeiht mir, Vater.«

Dom Ramón sah sie schweigend an, dann sagte er: »Das habe ich längst.«

Vorsichtig richtete Catarina sich auf. Noch immer tat es weh zu sitzen, und ihr Körper fühlte sich, obgleich inzwischen weniger füllig, immer noch formlos an, als habe sie ein Kostüm übergezogen, das ihr nicht passte. »Ich habe Schande über Euch gebracht.«

»Nicht du hast Schande über uns gebracht, sondern Jeremy Glanville über sich selbst, denn er hat unsere Gastfreundschaft aufs Übelste ausgenutzt.«

Catarina suchte nach ihrem Taschentuch und rieb sich die Nase. Ihre Augen waren heiß und brannten.

»Du siehst furchtbar aus«, sagte ihr Vater und legte ihr die Hand auf die Stirn. »Deine Zofe sagte mir, du isst nichts.«

»Ich habe keinen Hunger.«

Er ließ sich auf ihrem Bettrand nieder. »Ich habe das Gerede gehört, es kam in Lissabon an, kaum, dass ich den Brief erhalten habe.«

»Ich bin mir sicher, *sie* fühlte sich bestätigt.«

»Ja, das tut sie. Aber sie hat es nicht gewagt, das mehr als einmal in meiner Gegenwart zu sagen.«

»Verachtet Ihr mich jetzt?«

»Als jemand, der ein junges Mädchen in die gleiche Lage gebracht hat wie Jeremy Glanville dich, kann ich dich nicht verachten, ohne mir selbst Verachtung entgegenzubringen, nicht wahr?«

Mit dieser Antwort hatte Catarina nicht gerechnet. »War meine Mutter auch aus gutem Haus?«

Dom Ramón lächelte kaum merklich. »Ich werde dir auch jetzt nichts über sie sagen, das war unsere Vereinbarung. Ich erziehe dich als meine Tochter und bewahre Stillschweigen.«

»Habt Ihr sie denn gar nicht geliebt?«

»Doch, das habe ich. Wir waren noch sehr jung, deutlich jünger als du jetzt, und als sie gemerkt hat, dass sie ein Kind erwartete, geriet sie in Panik. Ich habe mit deinem Großvater ihre Familie aufgesucht und um ihre Hand gebeten. Ihr Vater war sehr aufgebracht über die ganze Sache, aber eine Ehe mit mir kam für ihn nicht in Frage, er hatte andere Pläne mit ihr.«

Catarina vergaß für einen Moment ihren eigenen Kummer. »Wie furchtbar traurig für sie.«

»Eher für mich, sie hätte sich durchsetzen können, hätte sie es wirklich gewollt. Aber es war für sie nur ein Spiel. Um sie zu schützen, sagte ich, ich hätte sie verführt und sie sei mir in ihrer Unschuld nicht gewachsen gewesen.«

Wärme stieg Catarina in die Wangen. »Aber dem war nicht so?«

»Nein, wir wollten es beide. Aber wie dem auch sei, es

musste eine Lösung für das Kind gefunden werden, und sie war der Entscheidung ähnlich, die dein Onkel nun für dein Kind getroffen hat.«
»Bin ich meiner Mutter je begegnet?«
»Auch darauf werde ich dir keine Antwort geben.«
Catarina dachte an die seltenen Begegnungen mit den Damen der Gesellschaft, und nicht zum ersten Mal fragte sie sich, ob nicht eine von ihnen mehr Interesse an ihr bekundet hatte als andere.
»Zerbrich dir nicht den Kopf, du wirst es nie erfahren. Ihr Ehemann weiß nichts von dir, wüsste er es, würde sie alles verlieren. Wir müssen uns vielmehr überlegen, wie es nun mit dir weitergeht.«
Ein müdes Schulterzucken war Catarinas einzige Antwort. Ihr Vater sagte nicht, dass sie weitere Kinder bekommen würde, die ihr den Verlust des einen erträglich machen würden. Dona Lea hatte es nicht gesagt und ihr Onkel ebenfalls nicht. Weil alle wussten, dass der Weg in eine Ehe Catarina verschlossen sein würde. Kein Mann wollte eine Ehefrau mit einer solchen Vergangenheit. Und Jeremy Glanville würde seine Verlobte heiraten, Kinder mit ihr bekommen und das eine, das er mit Catarina hatte, ebenfalls mit aufziehen. Für ihn blieb alles beim Alten, er war ein Mann, denen verzieh man dergleichen. Galle stieg in Catarinas Kehle auf und schmeckte sauer in ihrem Mund.
»Möchtest du in ein Kloster gehen?«
Sie starrte ihren Vater so entsetzt an, dass dieser beschwichtigend die Hände hob. »Ich zwinge dich natürlich nicht, aber es wäre eine Möglichkeit. Du könntest mehr Bildung

erlangen, als dir hier zuteilwird. Nie wieder im Kindbett liegen. Die Schande eines unehelichen Kindes nicht mehr vor der Gesellschaft tragen. Es kann ein ruhiges, friedliches Leben sein, in dem du an keinen Mann gebunden bist.«

Catarina zögerte, dann schüttelte sie den Kopf.

»Denk darüber nach, du musst das nicht jetzt entscheiden.« Dom Ramón erhob sich. »Und nun schlaf, damit du wieder zu Kräften kommst.«

Die Tür wurde leise ins Schloss gezogen, als er das Zimmer verließ, und Catarina schloss die Augen.

Während der Abwesenheit seines Bruders bewohnte Dom Ramón ein Zimmer in einem anderen Wohntrakt als Dom Álvaro und Dona Mécia, damit es nicht zu Gerede käme. Dabei war der Ruf ihrer blutleeren Tante sicher nicht in Gefahr, dachte Catarina. Wenn ihr Vater eine Frau wollte, so wäre Dona Mécia gewiss nicht seine erste Wahl.

Drei Wochen nach der Geburt verließ Catarina erstmals das Zimmer. Ihre Beine waren nach der langen, nur von kurzen Wegen durchs Zimmer unterbrochenen Bettruhe wacklig, und sie fühlte sich, als habe die Geburt jede Kraft aus ihr gesogen und ihr nur die äußere Hülle ihres Körpers gelassen. Ehe Catarina zu ihrem Vater ging, suchte sie ihre Tante auf, die wie immer in ihrem Zimmer am Fenster saß. Obgleich nach wie vor sehr blass, wirkte Dona Mécia lebhafter als sonst. Vielleicht war es das Wissen darum, dass Dom Álvaro in den nächsten Monaten keinen Anspruch auf ihren Körper erheben konnte. Eine seltsame Art der Freiheit, die Dona Mécia dadurch auskostete, am Fenster zu sitzen und die Mattigkeit aufzugeben.

Als sie Catarina sah, verhärteten sich ihre Gesichtszüge, wurden kalt und abweisend. »Was willst du?«
»Ich möchte Euch um Verzeihung bitten für meine ungehörigen Worte. Ich war in jener Nacht nicht ich selbst.«
Dona Mécia nickte nur knapp.
»Werdet Ihr mir verzeihen?«
Jetzt zögerte Dona Mécia. »Ich sollte es wohl. Aber der Groll auf dich sitzt tief in mir, und ein Verzeihen wäre nur ein Lippenbekenntnis.«
»Mein Vater fragte mich, ob ich ins Kloster gehen möchte.« Catarina wusste nicht, warum sie dies ihrer Tante erzählte.
Leichte Röte überzog Dona Mécias Wangen. »Und wirst du es tun?«
»Ich weiß es nicht.«
»Du wärest dumm, tätest du es nicht. Wie sehr wünschte ich, dieses Ehejoch bliebe mir erspart. Die Schmerzen einer weiteren Geburt. Wäre ich im Kloster, hätte ich mir nicht derart ungebührliche Worte von dir anhören müssen. Mein Wert würde nicht daran gemessen, Kinder zu gebären.«
»Es tut mir leid«, sagte Catarina noch einmal.
Wieder nickte Dona Mécia nur, dann wandte sie sich ab, und Catarina verließ das Zimmer. Sie ging hinunter in das Speisezimmer, wo ihrem Vater gerade eine Platte mit geröstetem Lammfleisch serviert wurde. Dampfende Brotfladen lagen auf dem Tisch, und einem Topf mit geschmortem Gemüse entstieg ein verführerischer Duft.
Dom Ramón lächelte, als er sie sah. »Leistest du mir Gesellschaft?«
»Wenn Ihr erlaubt?«
Er stand auf und rückte ihr einen Stuhl zurecht, ehe einer

der Sklaven dies tun konnte. »Hast du über das nachgedacht, worüber wir gesprochen haben?«

»Ja, ich kann es nicht tun.«

»Du könntest in ein Stift eintreten, das du jederzeit wieder verlassen kannst, wenn es dir doch nicht gefällt.«

Ja, dachte Catarina. Aber was, wenn Ihr – was Gott verhüten möge – frühzeitig von uns geht? Wenn Dom Álvaro entscheidet, mich nicht bei sich haben zu wollen? Wenn Eure ehelich geborenen Söhne ihre sündhafte Schwester nicht im Haus haben wollen? Wenn kein da Silveira mich bei sich aufnimmt? Sie schüttelte den Kopf. »Verzeiht mir, Vater. Wenn Ihr darauf besteht, werde ich mich fügen, aber ich bitte Euch, mich hier zu lassen.«

Ihr Vater wirkte nicht zufrieden mit ihrer Antwort, insistierte jedoch nicht. Sie nahm sich mit spitzen Fingern ein Stück Fleisch und legte es vor sich ab, dann schöpfte sie ein wenig von der Brühe in eine Schale und verbrannte sich beim Essen die Oberlippe und die Zunge.

Die Schwangerschaft hatte, bis auf zwei silbrige Linien auf ihrem Unterbauch, keine Spuren hinterlassen, ihre Brust schmerzte nicht mehr wegen der Milch, die kein Kind trinken würde. Ihr Körper vergaß langsam, was mit ihm geschehen war. Und doch trug Catarina diesen Makel, als wäre er ihr auf die Stirn gebrannt.

»Im Grunde genommen kommen uns die Franzosen mit ihren Kolonien keineswegs ungelegen«, sinnierte Jeremy, »stärken sie doch unsere schwachen Streitkräfte.« Die Eingeborenen von St. Kitts, ein Volk, das sich *Kalinago* nannte, erwies sich mittlerweile als wenig erfreut über die Inbesitznahme seiner Insel und schien die – durchaus nicht abwegige – Befürchtung zu hegen, die europäischen Siedler planten, ihr Land gänzlich zu übernehmen.
»Man vermutet einen Aufstand«, sprach George Witherspoon die Befürchtungen der englischen Streitkräfte aus.
Jeremy dachte an die *Tupí* in der Terra do Brasil, die als Sklaven für die Plantagen herangezogen worden waren, ehe man festgestellt hatte, dass sie dafür nicht taugten und man robustere Arbeitskräfte aus Afrika bezog. Den *Kalinago* drohte vermutlich ein ähnliches Schicksal. Vielleicht hatten sie davon gehört, dass die Europäer grundsätzlich nicht lange zauderten, wenn es darum ging, ihre Vorteile in der Neuen Welt durchzusetzen. Was auch immer es war, der Unmut der Einheimischen war nahezu mit den Händen greifbar.
Schon bald wussten die Franzosen zu berichten, dass die *Kalinago* planten, alle Europäer im Schlaf zu ermorden, sie auszurotten, um ihre Insel wieder für sich zu haben. Jeremy hielt das für unvorstellbar. Schließlich waren sie nicht die ersten Europäer auf der Insel, die Spanier waren fast ein Jahrhundert zuvor hier gelandet.
»Aber«, widersprach George, »sie sind nicht dauerhaft geblieben. Das ist es, was den Eingeborenen Angst macht.«
Jeremy ging davon aus, dass man mit den *Kalinago* verhan-

deln und zu einem Ergebnis gelangen würde, das für alle zufriedenstellend sein konnte. Immerhin ging es ihm, wie vielen seiner Landsleute, nur um den Handel. Andererseits konnte er die Ängste der Eingeborenen verstehen, sie waren nicht dumm und verstanden, was um sie herum vorging, wussten, was dort geschah, wo sich die Europäer niederließen. Die Besiedlung der Insel wurde von den freien Kariben als existenzbedrohend wahrgenommen.
Dann brachten die europäischen Siedler in Erfahrung, dass die *Kalinago* trotz der bisherigen friedlichen Beziehungen vorhatten, mit Hilfe der Kariben von den Nachbarinseln die Europäer durch ein nächtliches Massaker zu vernichten, um eine dauerhafte Besiedlung zu verhindern. Eine ihrer Frauen verriet sie jedoch, und so konnten die Engländer und Franzosen ihnen zuvorkommen. Man verhandelte nicht, was Jeremy getan hätte, hätte er in dieser Sache etwas zu sagen gehabt. Er war jedoch kein Soldat, kein Offizier und war nicht geschult worden in der Diplomatie. Man fragte ihn und seinesgleichen nicht, man setzte ihn lediglich in Kenntnis.
Er hätte unmöglich verhindern können, was hernach geschah, man erwartete von ihm Loyalität seinen kämpfenden Landsleuten gegenüber. Und doch fühlte er sich ihnen in jener Nacht, in der das Massaker verhindert werden sollte, fremd und von allen isoliert. Und wenn er George ansah, wusste er, dass er mit diesem Gefühl nicht allein war. Die Siedler hatten Angst, denn die Kampftaktik der Menschen hier war eine andere als die der Europäer. Man kämpfte aus dem Hinterhalt heraus. Und dies taten ihnen die Engländer und Franzosen nun gleich.

In jener Nacht wurden fast viertausend Menschen ermordet, in ihren Hütten, im Schlaf. Die europäischen Siedler metzelten sie gnadenlos nieder, sie waren Wilde, Meuchelmörder, und man schoss sie ab wie Tiere auf der Jagd. Die Soldaten hatten schließlich edel und aufrichtig ihr Land verteidigen wollen. Das zumindest sagten sie sich, als das Licht der Sonne in buttrigem Gelb auf den Leichenbergen zerfloss.

London, Oktober 1626

London war kalt und nass, und Álvaro, der bereits fror, seit er in Portsmouth an Land gegangen war, zog die Schultern hoch und versuchte, das Zittern zu unterdrücken. Die junge Sklavin an seiner Seite, die das Kind trug, klapperte hörbar mit den Zähnen. Nur der in warme Decken gehüllte Säugling schlief behaglich, und seine Amme drückte ihn enger an sich, um ihn vor der Kälte zu schützen. Ein leichter Nieselregen hatte eingesetzt, und die Straßen glänzten im Fackellicht, das Lichtpfützen in die Dunkelheit eines zu früh beendeten Tages warf.

»Ich glaube, das ist das Haus, Dom Álvaro«, sagte die Sklavin und blieb stehen.

Álvaro sah an der düsteren Fassade hoch. Die Häuser in dieser Straße sahen für ihn eines wie das andere aus. Aber das hier hatte jene kleinen Türme, die den Ost- und Westflügel krönten und die den Häusern Portugals nachempfunden waren. Daran, so der Wirt der Gaststätte, in der sie abgestiegen waren, würden sie das Domizil der Glanvilles erkennen.

»Ich glaube, du hast recht, Estela.« Dom Álvaro nickte ihr anerkennend zu. »Dann hoffe ich, dass wir die Sache recht schnell hinter uns gebracht haben.«
Während Álvaro bereits die Treppe hochging, zögerte die junge Frau. Er drehte sich um. »Was ist?«
»Und Ihr werdet mich wirklich hierlassen?«
»Wenn die Glanvilles dich weiterhin als Amme für das Kind wünschen, ja. Dann lasse ich dich frei, wie ich es dir versprochen habe.«
»Und wenn sie mich verstoßen? Die Menschen hier reden so seltsam, ich habe bisher kein einziges Wort verstanden.«
»Die Glanvilles sprechen Portugiesisch. Aber wenn es dich beruhigt, werde ich ihnen sagen, sie sollen dich zurück zu mir schicken, wenn sie dich nicht mehr haben wollen.«
Estela folgte ihm nun die Treppe hoch, aber es war ihr anzusehen, dass ihre Ängste nicht weniger geworden waren. Beruhigend legte Álvaro ihr eine Hand auf den Arm. Dann betätigte er den Türklopfer.
Es dauerte nicht lange, und ein Dienstbote öffnete die Tür.
»Sir?«
»Ich möchte zu Sebastião Glanville«, sagte Álvaro auf Englisch. »Mein Name ist Álvaro da Silveira.« Er wollte hinzufügen, dass er ein Verwandter war, unterließ es dann jedoch. Der Dienstbote musterte ihn kurz, schien zu dem Schluss zu kommen, dass er keiner jener Besucher war, die man an der Tür abwimmeln musste, und trat einen Schritt zurück. »Folgen Sie mir bitte, Sir.« Sein Blick streifte Estela, aber er beachtete sie nicht weiter, sondern setzte seinen Weg durch die Halle fort. Er öffnete die Flügeltür zu einem großen Zimmer und entzündete die Kerzen in zweien der Leuchter

an der Wand. Wenn überhaupt möglich, so war es hier noch kälter als draußen. Der Kamin war ausgefegt, und es schien nicht so, als hege der Bedienstete die Absicht, hier in Kürze ein Feuer zu entfachen.

»Ich sage Mr. Glanville Bescheid«, sagte der Dienstbote und schloss die Tür hinter sich.

Estela sah sich unglücklich um. Ihr war nur zu deutlich anzusehen, was sie dachte. *An diesem düsteren Ort soll ich bleiben?*

»Was gibt es, Albert?« Sebastian schätzte es ganz und gar nicht, beim abendlichen Essen mit der Familie gestört zu werden.

»Ein Gast, Sir. Er sagt, sein Name sei Álvaro da Silveira, er hat eine schwarze Frau und ein Kind dabei.«

Durch Sebastians Körper ging ein Ruck. Da Silveira. Zu lange hatte er diesen Namen nicht mehr gehört. Die Familie seiner Mutter. Goa, Lissabon, die Alfama, die *Casa da Monteira*. Er schob den Stuhl zurück und erhob sich. »Wo ist er?«

»Im großen Gesellschaftszimmer, Sir.«

Dominic sah ihn fragend an, und Anna erhob sich ebenfalls.

»Die Familie eurer Urgroßmutter«, erklärte Sebastian. »Anna, du bleibst hier.«

»Ach, Großvater.« Anna schürzte schmollend die Lippen. Er ließ sich jedoch auf keine Diskussion ein.

»Möchtet Ihr, dass ich Euch begleite?«, fragte Dominic.

»Wenn ich nicht darf, darfst du sicher auch nicht«, schnappte Anna.

Elizabeth, Dominics Frau, lächelte sie an und schüttelte beschwichtigend den Kopf. Die sanfte Seele des Hauses. Sie war bereits wieder schwanger, kaum dass sie sich nach der Geburt ihres Sohnes im Juli vom Wochenbett erholt hatte, und sie ertrug diese weitere Schwangerschaft in Folge mit dem Gleichmut und der Geduld, die sie stets an den Tag legte.

»Nein danke, Dominic.« Sebastian verließ den Raum zusammen mit dem Dienstboten und eilte zum Gesellschaftszimmer. Er stieß die Tür auf und fröstelte. Der Raum war ja erbärmlich kalt. »Dom Álvaro?«, fragte er in fließendem Portugiesisch, das ihm immer noch so vertraut über die Lippen ging. »Es ist mir ein überaus großes Vergnügen.« Er konnte die Aufregung kaum verbergen und fühlte sich wie ein kleiner Junge, der unverhofft in einen Raum geführt worden war, in dem eine Überraschung auf ihn wartete. »Kommt doch bitte in meine Bibliothek, dort ist es wärmer.«

»Ich danke Euch.« Dom Álvaro legte der Frau an seiner Seite leicht die Hand auf den Rücken, und sie folgten Sebastian hinaus in die Halle, einen kurzen Korridor entlang und in die behagliche Bibliothek, wo ein Feuer im Kamin knisterte. Sebastian bot ihnen an, sich zu setzen, rief nach Albert, damit dieser den Gästen etwas zu essen brachte, und ließ sich schließlich selbst nieder.

»Ihr seid ein direkter Verwandter aus der Linie Dom Fernãos?«

»Ja«, bestätigte Dom Álvaro und bedeutete der Frau, sich ebenfalls zu setzen. »Er war der Vater meines Großvaters, Dom Alessandro.«

»Der Bruder meiner Mutter.« Ein Lächeln flog über Sebastians Lippen. »Ihr seid Andrés Sohn?«
»Nein, mein Vater war Dom Miguel. André da Silveira starb in jungen Jahren kinderlos auf See.«
»Das tut mir sehr leid. Wie traurig für Eure Großeltern.« Sebastian hatte noch vage Erinnerungen an einen halbwüchsigen Jungen, den er stets hatte beeindrucken wollen und der ihn nicht beachtet hatte. Leas Bruder und bester Freund.
Er konnte sich kaum mehr an sein Gesicht erinnern. »Lea muss untröstlich gewesen sein.«
»Vermutlich, ich weiß es nicht, ich war ja noch nicht geboren.«
»Aber nun sagt, was führt Euch zu mir? Angesichts der politischen Lage kann ich nicht glauben, dass es Euch ohne triftigen Grund nach England verschlägt.«
Dom Álvaro nickte. »Ja, zu meinem Bedauern. Ich danke Euch, dass Ihr uns so freundlich aufnehmt.«
Sebastian machte eine Geste, die aussagte, dass dies selbstverständlich sei.
»Jeremy Glanville ist Euer Enkel?« Dom Álvaro kam ohne Umschweife zur Sache.
Kälte kroch in Sebastians Glieder, und unwillkürlich sah er die Trümmer eines Schiffes vor sich, Holzplanken, zwischen denen Jeremys lebloser Körper trieb. Der Säugling gab ein leises Greinen von sich, wurde jedoch von der Frau mit leisem Singsang beruhigt. »Was ist mit ihm?«, fragte er mit belegter Stimme.
»Sein Schiff geriet in einen Sturm.«
Sebastians schlimmste Befürchtungen schienen sich zu be-

stätigten, und seine Hände schlossen sich um die Armlehnen.

»Daraufhin«, fuhr Dom Álvaro fort, »kam er vom Kurs ab, verlor seine Flotte und strandete mit seinem schwer beschädigten Schiff vor Olinda.«

Die Erleichterung war so köstlich, dass Sebastian sie in zwei tiefen Atemzügen auskostete. »Er ist wohlauf?«

»Ja, zumindest war er das zu diesem Zeitpunkt. Er kam zu mir und bat mich um Hilfe, und ich nahm ihn als Gast in meinem Haus auf. Und er dankte es mir, indem er *das*«, Álvaro deutete auf das Kind, »zurückließ.«

Sebastian sah den Säugling an, dem die Frau nun die Brust gab. »Er hat Eure Sklavin geschwängert?«

»Nein, meine Nichte.«

Sebastian starrte ihn an. »Ihr scherzt, hoffe ich.«

»Mitnichten.«

Der Blick des alten Mannes ging ruckartig zu dem Kind, dann sah er Dom Álvaro wieder an. Ihm lag die Frage auf der Zunge, ob es sich um einen Irrtum, einen anderen Mann handeln könnte, aber das zu äußern wäre zutiefst beleidigend. Und ein solcher Leichtsinn passte durchaus zu Jeremy. Ihn mochte das Verlangen getrieben haben, sich noch einmal auszutoben, ehe ihn die Bande der Ehe fesselten.

»Meine Nichte«, fuhr Dom Álvaro fort, »war der Meinung, Euer Enkel wolle sie heiraten. Die alte Geschichte.«

»Ich verstehe«, antwortete Sebastian mit brüchiger Stimme.

»Er gab ihr jedoch zu verstehen, dass er dergleichen nie beabsichtigt habe, *nachdem* er sie genommen hatte. Und er hat sie gefragt, warum sie ihm nicht gleich gesagt hätte, dass sie dergleichen nie zuvor getan habe.« Dom Álvaros Stimme bebte in unterdrücktem Zorn. »Offenbar hielt er sie für eine Hure.«

Sebastian wollte Jeremys Worte abmildern, sagen, dass sich Jeremy nur missverständlich ausgedrückt habe. Eine solche Grausamkeit passte nicht zu seinem Enkel. Doch er hielt sich zurück.

»Ich will nicht abstreiten«, fuhr Dom Álvaro auf Sebastians Schweigen hin fort, »dass meine Nichte eine gewisse Mitschuld trifft, sie hat sich sehr leichtsinnig auf ihn eingelassen. Aber Euer Enkel ist deutlich erfahrener als sie, möchte ich annehmen.«

Was hatte Jeremy getan, damit das Mädchen dachte, er wolle sie heiraten? Sie geküsst? Mit ihr geschäkert? Sebastian wusste, wie portugiesische Mädchen erzogen wurden, vor allem in der Terra do Brasil. Vermutlich war Jeremy der erste Mann, dem sie wirklich nahegekommen war, und ihr fehlte jede Erfahrung, sie kannte die Liebe nur aus dem, was erzählt wurde. Natürlich hatte sie geglaubt, er hege ernste Absichten. Niemand würde sich einer Tochter aus dem Hause da Silveira sonst auf diese Art nähern. »Ich werde das Kind natürlich bei mir aufnehmen«, sagte Sebastian schließlich. »Und ich bitte Euch in aller Form für das Verhalten meines Enkels um Verzeihung.«

Dom Álvaro deutete auf die junge Frau. »Seine Amme versorgt den Säugling seit seiner Geburt. Ich habe ihr gesagt, wenn sie bei Euch bleiben und sich weiterhin um ihn kümmern kann, schenke ich ihr die Freiheit. Falls Ihr lieber selbst eine Amme sucht, nehme ich sie wieder mit.«

Die Frau sah erst Dom Álvaro angstvoll an, dann Sebastian, ehe sie ihren Blick wieder auf den Säugling senkte.
»Sie kann natürlich hier bleiben.«
»Ich habe ihr versprochen, dass Ihr sie nicht auf die Straße setzt. Sie kennt das Leben in Freiheit nicht, sie wäre verloren. Falls Ihr Euch entscheidet, sie doch nicht behalten zu wollen, schickt sie zu mir zurück.«
»Natürlich setze ich sie nicht auf die Straße«, antwortete Sebastian zerstreut, in Gedanken bei Jeremy und Dom Álvaros Nichte. »Das Kind ist an sie gewöhnt, sie soll es nur weiterhin versorgen.«
»Gut, damit wäre dann alles geklärt.«
Dom Álvaro schien im Begriff, sich zu erheben.
»Möchtet Ihr, dass wir die Angelegenheit wieder«, Sebastian suchte nach den richtigen Worten, »in Ordnung bringen?«
Misstrauen schlich sich in Dom Álvaros Augen. »Wie darf ich das verstehen?«
Es gab Fälle, da bot man Geld an, versorgte das Mädchen mit einer großzügigen Mitgift und suchte ihr einen Ehemann. Die stolzen da Silveiras würde man mit einer solchen Geste jedoch zutiefst beleidigen. »Ich vermute, die Schwangerschaft Eurer Nichte ist nicht unbemerkt geblieben, und das dürfte es erschweren, einen Ehemann für sie zu finden. Ich werde dafür sorgen, dass mein Enkel sie heiratet, wenn Ihr dies wünscht.« Die Einwilligung des Mädchens setzte er voraus, immerhin musste Jeremy ihr gefallen haben, sonst wäre sie gar nicht erst in diese Situation geraten.
Dom Álvaro dachte nach. »Ich werde mit meinem Bruder

darüber sprechen, es ist seine Entscheidung. Vielleicht wird er sie auch in ein Kloster geben.«
»Das wäre die naheliegendste Möglichkeit«, bestätigte Sebastian. »Aber da mein Enkel Schuld an der ganzen Sache hat, sollte nicht sie allein die Konsequenzen tragen müssen. Die Entscheidung obliegt Euch.«
Dom Álvaro erhob sich. »Ihr hört von uns.«
Auch die junge Frau stand auf. »Dom Álvaro«, sagte sie.
Er zog ein gerolltes Dokument hervor. »Die Freilassungsurkunde«, sagte er und reichte sie Sebastian.
Dieser hätte Freude erwartet, aber die Frau sah aus, als stünde ihr die Verbannung bevor.
»Estela.« Dom Álvaro berührte ihren Arm. »Es wird dir hier gutgehen.«
Die Frau nickte nur, und ihre Augen schimmerten feucht.
»Ihr seid Gast in meinem Haus«, sagte Sebastian, »wenn Ihr dies wünscht.«
»Habt vielen Dank, aber ich habe mein Gepäck bereits in einen Gasthof gebracht und werde morgen in aller Frühe abreisen.«
»Nun gut.« Sebastian sah den jungen Mann an. »Da nicht anzunehmen ist, dass wir uns zu meinen Lebzeiten noch einmal wiedersehen, bleibt mir nur, Euch alles Gute zu wünschen. Wie bedauerlich, dass sich unsere Familien nach all den Jahren nicht unter erfreulicheren Umständen begegnet sind.«
»Ja, das bedaure ich auch.«
Sebastian brachte seinen Gast zur Tür, und als er auf dem Weg zurück zur Bibliothek die Halle durchquerte, kam ihm Dominic entgegen. »Und?«, fragte dieser.

Nun steckte auch Anna den Kopf aus dem Speisezimmer und lauschte neugierig.
»Komm«, sagte Sebastian zu seinem Enkel und ging zur Bibliothek. Die junge Frau, Estela, stand mit dem Säugling im Arm da und sah sie aus großen Augen an.
»Dein Bruder«, sagte Sebastian, »ist nach einem Sturm in Olinda gestrandet, hat die Gastfreundschaft der da Silveiras in Anspruch genommen und ihnen dieses Kind hinterlassen.«
Dominic sah die Frau an. »Wer ist die Mutter?«
»Dom Álvaros Nichte.«
Kurz weiteten sich Dominics Augen, dann trat er näher an Estela heran und betrachtete das Kind. »Ich vermute, ein Irrtum ist nicht möglich?«
»Dom Álvaro hätte sicher nicht den weiten Weg hierher gemacht, wenn es Zweifel gegeben hätte.«
Dominic sah das Kind unverwandt an, dann nickte er. »Elizabeth soll sich darum kümmern, dass die Amme und der Säugling untergebracht werden. Was ist es überhaupt?« Er wandte sich an die Frau und wiederholte die Frage auf Portugiesisch, das er ebenso beherrschte wie sein Großvater, sein Bruder und Anna.
»Ein Junge«, antwortete die Frau kaum hörbar mit zittriger Stimme.
»Wie heißt er?«
»Ich nenne ihn Jaume.«
»Er hat nicht einmal einen offiziellen Namen erhalten?« Sebastian trat nun auch näher und betrachtete den Säugling. »James Glanville ist ein guter Name, so soll er heißen.«
»Ich habe dich gesehen, Anna.« Dominics Blick war zur Tür gewandert.

»Und es ist wirklich von Jeremy?« Anna schlüpfte durch den Türspalt, an dem sie offenbar gelauscht hatte, in den Raum und machte sich gar nicht erst die Mühe, verlegen zu wirken. »Wie schön!«

»Ja, vor allem für die Mutter.«

Sebastian wandte sich an seine Enkelin. »Elizabeth soll ein Zimmer bereiten lassen, kümmere du dich bitte um die beiden, Estela spricht nur Portugiesisch.«

Anna bat die Frau, mit ihr zu kommen, und diese schien zu Sebastians Enkelin mehr Vertrauen zu fassen als zu den beiden Männern.

»Was machen wir nun?«, fragte Dominic, als seine Schwester mit Estela die Bibliothek verlassen hatte.

»Wir warten darauf, dass Jeremy zurückkehrt.«

St. Kitts, Oktober 1626

Bloody Point. Jeremy hatte den Eindruck, dass das Wasser noch rot gefärbt war von dem Blut, das der Sand und die Felsen aufgesogen hatten wie eine fortlaufende Erinnerung. Die Frauen und Mädchen hatte man verschont, wenigstens die jungen, hübschen, die sich fürs Bett eigneten. Jeremy stürzte sich in seine Arbeit, verdrängte die Bilder, die sich ihm nach dem Massaker geboten hatten. Wenn er Zeit hatte, vertrieb er sie sich mit Spaziergängen über die Insel, deren smaragdgrüne Schatten Erinnerungen bargen, die nun durchdrungen waren von dem Gestank vermodernder Schuld.

»Es bringt nichts, sich mit dem zu belasten, was vorgefallen ist und was du unmöglich hättest verhindern können«, sagte George eines Nachmittags, als Jeremy von seinen Streifzügen über die Insel zurückkehrte.

»Ich weiß.« Jeremy beobachtete ein kleines Mädchen, das unter den wachsamen Blicken der Mutter Blumen, deren Namen er nicht kannte, zu einem Kranz flocht. Ein dunkles Kind mit schwarzem Haar. Ein Jahr später würden Kinder hier spielen, deren helle Haut einen untergründigen dunklen Schimmer hatte, Kinder mit blauen und grünen Augen, und selbst jene mit braunen oder gar schwarzen Augen würden doch hell genug sein, um das europäische Erbe erkennen zu lassen.

»Wirst du auch einen Bastard hier zurücklassen?«, fragte er George.

Dieser zuckte mit den Schultern. »Ich habe nicht deine Selbstbeherrschung, und die letzte Frau hatte ich vor allzu langer Zeit.« Jeremy schwieg, was George offenbar missdeutete. »Hör zu, ich weiß, du verurteilst es, aber ich zwinge mich ihr nicht auf.«

»Ist es nur eine?«

»Ja. Sie hat zwei kleine Kinder, ich sorge für sie. Und dafür vertreibt sie mir die nächtliche Einsamkeit.«

»Und was ist, wenn sie ein Kind von dir bekommt und du fortmusst? Denkst du, mit drei oder vier Kindern geht es ihr ohne Ernährer besser?«

»Ich werde Vorkehrungen treffen, ehe ich abreise.« George sagte es leichthin, auch wenn Jeremy nicht daran zweifelte, dass es ihm ernst war. Für Männer war es eben leicht, mit ihren Bastarden nichts zu schaffen zu haben.

Álvaro atmete auf, als er sein Haus betrat. Ein kurzer Aufenthalt in Lissabon war seiner Abreise zur Terra do Brasil vorausgegangen, wo er einige Verwandte besucht hatte. Kurz nachdem das Schiff, das ihn heimbringen sollte, abgelegt hatte, war es in einen heftigen Sturm geraten, und Álvaro, der dem Reisen auf See ohnehin nicht viel abgewinnen konnte, war davon überzeugt gewesen, dass seine Tage gezählt waren.

Nun war er endlich glücklich daheim angekommen und wollte nichts mehr, als nach all den Wochen salziger Seemannskost etwas Anständiges essen und nach Monaten der Abstinenz mit dieser hübschen *Muleca* ins Bett, die ihm in der Halle den Umhang abgenommen hatte. Oder mit Letícia, die ihn im Gesellschaftszimmer begrüßte und sagte, sie werde seinen Bruder von seiner Ankunft unterrichten. Nun musste er nur noch dieses unerfreuliche Gespräch hinter sich bringen.

Ramón betrat den Raum. »Wie war es?«, fragte er, nachdem sie sich begrüßt hatten.

»Senhor Glanville ist ein Ehrenmann, was kein Wunder ist, immerhin war seine Mutter eine von uns. Leider hat sein Enkel nicht viel von ihm mitbekommen, möchte ich meinen. Sebastião Glanville hat das Kind in seinem Haus aufgenommen und bittet in aller Form um Verzeihung.«

»Na, immerhin.«

»Und er bietet an, den Schaden wiedergutzumachen.«

»Ich hoffe, er hat dir kein Geld angeboten.«

»Würde ich dann von einem Ehrenmann sprechen? Nein,

er sagte, dass Jeremy Glanville Catarina heiraten werde, wenn du das erlaubst.«

Ramón schwieg eine Weile. »Du hast ihn kennengelernt. Was denkst du?«

»Ich würde sie ins Kloster schicken.«

»Das wäre auch meine erste Wahl.«

»Und was hindert dich?«

»Sie möchte es nicht.«

Álvaro ließ sich auf einem Stuhl nieder, als die hübsche *Muleca* Brot, in Scheiben geschnittenen Braten und Oliven servierte. »Wenn sie erst dort ist, wird sie sich schnell daran gewöhnen. Vielleicht gefällt es ihr sogar.«

»Ja, vielleicht. Vielleicht auch nicht.«

»Denkst du, an der Seite Jeremy Glanvilles ginge es ihr besser?«

»Sie ist nicht geschaffen für ein Leben in der Abgeschiedenheit eines Klosters, und ich will sie nicht zwingen. In ihr sehe ich immer noch das Andenken an *sie*.«

»Wenn du es nicht entscheiden willst, dann frag sie. Wie geht es ihr überhaupt?«

»Besser als bei meiner Ankunft.«

Álvaro wickelte eine Scheibe Hammelfleisch mit breitem Fettrand in ein Stück Brot. Die Gewürze schmeckten scharf auf seiner Zunge, und es kam ihm vor, als habe er seit Jahren nichts gegessen, was so aromatisch schmeckte. »Du hast Pfeffer und Koriander mitgebracht?«

»Ja.«

»Und wie willst du nun verfahren?«

»Ich muss mit ihr sprechen.«

Álvaro stellte seinen Becher ab und sah die *Muleca* an, die darauf wartete, dass er weitere Wünsche äußerte. Ihm fielen da einige sehr konkrete Dinge ein. »Sprich mit ihr, wir sehen dann, wie es weitergeht.« Als sein Bruder den Raum verlassen hatte, wendete er sich an die Sklavin. »Wie heißt du?«

»Mayara, Herr.«

»Geh in mein Zimmer und warte dort auf mich.«

Ein verführerisches Lächeln teilte ihre Lippen und ließ auf sehr angenehme Stunden hoffen. »Ja, Herr.«

Catarina stickte lustlos ein Monogramm in ein Batisttaschentuch, das sie ihrem Vater aus Höflichkeit für ihre Stiefmutter mitgeben wollte. Sie saß auf einer Bank am Fenster und blickte in den Garten, als ihr Vater das Zimmer betrat.

»Dein Onkel ist zurück.«

»Ich weiß, Zara hat es mir erzählt.«

»Möchtest du ihn nicht begrüßen?«

»Später«, murmelte Catarina.

»Du grollst ihm aber nicht?«

»Nein, warum auch? Ich bin nur gerade zu müde, um aufzustehen.«

Ihr Vater kam näher und setzte sich auf einen Stuhl. »Die Glanvilles werden sich gut um das Kind kümmern.«

Catarina nickte nur.

»Sebastian Glanville, Jeremys Großvater, ist der Vetter von Tante Lea.«

Wieder nickte Catarina nur und blickte auf die Stickerei, die nun in ihren reglosen Händen ruhte.

»Er bietet an, dass sein Enkel die Angelegenheit hier wieder ins Reine bringt.«

»Kann er die Zeit zurückdrehen?«

»Nein, aber Jeremy Glanville kann dich heiraten.«

Nun ruckte Catarinas Kopf hoch. »Das wird er nicht tun.«

»Das überlass nur Senhor Glanville, ich denke, er hätte es nicht angeboten, wenn er Zweifel hegen würde, seinen Enkel dazu zu bringen.«

»Er soll unter Zwang kommen und mich heiraten?«

»Wenn du das möchtest.«

Catarina wollte vehement ablehnen, aber dann stellte sie sich vor, wie er zurückkehrte, das Kind vorfand und sich – vielleicht mit ein wenig Bedauern um Catarinas Schicksal – seiner Verlobten zuwandte, heiratete und glücklich wurde. Während sie entweder ins Kloster ging oder die Tante werden würde, die als schlechtes Vorbild für die Töchter galt. Dann stellte sie sich vor, wie Jeremy von seinem Großvater vor die Tatsache gestellt wurde, dass es für ihn nur einen Weg geben würde, und zwar den einer Ehe mit Catarina, so sie dies wollte, gleich, was er selbst wünschte. Die Entscheidung oblag allein ihr, während er sich zu fügen hatte. Ein kleines Lächeln erschien auf ihren Lippen.

»Ich bin einverstanden.«

»Er hat mir kaum einen Moment Ruhe gelassen in den ganzen letzten Nächten«, erzählte Mayara. Sie saß in der kleinen Küche auf einem Hocker, ihre Freundinnen um sich herum versammelt, und warf Letícia einen höhnischen Blick zu. »Hat er schon einmal nach dir verlangt, seit er zurück ist?«

Letícia sah sie nur an und antwortete nicht. In der ersten Nacht war sie nicht weiter beunruhigt gewesen, in der zweiten ebenfalls nicht, aber nun ging das bereits seit sechs Nächten so, dass Dom Álvaro ausschließlich nach Mayara schicken ließ, und die Sklaven wurden langsam unsicher, wie sie ihr begegnen sollten. Wenn sie in Ungnade fiel, wäre sie nichts weiter als eine gewöhnliche Haussklavin und hätte ihnen somit nichts mehr zu sagen. Bisher zeigte Dom Álvaro mit keiner Geste, dass Letícia seine Gunst verloren hatte, er lächelte sie an, wenn er sie sah, strich ihr im Vorbeigehen über die Wange und war stets freundlich zu ihr. Aber in den Nächten rief er sie nicht mehr.

Mayaras Gehässigkeiten gegen andere Sklavinnen wurden von Zaida inzwischen weniger streng geahndet, denn man wusste, dass Dom Álvaro die Hand stets schützend über seine Favoritin hielt.

»Ich weiß nicht, wie er ihr Schandmaul erträgt«, sagte Nuria, als Mayara gegangen war.

»Vielleicht gibt er ihrem Mund so viel zu tun, dass sie nicht zum Reden kommt«, antwortete Jorge, und im nächsten Moment schlug Zaida ihm eine nasse Handtuchrolle um den Kopf.

»Untersteh dich, so vor den Kindern zu reden, du unverschämter Bengel.«

»Was meint er?«, fragte ein fünfjähriges Mädchen sogleich.

»Dass Dom Álvaro immer genug zu essen in seinem Zimmer stehen hat«, sagte Zaida, und einige Sklavinnen kicherten.

»Oh, da möchte ich auch hin«, sagte das Mädchen.

»Da sei Gott vor«, antwortete Zaida und scheuchte die Kinder hinaus.

Letícia indes beobachtete Dom Álvaro, versuchte festzustellen, ob er sich tatsächlich von ihr abwandte. Indes beobachtete Mayara die Sklaven, und nachdem sie einmal Dom Álvaro erzählt hatte, was in der Küche geplaudert wurde, eine bedauernswerte Küchensklavin daraufhin für ihre unbedachten Worte an den Pranger gestellt wurde und ihr Heulen über den Hof hallte, achteten alle auf das, was sie sagten.

»Ist sie wieder bei ihm?«, fragte Nuria, als Letícia abends in der Küche das übrig gebliebene Brot für die Kinder in Stücke brach.

»Ist sie«, antwortete Zara, während sie einen Schlummertrunk für Dona Catarina vorbereitete. »Das schamlose Geschöpf ist bis in den Korridor zu hören.«

Eine von Mayaras Freundinnen taxierte sie und senkte schließlich den Blick. Unbehagen breitete sich aus, und alle verfielen in Schweigen.

Inzwischen war auch Letícia geneigt, das zu glauben, was fast jeder glaubte – dass Dom Álvaro einem Liebeszauber erlegen war. *Café* spielte eine große Rolle für Frauen, die in der Zauberei bewandert waren. *Café Mandingueiro,* Teufels-*Café,* stark gesüßt und mit ein paar Tropfen Monatsblut der Hexe. Oder jener sehr starke *Café* mit Zucker und dem Blut einer Mulattin. Letícia hatte gehört, dass Mayara zu mehreren Mittel gegriffen und angeblich das Getränk durch den unteren Teil ihres Hemdes, in dem sie zwei Nächte geschlafen hatte, gefiltert und dem Hausherrn am Morgen serviert habe.

Hätte Letícia früh genug Bescheid gewusst, hätte sie Dom Álvaro daran gehindert, diese Tränke zu sich zu nehmen, nicht, weil sie an den Zauber glaubte – zumindest damals noch nicht –, sondern aus Ekel. Ein Loch in eines seiner Hemden an jener Stelle zu schneiden, wo sich das Herz befand, hatte Mayara jedoch offenbar nicht gewagt, denn es war nicht anzunehmen, dass Dom Álvaro dergleichen Zerstörung seines Eigentums geduldet hätte. Letícia hatte überlegt, Dom Álvaro von den Liebestränken zu erzählen, aber sie tat es dann doch nicht, denn zweifellos würden Mayara und jene, die geholfen hatten, ihm dieses abscheuliche Getränk zuzubereiten und zu servieren, am Pranger enden. Und womöglich würde er ihr, Letícia, vorwerfen, davon gewusst und ihn nicht gewarnt zu haben. Vielleicht würden die Frauen den Spieß sogar umdrehen und sie als die Schuldige hinstellen, und Dom Álvaro würde ihnen glauben. Wer konnte schon wissen, wie stark diese Tränke waren?

»Wie lange wird Dom Ramón bleiben?«, fragte Jorge.

»Bis *Yayá* Catarina heiratet«, antwortete Letícia.

»Dom Álvaro kann sie doch auch mit dem Engländer verheiraten«, sagte Jorge.

»Ja, aber Dom Ramón will Senhor Glanville kennenlernen. Außerdem gefällt es ihm hier wohl.«

»Dann muss Lissabon fürchterlich sein«, wagte eine der Küchensklavinnen zu sagen.

Nachem Catarina sich entschieden hatte, ging es ihr besser, und das Leben sah nicht mehr gar so düster aus, obwohl ihr die Vorstellung einer Ehe mit Jeremy ein wenig Angst machte. Es war – zumindest für ihn – eine Ehe unter Zwang. Und dies war nicht einmal dasselbe wie eine arrangierte Heirat. In der portugiesischen Elite der Terra do Brasil waren Vernunftehen, aus denen familiäre Bündnisse entstanden, gängig, und in England war das vermutlich genauso. Aber hier lagen die Dinge anders, und zumindest für Jeremy bot diese Ehe keinerlei gesellschaftliche Vorteile.

Unter der ärmeren Bevölkerung galt eine uneheliche Geburt nicht einmal als Makel, wenn beide Elternteile das Kind anerkannten. Viele Menschen konnten sich die Kosten einer Eheschließung nicht leisten. In der Terra do Brasil brauchte es für eine Eheschließung komplizierte Eheverträge, in der Mitgift und Vermögensverhältnisse geregelt wurden. Es fielen Zahlungen an Geistliche oder andere Kirchendiener an, das Zeremoniell musste ausgestaltet, Angehörige und Freunde bewirtet werden. Daher waren freie Verbindungen unter Besitzlosen weit verbreitet, und oft wurde erst im Alter geheiratet, und die Kinder wurden dadurch legitimiert. Auch Catarinas Kind würde den Status eines ehelich geborenen erhalten. Da sie jedoch der Elite der Terra do Brasil angehörte, sah man ihr die außereheliche Schwangerschaft nicht so ohne weiteres nach.

Was Dom Álvaro von England erzählt hatte, klang so unerfreulich, dass Catarina es sich nun stetig als kalten, düsteren Ort vorstellte. Allerdings machte er kein Hehl daraus, dass er sie lieber im Kloster sähe als an der Seite Jeremy Glanvilles, daher hoffte sie, dass er die schönen Seiten Londons einfach nicht erwähnt hatte, um sie in ihrem Beschluss, den Engländer zu heiraten, nicht auch noch zu bestärken. Wie auch immer, das Schreiben an die Glanvilles war abgeschickt, und nun mussten sie nur noch auf Antwort warten, wann Jeremy ankommen würde.

Glücklicherweise hatte sich die Aufmerksamkeit der Gesellschaft von Catarina abgewandt, wenngleich der Anlass unerfreulich war. Der Sohn eines *Senhores dos Engenhos,* der einen halben Tagesritt entfernt wohnte, war von einem Ausritt nicht heimgekehrt und zwei Tage später aufgeknüpft an einem Baum gefunden worden. Man munkelte, er habe mit der Tochter eines Siedlers, *Morador,* geschlafen, und diese Männer galten als überaus rachsüchtig und waren zu Recht gefürchtet.

Obwohl es die anderen Plantagen nicht betraf, war man vorsichtig, und auch Dom Álvaro verzichtete auf Ausritte, die länger als einen Tag dauerten. Für Catarina schleppten sich die Tage träge dahin. Erstmals konnte sie die Schwermut ihrer Tante verstehen, wenngleich diese anders geartet war.

»Du kannst dich noch umentscheiden«, sagte ihr Vater eines Morgens. »Ich kann Senhor Glanville schreiben, dass du seinen Enkel doch nicht heiraten möchtest.«

Catarina schüttelte nur den Kopf.

An einem Spätnachmittag, als ihr Vater und ihr Onkel bei einem benachbarten *Senhor dos Engenhos* waren, erschien Marcos vollkommen aufgelöst bei ihr im Garten. Er sah sich rasch um, ehe er mit hastigen Worten sagte: »Elisa hat Dom Fernão aus den Augen verloren, *Yayá.*«

»Elisa? Seit wann kümmert sie sich um ihn?«

»Maria ist krank, *Yayá,* und Dona Mécia sagte, Elisa solle das Kind versorgen. Sie war abgelenkt von ihrem eigenen Sohn, da muss Dom Fernão fortgelaufen sein. Bitte, helft uns, Dom Álvaro bringt sie um, wenn er davon erfährt.«

Catarina verließ mit ihm den Garten und ging zu den

Senzalas. »Beruhige dich erst einmal. Er muss ja hier irgendwo sein.«

»Und wenn er in den Wald gelaufen ist?«

»Jetzt mal dir nicht gleich das Schlimmste aus.«

Der kleine Fernão mochte einiges sein, doch abenteuerlustig war er gewiss nicht. Vor ihrer Hütte stand Elisa, bleich, aufgewühlt. Sie hielt ihr Kind an sich gedrückt, als befürchte sie, alsbald für immer von ihm getrennt zu werden.

»Wer weiß noch davon?«

»Niemand, wir haben aufgepasst. Mayara hat Freundinnen unter den Sklavinnen, und sie würde es sofort Dom Álvaro erzählen.«

Obwohl Catarina derzeit kaum am Leben auf der Plantage teilnahm, hatte sie mitbekommen, dass ihr Onkel offenbar eine neue Favoritin hatte, eine hübsche, dunkelhäutige Sklavin. Um Letícia tat es ihr leid, aber so waren die Männer eben.

»Oh, *Yayá*«, weinte Elisa, »ich weiß nicht mehr, wo ich suchen soll. Dom Álvaro wird mich zu Tode peitschen lassen.«

»Wo hast du ihn gesucht?«

»Überall im Hof und bei den *Senzalas.*«

»Und im Haus?«

»Da würden ihn doch die anderen Sklaven bemerken, und dann würde Dona Mécia davon erfahren.«

Catarina wandte den Blick zum Haus. »Gut, ich sehe nach. Warte hier. Vielleicht hat er seine *Mucama* gesucht.«

Hoffnung flackerte in Elisas Augen auf, und sie nickte zögernd.

Während sie den Hof überquerte, bemerkte Catarina Senhor Coentrão, der sie genau zu beobachten schien. Sie ignorierte ihn und betrat das Haus, wo sie zuerst Maria aufsuchte, die *Mucama* des Kindes. Die junge Frau lag auf ihrem Lager in einer Kammer, die an Fernãos Zimmer grenzte, und wirkte sehr elend. In der Luft hing der Geruch von Erbrochenem. Dom Álvaro schonte kranke Sklaven, zumindest jene, die im Haus arbeiteten. Die *Boçais* mussten auf die Felder, selbst wenn sie nicht mehr stehen konnten. Viele Plantagenbesitzer waren der Ansicht, es lohne sich nicht, Feldsklaven pfleglich zu behandeln, da es weniger Aufwand war, einen neuen zu kaufen als einen erschöpften zu schonen.

»Wie fühlst du dich?«, fragte Catarina.

»Besser.«

»Was fehlt dir?«

»Ich habe etwas Verdorbenes gegessen und entsetzliche Schmerzen.« Bei diesen Worten krampfte sich die junge Frau erneut zusammen und presste die Hände auf den Bauch. Mit einem raschen Blick hatte sich Catarina davon überzeugt, dass das Kind nicht hier war.

»Soll ich dir etwas aus der Küche schicken lassen?«

»Kein Essen«, presste Maria hervor. Auf ihrer Stirn standen Schweißperlen. Sobald sie wusste, wo Fernão steckte, würde Catarina dafür sorgen, dass der Sklave des *Médico* kam und sich die *Mucama* ansah.

Als sie das Zimmer verließ, traf sie auf Dona Lea, die gerade über den Flur kam, einen Rosenkranz zwischen den Fingern.

»Suchst du etwas, mein Kind?«

»Ja.« Catarina sah sich nach möglichen Lauschern um und

senkte die Stimme. »Fernão ist verschwunden, Elisa sollte auf ihn aufpassen.«

»Oh, Grundgütiger.« Dona Lea wirkte besorgt. »Wir müssen die Sklaven losschicken, um ihn zu suchen.«

»Aber dann würde Onkel Álvaro davon erfahren.«

»Möchtest du lieber, dass das Kind im Wald von einem wilden Tier gefressen wird?«

»Sicher ist er nicht in den Wald gelaufen. Er ist viel zu ängstlich.«

»Wollen wir es wirklich riskieren zu warten?«

Catarina war unsicher, dann dachte sie an Elisa. »Wenn ich ihn nicht finde, schicken wir Männer aus, um ihn zu suchen.«

»Ich gebe dir eine halbe Stunde.«

Catarina lief aus dem Haus und kehrte zu den Geschwistern zurück. »Dona Lea wird ihn suchen lassen, wenn wir ihn nicht in einer halben Stunde finden.«

Elisa sah aus, als sei sie einer Ohnmacht nahe. Und zu allem Unglück kam nun auch noch Senhor Coentrão hinzu. »Fehlt es euch an Arbeit?« Er sah erst Marcos, dann Elisa an.

»Ich benötige ihre Hilfe«, beeilte sich Catarina zu sagen.

»Wobei?«

Catarina hob die Brauen. »Verlangt Ihr Rechenschaft von mir?«

Senhor Coentrãos Kiefer mahlten. »Natürlich nicht, verzeiht mir.«

»Dann dürft Ihr uns jetzt allein lassen.«

Mit sichtlichem Widerstreben ging der *Feitor* davon, sah sich jedoch mehrmals um, als ahne er, dass etwas vorgefallen war, von dem er keine Kenntnis haben durfte.

»Elisa, du suchst noch einmal hier in der Nähe des Hauses«, sagte Catarina. »Marcos, du kommst mit mir.«
Sie gingen auf den Wegen zwischen den Zuckerrohrfeldern, obwohl sich Catarina beim besten Willen nicht vorstellen konnte, was den Kleinen hierher verschlagen sollte. Andererseits wusste sie nicht, wo sie sonst noch hätte suchen sollen. Die *Feitores* ritten wachsam an den Feldern entlang, sahen Catarina und Marcos verwundert an und machten ihnen Platz. Hätte jemand von ihnen den kleinen Sohn von Dom Álvaro hier allein herumlaufen sehen, hätten sie ihn zurückgebracht. Es war vermutlich völlig sinnlos, hier überhaupt nach dem Kind zu suchen. Allerdings wusste Catarina nicht, was sie sonst hätte tun sollen. Sollte er wirklich in den Wald gelaufen sein, würde sie allein ihn unmöglich finden.
Sie war gerade dabei, den Waldrand mit den Augen abzusuchen, als auf einem der Felder ein Aufruhr entstand. Ein *Feitor* ließ die Peitsche knallen und schrie etwas, mehrere Sklaven liefen durcheinander, dann hörte Catarina die angstvollen Schreie eines Kindes.
»Dort, *Yayá*.«
Catarina folgte mit dem Blick Marcos' ausgestrecktem Finger und sah, wie sich einer der *Boçais* einen Weg durch das Feld bahnte, ein zappelndes Bündel in den Armen. Er schrie etwas, das sie nicht verstehen konnte. Die Feldsklaven hielten inne und richteten sich auf, ein weiterer *Feitor* kam angeritten. Furcht schnürte Catarina den Magen zu und ließ sie erschauern. Fernão.
»Geht weg!«, schrie der *Boçal* und hielt das schreiende Kind an sich gepresst. Seine große Hand lag am Hals des

Kindes, es sah aus, als bedürfe es nur einer Bewegung, um das Genick des Jungen wie einen Zweig zu brechen. Marcos stieß einen entsetzten Schrei aus, Peitschen knallten, aber niemand wagte es, einzugreifen.

Der *Boçal* schrie immer weiter und bahnte sich einen Weg durch das Feld. Die Sklaven sahen ihn an, regungslos, abwartend. Vielleicht erwog der eine oder andere, ihm zu folgen, wog die Konsequenzen ab. Wild den Kopf hin und her wendend, um nicht aus dem Hinterhalt angefallen zu werden, verließ der *Boçal* das Feld und brachte sich aus der Reichweite der Peitschen.

»Ich töte ihn«, schrie er in gebrochenem Portugiesisch. »Runter von den Pferden.« Als die *Feitores* keine Anstalten machten, seiner Forderung nachzukommen, presste er Fernão fester an sich, und das Kind stieß einen Schmerzenslaut aus. »Runter!«

»Tut, was er sagt«, forderte Catarina. Sie spürte jeden Herzschlag in ihrer Kehle und starrte das Kind wie gebannt an. Fernão, der in den Armen des großen Sklaven zart und zerbrechlich wirkte.

Die *Feitores* stiegen ab und hielten ihre Pferde am Zügel, bereit, jederzeit wieder aufzusitzen.

»Pferde weg!« Der *Boçal* machte eine Handbewegung, als wolle er alle verscheuchen, ehe er den Griff um den Hals des Kindes verstärkte. Nach kurzem Zögern ließen die *Feitores* die Zügel los und scheuchten die Pferde mit einem Schlag auf die Kruppe fort. Während die Tiere im Galopp Richtung Haus liefen, warf sich der Sklave herum und rannte mit dem schreienden Fernão in den Wald. Dann brach ein Tumult aus, als weitere Sklaven folgten.

»Wem oblag die Aufsicht über Fernão?«
Elisa sank leise schluchzend unter Dom Álvaros Blick in sich zusammen. Und obwohl Dona Mécia bereits mit schriller Stimme verkündet hatte, wem sie das Kind überantwortet hatte, waren alle Sklaven in der Halle zusammengerufen worden.
Noch ehe jemand antworten konnte, trat Catarina vor. »Ich war es, Onkel Álvaro, ich bitte um Verzeihung.«
Ihr Onkel sah sie aus verengten Augen an, aber Catarina hielt seinem Blick stand.
»Er hat einen unbeobachteten Moment genutzt und ist fortgelaufen«, fügte Catarina wahrheitsgemäß hinzu. Sie bemerkte, wie ihr Vater die Halle betrat.
»Das ist eine sehr ernste Sache, Catarina«, sagte er.
»Ja, und wir ändern nichts daran, indem wir hier stehen und darüber sprechen, wer die Schuld trägt. Fernão ist fortgelaufen, und ein Sklave hat ihn hernach als Pfand für seine Freiheit in den Wald entführt.«
»Er wird achtsam sein«, sagte Dom Álvaro. »Er weiß, was mit ihm geschieht, wenn wir ihn fangen.«
Catarina dachte an Fernão und daran, welche Ängste er ausstehen musste. Sie wollte, dass sie ihn durch einen glücklichen Umstand fanden. Und gleichzeitig wollte sie, dass der *Boçal* entkam. Würde man sie gefangen halten, um sie langsam zu Tode zu schinden, hätte sie auch alles getan, um zu entkommen, selbst wenn sie dafür ein Kind ihrer Peiniger hätte rauben müssen. Aber was sollte der Sklave mit dem Kleinen nun tun, wenn er erst frei war? Ihn mitnehmen? Als seinesgleichen aufziehen und seinen Herrn damit bestrafen? Häscher durchkämmten bereits den Wald, und

alle unmittelbaren Nachbarn beteiligten sich an der Suche. Catarina untersagte man dies jedoch, und darüber ließ ihr Vater nicht mit sich reden.

»Wie viele Sklaven sind fort?«, fragte Dom Álvaro.

»Acht haben die Aufseher gezählt. Drei weitere haben es versucht, wurden aber von anderen Sklaven überwältigt und an der Flucht gehindert.«

Wieder etwas, das Catarina nie würde verstehen können. Sie sah ihren Onkel an, der sich die Augen rieb und nachdenklich wirkte. Er hatte nie viel Nähe zu Fernão gezeigt, und sie fragte sich, ob ihn die Gefahr schmerzte oder ob es ihm nur ums Prinzip ging und er seinen Stammhalter zurückwollte. Im nächsten Moment wandte er sich ab.

»Wo wollt Ihr hin?«, fragte sie.

Er sah sie an, als wolle er ihr antworten, dass das nicht ihre Angelegenheit sei. »Ich reite in den Wald und suche ihn.«

»Ich begleite dich«, erklärte Dom Ramón.

»Kann ich nicht auch etwas tun?«, fragte Catarina

»Du hast genug angerichtet, möchte ich meinen«, antwortete ihr Onkel.

Wärme kroch ihr vom Hals in die Wangen. »Es war ein Moment der Unachtsamkeit.«

»Der verhängnisvolle Folgen hatte.«

»Wo war denn Tante Mécia?«

In ihrem Bett, wie immer. Zu erschöpft, um aufzustehen, zu schwach, um den ganzen Tag einem kleinen Jungen zu folgen, der sich langweilte. Natürlich wussten alle Haussklaven und auch Senhor Coentrão, dass Elisa das Kind anvertraut worden war, aber niemand würde Catarina als Lügnerin hinstellen, sei es, weil man es nicht wagte oder weil ihnen an Elisa gelegen war. Kurz darauf ritten ihr Onkel und ihr Vater los, bewaffnet und begleitet von einigen *Feitores* mit Fackeln. Catarina stand im Hof und sah ihnen nach. In ihr nagte die Sorge um Fernão. Gleichzeitig wurde ihr bewusst, dass es das erste Mal seit der Geburt war, dass sie weder an ihr Kind noch an Jeremy gedacht hatte.

So recht wusste Catarina nicht, was sie geweckt hatte. Vielleicht waren die Männer wieder zurück. Sie erhob sich aus dem Bett und ging zum Fenster. Im Hof regte sich nichts, zumindest dachte Catarina das im ersten Augenblick. Dann jedoch bemerkte sie eine Bewegung. Fernão … Rasch zog sie sich einen Morgenmantel über, schlüpfte in ihre weichen, ledernen Schuhe und huschte aus dem Zimmer. Das Haus lag in völliger Stille da. Die Sklaven hatten sich in ihre Kammern und Hütten zurückgezogen, kein Lichtschimmer erhellte die Korridore. Und doch glaubte Catarina, dass sie nicht allein wach war, spürte die Anwesenheit einer anderen Person. Ein Schauder durchlief sie, dann dachte sie an Fernão, der sich vielleicht mit letzter Kraft heimgeschleppt hatte. Aber etwas hielt sie davon ab, seinen Namen zu rufen, und so ging sie nur schweigend die Treppe hinunter.

In der Halle blieb sie kurz stehen, hob lauschend den Kopf, dann ging sie zur Tür und zog sie auf. »Fernão?«, flüsterte sie und trat hinaus auf die große Eingangstreppe.

Kein Laut war zu hören. Dann bemerkte sie wieder eine Bewegung, dieses Mal zu ihrer Linken, dort, wo die Kapelle der Plantage und die Hütte des Kaplans lagen, die jedoch seit vier Jahren unbewohnt war. Sie machte vorsichtig einen weiteren Schritt. Dann nahm sie im Augenwinkel erneut eine Bewegung wahr, näher dieses Mal. Und noch ehe sie darauf reagieren konnte, hatte sich ein Arm in eiserner Umklammerung um sie geschlossen, und sie wurde an den Körper eines Mannes gepresst. Eine weitere Hand erstickte ihren Schrei, jemand zischte an ihr Ohr. Ein erdiger Geruch durchmischt von Schweiß stieg ihr in die Nase. Dann hörte sie zwei Männerstimmen, eine dicht neben ihr, die andere weiter weg. Sie sprachen in einer gutturalen Sprache, die ihr gänzlich unvertraut war. Beide wirkten aufgebracht.

»Du nicht schreien«, sagte der Mann neben ihr. Sie nickte, so weit es ihr möglich war. »Sie töten Kind, wenn wir nicht kommen.« Wieder nickte sie. Dann lockerte er seinen Griff, und sie tat einen tiefen Atemzug.

»Wo ist der Junge?«, wagte Catarina zu fragen.

Die Männer antworteten nicht.

Und unwillkürlich fragte sich Catarina, was die Männer davon abhielt, sie einfach zu töten. Oder zu ihrem Vergnügen mitzunehmen. Vermutlich einfach nur die Angst, dass die Jagd dann noch unbarmherziger werden würde. Wenn die *Senhores dos Engenhos* Plünderungen befürchteten, war das eine Sache, in ständiger Angst leben zu müssen, dass ihre Frauen und Töchter geschändet wurden, eine andere.

»Ihr könnt mitnehmen, was ihr wollt«, sagte Catarina. »Wenn ihr nur das Kind zurückbringt.«

Wieder schwiegen die Männer. Dann bemerkte Catarina, dass sie nicht allein waren. Offenbar hatten zwei weitere entflohene Sklaven die Vorratskammer geplündert, wäh-

rend den beiden hier draußen die Wache oblag. Sie trugen dicke Bündel und liefen über den Hof auf den Wald zu. Die beiden Männer ließen Catarina stehen und schlossen sich ihnen an.
Catarina folgte ihnen, rannte auf den Wald zu, wobei sie jede Unebenheit unter ihren weichen Schuhsohlen spürte und sich ihr ein Stein schmerzaft in den Fußballen bohrte. Am Waldrand jedoch musste sie aufgeben, die Männer waren mit der Dunkelheit verschmolzen. Catarina öffnete den Mund, um Alarm zu schlagen, da sah sie eine kleine Gestalt, die sich weinend aus dem finsteren Waldrand löste.

»Was hast du draußen getan?« Dom Ramón sah sie an, die Hände hinter dem Rücken verschränkt. Man hätte beinahe glauben können, die Tatsache, dass sie leicht bekleidet auf dem Hof gestanden hatte, wöge schwerer als die Freude über die Rückkehr des kleinen Jungen.
»Ich habe etwas gehört und dachte, es sei Fernão.« Sie vermied es, von dem Übergriff der Sklaven zu erzählen. Ihr war nichts geschehen, und sie wusste, was sie erwartete, wenn sie ihren Leichtsinn gestand. Sie war lange genug auf ihrem Zimmer eingesperrt gewesen.
»Das Fenster zur großen Küche wurde aufgebrochen«, sagte Dom Álvaro, der nun ebenfalls das Gesellschaftszimmer, in dem Catarina mit ihrem Vater saß, betrat.
Catarina schlang die Arme um ihren Oberkörper und schwieg. Glücklicherweise wurde dies von den Männern offensichtlich als Erschrecken gedeutet, und ihr Vater berührte beruhigend ihre Schulter. »Vermutlich hatten sie das Kind dabei«, sagte er, »um für ihre eigene Sicherheit zu

sorgen, während sie auf Raubzug waren. Und dann haben sie es laufenlassen, weil es ihnen lästig wurde. Ich glaube nicht, dass du zu irgendeinem Zeitpunkt wirklich in Gefahr warst. Sie hätten Fernão auch töten können, wenn sie gewollt hätten.«

»Schläft er?«, fragte Catarina.

»Nein.« Ihr Onkel schüttelte den Kopf. »Er liegt in seinem Bett und weint. Maria ist bei ihm, obwohl es ihr immer noch schlechtgeht. Ich habe ihr erlaubt, sich zu ihm zu legen.«

»Wo ist Tante Mécia?«

»Sie fühlt sich nicht wohl, aber sie ist erleichtert, dass es ihm gutgeht.«

»Ich lege mich zu ihm«, sagte Catarina. »Maria ist sicher zu krank, um ihn trösten zu können.«

Ihr Onkel nickte nur, und ihr Vater lächelte sie an. Sie wollte sich abwenden, zögerte aber.

»Ihr werdet ihn nicht bestrafen, weil er fortgelaufen ist, Onkel Álvaro?«

»Das habe ich noch nicht entschieden. Aber ich denke, was geschehen ist, war ihm Strafe genug.«

Während Catarina die Treppe zum Zimmer ihres kleinen Vetters hochstieg, war ihr, als spüre sie immer noch seine Arme, die sich um ihren Hals schlossen. So heftig, als befürchte er, er könne ihr entrissen werden. Er hatte nach Maria gefragt und sogar nach seinem Vater. Nur seine Mutter hatte er nicht erwähnt.

Obschon weiterhin nach den entlaufenen Sklaven gesucht wurde, war auf der Plantage wieder der Alltag eingekehrt.

Ein paar Tage lang war der Vorfall um den kleinen Dom Fernão in aller Munde – und Mayara wurde nicht müde zu betonen, dass Elisa glimpflicher davongekommen war, als sie es verdiente. Aber auch sie wagte nicht, Dona Catarina als Lügnerin hinzustellen, nicht einmal in den langen Nächten, die sie mit Dom Álvaro teilte. Unterdessen jagte man die entlaufenen Sklaven wie Vieh, tat, als haben sie ein Verbrechen begangen, weil sie sich ein Recht nahmen, das ihnen gewaltsam entrissen worden war – ihre Freiheit. Sie hatten Dona Catarina nicht angerührt, obwohl es bei Nacht ein Leichtes gewesen wäre, sie zu schänden, sie mitzunehmen und mit ihr zu verfahren, wie es die weißen Herren mit den Sklavinnen taten. Sie hatten Fernão laufenlassen, hatten ihn nicht getötet, um sich zu rächen, hatten ihn nicht als Sklaven behalten, wie es mit ihren eigenen Kindern getan worden war. Aber das sah niemand.

Als Letícia über den Hof ging, bemerkte sie die lüsternen Blicke zweier Mulatten, die Aufseherpflichten wahrnahmen, die schlimmsten aller Sklaven. Sie schauderte bei dem Gedanken, wie sie diesen Männern ausgeliefert sein würde, wenn Dom Álvaro sie nicht mehr schützte. Jeder von ihnen würde es auskosten, und sie würde sich nicht wehren dürfen, wäre wieder das, was sie seit ihrer Geburt war, eine Unfreie, eine Ware, die nach Belieben benutzt werden konnte. Mit einem erzwungen kühlen Blick begegnete sie den Männern und ging weiter.

Seit zwei Wochen war Dom Álvaro nun zurück, und es schien offensichtlich, dass Mayara seine Favoritin blieb. Als Letícia um das Haus zum Garten ging, war ihr einer der Mulatten gefolgt, griff sie mit seinen großen Händen von hinten um die Taille und hob sie hoch. Letícia versuchte, sich zu befreien, aber er lachte nur.

»Vergnügen wir zwei uns ein wenig, jetzt, wo Dom Álvaro dich nicht mehr will? Du vermisst es doch bestimmt, von einem Mann genommen zu werden.« Er presste sein heißes Gesicht an ihren Hals, küsste sie und drückte sie so eng an sich, dass ihr nicht entgehen konnte, wie sehr es ihn nach ihr verlangte.

»Lass mich los«, sagte sie ruhig.

»Du willst das doch. Und selbst wenn nicht, ich nehme mir jede Sklavin, die ich haben will. Und vielleicht sorge ich dann dafür, dass du für dein nächstes Vergehen nicht so hart bestraft wirst wie die anderen. Nun, wo *er* dich nicht mehr beschützt.« Während er sie mit einer Hand festhielt, betastete er mit der anderen ihren Körper, raffte ihre Röcke.

»Lass sie los, du Narr.« Senhor Coentrão. »Dom Álvaro zieht dir die Haut in Streifen vom Leib.«

Widerwillig setzte der Mulatte Letícia ab. Mit der Peitsche deutete Senhor Coentrão ruckartig zum Hof. »Verschwinde.«

Der Mulatte setzte sich in Bewegung, ohne Letícia noch einmal anzusehen.

»Danke, Senhor«, sagte Letícia.

»Du bist mir gleich, aber ich kann hier keine Unruhe gebrauchen. Dom Álvaro lastet es mir an, wenn meine Männer sich an dir vergehen.« Senhor Coentrão wandte sich ab, und Letícia ging ins Haus. Das war also ein erster Vorgeschmack auf das, was ihr blühte. Viele hegten schon lange einen Groll auf sie, weil sie eine besondere Rolle im Haus einnahm, und nun hätten sie Gelegenheit, es ihr heimzuzahlen, die Frauen auf ihre Art, die Männer auf eine gänzlich andere.

Nachdem Dom Álvaro von seinem Ausritt zurückgekehrt war, sorgte Letícia dafür, dass das Essen serviert wurde. Sie bemerkte seinen forschenden Blick, als er den Raum betrat, und senkte die Lider. Mayara stellte sich in die Nähe des Tischs, um jeden Wunsch des Hausherrn zu erfüllen. Während Dom Álvaro aß, war Letícia fahrig, und in einem Moment der Unachtsamkeit glitt ihr eine gläserne Schale aus den Händen und zerschellte auf dem Boden. Mayara kam zu ihr und schlug ihr ins Gesicht.

»Heb das auf«, fauchte sie und deutete auf die Scherben.

Wie erstarrt stand Letícia da.

Nun erhob sich auch Dom Álvaro, kam langsam auf die beiden Frauen zu, blieb stehen und taxierte sie. Letícia sah ihn kurz an und senkte den Blick.

»Verzeihung, Herr.«

Im nächsten Moment holte er aus und verpasste Mayara eine so kräftige Ohrfeige, dass ihr Kopf zur Seite flog. »Heb das auf«, sagte er drohend leise.

Letícia wollte in die Knie gehen, aber Dom Álvaro umfasste ihren Arm. »Du nicht.«

Mayaras Lippen zitterten, und der Blick, der Letícia aus ihren dunklen Augen traf, war so hasserfüllt, dass es sie schauderte. Dom Álvaro ließ sie los und setzte sich wieder an den Tisch, während Mayara die Scherben einsammelte. Als sie fort war, winkte Dom Álvaro Letícia zu sich.

»Als ich vorhin von meinem Ausritt zurückgekommen bin, erzählte mir Marcos, einer von Senhor Coentrãos Leuten habe dich angefasst.«

Letícia zögerte, dann nickte sie.
»Wann wolltest du es mir sagen?«
Wieder zögerte sie mit einer Antwort. »Gar nicht, Herr.«
»Warum nicht? Ich nehme nicht an, dass es dir gefallen hat.«
»Nein, natürlich nicht. Aber er wird es nie wieder wagen.«
»Das wird er in der Tat nicht«, bestätigte Dom Álvaro, »denn ich lasse ihn auspeitschen und werde ihn hernach auf die Felder schicken.« Der sichere Tod.
Letícia wollte etwas sagen, wollte ihn bitten, das nicht zu tun. Aber dann dachte sie daran, wie der Mulatte mit anderen Sklaven verfuhr. Dachte daran, wie sehr er ihr zuwider war. Und schwieg.
Dom Álvaro erhob sich und berührte ihre Wange. »Es bedarf mehr als einiger lustvoller Momente in den Armen einer Sklavin, die sich für kaum mehr eignet als das Bett, damit du bei mir in Ungnade fällst.« Er lächelte sie an und verließ den Raum.

Buch 2

1629–1632

I

London, Juni 1629

London im Frühsommer mochte bisweilen trüb und nass sein, es mochte in den Gassen nach vermoderndem Gemüse und Qualm riechen, nach den Ausdünstungen von Menschen, es mochte laut sein und trubelig, aber dennoch würde Jeremy es jederzeit einem Frühling in St. Kitts und einem Herbst in Olinda vorziehen. Er war daheim. So wunderbar es gewesen war, auf Reisen zu sein, so glücklich war er nun, wieder heimatlichen Boden unter den Füßen zu haben.

Das Einlaufen der Schiffe in den Themsehafen war ein großes Schauspiel gewesen, und einige halbwüchsige Jungen wären in dem Gedränge fast über die Kaimauern gefallen. Männer, Frauen und Kinder sahen zu, wie die Schiffe vor Anker gingen und die Besatzung an Land ruderte, beobachteten das Löschen der Ladung – wahre Schätze, die gut bewacht in die Lager gebracht wurden. Taschendiebe streiften umher und forderten ihr Glück heraus, Tagelöhner versuchten, anstellig zu werden, Frauen boten heiße Pasteten an, kleine Kinder huschten umher und schnappten sich, was an Essensresten zu Boden fiel.

Im Hause Glanville musste man bereits über die Ankunft der Schiffe informiert gewesen sein, denn ein Fuhrwerk stand bereit, außerdem ein Pferd. Es ging auf den frühen Abend zu, als Jeremy das Schiff endlich verlassen konnte.
»Hattet Ihr eine gute Reise, Sir?«, fragte der Kutscher, während er die Reisekisten auf das Fuhrwerk wuchtete.
»Ja, aber ich bin froh, wieder hier zu sein.« Jeremy löste die Zügel des Pferdes, die an dem Wagen festgebunden waren, und saß auf.
Die länger werdenden Schatten verschmolzen zwischen den Häusern bereits zu Dunkelheit, hier und da verirrte sich ein rotgefärbter letzter Sonnenstrahl in die Straßen und Gassen, warf kleine Pfützen von Licht in den zertretenen, von Regen aufgeweichten Unrat. Eine Ratte entkam den Rädern des Fuhrwerks nur knapp, eine andere, die sich gerade an den Resten eines schmierigen Kohlkopfs gütlich tat, hatte weniger Glück. Zwei Kinder – undefinierbar, ob Jungen oder Mädchen – rannten hinter Jeremy her, die schmutzigen Hände bittend nach oben gestreckt. Jeremy kramte eine Münze hervor und warf sie ihnen zu.
Er wäre am liebsten zuerst zu Tereza geritten, aber er wusste, was er seiner Familie schuldig war. Einen Tag würde er sich noch gedulden müssen. Tereza … Seine Lippen formten den Namen lautlos. Noch wenige Monate und sie würden für immer zusammen sein, und einen köstlichen Moment lang malte er sich ihre Hochzeitsnacht aus, ihren Körper, umflossen von dem goldblonden Haar, das er bisher niemals offen gesehen hatte. Sein Herz schlug wie wild bei diesem Gedanken, und auf einmal glaubte er, nicht einmal mehr eine Woche warten zu können, bis es endlich so weit war.

Vor dem Haus seiner Familie angekommen, stieg er vom Pferd, und ein Stallbursche kam durch das seitliche Tor und nahm ihm die Zügel aus der Hand. »Herzlich willkommen, Mr. Glanville.«

»Danke, Tom.« Jeremy nahm zwei Stufen auf einmal, und die Tür wurde aufgerissen, ehe er den Türklopfer betätigen konnte.

»Jeremy!« Anna flog ihm um den Hals, und er hob sie hoch, trug sie in die Halle und wirbelte sie herum.

»Na, du Wildfang.« Er lachte. Nun kam auch Dominic in die Halle, lächelte, umarmte ihn brüderlich. Elizabeth folgte ihm, hübsch und ein wenig rundlicher als bei seiner Abreise. Auf den Armen trug sie einen Säugling. Jeremy nahm ihr den Jungen aus den Armen.

»Das Fünfte?«

»Das Sechste, John«, sagte Dominic. »Sein älterer Bruder heißt Richard. Und dann ist da noch Mary, die kurz nach deiner Abreise geboren wurde, und Catherine, die im letzten Jahr kam.«

Jeremy hob die Brauen. »Ich sehe, du verlierst keine Zeit.«

»Bei unserer Eheschließung«, sagte Elizabeth lachend, »hat er mir das halbe Dutzend versprochen, und er ist ein Mann, der zu seinem Wort steht.«

»Bei dem Tempo sollte es mich nicht wundern, wenn er das Dutzend auch noch voll macht.« Jeremy gab den Jungen an Dominic weiter und überließ seinen Umhang einem Dienstboten. »Wo ist Großvater?«

»Ich bringe dich zu ihm«, bot Anna an, und ihr Blick bekam etwas Sensationsheischendes, das ihn befremdete.

»Das wirst du nicht«, hielt Dominic sie zurück. »Er ist in der Bibliothek.«
Ein wenig wunderte Jeremy sich, dass sein Großvater nicht zu seiner Begrüßung in die Halle gekommen war, aber vielleicht fühlte er sich nicht gut, immerhin war er schon sehr alt. Und die ernsten Mienen, die nun alle machten, schienen seine Vermutung zu bestätigen. »Es geht ihm doch gut?«
»Ja«, antwortete Anna mit Grabesstimme, was ihr einen tadelnden Blick von Dominic einbrachte.
Beunruhigt schlug Jeremy den Weg zur Bibliothek ein. Der Raum war in mattes Dämmerlicht getaucht, in dem der Schein eines flackernden Kaminfeuers bizarre Schatten tanzen ließ. Sein Großvater saß mit einem Buch in seinem Lieblingssessel. Zu seinen Füßen spielte ein Kleinkind, einer von Dominics Söhnen, vermutete Jeremy. Dunkle Haare, dunkle Augen – das Kind kam offenbar nach seinem Vater.
»Da bist du ja.« Sebastian Glanvilles Stimme klang brüchiger, als Jeremy sie in Erinnerung hatte, und der alte Mann wirkte schmaler, hatte in den vergangenen Jahren etwas Greisenhaftes bekommen. Nun richtete Sebastian Glanville sich auf und erhob sich. »Wie war die Reise?«
»Wir sind auf der Hinreise in einen Sturm geraten«, erzählte Jeremy und erwähnte seinen Aufenthalt in Olinda in zwei kurzen Sätzen. Die da Silveiras hatten ihnen Gastfreundschaft – das Wort schmeckte gallig auf seiner Zunge – gewährt, hernach war er nach St. Kitts gesegelt. Da sein Großvater schwieg, erzählte Jeremy von seinem Aufenthalt und der Rückreise, die gänzlich ohne Zwischenfall verlaufen war.

»Hier gibt es ebenfalls einige Neuigkeiten. Familienzuwachs, wie du siehst.«
»Dominic erzählte bereits, er habe jetzt sechs Kinder.« Jeremy sah zu dem kleinen Jungen und lächelte.
»Ganz recht. Sechs ehelich geborene Kinder mit seiner Ehefrau. Dieses eine hier ist allerdings nicht seins, es wurde unehelich geboren.« Sebastian Glanville sah Jeremy an, als müsse dieser wissen, wovon die Rede war. Aber der zuckte nur mit den Schultern.
»Dieses Kind«, fuhr Sebastian Glanville fort, »wurde mir übergeben mit den Worten, es sei deins.«
»Ausgeschlossen«, antwortete Jeremy, ohne einen Moment des Zögerns.
»Bist du sicher?«
»Ja. Vielleicht war es eine Frau, die ich in der Vergangenheit gekannt habe und die Euch das Kind untergeschoben hat, weil sie es nicht versorgen konnte und der wirkliche Vater sie verlassen hat. Es ist auf jeden Fall ausgeschlossen, dass es von mir ist. Wie alt ist es überhaupt?«
»Im Juli beendet es sein drittes Lebensjahr.«
Den alten Mann hatten vermutlich seine Fähigkeiten zu rechnen verlassen. »Zu dem Zeitpunkt der Zeugung war ich doch schon gar nicht mehr hier. Wie sollte ich …« Er hielt inne. Das war gänzlich ausgeschlossen. Und selbst wenn, wie wäre das Kind denn hierhergekommen?
»Ah, wie ich sehe, kommt dir eine Erinnerung?«
Jeremy schluckte. »Ich …«
»Ja? Ich höre?«
Gedanken überschlugen sich. Catarina. Aber hatte wirklich jemand das Kind hierhergebracht? Konnte das sein?

»Du erinnerst dich an Dom Álvaros Nichte? Daran, wie du dem Sohn meines Vetters seine Gastfreundschaft gedankt hast?« Sebastian Glanvilles Stimme wurde mit jedem Wort lauter.

»Ich …«

»Daran, dass du das Mädchen entehrt hast mit den Worten, du habest ja nicht geahnt, dass sie so etwas noch nie getan habe? Und sie dann schwanger sitzengelassen hast?« Es gab vermutlich im ganzen Haus niemanden mehr, der die letzten Worte nicht gehört hatte.

Jeremys Blick zuckte zu dem Kind, dann sah er seinen Großvater an. Catarina. »Was haben sie mit ihr gemacht?«, fragte er vorsichtig.

»Na, was denkst du wohl? Sie haben sie im Haus versteckt. Dennoch ist ihr Ruf ruiniert, man konnte die Sache nicht geheim halten.«

Für einen Moment schloss Jeremy die Augen. Die Möglichkeit einer Schwangerschaft hatte er nicht bedacht – oder nicht bedenken wollen. Wie oft geschah so etwas denn gleich beim ersten Mal?

Elizabeth war erst vier Monate nach der Eheschließung mit Dominic schwanger geworden. Er selbst war im Eifer des Gefechts oft genug unvorsichtig gewesen, aber keine Frau hatte ihm je ein Kind geboren, zumindest nicht, dass er wüsste.

»Ich habe mein Wort gegeben, dass du die Sache wieder ins Reine bringst«, sagte Sebastian Glanville. »Und Dom Ramón hat mir geschrieben und eingewilligt. Das ist Catarinas Vater«, fügte er hinzu, als sei das für Jeremy von Interesse.

»Woran dachtet Ihr konkret? Geld? Eine offizielle Entschuldigung?«
»Willst du die Familie über das Maß hinaus beleidigen? Natürlich wirst du kein Geld anbieten. Du wirst das Mädchen wieder ehrbar machen.«
Es dauerte einen Augenblick, ehe Jeremy begriff, was sein Großvater da gerade gesagt hatte. »Ausgeschlossen«, entfuhr es ihm. »Ihr wisst doch, dass ich mit Tereza Channing verlobt bin.«
»Ja, das arme Mädchen, es hat ihr fast das Herz gebrochen. Aber letzten Endes hat sie eingesehen, dass ihr Vater und ich die richtige Entscheidung getroffen haben.«
Jeremy erstarrte. »Wovon redet Ihr?«
»Von der Verlobung, die ich in deinem Namen gelöst habe.«
»Dazu hattet Ihr nicht das Recht!« Jeremy wurde kalt. Tereza.
»Ich habe jedes Recht dazu, mein Lieber. Sei froh, dass du so glimpflich davonkommst. Wärest du ein Jahr eher hier angekommen, hätte ich dich mit der Reitpeitsche empfangen, aber inzwischen ist mein Zorn abgekühlt.« Die Welt um Jeremy schien zusammenzubrechen. Tereza. Er hatte so lange auf sie gewartet, sich so lange nach ihr gesehnt. Und nun sollte er sie aufgeben, weil er einen Fehler gemacht hatte? Einen einzigen dummen, verhängnisvollen Fehler? Sollte sein Leben an der Seite einer jungen Frau verbringen, die er nicht einmal kannte? Die ihr Leben in der Abgeschiedenheit portugiesischer Häuser verbracht hatte? »Nein. Ich nehme das Kind zu mir. Ich reise nach Olinda und bitte offiziell um Verzeihung, aber ich werde nicht ohne Tereza leben.«

»Du scheinst nicht zu begreifen, dass die Entscheidung bereits gefallen ist.«
»Ich werde Catarina nicht heiraten, unter keinen Umständen.«
»Dann enterbe ich dich und verstoße dich aus meinem Haus.«
Jeremy spürte, wie ihm der Mund trocken wurde. Mit einem Mal entglitt ihm sein Leben, jene Sicherheit, die er nie in Frage gestellt hatte.
»Trag es als Ehrenmann.« Die Stimme seines Großvaters war milder geworden. »Zuweilen kann ein einziger unbedachter Moment dem Leben eine neue Richtung geben. Es ist nun an dir, etwas Gutes daraus zu machen.«
»Ich ...« Jeremy fiel keine Antwort darauf ein. Er streifte das Kind, das einen Bauklotz in der Hand hielt, kurz mit einem Blick, und eine Welle der Abneigung flutete über ihn hinweg.
»Sein Name ist James.« Sein Großvater war Jeremys Blick gefolgt.
»Das ist mir gleich. Ich verwünsche den Tag, an dem er gezeugt wurde.«
Sebastian Glanville lief rot an. »Gib nicht dem Kind die Schuld.«
Ohne ein weiteres Wort drehte Jeremy sich um und stürmte aus dem Raum. Im Korridor stieß er fast mit Anna zusammen, die nicht schnell genug zurückgewichen war. »Lauscht man jetzt an Türen, ja?«
»Und wenn schon? Es weiß ja ohnehin jeder Bescheid.« Sie lief ihm nach. »Wo willst du hin?«
»Zu Tereza.«

»Sie wird dich nicht sehen wollen.«
»Das überlass nur mir.«
»Es kommt dich hart an, ja? Mein großer Bruder, das moralische Vorbild.«
Er drehte sich zu ihr um. »Kümmere dich um deine eigenen Angelegenheiten.« Damit ließ er sie stehen und eilte durch die Halle. Er riss die Haustür auf, trat auf die Straße und atmete tief ein, versuchte, einen klaren Gedanken zu fassen. Soll er mich enterben, dachte Jeremy, soll er mich verstoßen. Er würde mit Tereza sprechen, sie davon überzeugen, dass es ihm leidtat, dass er diesen Fehler zutiefst bereute, dass es nur dieses eine Mal geschehen war.
Mit langen Schritten marschierte er zum Haus der Channings. Es kam ihm wie eine Ewigkeit vor, ehe er das Stadthaus von Terezas Vater erreichte, und er betätigte den Türklopfer so hart, dass die Schläge im ganzen Haus widerhallten. Ein Dienstbote öffnete, das Erschrecken in seinem Blick – legte das heftige Klopfen doch einen Notfall nahe – wich Erkennen, und er neigte ehrerbietig den Kopf. »Mr. Glanville. Wie schön, Sie wohlbehalten wiederzusehen.«
»Guten Abend, William. Ich möchte zu Miss Tereza.«
Das Gesicht des Dienstboten verschloss sich. »Ich hole Mr. Channing. Warten Sie bitte einen Augenblick, Sir.« Er trat zurück und ließ Jeremy in die Halle treten. Dieser stand nun wie auf glühenden Kohlen da, während er darauf wartete, Terezas Vater gegenüberzutreten.
Das Geräusch von Schritten hallte an den Wänden des Korridors wider, dann kam Mr. Channing in die Halle, die Miene düster und abweisend. »Es gibt nichts, was Ihr noch

mit meiner Tochter zu besprechen hättet«, sagte er anstelle einer Begrüßung.
»Ich …«, setzte Jeremy an, kam jedoch nicht zu Wort.
»Oh, ich weiß durchaus, was es bedeutet, ein junger Mann zu sein. Und ich verurteile Euch keinesfalls, weil Ihr in Gegenwart einer Frau schwach geworden seid, immerhin bindet Euch noch kein Ehegelöbnis. Aber die unbescholtene Tochter eines ehrbaren Mannes? Die Nichte Eures Gastgebers? Gar eines Verwandten? Handelt so ein anständiger Mann? Glaubt Ihr ernsthaft, ich verheirate meine Tochter mit jemandem, der nicht einen Funken Ehrgefühl besitzt?«
»Es war ein Fehler, aber einer, der einmalig blieb.«
»Ein Mal reicht bereits aus, um aus einem Mädchen eine Dirne zu machen und aus einem Mann einen Schuft. Ein Mal reicht, um ein uneheliches Kind zu zeugen. Glaubt Ihr wirklich, meine Tochter möchte den Bastard einer anderen Frau aufziehen? Und nun geht, ehe ich Euch als den ehrlosen Halunken behandle, der Ihr seid, und Euch von meinen Dienern hinauswerfen lasse.«
Jeremy wollte etwas sagen, aber er wusste, dass jedes Wort ins Leere gesprochen war. Er würde Tereza in diesem Haus nicht zu sehen bekommen, heute nicht und an keinem anderen Tag.
Langsam wandte er sich um und ging zur Tür, die ein herbeieilender Dienstbote rasch öffnete. Kein Abschiedswort kam von Mr. Channing, und auch Jeremy schwieg. Wenn er mit Tereza sprechen wollte, musste er sie woanders abpassen.

Es dauerte vier Tage, ehe es Jeremy gelang, Tereza in der Nähe der St.-Paul's-Cathedral abzufangen, Tage, in denen er seiner Familie weitgehend aus dem Weg ging. George Witherspoon, der Einzige, mit dem er über die Sache hätte reden können, war bei seiner Familie in Essex. Glücklicherweise ließen ihn sein Großvater und Dominic in Ruhe, und Anna spöttelte zwar gelegentlich, aber ansonsten hielt auch sie sich zurück. Ja, er bedauerte, was geschehen war, er bedauerte Catarina, und ihm tat auch das Kind leid, das niemand haben wollte, aber er war nicht bereit, dafür auf sein eigenes Glück zu verzichten, und das sah er ausschließlich an der Seite Terezas. Wenn sein Großvater ihn dafür verstieß, nun, dann war es eben so. Er würde es auch ohne die Unterstützung seiner Familie schaffen. Das sagte er sich wieder und wieder, und in dem Moment, als er Tereza sah, so schön und anmutig mit ihrem in der Sonne schimmernden blonden Haar, wusste er, dass es keinen anderen Weg für ihn geben konnte.

»Jeremy.« Der Name kam in einem atemlosen Zug über jene Lippen, die er so gerne geküsst hatte.

»Dein Vater wollte mich nicht zu dir lassen.« Jeremy griff nach ihren Händen, die sie ihm zwar nicht entzog, die jedoch schlaff in seinen ruhten. »Hör zu, Tereza, es tut mir so leid. Es war … Ich weiß nicht, was über mich gekommen ist, aber ich schwöre dir, es ist nur dieses eine Mal passiert.« Ihre Augen hatten sich kaum merklich geweitet, und in der Kühle des Frühsommermorgens waren ihre Wangen leicht gerötet. »Mein Großvater hätte die Verlobung nicht einfach lösen dürfen«, fuhr Jeremy in der verstörenden Stille ihres Schweigens fort.

»Du hast ein Kind mit einer anderen Frau«, sagte sie schließlich, dann wurden ihre Hände starr in seinen, und sie entzog sie seinem Griff. »Aber es ist nicht allein deine Untreue, die ich dir nicht verzeihen kann. Du hast ein Mädchen verführt und schwanger sitzenlassen. Wie kann ich einen Mann heiraten, der zu so etwas imstande ist?«

»Ich wusste nicht, dass sie schwanger war.«

»Und was erwartest du nun von mir?«

»Ich möchte dich nicht verlieren.«

»Damit kommst du reichlich spät.«

»Mein Großvater hat mir erst bei meiner Rückkehr erzählt, dass er die Verlobung gelöst hat.«

»Er und mein Vater haben beschlossen, dass es so das Beste ist.«

»Und du?«

»Ich war untröstlich, musste aber einsehen, dass beide recht haben.«

Wieder griff er nach ihren Händen, aber dieses Mal entzog sie sie ihm direkt wieder. »Nein, das haben sie nicht. Ich habe einen Fehler gemacht, einen einzigen Fehler, sollen wir dafür unser gemeinsames Leben aufgeben?«

»Und was willst du nun tun? Mit mir durchbrennen?«

»Ich kann dich versorgen, auch ohne meine Familie.«

»Oh, bitte, werde erwachsen, Jeremy.« Eine Zornesfalte erschien zwischen ihren Brauen. »Wie stellst du dir das vor? Dass ich in einer Hütte hause, womöglich mit mehreren Kindern, während du irgendwo auf Schiffen anheuerst? Und überhaupt, denkst du etwa, du wirst irgendwo als Kapitän befehligen, wenn die Glanvilles und die Channings das nicht wollen?«

»Es wird einen Weg geben.«
»Tut mir leid, aber ich gebe nicht die Sicherheit meines Namens auf, um dann an deiner Seite von Abfällen zu leben, die ich mir auf der Straße zusammenklaube.«
»Gibt es Probleme?«, fragte eine Männerstimme, die Jeremy wolhbekannt war. Er drehte sich um. Oliver Calbot.
»Nein, es ist alles bestens«, sagte er. Was wollte der Kerl?
Oliver Calbot legte die Hand leicht um Terezas Taille.
»Gibt es einen Grund, warum Ihr meine Verlobte auf offener Straße behelligt?«
»Eure …« Jeremy starrte erst ihn an, dann Tereza. »Na, das ging ja schnell.«
Tereza antwortete nicht, wirkte nicht einmal verlegen, sondern legte ihre Hand auf Oliver Calbots, eine intime Geste, die er, Jeremy, in der Öffentlichkeit nie gewagt hätte. Unwillkürlich fragte er sich, wie weit die Beziehung zwischen ihnen gediehen war. Und was war mit Anna? Hatte dieser Kerl sie einfach fallenlassen, um mit Tereza anzubandeln? Das konnte er freilich nicht fragen, ohne seine Schwester bloßzustellen. Und Oliver Calbot schien das zu ahnen, wie unschwer an seinem Grinsen zu erkennen war.
Nun kam auch Terezas frühere Amme Dora hinzu, einen Korb am feisten Arm, der vollgestopft war mit Stoffen, die sie auf dem Markt erworben hatte. Eilig nahm Oliver Calbot seinen Arm von Terezas Taille, dennoch traf ihn ein finsterer Blick der Amme. Dann richteten sich ihre dunklen Augen auf Jeremy. »Mr. Glanville, ich glaube, Sie und Miss Channing haben sich nichts mehr zu sagen.«

»Nein«, sagte Jeremy, »das stimmt.« Er sah Tereza an. »Alles Gute.«
»Danke, das wünsche ich dir auch. Leb wohl.«
»Leb wohl.«
Als Jeremy davonging, spürte er ihre Blicke im Rücken, und eine Leere breitete sich in ihm aus. Das war es dann wohl, dachte er.

»Wann kommt Catarina hier an?« Da nun einmal kein Weg mehr daran vorbeiführte, beschloss Jeremy, die Angelegenheit direkt anzugehen.
»Du wirst hinreisen«, antwortete sein Großvater, »und eine Weile in Olinda bleiben. Versöhne dich mit der Familie und mach dich nützlich. Und komm erst zurück, wenn ich es dir ausdrücklich erlaube.«
Damit hatte Jeremy nicht gerechnet, aber angesichts dessen, dass er Tereza verloren hatte und ihm derzeit alles gleich war, entlockte ihm diese Ankündigung nur ein Schulterzucken. Hatte sie ihn so wenig geliebt, dass sie ihn so rasch ersetzen konnte? Es war nicht zu übersehen gewesen, wie innig ihre Beziehung zu Oliver Calbot bereits war.
»Ja, sie sind verlobt«, bestätigte Anna, um eine betont gleichgültige Miene bemüht. »Nachdem du damals bei ihm gewesen warst, hat er mir weiterhin die große Liebe geschworen. Dann wurde Tereza frei, und er hat mich verlassen. Er sagte, den Ärger mit meiner Familie sei die Sache nicht wert.«
»Reizender Mensch.«
»Eine Verbindung mit Tereza Channing war seinen Eltern wohl sehr lieb, immerhin hat sie Verbindungen zum Adel.«

Ja, das glaubte Jeremy ihr aufs Wort. Vermutlich hatte er schon vor der Tür der Channings gestanden, kaum dass die Verlobung gelöst worden war. Und Tereza hatte ganz offensichtlich mit Freuden angenommen.

»Hättest du sie geheiratet, wenn du nach deiner Rückkehr erfahren hättest, dass sie ein Kind von einem anderen hat?«

»Das ist ...«

»Etwas anderes, natürlich.«

Jeremy dachte darüber nach.

»Und sie«, fuhr Anna fort, »hätte niemanden in Schwierigkeiten gebracht und sitzenlassen, im Gegensatz zu dir.«

»Vermutlich hätte ich sie dennoch geheiratet.«

Anna glaubte ihm ganz offensichtlich nicht, führte den Disput jedoch nicht weiter. Dabei war es Jeremy durchaus ernst. Ja, er wäre verletzt gewesen, hätte ihr gegrollt wegen ihrer Untreue und weil sie ihre Unschuld einem anderen geschenkt hätte. Aber er hätte sie geheiratet.

Am frühen Nachmittag ging er in das Kinderzimmer und versuchte, James gegenüber so etwas wie Vatergefühle zu empfinden. Aber da war nichts, das Kind war ihm gleich, es hätte ein beliebiges von der Straße sein können. Ein hübscher Junge, das ja, aber er konnte weder Catarina noch sich selbst in seinen Zügen erkennen.

»Er wird hierbleiben«, sagte er, als er mit seinem Großvater die Formalitäten der Reise besprach. »Für ein Kind ist eine solche Reise zu anstrengend, und ich werde mit Catarina ohnehin nicht auf Dauer in Olinda leben. Das wirst du ja sicher nicht von mir verlangen.«

»Nein, natürlich nicht. Aber wird sie ihr Kind nicht sehen wollen?«

»Kommt es da auf zwei oder drei Jahre an?«
»Vermutlich nicht«, lenkte der alte Mann ein. »Im Grunde genommen hast du ja recht. Und ich gebe ihn ungern her, das muss ich gestehen.«
Gleichgültig traf Jeremy die Vorbereitungen für die Reise. Truhen wurden gepackt, letzte Abschiedsbesuche bei Verwandten wurden getätigt. George Witherspoon äußerte sein Bedauern, nicht mitreisen zu können, in einem Brief. Er würde erst im kommenden Jahr wieder zur See fahren. Jeremy wusste, dass ihm vorläufig die Kommandantur entzogen war, es würde eine Weile dauern, ehe man ihn wieder als Befehlshaber in der familieneigenen Reederei an Bord gehen ließ. Er reiste also als normaler Passagier auf einem portugiesischen Schiff, das in Lissabon ablegen würde. Es war ungefährlicher, die Gewässer vor der Terra do Brasil nicht unter englischer Flagge zu kreuzen. Sie würden nach Lagos reisen und von dort aus nach Lissabon, dessen Hafen bereits 1594 für englische und niederländische Schiffe gesperrt worden war, eine Konsequenz der spanischen Kriegsführung.
Da Dominic nicht abkömmlich war, zudem unter Seekrankheit litt und Sebastian Glanville zu alt war, erbot sich ein Onkel mütterlicherseits, mit Jeremy nach Olinda zu reisen, damit ein Angehöriger der Glanvilles bei der Trauung anwesend war. Henry Masters war der jüngere Bruder von Jeremys Mutter und einer jener Verwandten, die ihm am nächsten standen.
»Da hast du dir ja einen schönen Ärger eingebrockt«, war alles, was sein Onkel zu der Sache zu sagen hatte.
Das Schiff, das sie nach Lagos bringen würde, stach an einem dunstigen Morgen von Portsmouth aus in See. Die

Welt war nur noch eine Silhouette im Nebel, das Wasser schimmerte trüb unter grau wabernden Massen, und Jeremy hatte das Gefühl, ins Nirgendwo zu reisen.

Olinda, September 1629

Catarina sah Jeremys Ankunft mit gemischten Gefühlen entgegen. Von seinem Großvater war ein Schreiben gekommen, wann man ihn in England erwartete, und so hatte sie sich ungefähr ausrechnen können, wann er in Olinda ankam, das hätte bereits im Mai sein müssen. Aber sie wusste, dass dergleichen nicht vorhergesagt werden konnte. Ohnehin hatte sie nicht die geringste Ahnung, wie sie ihm begegnen sollte. Es war so lange her, und ihre damaligen Gefühle, ihre wilde Verliebtheit, waren nur mehr eine schale Erinnerung. Und wenn sie nun falsch entschieden hatte? Ins Kloster jedoch wollte sie auch nicht.

Dann kam der Moment seiner Ankunft, und als sie ihm in der Halle ihres Hauses gegenüberstand, seinem distanzierten Blick begegnete, seinen kühlen Gruß entgegennahm, die so offensichtliche Haltung bemerkte, die sagte, dass er nur unter Zwang hier war, wollte sie nichts mehr, als sich umdrehen und davonlaufen. Es erschien ihr ausgeschlossen, auch nur einen Tag an seiner Seite zu verbringen, die Seine zu sein in der abgeschiedenen Stille ihres gemeinsamen Schlafzimmers. Aber dann dachte sie daran, was er für sie alles hatte aufgeben müssen, und ein leises Triumphgefühl glomm in ihr auf. Mochte er widerwillig hier sein, so war er doch hier, weil *sie* es wollte.

Die Begrüßung seitens ihres Vaters und ihres Onkels war kaum herzlicher. Jeremys Begleiter, Henry Masters, übergab Dom Ramón einen Brief von Sebastian Glanville. Damit schien der Formalitäten erst einmal Genüge getan. Dom Álvaro bat die Gäste ins Gesellschaftszimmer. Sie unterhielten sich auf Englisch, das Catarina nicht beherrschte, da Senhor Masters seinerseits kein Portugiesisch sprach. Es konnte nur um die Einzelheiten der Eheschließung gehen, so viel reimte sie sich zusammen. Irgendwann wandte Jeremy sich kurz an Catarina, dann sah er wieder ihren Vater an.

»Wie auch immer«, sagte er nun auf Portugiesisch, »machen wir nicht viel Aufhebens um die ganze Angelegenheit.«

Dom Ramón und Dom Álvaro liefen rot an vor Zorn. »Möchtet Ihr unser Haus über das hinaus, was Ihr Euch bereits geleistet habt, beleidigen?«

»Keineswegs, ich bitte um Verzeihung.« Daraufhin setzten sie das Gespräch auf Englisch fort, erst in wütenden, kurzen Sätzen, dann, als Senhor Masters eingriff, wieder ruhiger. Catarina ließ den Blick aus dem Fenster wandern, lauschte der fremden, unmelodischen Sprache, die sie nicht verstand. In Jeremys Stimme schwang nicht das kleinste bisschen Wärme mit, er klang geschäftsmäßig, das konnte sie selbst in seiner Sprache erkennen. Sie wandte den Kopf, sah ihn an.

»Wo ist das Kind?«, fragte sie in das Gespräch hinein.

»In London«, antwortete Jeremy.

»Warum hast du es nicht mitgebracht?«

»Die Reise wäre zu anstrengend für ein Kleinkind«, antwortete er in einem Ton, als hätte ihr das klar sein müssen.

»Wie heißt er?« Catarina wusste inzwischen von Großtante Lea, dass es ein Junge war. Ihr kleiner Sohn.
»James.«
James. Catarina formte den Namen lautlos, befühlte ihn in ihrem Mund. Jaume gefiel ihr besser, und sie beschloss, dass er für sie Jaume sein sollte. Ihr Jaume.

Die Trauung fand zwei Wochen nach Jeremys Eintreffen im kleinen Kreis statt, gerade groß genug, dass nicht der Eindruck entstand, man wolle sich verstecken, aber auch nicht so opulent, wie es bei einer standesgemäßen Eheschließung der Fall gewesen wäre. Die unmittelbaren Nachbarn und einige wichtige Leute aus der Stadt waren eingeladen worden. Seit seiner Ankunft hatte Catarina kein persönliches Wort mit Jeremy gewechselt und ihn ausschließlich in Gegenwart ihrer Familie gesehen. Dom Ramón hatte angeordnet, dass die Trauung in der familieneigenen Kapelle stattfinden würde, und die gesamte Zeremonie erschien Catarina wie eine Farce, als ihre kalten Finger sich um Jeremys schlossen. Da wurde von Liebe gesprochen, obwohl beide nur hier standen, weil ihnen keine andere Wahl blieb. Und auch der Triumph, den Catarina zunächst verspürt hatte, schmeckte nun bitter auf ihrer Zunge, vermischt mit dem säuerlichen Geschmack, der ihr in der Kehle aufstieg. Konzentriert atmete sie ein und aus, ließ die Worte an sich vorbeirauschen und bemerkte erst an der plötzlichen Stille, dass Jeremy sie ansah, eine Braue leicht erhoben.
»Ja, ich will«, stammelte sie und hoffte, dass es in der Tat dieser Part war, den man nun von ihr erwartete. Offenbar

lag sie damit richtig, denn der Geistliche wirkte richtiggehend erleichtert, und ein Raunen ging durch die Gästeschar. Jeremy gab ihr einen flüchtigen Kuss auf die Lippen und besiegelte damit den Bund, dann verließen sie die Kapelle. Der Empfang fand im Haus von Dom Álvaro statt, und obwohl jeder wusste, was es mit der Trauung auf sich hatte und man sich seit Bekanntwerden von Catarinas Schwangerschaft weidlich das Maul zerrissen hatte, ließen es sich die wenigen Gäste nicht nehmen, der Braut zu gratulieren und einige derbe Zoten über den Bräutigam vom Stapel zu lassen. Catarina war beinahe erleichtert, als es auf den Abend zuging und Zara auf sie zutrat, um sie auf ihr Zimmer zu bringen.

»Dom Ramón sagt, es sei Zeit«, erklärte sie. Vermutlich würde ihr Vater Jeremy bald hinterherschicken. Die anwesenden Ehefrauen hatten sie kaum beachtet, denn gute Ratschläge benötigte sie ja offenkundig nicht mehr. Sie hatten sich um Dona Mécia geschart und eifrig auf sie eingeredet. Nur Dona Lea war zu Catarina getreten und hatte ihr einen Kuss auf die Stirn gegeben.

Es war ein großes Zimmer, in das Zara Catarina nun führte, größer als ihres mit einem breiten, baldachinüberspannten Bett an der rechten Wand. Mit wild klopfendem Herzen ließ sich Catarina auskleiden, zog ein Nachthemd an, das so fein war, dass es durchscheinend wirkte, und setzte sich auf einen Hocker, damit Zara ihr Haar lösen konnte. Die Zofe kämmte es so lange, bis es ihr glatt über den Rücken fiel, schwarz und seidig wie Rabengefieder.

»Braucht Ihr noch etwas?«

»Nein«, antwortete Catarina.

»Eine angenehme Nacht, *Yayá.*« Zara verließ das Zimmer, und Catarina blieb auf dem Hocker sitzen, den Kopf gesenkt, so dass das Haar ihr wie ein Vorhang vor das Gesicht fiel. Sie richtete sich erst auf, als sie die Tür hörte. Rasch erhob sie sich. Jeremy war immer noch formvollendet gekleidet, und während er seinen Blick über ihren Körper gleiten ließ, kam sie sich nackt vor und wurde sich nur zu bewusst, wie wenig der feine Stoff verhüllte. Jeremy zog seinen Rock aus und warf ihn achtlos auf eine Truhe, dann schnürte er sein Hemd auf. Catarina verschränkte die Arme vor der Brust, zog die Schultern hoch. Ein spöttisches Lächeln umspielte Jeremys Lippen.

»Diese schamhaften Gesten sind unter uns doch sicherlich überflüssig, nicht wahr?«

Catarina hob das Kinn, gab sich sicherer, als sie war. Er kam zu ihr, löste die Bänder ihres Nachthemdes am Hals und öffnete es, soweit ihre verschränkten Arme es zuließen, dann senkte er den Kopf, legte eine Hand an ihr Gesicht und küsste sie. Verwirrt öffnete Catarina auf sein sanftes Drängen hin die Lippen und verspürte trotz allem ein Kribbeln, das sich in ihrem Bauch ausbreitete, während ihr Herzschlag rascher ging. Für einen Moment war es wie zu jener Zeit, als sie so verliebt in ihn gewesen war. Dann jedoch löste er sich unvermittelt von ihr, ging wieder auf Distanz.

»Was ist los?«, fragte sie, den steten Schlag ihres Herzens in ihrer Stimme.

»Du bist nicht sie.«

Catarinas Augen weiteten sich, dann holte sie aus und verpasste ihm eine Ohrfeige mit aller Kraft, zu der sie in diesem Augenblick fähig war. Es war, als habe er nur auf diesen Ausbruch gewartet. Als sie zum zweiten Schlag ausholte, fing er ihren Arm ab, rang mit ihr, dann küsste er sie wieder, zornig dieses Mal, als wolle er sie für ihren Ausbruch bestrafen und dafür, dass sie nicht *sie* war. Catarina grub ihm ihre Fingernägel in die Schultern, so dass er aufkeuchte. Sie stolperte, wurde von ihm aufgefangen, hochgehoben und aufs Bett gestoßen. Im nächsten Moment war er über ihr, und sie schlug auf seine Brust ein, zerbiss ihm die Lippen, als er sie erneut küsste, wand sich unter ihm, drückte ihm das Knie in den Bauch, zerkratzte ihm die Brust, den Hals. Er zwang ihre Beine auseinander, dann hatte er ihre Hände eingefangen, hielt sie mühelos fest, während er mit der anderen Hand an seiner Kleidung nestelte. Catarina sah ihn an, spürte sein Drängen, sein Verlangen. Ihr Körper wurde starr.

»Na los«, sagte sie leise, »dann tu's doch. Überrumpeln oder gewaltsam nehmen – anders kriegst du die Frauen wohl nicht.« Seine Haltung veränderte sich, als würde ihm bewusst, was er da gerade zu tun im Begriff war. Er gab ihre Hände frei und erhob sich von ihr. »Es tut mir leid«, sagte er. »Ich weiß nicht, was in mich gefahren ist.«

Mit zitternden Händen schnürte Catarina ihr Nachthemd zu und zog die Decke über sich. Sie lehnte sich an das Kopfende des Bettes und drückte die Decke mit beiden Fäusten an ihre Brust. Die Wut trieb ihr die Tränen in die Augen.

»Grundgütiger, hast du mich zugerichtet.« Jeremy befühlte die Kratzer an seinem Hals. An seiner linken Wange zeichnete sich ihre Hand ab, und sein Mund zeigte deutlich die

Abdrücke ihrer Zähne. Er zog sein Hemd aus, und Catarina senkte den Blick. »Ich habe es vermutlich verdient, nicht wahr?«

»Ja, hast du.« Ihr Stimme war kaum hörbar, weil die Erinnerungen an die Geburt und das Kind ihr den Atem nahmen. Tränen rannen unaufhörlich über ihre Wangen. »Du hast nicht die geringste Ahnung, was ich durchgemacht habe, und doch behandelst du mich seit deiner Ankunft, als sei ich es, die dir Unrecht zugefügt hätte.« Ohne ihm Zeit für eine Antwort zu geben, fuhr sie fort: »Ich musste meinem Onkel meinen Zustand beichten, ich wurde, sobald es sichtbar war, für drei Monate in mein Zimmer verbannt. Dann habe ich unter Schmerzen, die du dir in deinen schlimmsten Alpträumen nicht vorstellen kannst, das Kind geboren. Und nun bist du zornig, weil ich die Konsequenzen dessen, was wir getan haben, nicht allein trage. Dabei waren meine Absichten anständiger als deine.«

»Warum, um alles in der Welt, hast du damals im Garten nicht einfach nein gesagt?«

»Weil ich dachte, du wolltest mich bloß küssen.« Ihre Stimme schwoll an, und Jeremy warf einen raschen Blick zur Tür. »Außerdem ist dieser Disput müßig, es ist nun einmal geschehen.«

»Ja, zu meinem größten Bedauern.« Er ließ sich am Bettrand nieder, und sie zuckte zusammen. Ein Anflug von Ärger überschattete Jeremys Gesicht. »Keine Sorge, ich werde dich nicht anrühren.«

Catarina hielt die Decke eng um sich geschlungen. »Du kannst die Ehe vollziehen, wenn du möchtest, aber tu mir nicht wieder weh dabei.«

»Nein, besten Dank auch.« Er löschte das Licht, und in der Dunkelheit war nur das Rascheln zu hören, als er sich neben sie ins Bett legte.
»Ist die Ehe nun überhaupt gültig?«, fragte sie.
»Wer sollte denn beweisen, dass ich nicht mit dir geschlafen habe? Unschuldig bist du ja nicht mehr, und ich sehe aus, als hätte ich mit einer Wildkatze gekämpft.«
Ein Lächeln zupfte unwillkürlich an Catarinas Mundwinkeln, obwohl ihr überhaupt nicht zum Lachen zumute war. Es fühlte sich nicht gut an, zurückgewiesen zu werden. »Also entweder gewaltsam oder gar nicht?«, fragte sie in die Stille hinein.
»Willst du es unbedingt?«
»Nein.«
»Na, also«, sagte er und fügte hinzu: »Mein Ausbruch war ein Fehler, zu dem es allerdings nicht gekommen wäre, hättest du mich nicht geschlagen.«
»Dann hättest du mich nicht mit den Worten von dir weisen sollen, dass ich nicht *sie* bin.«
»Sie war meine große Liebe, und ich habe sie verloren. Aber ich hätte das nicht sagen sollen, es tut mir leid.«
»Ich habe mir auch andere Dinge vom Leben erhofft, und dennoch liege ich jetzt hier neben dir.«
»Du wolltest mich doch heiraten.«
»Ich wollte den Mann heiraten, für den ich dich vor zwei Jahren gehalten habe. Und dann wollte ich den Mann heiraten, von dem ich ein Kind habe, weil ich nicht ins Kloster gehen wollte.«
Sie hörte, wie er sich im Bett herumdrehte, und weil ihre Augen sich inzwischen an die Dunkelheit gewöhnt hatten,

sah sie seine Umrisse und wusste, dass er sich ihr zugewandt hatte. »Gibst du Ruhe, wenn ich mit dir schlafe?«?

»Nein, jetzt will ich nicht mehr.«

Er stieß einen tiefen Seufzer aus und ließ sich zurück in das Kissen fallen.

»Ich möchte nicht, dass du dir dabei vorstellst, ich wäre sie.«

»Keine Sorge, die Gefahr besteht nicht.« Er sagte das mit so beißendem Spott, dass Catarina ihn derbe vor die Brust stieß. Mit einem harten Griff umfasste er ihr Handgelenk. »Wenn du das noch ein Mal tust …«

»Ja, was dann?«, fiel sie ihm ins Wort. »Sei froh, dass ich dir überhaupt erlaube, mich anzufassen.«

Er ließ ihr Handgelenk los. »Als hättest du die Wahl.«

Catarina wandte sich ab und schloss die Augen, überzeugt davon, dass sie unmöglich würde einschlafen können, wenn er nur wenige Handbreit von ihr entfernt lag.

Jeremy musste irgendwann eingeschlafen sein, denn als er die Augen öffnete, fiel durch die Ritzen der Fensterläden gebündeltes Licht in den Raum. Seine Augenlider fühlten sich an, als hätte jemand Sand hineingerieben, in seinem Kopf hämmerte es, und er fühlte sich wie gerädert. Außerdem brannten die Kratzer, die Catarina ihm zugefügt hatte, und seine Unterlippe fühlte sich geschwollen an.

Langsam drehte er den Kopf. Die Decke war Catarina bis zur Taille gerutscht, und das Nachthemd bot einen verführerischen Blick auf ihre Schulter, die schlanke Linie ihres Rückens. Sie hielt das Kissen mit einem Arm umschlungen, das Haar um sich herum ausgebreitet. Im Grunde genommen war er ein Narr gewesen, sie zurückzuweisen. Aber er hatte es nicht gekonnt, zu präsent war Tereza in seinem Kopf. Es hätte ihr Körper sein sollen, den er so unverhüllt betrachtete, ihr silberblondes Haar, das ausgebreitet auf dem Kissen lag. Wie lange hatte er von diesem Augenblick geträumt. Sie wäre wach geworden, hätte ihn angelächelt, er hätte sie noch einmal geliebt, mit ihr gesprochen, und sie hätte ihm zugehört, wie nur Tereza zuhören konnte. Und nun würde es Oliver Calbot sein, in dessen Augen sie dabei blickte.

Dumpfe Verzweiflung breitete sich in ihm aus, und er erhob sich und fragte sich, welchen Dienstboten er zu sich rufen sollte. Darüber hinaus hatte er keinen Kammerdiener dabei und wusste nicht, wer von den Sklaven sich überhaupt auf dergleichen verstand. Auf dem Waschtisch fand Jeremy eine Kanne Wasser, und er goss etwas davon in eine Schüssel, wusch sich das Gesicht, rieb sich Wasser über den Hals und die Brust, trocknete sich mit einem Leinentuch ab und sah sich nach seiner Kleidertruhe um. Die beiden Truhen am Fußende des Bettes gehörten offenbar Catarina. Seine fand er schließlich in einer Nische. Das Scharnier quietschte leise, und mit einem Seufzer drehte Catarina sich um und schlief dann weiter, ein Arm über dem Kopf ausgestreckt, der andere ruhte auf ihrem Bauch. Jeremy nahm sich einen Moment Zeit, sie zu betrachten. Gleich, wie sehr er um den Verlust seiner großen Liebe trauerte, er wäre kein Mann, würde der Anblick ihres Körpers nicht jähes Verlangen in ihm aufsteigen lassen. Mit einem Anflug von Bedauern wandte er sich ab.

Ein Blick in den Spiegel bestätigte Jeremy, dass er so

schlimm aussah, wie er befürchtet hatte. Aber sei's drum. Er verließ das Zimmer und stieß im Korridor auf einen Haussklaven, der ihn mit einigem Befremden ansah.
»Wo bekomme ich etwas zu essen?«, fragte Jeremy.
»Im Speisezimmer, Herr.« Der Sklave winkte eine *Muleca* heran. »Mayara, bring Senhor Glanville zu Dom Álvaro.« Die junge Frau war überaus hübsch, wenngleich sie etwas mürrisch wirkte. »Folgt mir bitte, Herr.« Sie ging ihm voran durch den Korridor, bog in einen weiteren Korridor ein und stieg die Treppe hinab. Ab hier fand Jeremy den Weg selbst, und er entließ sie mit einem Dank. Als er das Speisezimmer betrat, saß Dom Álvaro bereits am Tisch. Er musterte Jeremy und lächelte spöttisch. »Unerquickliche Nacht gehabt?«
Jeremy warf ihm lediglich einen finsteren Blick zu und schwieg.
»Ich weiß nicht, was Catarina letzte Nacht dazu veranlasst hat«, fuhr Dom Álvaro mit Blick auf die Kratzer fort, »aber hätte sie dergleichen schon vor vier Jahren getan, wäre uns einiges an Ärger erspart geblieben.«
»Hätte sie dergleichen getan, hättet Ihr mich am nächsten Baum aufgeknüpft.«
»Hätte ich«, bestätigte Dom Álvaro, »aber nichtsdestotrotz hätte es uns Ärger erspart.«
»Dann habe ich es nun vermutlich besser getroffen.«
»Für dich mag das zutreffen.«
Jeremy biss die Zähne zusammen, und nur der Respekt, den er seinem angeheirateten Onkel – der gerade mal drei oder vier Jahre älter war als er selbst – entgegenzubringen hatte, hielt ihn davon ab, ihm die Antwort zu geben, die

ihm auf der Zunge lag. Zu allem Unglück betrat nun auch Dom Ramón den Raum.

»Möchte ich wissen, wie du meine Tochter dafür zugerichtet hast?«, fragte dieser.

»Ich habe sie nicht angerührt.«

»Weil sie sich nach Kräften gegen dich gewehrt hat?«

»Weil ich sie nicht wollte.« Jeremy sah mit einiger Befriedigung, wie es in Dom Ramóns Gesicht zuckte.

»Ich wünschte, du hättest sie vor vier Jahren schon nicht gewollt.«

Jeremy tat einen tiefen Atemzug und stieß die Luft langsam aus. »Ich bereue es zutiefst, das könnt Ihr mir glauben.«

»Welchen Anlass hatte meine Tochter, sich gegen dich zur Wehr zu setzen?«

»Wir hatten eine Meinungsverschiedenheit.«

»Ah ja. Und die trägst du mit Frauen auf diese Art aus?«

Jeremy schwieg, weil ihm der Disput lästig wurde und er sich fühlte, als stünde er vor Gericht. Die Blicke beider Männer blieben auf ihn gerichtet, stumm, abwartend.

»Fragt Catarina. Es wäre ungalant, die Angelegenheit hier auszubreiten.«

Damit gaben sie sich anscheinend fürs Erste zufrieden, und Jeremy aß mit wenig Appetit einen Streifen getrocknetes Fleisch, ein Stück Käse und Brot. Er wusste nicht, wie sich seine Tage auf der Plantage gestalten würden, und sah bereits eine lähmende Langeweile auf sich zukommen. Sein Onkel Henry Masters, der offenbar noch schlief, würde mit dem nächsten Schiff nach Lissabon reisen, und Jeremy blieb nicht mehr, als zu hoffen, dass die Verbannung durch seinen Großvater bald ihr Ende fand.

Natürlich wusste er, dass es falsch war, seine Wut an Catarina auszulassen, und das hatte er getan, da gab es nichts zu leugnen. Seit seiner Ankunft hatte er sie von oben herab behandelt, wenn er ihr denn überhaupt Beachtung geschenkt hatte. Und an die letzte Nacht dachte er lieber nicht. Er hatte sie verletzen wollen, und ihre heftige Reaktion hatte dazu geführt, dass der angestaute Zorn in ihm sich Bahn brach, Zorn auf sich selbst, seine Situation und in gewisser Weise auch auf sie. Er wischte sich die Hände an einem leinenen Tuch ab, das ihm die hübsche Sklavin – Mayara, wenn er sich richtig erinnerte – reichte. Er sah ihr nach, als sie wegging.

»Denk nicht einmal daran«, sagte Dom Álvaro.

Wieder brodelte der Zorn in Jeremy hoch, aber auch dieses Mal kämpfte er ihn erfolgreich nieder. »Ich habe nicht die Absicht, mich an Euren Sklavinnen zu vergehen.«

»Das will ich hoffen.«

Jeremy erhob sich. »Ich möchte mich gerne umsehen. Stellt Ihr mir eines Eurer Pferde zur Verfügung?«

»Ja, natürlich. Nimm Marcos mit. Schließlich wollen wir ja, dass du wieder zurückfindest.«

Catarina ließ sich Zeit mit dem Ankleiden. Sie fühlte sich erschöpft und hätte am liebsten den ganzen Tag im Bett verbracht. Auch wenn sie nicht sicher gewesen war, worauf sie sich mit der Ehe einlassen würde – und es war auch nicht zu erwarten gewesen, dass Jeremy diese Verbindung mit Freuden eingehen würde –, hatte sie mit einer so harschen Zurückweisung nicht gerechnet.

Als sie das Speisezimmer betrat, war dort niemand mehr,

nur das Essen stand noch auf dem Tisch, und obwohl sie keinen Appetit hatte, ließ sich Catarina nieder und griff nach einem Brotfladen. Sie zerkrümelte diesen jedoch mehr, als dass sie aß.

»Warum bist du traurig?«

Catarina blickte auf, als sie die Stimme ihres Vaters hörte, der eben den Raum betrat. »Ach, nur so.« Sie legte das Brot auf den Tisch. »Wann reist Ihr ab?«

»In wenigen Tagen. Jeremys Onkel, Henry Masters, wird mich bis Lissabon begleiten.«

Catarina nickte.

»Bereust du deine Entscheidung?«

»Nein.« Die Antwort kam schnell, zu schnell, wie sie an dem Blick ihres Vaters erkannte. »Nein«, wiederholte sie, dieses Mal ruhiger.

»Was hat er getan, dass du dich gegen ihn zur Wehr setzen musstest?«

Catarina spürte, wie ihr das Blut heiß in die Wangen stieg.

»Ich kann ihn nicht daran hindern«, fuhr ihr Vater fort, »mit dir zu verfahren, wie er möchte, nicht mehr. Aber wenn er dir Gewalt angetan hat, werde ich dafür sorgen, dass er es zumindest in diesem Haus nicht wieder tut.«

»Das hat er nicht. Er hat Dinge gesagt, die verletzend waren.«

Nun flog ein kleines Lächeln über das Gesicht Dom Ramóns. »Und daraufhin fühltest du dich bemüßigt, auf ihn einzuschlagen?«

»Die Situation hat es mit sich gebracht.«

Nun lachte er. »Es ist beruhigend zu wissen, dass du dich ihm nicht kampflos überlassen wirst.«

»Ihr heißt es gut?«
»Nein, normalerweise nicht. Aber in deinem Fall mache ich eine Ausnahme. Er hat dir übel mitgespielt und ist im Grunde genommen noch dafür belohnt worden.«
Du bist nicht sie. Catarina senkte den Blick, als ihr Tränen in die Augen traten. Dass ihr Vater die Dinge so sah, tat ihr gut, aber sie wusste, dass es für Jeremy nicht galt. Sie war ihm als Strafe auferlegt worden, und er bedauerte dies zutiefst.
»Es ist nicht schlimm«, fuhr ihr Vater fort, »wenn er es anders empfindet.«
»Aber es ist verletzend.«
»Du hast entschieden, was er zu tun hat, und es gefällt ihm nicht, sich fügen zu müssen.«
Catarina hob die Schultern. All das erschien ihr nicht mehr wichtig.

Álvaro blickte in Mécias sorgenvoll geweitete Augen, als er abends ihr Zimmer betrat. Ende letzten Jahres hatte sie ein Mädchen geboren, das nur einen Monat gelebt hatte. Seither hatte er seine Ehefrau nachts nicht mehr aufgesucht, denn sie wirkte nach dem Tod des Kindes noch schwächer als sonst. Schwangerschaft und Geburt hatten an ihren Kräften gezehrt, und all das, um einem kränklichen, kleinen Wesen auf die Welt zu verhelfen, das sich rasch wieder daraus verabschiedet hatte. Seine Tochter war so klein gewesen, dass Álvaro sie in zwei Händen hatte halten können. Er hatte es bedauert, sie gehen lassen zu müssen, aber das war eben der Lauf der Dinge. Als er Mécia nun ansah, dachte er, dass es ein wahrhaft trostloses Leben sein musste, in dem es nichts gab, was es wert war, sich darauf zu freuen. Vorsichtig ließ er sich an ihrem Bettrand nieder.

»Senhor.« Mécia atmete hastig ein. »Mir tut der Kopf so weh.«

Álvaro betrachtete sie, und sie schien unter seinem Blick kleiner zu werden. »Du wirst es wieder durchstehen müssen«, sagte er und löste behutsam das Band, das ihr Nachthemd am Hals zusammenhielt. Mécia schnappte nach Luft, und ihre Augen wurden glasig. »Aber ich werde dir etwas versprechen«, fuhr er fort, »vielleicht macht es die Dinge ja erträglicher.«

»Ja?« Ihre Stimme war kaum lauter als ein Wispern.

»Wenn du mir einen gesunden Sohn schenkst«, Álvaro schob das Nachthemd über ihre Schulter und bemerkte, wie starr sie wurde, »dann erlaube ich dir im Gegenzug, in ein Kloster zu gehen.«

Leben kam in ihre Züge – eine leichte Röte kroch in ihre Wangen, und in ihren Augen schien sich ein Funke zu entzünden. »Sprichst du im Ernst?«

»Über dergleichen würde ich mitnichten scherzen.«

»Und ich darf gleich nach der Geburt gehen? Du wirst es dir nicht anders überlegen?«

»Ich gebe dir mein Wort.«

Ein Lachen flog über Mécias Lippen, und sie presste die Hände vor den Mund, sei es, um den Laut zu ersticken, sei es, um ihre Fassungslosigkeit auszudrücken. Es war kaum zu glauben, dass dies dieselbe Frau war, die stets als Schatten ihrer selbst durch das Haus geisterte.

»Du sollst deinen Sohn haben, ich werde Tag und Nacht dafür beten.« Sie zögerte, dann umfasste sie seine Hände.

»Ich bitte dich nur, nicht zu erwarten, dass ich … dass ich Gefallen daran finde, wenn du ihn zeugst.«
»Es ist gut, Mécia.«
»Du hast Letícia für dein Vergnügen.«
»Ja.«
Sie legte sich in ihr Kissen, und als er sie umfing, kam sie ihm willig entgegen, öffnete ihren Körper für ihn, obwohl es sie sichtlich Überwindung kostete. Mit Rücksicht auf ihre Gefühle zog er die Sache nicht in die Länge, und als er sich von ihr löste und sie rasch die Decke über sich zog, bestand das erste Mal so etwas wie Einvernehmen zwischen ihnen.

Catarina hörte, wie Jeremy das Zimmer betrat. Sie war ihm den ganzen Tag über aus dem Weg gegangen und hatte sich schließlich schon früh in ihr Zimmer zurückgezogen. Nun lag sie im Bett, hatte sich in ihre Decke gewickelt und lauschte auf die Geräusche, die Jeremy machte, während er sich auskleidete und wusch. Sie hörte, wie er tief seufzte, und wartete ab, ob er versuchen würde, sie zu wecken, um seine Hochzeitsnacht nachzuholen. Er ließ sich jedoch lediglich an ihrer Seite nieder und stauchte das Kissen zurecht. Ihr Gatte schien ebenso wenig schlafen zu können wie sie, und Catarina hörte, wie er sich von einer Seite auf die andere drehte und sein Kissen wieder zurechtklopfte. Irgendwann gab Catarina es auf, sich schlafend zu stellen.
»Wie hast du den Tag heute verbracht?«, fragte sie in die Dunkelheit hinein.
Schweigen. Dann: »Ich bin ausgeritten und habe mir die Umgebung angesehen. Die Abläufe auf der Plantage kenne

ich ja bereits, aber da mir langweilig war, bin ich über die Zuckerfelder geritten, wo ihr eure Sklaven zu Tode schindet, und werde morgen in die Siederei reiten.«
»Selbstbestrafung?«
»Vielleicht, in gewisser Weise.« Er zögerte. »Aber ich möchte vor allem wissen, ob ich jemals wieder einen Siedekessel ansehen kann, ohne an die unglückliche Sklavin zu denken.«
Catarina drehte sich auf den Bauch und umschlang ihr Kissen mit beiden Armen. »War es das Schlimmste, was du je gesehen hast?«
»Bis dahin, ja.« Für einen Moment schien es, als wolle er noch etwas hinzufügen, aber dann schwieg er.
»Wann gehen wir nach England?«, fragte Catarina schließlich, weil die Stille unangenehm wurde.
»Wenn mein Großvater mich wieder sehen möchte. Momentan bin ich sozusagen in der Verbannung.«
»War er dir sehr böse wegen dieser … Angelegenheit?«
»Ja.«
»Dabei sieht man es euch Männern doch meist nach.«
»Ich habe die Nichte meines Gastgebers geschwängert, schlimmer geht es kaum.« Er stieß die Luft in einem langen Seufzer aus. »Aber ich vermute, dir erging es um einiges schlimmer.«
»Ich hatte Angst, dass Onkel Álvaro mich dafür umbringt.«
Wieder Stille, dann raschelten die Laken, als Jeremy sich zu Catarina drehte. »Was hat er mit dir gemacht? Hat er dich geschlagen?«
»Nein. Er war außer sich, aber geschlagen hat er mich nicht. Doch er hat kaum noch mit mir gesprochen, und meine

Tante verachtet mich seither. Sobald man die Schwangerschaft sehen konnte, durfte ich mein Zimmer nicht mehr verlassen.«

»Hast du dich daran gehalten?«

»Ja, bis auf ein Mal, da bin ich nachts hinausgeschlichen, weil ich es nicht mehr ertragen habe. Dabei bin ich auf zwei Sklaven gestoßen, die gerade fliehen wollten.«

»Und du hast ihnen geholfen?«

»Woher weißt du das?«

Er lachte leise. »Ich glaube, so gut kenne ich dich mittlerweile.«

Catarina stützte sich auf die Ellbogen und bog den Kopf leicht zurück, um Jeremy, der sich mittlerweile aufgesetzt hatte, anzusehen, obgleich sie die Umrisse seines Gesichts im Dunkeln nur erahnen konnte. »Wenn wir nach England gehen, werde ich dann auch auf *sie* treffen?« Die Frage fiel ihr schwer, aber sie musste es wissen.

»Das ist anzunehmen.«

»Du liebst sie immer noch, ja?«

Als sie bereits dachte, er würde nicht darauf antworten, sagte er: »Es ist endgültig vorbei, du musst dir darum keine Sorgen machen. Sie hat sich recht schnell mit einem anderen Mann getröstet.«

»Oh.« Mehr fiel Catarina nicht zu sagen ein.

Er beugte sich zu ihr, legte die Hand hinter ihren Kopf und küsste sie, und obwohl sie daran denken musste, dass er immer noch diese andere Frau liebte, ließ sie es zu, ließ zu, dass er sie in das Kissen drückte und sich über sie neigte. Obwohl er sie nur umrisshaft sehen konnte, war die Scham in dem Moment, in dem ihr Nachthemd mit einem Wispern zu Boden fiel, überwältigend. In ihrem Kopf kreiste die Frage, ob er sich im Dunkeln vorstellte, es sei *sie,* deren Körper sich nachgiebig unter seinen Händen bog, und jedes Gefühl in ihr erstarb, kaum, dass es aufgeflackert war. Willig überließ sie sich ihm, nahm ihn in sich auf, lauschte seinem raschen Atem. Es tat nicht weh dieses Mal, aber sie war dennoch froh, als es vorbei war und er sich von ihr löste. Ihre Arme glitten von seinem Nacken, und sie wickelte sich in die Decke, wandte sich ab.

»Grollst du mir?«, fragte er.

»Nein.« Vielmehr war sie enttäuscht. Mehr war es nicht? Andererseits hatte sich alles in ihr dagegen gesperrt, dass es *mehr* wurde. Weil sie immer an *sie* denken musste.

»Nach dir damals hat es keine andere gegeben. Vielleicht gefällt dir das.«

Ja, das tat es. Irgendwie.

Olinda, November 1629

»Darf ich Euch einen Moment sprechen, Herr?«

Álvaro sah von seinen Büchern auf, als Jorge das Arbeitszimmer betrat. »Was gibt es?«

Jorge wirkte verlegen, was sich ungewohnt bei ihm ausnahm. »Es geht um Elisa und mich, Herr. Wir lieben uns.«

»Gut, meinen Segen habt ihr.«

»Danke, Herr.« Jorge zögerte. »Senhor Coentrão stellt ihr immer noch nach, Herr.«

»Beabsichtigt ihr eine Heirat?«

»Ja, wenn wir dürfen, Herr.«

Álvaro lehnte sich zurück. »Ich wüsste nicht, was dagegen spricht. Ich werde Senhor Coentrão sagen, er soll sie unbehelligt lassen.«
Jorge wirkte erleichtert. »Habt vielen Dank, Herr.«
»Sonst noch etwas?«
»Nein, Herr.« Jorge neigte den Kopf und verließ das Zimmer.
Álvaro würde sich um einen Geistlichen kümmern müssen, damit die beiden getraut werden konnten. Wenn Jorge Elisas Sohn als seinen anerkannte, wurden sie zu einer Familie, und der Ehebund schützte ihr kleines Kind. Für gewöhnlich war es den Plantagenbesitzern nicht erlaubt, Familien auseinanderzureißen, was nicht hieß, dass es nicht vorkam. Für Álvaro jedoch war diese Gemeinschaft unantastbar, so hatte man es seit jeher auf der Plantage gehalten, und er gedachte nicht, etwas daran zu ändern.
Er schrieb die Liste fertig, die er begonnen hatte. Sechs Namen, Sklaven, die zum Verkauf standen. Dann schickte er nach Rodrigo Coentrão.
Dabei plagten ihn derzeit ganz andere Sorgen als der Liebeskummer seiner Sklaven und die Übergriffe des ersten *Feitor*. Am achtzehnten Oktober war der ehemalige Generalgouverneur von Pernambuco, Matias d'Albuquerque, mit einer Verstärkung von drei Schiffen in Olinda gelandet und hatte etwas davon erzählt, dass die Niederländer aufrüsteten und offenbar einen erneuten Vorstoß zur Terra do Brasil planten, wobei sie ihr Augenmerk auf Pernambuco richteten. Die Menschen in Olinda begegneten ihm mit einem recht hartnäckigen Misstrauen und schienen ihm nicht zu glauben.

Álvaro hingegen fand den Gedanken nicht gänzlich abwegig. Nachdem sich die Niederländer in einem blutigen Bürgerkrieg vom spanischen Joch befreit hatten, waren sie nun bestrebt, jedweden spanisch-portugiesischen Interessen zu schaden. 1624, zu Beginn des Portugiesisch-Niederländischen Kriegs, hatten sie Bahia erobert und für eine kurze Zeit halten können. Obwohl man dem früheren Generalgouverneur so gut wie keine Unterstützung zukommen ließ, machte dieser sich daran, den Hafen besser zu sichern und wehrhafter zu machen. Er legte Festungswerke an und versenkte an einigen Stellen Schiffe. Diese auf Hügeln errichtete Stadt, die sich mit ihren Kirchen und Palästen so prachtvoll über die Küste erhob, war kaum richtig zu befestigen. Nun blieb abzuwarten, ob Olinda wirklich in Gefahr war.

Álvaro wurde aus seinen Gedanken gerissen, als Senhor Coentrão den Raum betrat.

»Ihr wolltet mich sprechen?«

»Ja, es geht um Elisa.«

»Engländer!« Dom Álvaros Stimme schallte über den Hof, und Jeremy, der gerade dabei war, seinem Pferd das Zaumzeug abzunehmen, verdrehte die Augen. Dennoch wandte er sich folgsam um.

»Ich bin für zwei Tage in *Bahia* und bringe meine Tante zu ihrer Tochter«, fuhr Dom Álvaro fort. »Mein Verwalter kümmert sich um alles, für dich habe ich anderes zu tun. Morgen kommt ein Händler, aber das erledigt Senhor Coentrão, er hat eine Vollmacht, um den Verkauf einiger Sklaven abzuwickeln. Er weiß, um welche es sich handelt.

Eine Einmischung deinerseits wird nicht nötig sein. Es kann sein, dass meine Nichte sich wieder einmischt, aber ich habe bereits die Anweisung gegeben, dass dem nicht Folge zu leisten ist.«

Jeremy schwieg und hängte sich das Zaumzeug über die Schulter. Er sah Catarina den Hof betreten, und ihr Onkel ließ ihn stehen und ging zu ihr, vermutlich, um sie von seiner Abreise in Kenntnis zu setzen. Sie behielt ihre Distanz Jeremy gegenüber bei, obwohl sie nachts durchaus willig war, ohne dabei jedoch Genuss zu empfinden, und Jeremy wusste nicht, wie er diesen Umstand ändern sollte. Damals im Garten war sie anders gewesen, leidenschaftlicher, zugänglicher. Durch ihre verletzten Gefühle verweigerte sie sich offenbar auch das Vergnügen der körperlichen Liebe.

Jetzt kam sie zu ihm und legte seinem Pferd – Dom Álvaro hatte ihm einen fünfjährigen Hengst überlassen – die Hand auf den Hals und schloss den Backenriemen des Halfters. In jedem Griff offenbarte sie Sicherheit im Umgang und eine große Liebe zu Pferden.

»Warum reitest du nie aus?«, fragte er.

»Weil ich nicht darf.«

»Wer verbietet es dir?«

»Onkel Álvaro.«

»Dein Onkel hat dir nichts mehr zu verbieten, du bist meine Ehefrau und somit aus seiner Obhut entlassen.«

Catarina sah ihn an, als sei ihr dieser Gedanke noch gar nicht gekommen.

»Kannst du denn reiten?«

»Mein Vater hat es mir beigebracht.«

»Möchtest du mich morgen früh begleiten?«

Ein Lächeln erhellte ihre Züge für die Dauer eines Lidschlags. »Nur zu gern.«
»Dann soll es so sein. Und ich werde anfangen, dir Englisch beizubringen, immerhin musst du die Sprache beherrschen, wenn du in London lebst.«
Wieder lächelte sie, dieses Mal länger. »Wir werden unseren ersten Ausritt allerdings verschieben müssen. Onkel Álvaro sagt, dass du morgen aufbrichst zu den *Lavradores* und den *Moradores,* um nach dem Rechten zu sehen. Einer der Aufseher wird dich begleiten.«
Jeremy sah sie verständnislos an.
»Oh, hat er das noch nicht erwähnt? Er macht diese Besuche nur ungern, daher ist er wohl froh, dass du das übernimmst.«
»Ich weiß nicht einmal, wer diese Leute sind.«
»Die Pächter und Siedler.« Catarina holte aus zu einer Erklärung der Landzuteilungen der portugiesischen Krone, *Capitanias,* die sehr früh als Geschenke oder Übertragungen an die portugiesischen *Fidalgos* oder Bürger, die sich verdient gemacht hatten, gingen. Es waren gewaltige Besitztümer, die das zu bebauende Land in fünfzehn Teile gliederten. Die Besitzer, *Donatários,* erhielten den Auftrag, das Land zu erschließen und wirtschaftlich zu nutzen. Später blieb dann nichts mehr übrig, was noch vergeben werden konnte. Die *Donatários* wiederum vergaben das Land an die Zuckermühlenbesitzer, *Senhores dos Engenhos*, zu denen sich auch Dom Álvaro zählte. Auf diese Weise war das gesamte Gebiet der Terra do Brasil aufgeteilt, und die *Senhores dos Engenhos* verpachteten Teile ihrer Ländereien an die *Lavradores*, die ihrerseits das Zuckerrohr in den

Mühlen der *Senhores dos Engenhos* verarbeiten ließen und den Pachtherren dafür die Hälfte überließen. Die *Moradores* hingegen waren Siedler, denen erlaubt war, eine Hütte im Wald zu errichten, wo sie ein kleines Stück Land roden und bestellen durften.

»Und die soll ich nun besuchen?«, fragte Jeremy, als sei er schwer von Begriff.

»Möchtest du, dass ich dich begleite?«

»Auf keinen Fall.« So weit ging seine Duldsamkeit nun doch nicht.

»Vor den *Moradores* musst du dich in Acht nehmen, es heißt, im letzten Jahr hat einer den Sohn eines Nachbarn aufgeknüpft, weil der angeblich dessen Tochter verführt hat. Sie sind gefährlich, wenn man einmal ihren Zorn heraufbeschworen hat.«

»Und das hat dein Onkel getan?«

»Nicht, dass ich wüsste.«

»Das ist sehr beruhigend.«

Catarina lächelte nur, dann ging sie zurück zum Haus.

Der Sklavenhändler kam einen Tag nach Dom Álvaros Aufbruch nach *Bahia,* kurz nachdem Jeremy mit einem der *Feitores* losgeritten war, um die *Lavradores* und *Moradores* zu besuchen. Catarina kannte den Mann bereits, er kam einmal im Jahr, um Sklaven zu kaufen und zu verkaufen. Senhor Coentrão hatte eine Liste von Dom Álvaro bekommen, und zum Verkauf standen zwei *Mulecas,* die inzwischen älter und nicht mehr hübsch genug waren, um im Haus noch repräsentativ zu sein. Außerdem drei Jungen, die auf der Plantage aufgewachsen, als Haussklaven ausge-

bildet und nun volljährig waren. Auch einer der Stallsklaven wurde verkauft, weil er sich im Umgang mit den Pferden als ungeeignet erwiesen hatte.
Mit geübter Hand untersuchte der Händler die Sklaven, ließ sie den Mund öffnen, um ihre Zähne anzusehen, und überprüfte sie auf ihre körperliche Unversehrtheit. Es kam vor, dass Sklaven von ihren Herren als jünger ausgegeben wurden, indem man sie mit Zitronensaft einrieb und ihnen Haar und Bart rasierte. Oder man gab kranke Sklaven als gesund aus. Dergleichen war von Dom Álvaro freilich nicht zu befürchten, aber der Händler war gewissenhaft. Zwar gab es ein sechsmonatiges Rückgaberecht, aber dieses wurde angesichts der großen Entfernungen, die oftmals zwischen Käufer und Verkäufer lagen, nicht in Anspruch genommen.
»War's das?«, fragte der Händler, und Senhor Coentrão schien den Handel bereits abschließen zu wollen, als sein Blick auf Elisas Kind fiel, das im Sand saß und spielte. Dass ihm Elisa nicht mehr zur Verfügung stand, hatte ihn wütend gemacht, das war Catarina nicht entgangen. Und als er nun auf das Kind zuschritt, ging ein Ruck durch Elisa, die sich wachsam in der Nähe aufgehalten hatte. Sie stürzte zu ihrem Sohn, aber Rodrigo Coentrão war schneller und schnappte sich den Jungen.
»Dieses Kind noch«, rief er und ging zu dem Händler.
Elisa schrie, rannte zu ihm und wurde von einem seiner Mulatten festgehalten.
»Das trifft sich gut«, sagte der Händler. »Senhor Réndiz sucht einen kleinen Sklaven für seine Tochter.«
Nun riss sich Catarina aus ihrer Erstarrung. »Er ist nicht zu verkaufen!«

Senhor Coentrão gönnte ihr nur einen kurzen Blick. »Ihr habt in dieser Sache nichts zu sagen, da war Euer Onkel sehr deutlich.«

Sie wollte dem Händler das Kind aus den Armen nehmen, aber der wandte sich ab. »Bitte, Dona Catarina, mäßigt Euch. Ich stehe im Gespräch mit dem ersten *Feitor*, und soweit ich weiß, ist er bevollmächtigt.«

»Aber von dem Jungen war nicht die Rede.«

»Mit Verlaub«, Rodrigo Coentrão winkte sie davon, als sei sie ein lästiges Insekt, »das ist eine Sache zwischen Eurem Onkel und mir.«

Elisa hatte sich befreit und stürzte auf die Männer zu, versuchte ihr Kind, das nun anfing zu weinen, an sich zu reißen. Zwei Mulatten kamen zu ihr, ergriffen sie und zerrten sie zurück.

»Bitte nicht«, heulte sie. »Ich tue, was Ihr wollt. Ich gehöre Euch, ganz und gar Euch.«

»Zu spät.«

Der Händler übergab das Kind einer Sklavin, die in dem Wagen saß und die Szene mitfühlend betrachtete. Vor dem Haus stand Jorge, starr und mit grauem Gesicht. Neben ihm Letícia. Hilfesuchend sah Catarina sich um.

»Wartet, ich hole meine Tante. *Ihr* dürft Ihr Euch nicht widersetzen.« Sie raffte ihre Röcke und lief ins Haus, stürzte die Treppe hinauf und stieß die Tür zum Zimmer ihrer Tante auf. »Tante Mécia, Senhor Coentrão verkauft Elisas Sohn. Ihr müsst etwas tun.«

»Was kümmern mich die Belange der Sklaven? Das ist Sache deines Onkels.«

»Aber er hat nichts dergleichen angeordnet!«

»Kind, bitte hör mit dem Geschrei auf, mir tut der Kopf weh.«

»Ihr müsst mitkommen und es verhindern. Bitte, Tante Mécia.«

»Wenn es nicht rechtens ist, wird dein Onkel sich darum kümmern, wenn er zurück ist.«

Catarina verließ das Zimmer, eilte zurück auf den Hof. Elisa brüllte, heulte, schlug um sich, während das Kind auf den Armen der Sklavin weinte und nach seiner Mutter rief.

»Hört zu, Senhor«, wandte sie sich an den Händler. »Mein Onkel wird sehr ungehalten sein, wenn er davon erfährt.«

»Was sagt Eure Tante?«

»Ihr ist nicht wohl.«

»Also hat sie keine Einwände?«

Catarina schwieg.

»Nun gut.« Der Händler und Senhor Coentrão besiegelten den Handel durch einen Handschlag, Besitzurkunden wurden übergeben, dann bestieg der Händler den Kutschbock und nahm die Zügel auf. Catarina wurde übel vor Zorn. Sie lief an Marcos, der die Szene reglos beobachtet hatte, vorbei in den Stall, riss die Reitpeitsche ihres Onkels von der Wand und kam zurück in den Hof. Dort holte sie aus und hieb Senhor Coentrão die Peitsche durch das Gesicht. Noch ehe er sich von der Überraschung erholt hatte, schlug sie zwei weitere Male zu, dann jedoch entwand er ihr die Peitsche mit einem Ruck und holte aus.

»Na los«, fauchte Catarina, »tut es, damit mein Onkel Euch endlich fortjagt.«

In Rodrigo Coentrãos Miene zuckte es, er schien für einen Moment versucht zu sein, es darauf ankommen zu lassen, dann warf er ihr die Peitsche vor die Füße. Er ging mit weit ausladenden Schritten zu Elisa, die immer noch schrie, holte aus und ohrfeigte sie. Daraufhin herrschte schlagartig Stille.

»Und nun«, sagte er und wies mit einem Kopfnicken zu Jorge, »lass dir von ihm ein neues Balg machen. Wenn er dich jetzt noch will.«

Elisa sackte in den Armen der Männer zusammen, aber Jorge stand immer noch an der Tür und machte keine Anstalten, zu ihr zu kommen. Senhor Coentrão sah ihn an und lachte. »So viel zur wahren Liebe.«

Marcos löste sich aus seiner Erstarrung. Er umschlang Elisa mit beiden Armen, und ihr Kopf fiel auf seine Schulter. Catarina ging zurück zum Haus und sah Jorge an.

»Sie hat mich verraten für *sein* Kind.« Er klang, als müsse er sich verteidigen.

»Es war *ihr* Kind, nicht seins«, antwortete Catarina. Sie ging ins Haus, ohne ihm die Zeit für eine Antwort zu geben.

Jeremy kannte zwar die englischen Wälder und die üppige Landschaft auf St. Kitts. Aber in einem Wald wie jenem, durch den er gerade ritt, war er noch nie gewesen. Die Sonne fand kaum ihren Weg durch das dichte Blättergrün, und in das dampfige Aroma des Bodens mischte sich der modrige Geschmack von Holz. Die Wege waren zum Teil überwachsen und so eng, dass Jeremy und der *Feitor*, Bernardo Pacheco, hintereinander herreiten mussten.

Senhor Pacheco war zunächst nicht sehr gesprächig, was Jeremy nur recht war, da er so seinen eigenen Gedanken nachhängen konnte. Während er die Zügel locker in den Händen hielt, dachte er wieder einmal daran, wie sein Leben verlaufen wäre, hätte er Tereza geheiratet. Und seltsamerweise wurde ihm diese Vorstellung immer weniger erstrebenswert, das Verlustgefühl geringer. Mit ihr ausreißen zu wollen war ein kindischer Einfall gewesen, das wurde ihm nun auch klar. Tereza war für ihn verloren gewesen in dem Moment, in dem er sich Catarina im Garten genommen hatte. Er hätte sich gewünscht, dass Tereza den Verlust ebenso bedauerte, wie er das tat. Andererseits konnte er ihr nicht mehr verübeln, dass sie sich betrogen gefühlt und anderweitig Trost gesucht hatte. Vielleicht wäre es anders gekommen, hätte er mit ihr reden können. Im Grunde genommen stand es ihm nicht zu, ihr deswegen zu grollen oder an ihren damaligen Gefühlen für ihn zu zweifeln.

Das Leben hier war weitaus weniger gesellig als in England. Die *Senhores dos Engenhos* herrschten über ihre weitläufigen Ländereien, besuchten sich gelegentlich, aber dies taten sie fast nie gemeinsam mit ihren Ehefrauen. Es gab – zumindest, seit er angekommen war – keine Gesellschaften und kaum gemeinsame Kirchgänge der Plantagenherren, wobei auch bei diesen die Damen des Hauses in der Regel nicht mitkamen. Jeremy hoffte zutiefst, dass seine Verbannung hierher nicht von Dauer sein würde. Diese Art zu leben widersprach seinem geselligen Wesen zutiefst.

Durch Catarina verstand er die Gefüge in der Gesellschaft der Terra do Brasil allmählich. Die *Senhores dos Engenhos* vergaben keine schriftlichen Pachtverträge an die *Lavradores* und konnten sie so jederzeit wieder vertreiben. Es gab keine Gesetze, die *Lavradores* schützten, im Gegensatz zu den reichen *Senhores*. Wenn diese es als vorteilhaft ansahen, die *Lavradores* fortzujagen, würden sie nicht zögern, das zu tun.

»Allerdings«, erklärte Bernardo Pacheco, als sie wieder nebeneinanderritten, »leisten die *Lavradores* gute Arbeit. Sie besitzen keine eigenen Mühlen, daher bringen sie ihren Zucker zu den *Engenhos,* auf deren Land sie wirtschaften. Die *Senhores* erhalten dafür die Hälfte des Zuckers und die Melasse und müssen den Pächtern Kisten zur Aufbewahrung zur Verfügung stellen. Die meisten sind recht tüchtig, und bisher hatte Dom Álvaro keine Veranlassung, sie von seinem Land zu vertreiben.«

Aber Verträge verweigert er ihnen dennoch, dachte Jeremy.

Es war ein armseliges Haus, das kurz darauf in ihrem Blickfeld auftauchte. Ein provisorisch anmutender Zaun umgab den Besitz, und als Jeremy und Senhor Pacheco auf dem matschigen Grund vor dem Haus die Pferde zügelten, bemerkten sie, wie sich ein Mann, der inmitten von sechs Sklaven auf dem angrenzenden Zuckerrohrfeld arbeitete, aufrichtete und auf sie zukam. Er war Portugiese, in dessen Adern vielleicht auch etwas Mulattenblut floss, braungebrannt mit einem verschwitzten Hemd bekleidet, Hosen, die ihm bis zur Mitte der Waden reichten, und einem Überwurf aus bedruckter Baumwolle, dessen Zipfel er nun nahm, um sich den Schweiß vom Gesicht zu wischen.

»Ihr wünscht, Senhores?«

Jeremy saß ab. »Ich bin Jeremy Glanville, der Ehemann von Dom Álvaros Nichte Dona Catarina. Senhor Pacheco und ich reiten den Besitz der da Silveiras ab.« Dom Álvaro hatte ihm erklärt, dass es immer besser war, die ganze Sache nicht so wirken zu lassen, als habe man ihn zu einem Besuch losgeschickt, das könne Misstrauen erwecken. Es galt, den schmalen Grat zur Lüge nicht zu überqueren und das Ganze dennoch beiläufig erscheinen zu lassen.

»Ich freue mich, Sie in meinem Haus zu bewirten.« Der Mann hatte eine stolze Haltung und begrüßte Jeremy von gleich zu gleich. Im Gegensatz zu den herrischen *Senhores dos Engenhos*, die arrogant und herablassend daherkamen, waren die *Lavradores* zu Recht stolz auf das, was sie hatten und das so hart erarbeitet war. Die Ehefrau des Mannes trat kurz in Erscheinung, als sie Speis und Trank servierte, um hernach wieder im angrenzenden Raum zu verschwinden. Der *Lavrador* bot ihnen an, sich zu setzen, und nahm erst danach ihnen gegenüber Platz. Die Stühle wirkten wie selbst zusammengezimmert, waren aber einigermaßen bequem. Bernardo Pacheco hatte Jeremy erklärt, dass die *Lavradores* ihr Geld überwiegend in Sklaven und Vieh investierten, Besitz, den sie jederzeit mitnehmen konnten, wenn sie fortgeschickt wurden.

»Wir sind uns schon einmal begegnet«, sagte der Mann, »aber ich denke, Ihr erinnert Euch nicht mehr. Mein Name ist Mário Pereira, ich wurde Euch von Dom Álvaro vorgestellt.«

Jeremy runzelte die Stirn, überlegte. Dann erinnerte er sich und wusste wieder, warum ihm das Gesicht des Mannes vage bekannt vorkam. Er war gänzlich anders gekleidet gewesen, hatte gewirkt wie ein reicher Geschäftsmann mit Sporen aus Silber und einem guten Pferd.

Senhor Pereira lachte. »Wenn ich in die Stadt reite oder zum gelegentlichen Kirchgang aufbreche, kleide ich mich

formeller als hier in der Abgeschiedenheit meines Heims. Wie gefällt es Euch in Olinda? Ihr wirktet nicht eben glücklich.«
»Ich gewöhne mich allmählich daran.«
Wieder lachte der Mann. »Eine diplomatische Antwort.«
Sie hielten sich nicht lange auf, da Senhor Pereira wieder zurück auf das Feld musste, um sein Tagewerk zu beenden. Jeremy hatte wahrhaftig Respekt vor diesem Mann, der so arbeitsam war und in dem Bewusstsein lebte, dass er von einem Tag auf den anderen vertrieben werden konnte.
Am Nachmittag des zweiten Tages besuchten sie vier *Lavradores*, die alle unter ähnlichen Verhältnissen lebten. Sie waren nicht daran interessiert, die Bodenbeschaffenheit zu verbessern, da ihnen das Land nicht gehörte, und ihre Zeit steckten sie lieber in die Arbeit, die ihnen einen guten Ertrag und ihr Auskommen brachte. Die meisten lebten überwiegend von selbstangebautem Maniok und kauften auch kein Essen für ihre Sklaven. Jene aßen ebenfalls nur das, was sie selbst ernten durften. Überall wurden Jeremy und Bernardo Pacheco freundlich empfangen und bewirtet.
Weitaus unerfreulicher waren die Besuche bei den *Moradores*. »Arbeitsscheu und gewalttätig«, erklärte Bernardo Pacheco. »Sie leben gänzlich isoliert, es gibt niemanden, der von ihnen Gehorsam verlangt, und auch unsere kirchlichen Häupter haben keinen Einfluss auf sie. Eigentlich sind sie nichts weiter als Wilde, sie sind möglicherweise sogar von noch geringerem Wert, denn sogar die Wilden kennen eine Zugehörigkeit zu ihresgleichen.« Das war wohl das, was man in England den Landpöbel nannte.
Ein Fremder war ein Feind, diese Erfahrung machte Jeremy

direkt zu Beginn. Und für die *Moradores* war jeder fremd, der nicht in ihrer unmittelbaren Nähe lebte. Es kam vor, dass die *Senhores* die Ehefrauen verführten und die Töchter umwarben – freilich ohne ehrbare Absichten und allein zum Vergnügen. Darauf folgten oft rachsüchtige Vergeltungsschläge der *Moradores*. Und obschon Jeremy versichert wurde, dass Dom Álvaro sich dergleichen nicht hatte zuschulden kommen lassen, war ihm seltsam zumute, als er auf eine im Schatten kauernde Hütte zuritt. Sie waren noch einige Pferdelängen entfernt, als ein Mann durch die schiefe Tür hinaustrat und sie musterte, die Fäuste in die Hüften gestemmt. Sein Gesicht war von einem dichten Bart überwuchert, und das Haar hing ihm auf die Schultern. Im Gegensatz zu den *Lavradores* wirkte dieser Mann nicht, als habe man ihn gerade bei der Arbeit gestört.

»Was wollt Ihr?«

Jeremy und Senhor Pacheco zügelten die Pferde. »Mein Name ist Jeremy Glanville, ich bin verwandt mit Dom Álvaro, auf dessen Land Ihr lebt.« Falscher Anfang, dachte er, als er sah, wie sich das Gesicht des Mannes verzog. Ganz falscher Anfang.

»Wollt Ihr etwa die Pacht eintreiben?« Der Mann trat einen Schritt auf sie zu.

»Nein, ich sehe mich auf den Ländereien um.«

Die *Moradores* hatten eine geringe Grundrente zu entrichten, die ein Zehntel ihres Einkommens betrug.

»Dann schert Euch weiter.« Der Mann machte einen weiteren Schritt auf sie zu, und nun trat ein hochgewachsener Junge aus der Hütte, der nicht weniger bedrohlich wirkte, wahrscheinlich sein Sohn.

Senhor Pacheco wendete sein Pferd, und Jeremy tat es ihm gleich. Erst als sie außer Sichtweite der Hütte waren, blickten sie nicht mehr länger über die Schulter zurück.

»Sind die alle so?«

»Ja.«

»Warum duldet man diese Leute auf den Ländereien?«

»Weil es gefährlich ist, sie zu vertreiben. Es sind oft freigelassene Sklaven, Mulatten, Mischlinge von Schwarzen und Eingeborenen. Man könnte denken, die Freien würden versuchen, in Lohn und Brot zu treten, aber meistens sind sie verarmt und lehnen ein stetiges Arbeiten ab. Die *Moradores* bauen irgendwo auf den Ländereien ihre Hütten und leben in Müßiggang. Sie bauen Maniok an, und wenn sie Frauen haben, die was taugen, dann gehen die auf den Markt und verkaufen einen Teil der Ernte.«

»Und davon können sie leben?«

»Sie brauchen ja nicht viel, ihr Geld geben sie nur für Kleidung aus. Ich war einmal in einer ihrer Hütten, und mehr als ein paar Matten und wenige Tontöpfe besitzen sie nicht.«

Am frühen Abend, Jeremy war gerade auf dem morastigen Platz vor einer Hütte vom Pferd gestiegen, stürzte sich ein Mann auf ihn, warf ihn rücklings zu Boden und hielt ihm ein Messer an die Kehle.

»Ich könnte Euch gleich hier umbringen«, zischte er, wobei er Jeremy seinen säuerlichen Atem ins Gesicht blies. »Und Euer Hab und Gut behalten.« Noch ehe Senhor Pacheco mit gezücktem Rapier vom Pferd gestiegen war, stand der *Morador* auf und lachte. »Da habe ich Euch einen gehörigen Schrecken eingejagt, ja?«

Jeremy rappelte sich auf und ersparte sich eine Antwort.
»Was wollt Ihr von mir?«, fragte der Mann. »Sucht Ihr ein Nachtlager?«
Gott bewahre, dachte Jeremy. »Nein, ich sehe mir nur die Ländereien an.«
»Gehört Ihr zu Dom Álvaros Familie?«
»Ja.«
»Ich habe alle Zahlungen entrichtet.« Der Mann nahm einen kleinen Stock und kaute darauf herum. »Bei mir ist nichts zu holen.«
»Das war auch nicht meine Absicht.«
»Nun gut«, sagte der Mann und spuckte kleine Stücke Holz aus, eines davon blieb ihm am Kinn kleben. »Wenn ich sonst nichts für Euch tun kann.«
Jeremy stieg in den Sattel. »Nein, vielen Dank.«
Sie begegneten noch einem weiteren *Morador* und machten dabei den Fehler, in der Dunkelheit seiner Hütte zu nahe zu kommen. Der Mann zischte etwas, das Jeremy nicht verstand, dann flog ein Messer dicht an seinem Kopf vorbei und blieb zitternd in einem Baum stecken. Jeremy fuhr zusammen, und das Pferd machte einen wilden Satz nach vorn, der ihn fast über den Hals des Tieres befördert hätte. Jäh riss er das Pferd am Zügel herum.
»Meuchelmorde bleiben hier ungesühnt«, erklärte Senhor Pacheco ungerührt. »Ihr habt noch einmal Glück gehabt, möchte ich annehmen.«
»Wir reiten zurück«, entschied Jeremy. »Ich bin sicher, Dom Álvaro hat Verständnis dafür, dass ich meinen Aufenthalt hier gerne überleben möchte.«

Álvaro hatte das Haus kaum betreten, als Catarina auf ihn zulief und ihm in hastigen Worten erzählte, was sich in seiner Abwesenheit ereignet hatte.
»Er hat mich nicht einmal beachtet.« Catarina war den Tränen nahe. »Weil du ihm gesagt hast, er solle sich um meine Einwände nicht kümmern.«
»Ich wusste nicht, dass er eigenmächtig anfängt, Sklaven für den Verkauf auszusuchen.« Das hatte Senhor Coentrão bisher noch nie getan.
»Er hat das Kind einfach dem Händler mitgegeben, um Elisa zu bestrafen.«
Álvaro drehte sich um und verließ das Haus. »Senhor Coentrão!«, bellte er über den Hof.
Der *Feitor* kam, die Peitsche locker in der Hand, von den Stallungen. Über seiner linken Wange verlief ein roter Striemen. »Dom Álvaro?«
»Was war hier los?«
»Ich habe die Sklaven verkauft, wie Ihr angeordnet habt, Dom Álvaro.«
»Was war mit dem Kind? Davon war nicht die Rede.«
Rodrigo Coentrão senkte kurz den Blick, dann sah er wieder auf.
»Senhor Réndiz suchte einen Sklaven für seine Tochter, und da wir ohnehin sehr viele Kinder hier haben, war für den Jungen ein guter Preis zu erzielen.«
»Dass Senhor Réndiz einen Sklaven sucht«, mischte sich Catarina ein, »habt Ihr erst erfahren, als Ihr dem Händler das Kind bereits übergeben habt.«
Álvaro verengte die Augen und musterte den *Feitor*. Der hob die Schultern und wirkte auf einmal unbehaglich. »Es

tut mir leid«, sagte er. »Dergleichen wird nicht wieder vorkommen.«
»Das will ich hoffen.«
Catarina folgte ihrem Onkel ins Haus zurück. »War das alles?« Sie klang vollkommen fassungslos.
»Fürs Erste ja.«
»Das kann nicht Euer Ernst sein. Ihr müsst das Kind zurückholen. Elisa liegt nur noch auf ihrem Lager und weint.«
»Sie wird darüber hinwegkommen.«
Catarina umfasste seinen Arm. »Bitte, Onkel Álvaro. Er darf damit nicht durchkommen. Bitte holt das Kind zurück.«
Eine scharfe Antwort lag Álvaro auf der Zunge, aber als er in ihre Augen sah, erstarb sein Widerstand. Er hatte Senhor Coentrão in eine stärkere Position gebracht als sie, wieder einmal. Und vermutlich hatte die Demütigung sie schwer getroffen, ihr vergebliches Insistieren, das Kind nicht zu verkaufen. »Wenn ich es tue, gibst du dann Ruhe?«
»Ja, versprochen.«
Im Grunde genommen hatte sie recht, er durfte dem *Feitor* eine solche Eigenmächtigkeit nicht durchgehen lassen. Wer wusste schon, was ihm als Nächstes einfiel. »Paulo Réndiz?«
»Ja.«
»Nun gut. Sag Marcos, er soll mein Pferd satteln.« Wie lästig das war, aber es führte wohl kein Weg darum herum. Als er den Hof betrat, kam Senhor Coentrão auf ihn zu.
»Ich habe gehört, Ihr wollt das Kind zurückkaufen?«
»Ganz recht.«
»Mit so viel Unannehmlichkeiten habe ich nicht gerechnet.

Ich zahle Euch den Wert des Jungen, dann habt Ihr den Gewinn verdoppelt.«

»Es geht mir nicht um das Geld, sondern darum, dass Ihr mein Vertrauen missbraucht habt. Das Kind war nicht zu verkaufen, Elisa und Jorge wollten heiraten, und Ihr wisst, dass die Ehe auch unter Sklaven unantastbar ist, dasselbe gilt für die Kinder.«

»Aber der Junge war von mir.«

»Und in meinem Besitz. Wenn Euch so viel daran liegt, selbst über Eure Brut zu verfügen, dann überlegt Euch vorher, wohin Ihr Euren Samen verstreut. Und nun geht mir aus dem Weg.«

Marcos führte Álvaros Schimmel am kurzen Zügel aus dem Stall.

»Danke, Marcos.« Álvaro stieg auf und trieb das Pferd vom Hof. Er hoffte, dass Senhor Réndiz keinen Ärger mit seinen *Moradores* hatte, er wollte sich nur ungern einen Kampf liefern, würde aber nicht zögern, es zu tun, wenn es sein musste. Er hatte sein Rapier umgeschnallt, ohne das er sich nie vom Haus entfernte, wenn er wusste, dass er länger unterwegs war.

Paulo Réndiz wohnte in der Nachbarschaft, was dennoch einen Weg von einer guten Stunde bedeutete, wenn Álvaro zügig ritt. Er trieb das Pferd in einen raschen Trab und ließ es schließlich angaloppieren. Ein Teil des Weges führte durch den Wald, in dem die Grenze zwischen den Ländereien der da Silveiras und der Réndiz verlief. Das Licht fiel in schrägen Strahlen durch das üppige Blätterdach, der Geruch von dampfender Erde, Fäulnis und nassem Holz lag in der Luft. Papageien flogen auf, Tiere huschten vor

den Hufen des Pferdes davon, Blattgrün bog sich über den Weg, so dass Álvaro mehr als einmal dicht über den Hals des Schimmels geneigt reiten musste.
Als das Haus von Paulo Réndiz in Sicht kam, stand ihm der Schweiß auf Stirn und Schläfen und ließ das Hemd an seinem Körper kleben. Er trieb das Pferd das letzte Stück in einen scharfen Galopp und zügelte es erst, kurz bevor sie den Hof erreicht hatten. Ein Sklave rannte herbei und fasste den Schimmel am Gebissstück. Álvaro saß ab und ging zum Haus. Ein Sklave öffnete ihm die Tür und führte ihn in die Halle, dann eilte er davon, um seinen Herrn zu rufen.
»Dom Álvaro.« Paulo Réndiz klang aufrichtig erfreut. »Welch seltenes Vergnügen.« Er führte seinen Gast in ein angrenzendes Zimmer, und sie ließen sich auf bequemen Sitzbänken nieder. »Was führt Euch zu mir?«
»Leider eine unerfreuliche Geschichte. Ich war in *Bahia* und hatte meinem ersten *Feitor* den Verkauf einiger Sklaven übertragen. Leider hat er eigenmächtig einen weiteren Sklaven verkauft, um eine Sklavin zu bestrafen.«
»Eine üble Sache. Aber wie kann ich Euch helfen?«
»Es handelt sich um einen kleinen Jungen, noch keine drei Jahre alt, sehr hellhäutig. Ich hörte, der Händler wolle ihn Euch anbieten.«
»Ah.« Senhor Réndiz nickte. »Das Kind habe ich für meine Tochter gekauft.«
»Ich möchte ihn zurückkaufen.«
»Ich befürchte, das geht nicht, ich habe ihn rechtmäßig erworben, und meine Tochter hängt sehr an ihm.«
»In Eurem Haus gibt es doch bestimmt einige Kinder, von denen sie sich eins aussuchen kann.«

Paulo Réndiz winkte ab. »Ja, natürlich, aber mir war daran gelegen, ein Kind ohne die Mutter zu erwerben. Mütter machen die Sache schwierig, und das Kind wird sich naturgemäß immer eher zu der Mutter hingezogen fühlen als zu seiner kleinen Herrin.«

»Aber dieses Kind wurde ohne meine Einwilligung verkauft.«

»Das bedaure ich, aber das müsst Ihr mit dem Händler klären.«

Álvaro seufzte ungeduldig.

»Fragen wir doch meine Tochter«, schlug Paulo Réndiz vor. »Wenn sie einwilligt, auch ein anderes Kind zu nehmen, dann bekommt Ihr den Jungen zurück.«

Das war immerhin besser als nichts. Kurz darauf betrat ein kleines Mädchen den Raum, vielleicht fünf oder sechs Jahre alt. Ihr folgte ein weinender Junge, in dessen schwarze Locken sie ihre Hand gekrallt hatte und den sie auf diese Weise hinter sich herzog. Sie stampfte mit dem Fuß auf. »Sei endlich ruhig.«

»Elena, Liebes, Dom Álvaro fragt, ob du nicht vielleicht einen anderen Sklaven möchtest, weil der hier ihm gehört hat und er ihn zurückmöchte.«

Das Mädchen sah Álvaro sehr ungnädig an. »Nein.«

Bedauernd breitete Paulo Réndiz die Arme aus. »Ihr habt es gehört.«

Überließ er eine solche Entscheidung wahrhaftig diesem verzogenen Gör? Álvaro konnte es kaum glauben. Er sah den Jungen an, der nun seinerseits den Blick hob und seinen ehemaligen Herrn erkannte.

»Mama?«, frage er hoffnungsvoll.

Das Mädchen verzog das Gesicht, und ihre Unterlippe zitterte. Sofort ging ihr Vater vor ihr in die Hocke. »Niemand nimmt dir deinen Sklaven weg, Liebling.«
»Warum möchtest du ihn behalten?«, fragte Álvaro.
»Weil er so schön weiß ist wie ich.«
»Vielleicht findet ihr einen anderen, es gibt viele hellhäutige Sklaven.«
»Ich will aber den hier! Ich will ihn nicht weggeben.« Das Mädchen brach in Tränen aus, und ihr Vater umarmte sie.
»Das musst du auch nicht.«
Álvaro gab es auf. Er verabschiedete sich, und der Junge fing an zu weinen. »Mama!«
»Hör auf!« Das Mädchen schlug ihn ins Gesicht, dann ein weiteres Mal, als das Kind immer lauter weinte. »Papa, er soll aufhören.«
»Ich kümmere mich darum, einen Augenblick, mein Herz.«
»Nein, jetzt!«, kreischte das Mädchen.
»Bemüht Euch nicht«, sagte Álvaro, »ich finde selbst hinaus.«
»Vielen Dank. Und entschuldigt bitte.«
Álvaro verließ das Haus und bestieg sein Pferd. Eine Stunde hin, eine zurück. Für nichts.
Als er auf seiner Plantage ankam, ging er zu den *Senzalas* und betrat Elisas und Marcos' Hütte. Die junge Frau lag auf ihrem Lager und wandte nur matt den Kopf, als er eintrat. Zwei Sklavinnen standen bei ihr, und einige weitere drängten an der offenen Tür, um zu hören, was Álvaro zu sagen hatte. Jeder wusste, dass er versucht hatte, das Kind zurückzuholen.

»Elisa. Sieh mich an, damit ich weiß, dass du mir zuhörst und verstehst, was ich sage.«
Elisa hob den Blick und nickte kaum merklich. Die Luft in der Hütte roch schwer und säuerlich, und Álvaro spürte, wie sich hinter seinen Augen langsam Kopfschmerzen aufbauten.
»Senhor Réndiz wollte mir dein Kind nicht zurückgeben. Du wirst dich jetzt einige Tage lang hier ausheulen, dann findest du dich mit dem Unausweichlichen ab und nimmst deine Arbeit wieder auf. Und du wirst nicht versuchen, dir das Leben zu nehmen.«
An der Art, wie sie ihn ansah, wie ihre Lider flackerten, erkannte Álvaro, dass sie das in der Tat vorzuhaben schien. Es kam gelegentlich vor, dass Sklaven Erde aßen, um sich umzubringen, obwohl sie wussten, dass sie eine harte Strafe erwartete, wenn sie dabei erwischt wurden. Álvaro hätte Elisa verkaufen können, dann wäre er den Ärger los, aber in gewisser Weise mochte er sie.
»Hör mir zu«, fuhr er fort. »Ich werde Marcos auftragen, auf dich achtzugeben. Bringst du dich um, muss ich davon ausgehen, dass er seiner Aufgabe nicht nachgekommen ist. Und was ich dann mit ihm mache, wird ihn wünschen lassen, er wäre an deiner Stelle gestorben.«
Nun glomm Leben in Elisas Augen auf, und im nächsten Moment sprang sie auf und schlug auf ihn ein, verfehlte sein Gesicht nur knapp mit ihrer Faust und traf ihn zweimal vor die Brust, ehe er ihre Arme zu fassen bekam. »Ihr seid ein herzloses Ungeheuer«, schrie sie. »Ihr seid schuld daran, dass mein Kind fort ist, weil Ihr *ihm* so viel Macht über uns gebt. Ich hasse Euch! Ich hasse Euch!«

Álvaro stieß sie zurück auf ihr Lager, wo sie liegen blieb und die Hände vors Gesicht schlug. Um ihn herum herrschte atemlose Stille. Jemand murmelte ein Gebet, die beiden Sklavinnen an Elisas Seite starrten sie in fassungslosem Entsetzen an.
»Du wirst die Hütte nicht verlassen«, sagte er, »bis ich entschieden habe, was ich mit dir mache.«
Dann drehte er sich um und verließ die Hütte.

Als Catarina das Arbeitszimmer ihres Onkels betrat, sah dieser kaum auf.
»Ich habe geahnt, dass du kommst«, sagte er nur.
»Bitte, tut Elisa nichts. Sie ist nicht sie selbst.«
Nun hob er den Kopf. »Du hast mitbekommen, was sie getan hat?«
»Ja, aber sie hat ihr Kind verloren.«
»Sie ist nicht die erste Sklavin, der dergleichen widerfährt. Zudem ist das mitnichten meine Schuld, immerhin habe ich sogar versucht, es zurückzuholen.«
»Aber sie …« Catarina kam nicht dazu, den Satz zu beenden, denn die Tür wurde aufgestoßen, und Marcos stürzte ins Zimmer.
»Herr, es war alles meine Schuld. Ich habe sie angestiftet. Bitte, bestraft mich, ich bin bereit.«
Dom Álvaro stieß einen tiefen Atemzug aus. »Ich soll dir glauben, dass du deine Schwester dazu angestiftet hast, mich zu schlagen? Fiel dir nichts Besseres ein?«
»Dom Álvaro, ich bitte Euch. Tötet sie nicht.«
»Wer spricht von töten? Bist du toll?«
»Wenn Ihr sie auspeitscht, wird sie das nicht überleben, ich

kenne sie. Und ich sage Euch, es ist meine Schuld. Soll ich zu Senhor Coentrão gehen? Nennt das Strafmaß.«

»Ich werde dich und deine Schwester nebeneinander an den Pranger stellen lassen, wenn du nicht bald Ruhe gibst.«

Marcos verstummte, und es war das erste Mal, dass Catarina Tränen in seinen Augen sah. Sie hob die Hand, gebot ihm zu schweigen.

»Geh«, sagte sie. »Du kannst nichts tun.«

»Ich …«

»Nein«, unterbrach Catarina, »kannst du nicht. Und nun geh, ehe er euch beide bestraft.«

Marcos drehte sich mit einem Ruck um und verließ den Raum, ohne die Tür hinter sich zu schließen.

»Dieser Kerl hat mir nichts als Ärger bereitet.«

»Damit tut Ihr Marcos unrecht«, verteidigte Catarina den Jungen.

»Ich meine nicht ihn, sondern Senhor Coentrão.« Dom Álvaro lehnte sich zurück und rieb sich die Augen. »Wenn du nichts mehr zu sagen hast, dann geh jetzt. Ich bin müde. Erst die Reise nach Bahia, wo ich einen Besuch nach dem anderen machen musste, dann der Weg zu Senhor Réndiz und nun der Ärger mit Elisa.«

»Was werdet Ihr mit ihr machen?«

»Das habe ich noch nicht entschieden, und ich bin nicht in Stimmung, mir jetzt den Kopf darüber zu zerbrechen. Ist Jeremy wieder zurück?«

»Nein.«

»Nun, dann kommt er sicher morgen.«

Vielleicht. Vielleicht war er auch von einem *Morador* erschlagen worden und wurde gerade im Wald von den Tieren gefressen. Catarina trat in die Halle und sah zur Tür, versuchte sich vorzustellen, wie es wäre, wenn er nicht zurückkäme. Ein kleiner Stich fuhr ihr durch die Brust. Gänzlich erstickt waren ihre Gefühle für ihn offenbar trotz allem noch nicht.

Letícia lag mit dem Kopf an Dom Álvaros Schulter und fuhr mit den Fingerspitzen über seine Brust, die sich unter ihrer Hand hob und senkte. Er hatte eine Hand in ihrem gelösten Haar vergraben, hob ihren Kopf an, beugte sich zu ihr und küsste sie.

»Wenn ich Elisa verschone«, sagte er übergangslos, »werden die übrigen Sklaven vermutlich glauben, dass sie sich ungestraft auflehnen dürfen.«

In der Küche hatte es kein anderes Thema gegeben. »Dom Álvaro wird unserer Elisa die Haut in Fetzen peitschen lassen«, hatte Zaida weinend gesagt. Jorge hatte geschwiegen und so schlecht ausgesehen, dass Letícia nicht umhinkonnte, einen Anflug von Gehässigkeit zu verspüren. Das schlechte Gewissen brachte ihn fast um. Vielleicht wäre es zu diesem Ausbruch nicht gekommen, hätte Elisa ihn an ihrer Seite gewusst.

Letícia richtete sich auf, stützte sich mit verschränkten Armen auf Dom Álvaros Brust und sah auf sein Gesicht hinab. Es galt, die Worte sorgfältig abzuwägen, damit sie nicht zu offensichtlich Fürsprache ergriff. »Wenn Euer König Menschen begnadigt, lehnt sich dann die ganze Stadt gegen ihn auf?«

»Nein, sicher nicht.« Er fuhr mit den Fingerspitzen über ihr Rückgrat. »Aber lassen wir nicht außer Acht, dass die

Sklaven nicht freiwillig hier sind. Und möglicherweise werden sie das geringste Zeichen von Schwäche nutzen, mich im Schlaf umzubringen.«

Letícia lachte leise und hob die Hand, um ihm das dunkle Haar aus der Stirn zu streichen. »Wer ist Euch bei Nacht denn näher als ich?«

Er umfasste ihre Hand und küsste das Handgelenk. »Möchtest du die seltenen Nächte, in denen ich dich schlafen lasse, nun auch aufgeben?«

»Wenn ich Euch damit das Leben rette.« Sie gab das Lächeln an seine Lippen weiter. »Könnte es nicht eher sein«, fuhr sie fort, »dass Ihr Feindseligkeiten erweckt, wenn Ihr Elisa in ihrem Zustand nun auch noch an den Pranger stellt? Würde man Euch nicht für großherzig halten, wenn Ihr sie schont?«

»Möglicherweise hast du recht. Mir widerstrebt es in der Tat, sie zu bestrafen. Außerdem wäre Marcos dann vermutlich noch schwerer zu bändigen.«

Letícia senkte den Kopf und küsste ihn erneut, löste sich erst wieder, als sie sein aufkeimendes Verlangen spürte. »Und wer sollte sich dann um Eure Pferde kümmern?«

Er zog sie enger an sich. »Bleibt nur noch die Frage, was ich mit Rodrigo Coentrão tue.«

»Sein Verhalten war unverzeihlich.«

»Er hat mein Vertrauen gebrochen.«

»Und war kurz davor, Dona Catarina zu schlagen.«

Dom Álvaro hob die Brauen. »Ah, tatsächlich?«

»Ja, er hat die Hand mit der Peitsche schon erhoben, hat es sich dann aber noch einmal überlegt.«

Dom Álvaro drehte sich mit ihr, so dass sie auf dem Rücken

lag und er sich über sie neigte. »Allein das reicht schon aus, ihn von meinem Grund und Boden zu jagen. Was erdreistet er sich, meiner Nichte Prügel anzudrohen?«
Als er seinen Mund auf ihren senkte, schloss Letícia die Augen. Jetzt, da er seiner Sorgen ledig war und eine Entscheidung getroffen hatte, war er sanft und aufmerksam, und es war eine der seltenen Nächte, in denen Letícia nicht nur so tat, als ob es ihr gefiel. Sie erlaubte sich die Augenblicke berauschender Macht, mehr von ihm zu fordern und zu spüren, wie er dem nachkam. Und dann unvermittelt dieser bestürzende Moment, als er sie hielt, während sie nach Atem rang, sie ansah, das Gesicht nur wenige Handbreit von ihrem entfernt. Und sie mit einer Stimme, die seltsam fern klang, seinen Namen formte, ihn in jene Gefühle kleidete, die sich so überraschend in ihr Bahn brachen. Und deren Spiegelbild sie den dunklen Augen über ihr sah.

Noch vor seinem morgendlichen Ausritt rief Álvaro Rodrigo Coentrão zu sich. Der *Feitor* wirkte übernächtigt, die Augen waren blutunterlaufen, seine Kleidung schien er rasch übergestreift zu haben.
»Wenn es um Elisa geht«, ergriff Senhor Coentrão hastig das Wort, »dann überlasst sie bitte mir. Ich werde sie angemessen bestrafen, aber nicht so, dass sie für Euch an Wert verliert. Sie hat kein hohes Strafmaß verdient, es war ihr erster Ausbruch, und ein anderer *Feitor* fasst sie womöglich zu hart an.«
Álvaro sah den Mann an. Empfand er womöglich doch etwas für die junge Frau? Er hätte sie freikaufen und heiraten können, wenn dem so wäre, Álvaro stellte sich Ehe-

wünschen seiner Sklaven grundsätzlich nicht in den Weg. »Ihr werdet Euch den fälligen Lohn auszahlen lassen und dann meine Plantage verlassen.«
Damit hatte Rodrigo Coentrão ganz offensichtlich nicht gerechnet. Er starrte seinen Dienstherrn aus geröteten Augen fassungslos an. »Wie meint Ihr bitte?«
»War ich nicht deutlich genug?«
»Ich bin meinen Pflichten immer mit aller Sorgfalt nachgekommen.«
»Ihr habt eigenmächtig einen Sklaven verkauft, was Euch keineswegs zustand. Und, was noch schlimmer ist, Ihr habt meine Nichte bedroht.«
»Dona Catarina hat mich mit einer Reitpeitsche geschlagen!«
»Das ist sicher tadelnswert, kann jedoch mitnichten ein Grund sein, ihr zu drohen.«
Rodrigo Coentrão schien um eine Antwort zu ringen, konnte dem Gesagten jedoch nichts entgegensetzen. »Soll dieser einmalige Ausbruch wirklich der Grund dafür sein, mich fortzuschicken?«
»Einmal reicht in dem Fall, möchte ich meinen. Ich kann nicht erlauben, dass Ihr meine Abwesenheit ausnutzt, um meine Sklaven zu verkaufen und meine Nichte zu bedrohen.«
»Wenn sich herumspricht, warum Ihr mich nicht mehr in Lohn und Brot haltet, werde ich nie wieder eine Arbeit hier finden.«
Álvaro hob die Hände in einer bedauernden Geste, die aussagte, dass er daran nun nichts mehr ändern könne. »Mehr habe ich dazu nicht zu sagen.«

»Ich … Ich habe jahrelang gut gearbeitet. Ihr tut mir unrecht.«
»Ich hingegen möchte meinen, ich bin Euch gegenüber sehr duldsam gewesen. Manch einer hätte Euch bereits fortgeschickt, nachdem Ihr Marcos fast verstümmelt habt.«
Der *Feitor* schwieg, dann drehte er sich um und verließ den Raum ohne ein Wort des Abschieds. Álvaro rief einen Sklaven herbei, schickte ihn zu dem Verwalter, damit dieser wusste, dass es mit der Auszahlung des Geldes seine Richtigkeit hatte.
Marcos führte gerade sein Pferd in den Hof, als Álvaro hinaustrat und Jeremy mit seinem Begleiter zurückkehrte. Der Engländer sah müde aus, das Haar hing ihm strähnig in die Stirn, das Hemd klebte an seinem Körper, und er sah aus, als habe er im Schlamm gelegen. Álvaro saß auf und ritt dem Mann seiner Nichte entgegen.
»Und?«
»Alles zu Eurer Zufriedenheit.«
»Sehr gut. Und nun geh und nimm ein Bad, du hast es nötig.«
Jeremy schenkte ihm nur einen finsteren Blick, dann ritt er wortlos an ihm vorbei auf das Haus zu. Der *Feitor* Bernardo Pacheco folgte ihm grinsend. Dann kam Rodrigo Coentrão über den Hof, ein Bündel mit seinen Habseligkeiten geschultert.
Die Sklaven hielten in ihrer Arbeit inne und sahen ihm nach. Als der ehemalige *Feitor* an Álvaro vorbeikam, hob er kurz den Blick zu ihm.
»Nehmt Euch in Acht.«

»Einer dieser Kerle hätte mich fast umgebracht. Vermutlich war es genau das, worauf dein Onkel aus war.«

Catarina saß auf dem Bett und beobachtete Jeremy, der mit feuchtem Haar und bloßem Oberkörper vor seiner Truhe kniete und darin herumkramte. »Das bezweifle ich. Wahrscheinlich wollte er dich einfach auf die Probe stellen.«

Schließlich richtete er sich auf und zog ein Hemd über. Wäre nicht das helle Haar, würde man ihn allein an seiner Art, sich zu kleiden, als Engländer erkennen. Bisher war Spanien führend in der Mode gewesen, aber nun war es, als spiegele sich der tödliche Hass der Niederlande gegen die spanische Krone auch in Ablehnung der spanischen Garderobe wider. Anstelle der dunklen Kleider, die Hüften und Schultern betonten, war die niederländische Mode, der auch England folgte, lockerer, als habe die Bequemlichkeit Vorrang. Jeremy trug kein ausgestopftes Wams, sondern einen langen Oberrock mit höher angesetzter Taille und einem Kragen, der die gesamte Schulter bedeckte. Die Hosen reichten nicht bis zur Mitte der Oberschenkel, sondern bis weit unter die Knie, und er trug Stiefel, deren Rand wie ein Kragen umgeschlagen wurde. Wenn er ausging, legte er zudem einen kurzen Überrock über die Schultern.

»Onkel Álvaro hat Senhor Coentrão fortgeschickt.«

Jeremy hob die Brauen. »Ah, in der Tat?«

»Er hat Elisas Kind verkauft. Es war furchtbar.« Sie erzählte ihm von den Vorfällen, von Elisas Ausbruch und von der erstaunlichen Vergebungsbereitschaft, die ihr Onkel danach an den Tag gelegt hatte. Niemand hatte damit gerechnet, dass Elisa ohne Strafe davonkommen und Senhor Coentrão ernsthaft zur Rechenschaft gezogen werden würde.

»Ich nehme an, du bist froh, dass er weg ist.«
»Ja, ich hoffe nur, dass sein Nachfolger nicht ebenso schlimm wird.«
Jeremy zog seinen Rock an und knöpfte ihn zu. Indes erhob sich Catarina und legte den Spitzenkragen ordentlich um seinen Hals. Obwohl sie sich nachts so nahe waren, fühlte es sich unvertraut an, ihm mit kleinen Handgriffen zu Hilfe zu kommen.
»Du bist blass«, sagte er unwillkürlich. »Fehlt dir etwas?«
»Mir ist ein wenig schwindlig.«
»Erwartest du ein Kind?«
Wärme stieg ihr in die Wangen. »Nein«, antwortete sie heftiger als nötig.
Er hob die Hände, als wolle er einen Angriff abwehren. »Es wäre ja nicht gänzlich abwegig. Vor allem angesichts dessen, dass für unseren Sohn ein Mal gereicht hat.«
Unser Sohn. Bisher war es immer nur *das Kind* gewesen.
»Es war dir eben nicht bestimmt, deine Verlobte zu heiraten.« Catarina wurde bewusst, dass ihre Hände immer noch auf Jeremys Schultern lagen, und sie zog sie zurück.
»Ganz so sieht es aus.«
»Und daran wirst du nichts ändern können, selbst wenn du den Moment mit mir im Garten für den Rest deines Lebens bedauerst.«
»Ich bedaure ihn jetzt schon nicht mehr.«
Das hatte sie nicht erwartet, und offenbar war ihm dies bewusst, denn er hob einen Mundwinkel zu einem Lächeln.
»Es tut dir nicht mehr leid um deine verlorene Verlobte?«
So recht konnte sie ihm das nicht glauben.
»In gewisser Weise schon. Aber ich habe in den letzten

Tagen festgestellt, dass ich zunehmend weniger an sie denke. Sie war meine Jugendliebe, und ich nehme an, sie war durch mein Verhalten wahrhaftig verletzt. Und die ganze Zeit habe ich nur daran gedacht, was ich verloren habe. Dabei ist ihr Verlust nicht geringer, nur hatte sie die Stärke, einen neuen Weg für sich einzuschlagen. Ich musste dazu gezwungen werden und habe nach wie vor Schwierigkeiten, ihn als den meinen zu akzeptieren.«

Catarina legte den Kopf schief. »So viel Ehrlichkeit? Hat es am Ende sein Gutes, dass dich der Besuch bei den *Moradores* fast den Kopf gekostet hat?«

»Oh, es ist nicht so, dass ich mein Leben als Ganzes in dem Moment gesehen habe, als mir dieser Mann ein Messer an die Kehle hielt.«

»Das hat er getan?«

»Ja.«

»Wie furchtbar.«

»Warum nur höre ich kein wirkliches Bedauern?«

Catarinas Lachen wurde erstickt, als Jeremy sie küsste, wirklich und wahrhaftig küsste, so wie damals, als sie geglaubt hatte, er würde sie lieben.

»Und ein anderer«, fuhr er fort, die Lippen gerade weit genug von ihren entfernt, um sprechen zu können, »hat ein Messer nach mir geworfen.«

»Und nun musst du all das nachholen, um das du beinahe gebracht worden wärest?«

»Nein.« Er hob sie hoch. »Ich denke nur, du bist eine erquicklichere Gesellschaft als dein Onkel.«

Jeremy ging dazu über, mit Catarina englisch zu sprechen, wenn sie allein waren, da er der Meinung war, dass sie es so am schnellsten lernen würde. Sie stolperte durch die Sätze, betonte falsch und formte die Laute nur zögerlich in der ihr fremden Sprache.

»Es wird besser«, tröstete er sie, als sie frustriert wieder ins Portugiesische verfiel, da er einfach nicht verstand, was sie hatte sagen wollen.

Er hatte keinen leichten Stand auf der Plantage, da man in ihm lediglich »den Engländer« sah. Die Sklaven respektierten ihn natürlich, allein um Catarinas willen. Doch sagte er etwas zu den *Feitores,* holten sie stets bei Dom Álvaro die Erlaubnis, ihm zu gehorchen. Und dieser ließ keinen Zweifel daran, dass ihm der Mann seiner Nichte im Grunde genommen höchst lästig war. Dergleichen war Jeremy nicht gewohnt, und er konnte sich nur schwer fügen.

Er lernte einiges über die Zuckerproduktion, überflüssiges Wissen, das er, wenn er erst wieder in England war, ohnehin nicht brauchen würde. Es wurden jährlich zwei Ernten eingebracht, da das Zuckerrohr in dieser Region sehr gut gedieh. Daher brauchte man eine große Anzahl an Arbeitskräften, aber da Feldsklaven billig zu kriegen und jederzeit an den Küsten Afrikas neu zu beziehen waren, stellte die Anforderung kein Problem dar. Es gab eine relativ kurze Zeitspanne, innerhalb derer geerntet werden konnte und in der das Rohr den besten Ertrag abwarf. Es war eine mühevolle Arbeit, das Zuckerrohr zu schneiden. Zudem musste es hernach möglichst schnell zu den *Engenhos* gebracht werden, damit es nicht einen Großteil seines Zuckergehaltes einbüßte.

Mehrmals nahm ihn Dom Álvaro mit zu seiner Zuckermühle, ein Weg, dem Jeremy nur mit offenem Widerwillen folgte, stand ihm das Bild jener Sklavin doch nur zu offensichtlich vor Augen, mit allen daraus folgenden Konsequenzen. Bei einem ihrer Besuche führten gerade drei *Ladinos* schwerbeladene Ochsenkarren vor das größte Gebäude, fünf weitere kümmerten sich um das große Mühlrad, das in einem Verschlag stand, der kaum mehr war als ein Dach, das vorne von Pfählen gestützt wurde und eine grob gezimmerte Rückwand sowie Seitenwände hatte. Hier wurden die Stengel zermahlen, und der trübe Saft wurde herausgepresst. Danach musste dieser gereinigt werden, um die kleinen Pflanzenteile zu entfernen. Am schlimmsten war jedoch der Anblick jener Kessel, in denen der Saft eingekocht wurde, bis das Wasser verdampfte und sich Kristalle bildeten. Schließlich goss man den eingedickten Zuckersaft in Kegel, so dass der Sirup aus den Spitzen lief und man später Hüte aus kristallinem Zucker daraus lösen konnte. Die Gesichter und Oberkörper der *Ladinos* glänzten vor Schweiß, und unmittelbar bei den Kesseln war die Gluthitze nur schwer erträglich.

Wenn Jeremy nach solchen Besuchen zurückkam, wartete ein Tag lähmenden Nichtstuns auf ihn. Die Englischlektionen für Catarina und seine Ausritte konnten nicht davon ablenken, dass er nichts, aber auch gar nichts auf dieser Plantage verloren hatte. Es gab keine echte Aufgabe für ihn, und Dom Álvaro machte nicht den Anschein, als würde sich daran in absehbarer Zeit etwas ändern. Wenn es ihm gerade gefiel, musste Jeremy ihn begleiten oder etwas für ihn tun, aber das war selten der Fall, und meist waren es Dinge, die Jeremy nicht mochte. Für den Handel mit dem fertigen Zucker hatte Dom Álvaro seine Leute, dabei wäre das wiederum etwas gewesen, das Jeremy gekonnt hätte. Er wollte wieder zur See fahren, wollte es so unbedingt. Und er wollte wieder unter Engländern sein. Seine Familie war auch reich, aber diese verschwenderische Pracht, in der die Pflanzeraristokratie lebte, kannte er nicht. Gegessen wurde von silbernen Tellern, die Kleider der Frauen waren aus Atlas und Seide und konnten nicht üppig genug bestickt sein – Catarina bildete da keine Ausnahme. Gelegentlich stand Jeremy am Hafen und sah aufs Meer hinaus, als sei unerwartete Hilfe aus dieser Richtung zu erwarten.

Catarina hatte mitbekommen, dass der ehemalige Generalgouverneur Matias d'Albuquerque aus Portugal gekommen war, um mit Hilfe von spanisch-portugiesischen Truppen den Hafen Olindas zu sichern. Während am neunten Februar in Olinda noch die Geburt des Thronfolgers gefeiert wurde – eine Feier, an der Catarina sowie die übrigen Frauen und Töchter der Pflanzeraristokratie nicht teilnehmen durften –, drang bereits die Kunde in die Stadt, der Gouverneur von Kapverden habe eine Pinasse nach Povo do Recife entsandt und warne davor, dass eine gut ausgerüstete Flotte der Niederländer sich zur Eroberung der *Capitánia* Pernambuco aufgemacht habe. Aber in der Freude der Feierlichkeiten schenkte man dieser Nachricht keine Beachtung.
Am dreizehnten Februar jedoch nahm das Leben in Olinda

eine Wende. Acht Geschwader tauchten am Horizont auf, unzählige Segel, die niederländische Flagge. Die Nachricht drang wie ein Lauffeuer aus der Stadt zu den Plantagen und mit ihr die Angst, die die Bürger Olindas nun erfasste. Diese rafften bereits ihr Hab und Gut zusammen und verließen fluchtartig die Stadt, während ihre Sklaven die Gelegenheit nutzten, in die Wälder zu fliehen. Catarina wandte sich an ihren Onkel, wollte wissen, ob Schlimmes zu befürchten war, aber der schwieg, wusste selbst nicht, was da gerade geschah. Sollte es ihnen wirklich so ergehen wie den Menschen in Bahia, die in die Wälder fliehen und dort für längere Zeit leben mussten?

Zunächst sah es so aus, als ob die Sicherung des Hafens, die Matias d'Albuquerque vorgenommen hatte, ausreichte, denn der einsegelnden Flotte war der Zugang versperrt. Das hinderte die niederländischen Streitkräfte jedoch nicht daran, aus der Ferne das Bombardement zu eröffnen.

»Oh, Grundgütiger.« Dona Lea war zu Catarina vor das Haus getreten. »Sie bombardieren die Stadt.« Sie hatte die Hände vor der Brust zusammengeballt und blickte sorgenvoll über die Zuckerfelder, als sei es möglich, darüber hinweg die Küste zu sehen.

Es dauerte einen Augenblick, ehe Catarina das Ausmaß des Gesagten erfasste. Krieg, das war stets weit weg gewesen, sogar als Bahia erobert worden war. Sie wartete auf einen erschrockenen Widerhall der Worte, wartete auf Entsetzen, empfand jedoch nichts. Die Maßnahmen, die der ehemalige Generalgouverneur ergriffen hatte, waren doch wirkungsvoll gewesen, die Niederländer hatten Olinda nicht anlaufen können. Und sie verließ sich darauf, dass die Männer, die aus Portugal gekommen waren, um die Stadt zu schützen, dies auch weiterhin taten.

Dennoch zehrte das fortwährende Donnern an ihr, ließ sie den ganzen Tag über unruhig herumlaufen und sorgte dafür, dass sie nachts wach im Bett lag. Jeremy hingegen wirkte keineswegs besorgt, beinahe schien es ihr sogar, als erheitere ihn die Aussicht, dass sie alsbald ihre Heimat verlieren würden.

»Es war doch nie wirklich deine Heimat«, sagte er auf ihren Vorwurf hin.

Sie richtete sich auf und sah ihn an, während er entspannt dalag, die Hände hinter dem Kopf verschränkt. »Dir gefällt der Gedanke daran, dass die Niederländer uns um unser Hab und Gut bringen?«

»Es ist ja nicht so, als sei Spanien da zimperlich.«

»Wir sind aber nicht Spanien.«

»Nein, aber das macht derzeit keinen Unterschied. Euer König ist es.«

»Und nun gehört deine Loyalität den Niederländern?«

Jeremy seufzte. »Eher als den Spaniern, ja.«

»Und eher als mir?«

»Nein, du gehörst jetzt zu uns.«

»Und meine Familie?«

Nun drehte Jeremy sich zu ihr. »Wenn ich mein Leben riskieren müsste, um sie zu retten, würde ich es um deinetwillen tun. Aber wenn ich entscheiden dürfte, ob Olinda portugiesisch oder niederländisch sein sollte, würde ich mich, ohne zu zögern, für die Niederländer entscheiden.«

»Warum?«

»Sieh dich doch nur um. Kannst du dir vorstellen, dass die

Niederländer schlimmere Menschenschinder sind als die portugiesischen *Senhores?*«

Catarina holte Luft, um zu widersprechen, stieß sie dann jedoch in einem langen Zug aus, ohne zu antworten.

»Nun, also.« Jeremy legte sich wieder auf den Rücken.

Verstimmt lag Catarina neben ihm und schlief auch dann nicht ein, als von seiner Seite bereits ruhige, gleichmäßige Atemzüge zu hören waren. Irgendwann hielt sie es nicht mehr aus, so dazuliegen, und erhob sich. Sie ging zum Fenster, öffnete es und starrte in die Finsternis. Der Donnerschlag setzte sich stetig fort, und nun sah man auch, wie sich der Himmel wie im Wetterleuchten erhellte.

Unterdessen manövrierten die Schiffe vor der Küste und feuerten auf die Stadt, indes sie versuchten, durch die Öffnungen des Riffs zu dringen. Die Portugiesen setzten sich von ihren Schiffen aus, die im Hafen vor Anker lagen, heftig zur Wehr, und ihnen kam der kräftige Seegang zu Hilfe, der die Niederländer dazu zwang, das Gefecht abzubrechen.

Während die Stadt in Schreckstarre verfallen war und sich das Augenmerk aller auf die bombardierenden Schiffe richtete, landeten niederländische Truppen nordwärts an der Küste. Zunächst stießen sie am Rio Doce auf heftigen Widerstand durch d'Albuquerques Männer; die Niederländer zwangen sie am Flussübergang jedoch zurück und marschierten auf die Stadt zu. Da die Soldaten nunmehr auf keinerlei Gegenwehr stießen, schritten sie stetig weiter. Auch auf der Da-Silveira-Plantage brach hektische Aufbruchstimmung aus. In aller Eile wurde zusammengerafft, was sich tragen ließ, und die Familie schloss sich zusammen mit den Haussklaven der fliehenden Stadtbevölkerung an. Catarina hörte, wie erzählt wurde, dass die Niederländer die Stadt gänzlich verlassen vorfinden würden, indes die Bevölkerung sich in den Wäldern verbarg.

Jeremy brachte mehrmals seine völlige Verständnislosigkeit gegenüber dieser kopflosen Flucht zum Ausdruck, wurde jedoch mit zunehmender Kälte ignoriert. Er sah sich mehrmals um, als ringe er mit sich. Es musste ihm schwerfallen, da die Niederländer doch eher seine Leute waren als die Portugiesen, die ihn nur widerwillig unter sich duldeten. Und mit Beginn des Bombardements war seine Anwesenheit mit zunehmender Missbilligung zur Kenntnis genommen worden, wie Catarina aus dem Geschwätz einiger Sklaven erfahren hatte, die es wiederum von Sklaven der Nachbarplantagen hatten.

Die Feldsklaven nutzten das allgemeine Durcheinander und schlugen sich in die Wälder.

Da Olinda nicht befestigt war, war die Stadt so gut wie wehrlos. Von der einzigen auf einer Höhe gelegenen kleinen Festung aus Kalk und Stein stand nur noch eine Ruine. Hoffnung lag nun auf Matias d'Albuquerque, der über spanisch-portugiesische Truppen verfügte, aber ihm standen nur knapp zweitausend Rekruten zur Verfügung, einige hundert Eingeborene und über hundert alte Soldaten. Selbst Catarina, die über keinerlei Kenntnisse zur Kriegsführung verfügte, ahnte, dass er damit einem Geschwader von über siebentausend Mann kaum erfolgreich würde gegenübertreten können. Er ließ die Kloster der Franziskaner und Jesuiten, die auf einer Anhöhe gelegen waren und

strategisch günstig erschienen, befestigen und schaffte Geschütze dorthin.
Dona Mécia, die schwanger ging, konnte sich kaum auf den Beinen halten und wurde über lange Strecken hinweg von Dom Álvaro getragen. Dona Lea war zu stolz, sich tragen zu lassen, auch wenn der alten Frau das lange Gehen sichtlich Probleme bereitete. »Was sind das nur für Zeiten?«, murmelte sie stetig vor sich hin. Jorge war verschwunden, Elisa und Marcos zu Catarinas Erstaunen jedoch nicht. Ebenso Letícia, Zaida, Zara, Maria, die Fernão trug, und Nuria. Selbst Mayara hatte sich ihren Herrschaften angeschlossen. Vielleicht, weil es für die Frauen in den Wäldern noch gefährlicher war.
Im Wald schloss sich die Gruppe mit anderen Flüchtlingen zusammen, *Lavradores,* die es gewohnt waren, ihr Hab und Gut kurzfristig zusammenzupacken, reiche Händler, Tagelöhner. Die Frauen wirkten unsicher und verängstigt, viele Kinder weinten und klammerten sich an die Mütter.
Während sie nach einem erschöpfenden Marsch im Wald rasteten, erfuhren sie, dass die Niederländer das Jesuitenkloster innerhalb von einer Stunde erobert hatten. Von drei Seiten hatten sie angegriffen, nur nicht von der Seite, von der man sie erwartet hatte. Inzwischen flatterte über dem Kloster das Banner der Sieben Provinzen.
Dom Álvaro befahl Jeremy, ihm zu helfen, an einem Bachlauf ein Lager aufzuschlagen, und Catarina, die noch nie so tief im Wald gewesen war, nahm trotz ihrer Angst und Unsicherheit die Umgebung intensiv in sich auf, die fremden Gerüche, die Schreie der Papageien, das Rascheln und Knacken im Gehölz. Sie hielt die Hand in das klare Wasser

und ließ die Tropfen von ihren Fingern perlen. Schließlich erhob sie sich und ging zwischen den Menschen herum, lauschte auf Neuigkeiten und genoss in gewisser Weise eine Freiheit, die sie vorher nicht gehabt hatte.
Für Jeremy fand man wenig freundliche Worte, denn er war einer von *denen.* Und da Catarina sich von ihm hatte schwängern lassen, begegnete man ihr auch nicht eben duldsam. Sie gehörte nicht mehr dazu, das hatte sie schon bei ihrer Heirat gespürt, und merkte es jetzt mehr denn je. Ein wenig bekümmerte sie das, aber da sie in der Gesellschaft Olindas nie wirklich heimisch gewesen war und auch nicht mehr nach Lissabon gehörte, wo man sie ebenfalls nicht hatte haben wollen, machte es ihr nicht ganz so viel aus. Sie wusste, dass sie über kurz oder lang nach England gehen würden. Andererseits war sie Portugiesin und fühlte sich auch als solche, und der Gedanke daran, wie die Niederländer ihnen nun alles nahmen, wurde auch durch die Abneigung der Menschen um sie herum nicht erträglicher. Aber natürlich hatte Jeremy in gewisser Weise recht – was die Sklaven anging, hätten sie es kaum besser treffen können.
Catarina hörte in den Gesprächen um sie herum, dass man die winzigen Funken Hoffnung nährte, die Niederländer seien nur auf eine Plünderung aus und würden hernach weiterziehen. Dabei mussten sie nur daran denken, wie es den Menschen in Bahia ergangen war. Die gleichen Hoffnungen hatten auch dort bestanden. Von den niederländischen Kommandeuren war eine Proklamation gekommen, die die Flüchtlinge zur Unterwerfung aufgefordert hatte, man hatte ihnen sogar den Behalt ihres Eigentums und eine

freie Religionsausübung zugesagt, aber darauf waren nur Sklaven und einige Konvertierte eingegangen. Die stolzen Portugiesen weigerten sich, sich den Feinden zu unterwerfen, gar Handel zu treiben mit ihnen. Stattdessen starteten sie nach dem ersten Schreck vergebliche Versuche, die Stadt zurückzuerobern. Es war zu einer Art Belagerung Bahias gekommen, die den Niederländern jedoch kaum mehr sein konnte als lästig. Gefährlich wurden ihnen die Portugiesen indes nicht. Dennoch hatten die Niederländer die Stadt nicht lange halten können und waren von einer spanisch-portugiesischen Flotte vertrieben worden. Darauf hofften die Menschen in Olinda jetzt auch. Und so lange wartete man, harrte aus.

Dona Lea war in Sorge um ihre Tochter, die mit ihrer Familie in Bahia lebte. Aber selbst wenn die Niederländer dort erneut einen Angriff starteten und die Portugiesen in die Wälder fliehen mussten, war ein Aufeinandertreffen der Familienmitglieder unwahrscheinlich, und sie würde sich auf Nachrichten verlassen müssen, die ihnen von anderen Flüchtlingen zugetragen wurden.

Schon nach der ersten Nacht war von der Abenteuerlichkeit nicht mehr viel übrig. Angst vor dem Unbekannten, das in den Wäldern lauerte, hatte Catarina inmitten der vielen hundert Menschen nicht. Selbst nachts war es nie richtig ruhig, immer unterhielt sich jemand, weinten Kinder. Sklaven streiften umher, suchten Angehörige, die an andere Familien verkauft worden waren, und immer wieder entschieden sich einige von ihnen zur Flucht. Es war dampfig, von der Erde stieg ein feuchter, modriger Geruch auf, Catarina wurde ihr Kleid unbequem, und auch Laken, in aller

Schnelle zwischen den Bäumen gespannt, um sie, Dona Mécia und Dona Lea vor den Blicken der anderen zu verbergen, boten kaum mehr als nur eine Illusion von Schutz. Dona Mécia jammerte in einem fort, dass sie nun inmitten von Räubern seien, dass man ihnen bei Nacht die Kehlen durchtrennen würde, sie schänden – das ging so lange, bis ihr Dona Lea recht unsanft über den Mund fuhr, sie eine dumme Gans nannte und ihr gebot zu schweigen.

Morgens fühlte sich Catarina erschöpft, der Kopf tat ihr weh, das Kleid klebte ihr am Körper, fühlte sich klamm an, roch wie der Boden, auf dem sie lag. Ihr Haar hatte sich halb gelöst, und es gelang ihr nur schwer, es zumindest notdürftig festzustecken. Sie erhob sich, streckte die schmerzenden Glieder und trat aus dem Schutz des Zeltes hinaus. Um sie herum so viele Menschen, wie sie sie nie zuvor an einem Ort gesehen hatte, sitzend und essend, stehend in ein Gespräch verwickelt, die meisten auf dem Boden liegend und schlafend, zwischen ihnen ähnliche Zelte wie das, in dem Catarina die Nacht verbracht hatte, weshalb die Sklavinnen die einzigen Frauen waren, die man sah. Und sie hatten es nicht leicht, wurden angestarrt, angefasst, wenn sie vorbeigingen. Sie waren Allgemeingut in Zeiten, in denen keine klare Ordnung mehr herrschte. Letícia lag ebenfalls auf dem Boden, zusammen mit Maria, die Fernão in den Armen hielt, aber an ihrer Seite wachte Dom Álvaro. Catarina bemerkte Marcos, der mit Elisa zusammen zwischen den Menschen herumstreifte. Sie ahnte, nach wem sie suchten, und ging zu ihnen.

»Was werdet ihr tun«, fragte sie kaum hörbar, »wenn ihr ihn findet?«

Elisa sagte nichts, aber ihr Blick drückte Entschlossenheit aus. Sie würde das Joch abschütteln, keine Sklavin mehr sein, sich an der Seite ihres Bruders den entflohenen Sklaven in den *Quilombos* anschließen, ihren Siedlungen. Catarina berührte ihren Arm und wandte sich ab, um Jeremy zu suchen. Sie fand ihn an einem Bachlauf sitzend, die Arme auf die Knie gestützt und mit finsterem Blick ins Wasser starrend. Er musste sie gehört haben, denn er wandte sich zu ihr um.

»Du siehst nicht aus, als hättest du besonders viel geschlafen.«

»Habe ich auch nicht. Und mir graut davor, dass die nächste Nacht wohl nicht besser wird.«

Jeremy nickte nur.

»Und du?«

»So einigermaßen.« Er rieb sich die Augen.

Catarina ließ sich neben ihm nieder. »Und was passiert nun?«

»Wir warten.«

»Das Auftauchen der Niederländer hat vielen Sklaven auf den Latifundien zweifellos das Leben gerettet.«

»Mach dir keine Illusionen, die Niederländer beteiligen sich rege am Sklavenhandel.«

Catarina wusste nicht viel vom Welthandel, hatte im Grunde genommen nur wenig Ahnung von dem, was außerhalb Portugals vor sich ging. Bisher war ihr nie klar gewesen, wie gering ihr Wissen war, und oft, wenn sie hörte, wie selbstverständlich Jeremy von Dingen sprach, von denen sie nicht das Geringste verstand, geschweige denn je davon gehört hatte, kam sie sich entsetzlich unwissend vor. Ob es in England ähnlich war? Waren die Frauen und Mädchen dort auch so gänzlich ausgeschlossen von dem, was außerhalb der eigenen kleinen Welt vor sich ging?

Olinda, März 1630

Es war wie in Bahia sechs Jahre zuvor. Die Portugiesen hatten sich in den Wäldern versammelt, Hilfskräfte strömten aus Dörfern, Plantagen und der *Capitania* Paraíba im Norden herbei, Milizen stießen zu ihnen, konvertierte Eingeborene, die aus benachbarten *Capitanias* kamen, und die ersten Schiffe aus Portugal waren eingetroffen. Endlich stand Hilfe in Aussicht. Man würde die Niederländer vertreiben, daran bestand kein Zweifel. Inzwischen hatte man einen Überblick über die Anzahl der Toten in Olinda und bezifferte diese auf fünfundvierzig. Zwischen Povo do Recife und Olinda errichtete Matias d'Albuquerque ein befestigtes Lager, und von dort aus rückten fortwährend kleine Gruppen aus, um die Verbindung zwischen den beiden Städten zu stören und somit die Niederländer innerhalb dieses Gebiets zu Gefangenen zu machen. Die von der Küste ins Landesinnere führenden Wege wurden besetzt, und die Portugiesen begannen einen Buschkrieg gegen die Niederländer.

Ehe d'Albuquerque Povo do Recife den Niederländern überlassen hatte, hatte er Speicher und Schiffe in Brand gesetzt. Mehr als zwanzig Schiffe, Brasilholz, mehrere tausend Kisten Zucker – vier Millionen Cruzados gingen in Flammen auf. Nichtsdestotrotz nahm der Feind die Stadt triumphierend in Besitz, und im März war ein weiteres niederländisches Geschwader mit Verstärkung in Povo do Recife eingetroffen.

Um bis zum Eintreffen einer spanischen Flotte zu verhindern, dass die Niederländer weiter ins Land vordrangen, wurden an gut gewählten Stellen Schanzen aufgeworfen, worauf man ein widerstandsfähiges Bollwerk errichtete. Das befestigte Lager befand sich auf einer kleinen Anhöhe inmitten der Varzea, eines fruchtbaren Gebiets in der Größe einer halben *Capitania*. Von hier aus konnte Matias d'Albuquerque die Umgebung gut im Auge behalten und blieb gleichzeitig in Kontakt mit den umliegenden Pflanzern.

Die Niederländer versuchten, die Portugiesen aus ihrer Stellung zu vertreiben, mussten aber bereits auf halbem Weg unverrichteter Dinge wieder abziehen, nachdem sie nach einem Überfall aus dem Hinterhalt die Hälfte ihrer Truppe hatten einbüßen müssen. Es war ein primitiver Festungsbau, den Matias d'Albuquerque errichtet hatte, da die ihm zur Verfügung stehenden Männer darin gänzlich unerfahren waren. Aber das Werk wurde verstärkt durch Wälle, Gräben und eine Brustwehr. Man schaffte sogar einige Kanonen herbei. Täglich trafen neue Flüchtlinge in dem Feldlager ein, die man in die neuen Regimenter einreihte. In den umliegenden *Engenhos* in der Varzea wurden kleinere Vorwerke postiert, in denen ein Feldhauptmann eine Truppenabteilung befehligte. Auf diese Weise konnte der Feind frühzeitig aufgehalten und im Hauptlager gemeldet werden.

Marcos und Elisa verschwanden von einem Moment auf

den anderen, und vermutlich bekam es außer Catarina niemand mit. Sie hatte die Geschwister beobachtet, denn sosehr sie es ihnen wünschte, in Freiheit zu leben, so war sie doch besorgt um sie. Und sie wollte wissen, ob es Elisa gelang, ihr Kind wiederzufinden, bisher ein vergebliches Unterfangen, denn es waren so viele Menschen, und die Kinder der Pflanzeraristokratie waren gut geschützt. Es musste ihnen jedoch gelungen sein, denn sie hörte, dass Senhor Réndiz sich auf die Suche gemacht hatte nach dem Sklaven seiner Tochter. Man schüttelte den Kopf darüber – gab es derzeit nicht wahrhaftig Wichtigeres. Waren nicht ohnehin so viele Sklaven geflohen, dass es auf dieses Kind nun auch nicht mehr ankam? Aber Senhor Réndiz hatte eine sehr bestimmende Tochter, deren Zorngebrüll lauter war als das Weinen der übrigen Kinder, und so machte er sich auf die Suche.

Catarina erhob sich ebenfalls und ging in die Richtung, wo sie Marcos und Elisa zuletzt gesehen hatte. Niemand schenkte ihr die geringste Beachtung. Ihr Onkel war in Gespräche mit den anderen *Senhores* vertieft, ihre Tante und Großtante waren in dem notdürftigen Zelt untergebracht, und wo Jeremy sich herumtrieb, wusste sie nicht. Er war in der letzten Zeit oft für sich, was sie ihm angesichts der verhaltenen Feindseligkeiten nicht verübeln konnte.

Das Lager erstreckte sich weitläufig im Wald, und es dauerte eine Weile, ehe Catarina es verlassen hatte. Sie ließ die Menschen hinter sich und tauchte in das Schwarzgrün des Waldes, ging über den federnden Boden, auf den durch das dichte Geäst die Sonnenstrahlen wie Lichtkleckse fielen.

Sie hielt sich auf einem Weg, der durch das Gehölz führte und so breit war, das sie bequem gehen konnte, ohne ständig in den Ästen hängen zu bleiben. Irgendwann jedoch wurde der Pfad schmaler, Blätter streiften ihr Haar und ihre Schultern. Sie hielt inne und beschloss, wieder zurückzugehen, als sie eine Frauenstimme hörte, hastig, abgehackt. Dann die Stimme eines jungen Mannes. Marcos. Ob sie über den Weg stritten, den sie gehen sollten? Warum taten sie das nicht leiser? Wenn Catarina sie hören konnte, dann konnten andere dies auch. Und wer wusste schon, wo sich die Truppen von Matias d'Albuquerque gerade aufhielten?

Dann jedoch war eine weitere Stimme zu hören, dunkel, ruhig. Ein Lachen. Dann wieder Elisa, schrill, ängstlich. Und Marcos. Catarina raffte ihr Kleid und lief auf die Stimmen zu, ließ jede Vorsicht außer Acht. Wenn es einer der Soldaten war oder gar ein Häscher, würde sie sagen, sie habe die beiden auf den Weg geschickt, Essen zu suchen oder was auch immer glaubwürdig klingen mochte.

Als sie jedoch auf die kleine Lichtung trat und ihren Irrtum bemerkte, war es zu spät. Rodrigo Coentrão stand bei den Geschwistern und hatte seine Finger um Elisas Handgelenk geschlungen. Marcos stand neben ihr, ein Kind in den Armen. Nun wandten sich alle zu ihr um, und Catarina bemerkte, dass Senhor Coentrão ein Messer in der Hand hielt, das ihr zunächst verborgen geblieben war. Überrascht sah er sie an, dann verzogen sich seine Lippen zu einem Grinsen.

»Ah, Dona Catarina, welch bezaubernder Anblick.«

»Lasst sie los«, sagte Catarina, wobei ihr der feste Tonfall entglitt. An der Belustigung auf seinen Zügen erkannte er, dass ihm dies nicht entging.

»Immer noch so bestimmend? Dabei habt Ihr mir nichts mehr zu sagen, das wisst Ihr doch.«

»Marcos und Elisa gehören meinem Onkel, und Ihr habt sie nicht anzurühren.«

»Oh, sie haben einen Sklaven gestohlen, und man könnte sie dafür zu Tode peitschen. Wo kämen wir denn hin, wenn Sklaven andere Sklaven stehlen und die Flucht ergreifen?«

»Mein Onkel wird sich darum kümmern. Und nun lasst sie los.«

Rodrigo Coentrãos Grinsen vertiefte sich. »Und wenn nicht? Was tut Ihr dann?«

Catarina blieb stumm, starrte ihn an, während sich in ihrem Kopf die Gedanken überschlugen. Kurz überlegte sie, zurückzulaufen, Hilfe zu holen, aber das Lager war zu weit entfernt, als dass sie rechtzeitig wieder hier sein und Schlimmeres verhindern könnte.

»Ich werde Euch sagen, was geschehen wird«, sagte Rodrigo Coentrão. »Marcos kann gehen, wohin er will, aber Elisa und unser Kind bleiben bei mir. Er könnte sich dagegen wehren, aber eher töte ich Elisa, als sie ziehen zu lassen. Sie hat immer schon mir gehört, und daran wird sich nichts ändern.«

»Lieber sterbe ich«, fauchte Elisa.

»Dann müsste ich leider deinen Bruder ebenfalls töten«, seufzte Senhor Coentrão, »und das Kind würde somit mir gehören, wobei ich keine Verwendung dafür habe ohne dich.«

»Wollt Ihr Geld?«, fragte Catarina, der keine andere Lösung einfiel.
»Nein, ich will das, was mir zusteht. Elisa und meine Rache an Euch und somit auch Eurem Onkel, etwas, wovon ich nicht einmal zu träumen gewagt habe.« Er stieß Elisa von sich und war mit wenigen Schritten bei Catarina, und noch ehe diese reagieren konnte, umfasste er ihre Mitte und hielt ihr das Messer an den Hals. »Also kommen wir nun zu uns beiden.«
Marcos trat einen Schritt vor, aber Rodrigo Coentrão bellte ihm entgegen, dass er gefälligst stehen bleiben solle, und drückte das Messer ein klein wenig stärker an Catarinas Kehle.
»Lauft«, presste Catarina hervor.
»Wenn ihr das tut«, sagte Senhor Coentrão, »schneide ich ihr den Hals durch. Und wenn ich Euch danach erwische, ist Marcos dran.« Er wandte sich an Elisa. »Los, komm, zieh ihr das Kleid aus.«
Catarina wurde starr in seinem Arm, sah aus den Augenwinkeln, wie Elisa sich zögernd in Bewegung setzte, spürte ihre Finger an ihrem Rücken und wie das Kleid sich löste.
»Verzeihung«, murmelte Elisa.
»Oh, du musst dich nicht entschuldigen«, sagte Rodrigo Coentrão. »Sie weiß ja, dass sie tot ist, wenn du es nicht tust. Und nun geh zu deinem Bruder zurück.«
Das Kleid glitt Catarina von den Schultern, und als sie es festhalten wollte, wurde der Druck an ihrem Hals wieder stärker, und so ließ sie es fallen. Die Scham erstickte sie fast, als sie im Unterkleid vor dem ehemaligen *Feitor* stand, abstoßend eng an ihn gepresst, so dass sie seinen Schweiß

roch, sein Haar, seine Haut. Übelkeit stieg in ihr auf, und sie wollte das Gesicht abwenden. Unvermittelt ließ er sie los und stieß sie so heftig gegen die Brust, dass sie rücklings zu Boden fiel. Im nächsten Augenblick war er über ihr, drückte sie in Moos und loses Geäst, nestelte mit einer Hand an ihrem Ausschnitt herum und hielt ihr mit der anderen fortwährend das Messer an die Kehle. Er würde ihr Gewalt antun, hier, vor den Augen der Geschwister. Diese Schande würde sie nie verwinden, niemals, dessen war sie sich gewiss. Sie hörte seinen Atem, hörte ihn keuchen, während er sie grob befingerte, dann zerrte er ihre Röcke hoch und machte sich an seiner Hose zu schaffen.
Catarina wollte den Kopf heben, wollte ihren Hals gegen das Messer drücken und ihr Leben beenden, ehe sie zuließ, dass *das* geschah. Aber ihr Überlebenswille war stärker, und sie brachte es nicht über sich. Dann spürte sie ihn, spürte, wie er sich an sie drängte, wie er im Begriff war, in sie zu dringen. Sie kniff die Augenlider zusammen, sah bunte Flecke in der Schwärze flimmern. Doch dann war es Marcos, der erschrocken aufkeuchte, und im nächsten Moment war der Druck von ihrem Körper genommen, und Rodrigo Coentrão stieß einen Schrei aus, in dem Zorn und Schmerz mitschwangen.
Zögernd öffnete Catarina die Augen, sah Elisa und Marcos beieinanderstehen, während sie auf eine Szene starrten, die sich offenbar hinter ihr abspielte. Sie fuhr rasch herum und sah, wie Rodrigo Coentrão von einem riesenhaften Schwarzen gegen den Stamm eines Baumes geschleudert wurde. Es knackte, und der ehemalige *Feitor* stieß einen gellenden Schrei aus, als er an dem Stamm hinunterglitt.

Wieder und wieder schlug der Mann – allem Anschein nach ein entlaufener Sklave – auf den am Boden Liegenden ein, bis dieser sich schließlich nicht mehr rührte. Catarina zerrte sich den Unterrock über die Beine, nahm ihr Kleid und hielt es vor ihren Körper, kroch zurück, bis sie den Stamm eines Baumes in ihrem Rücken spürte. Schließlich drehte sich der Mann zu ihr um, und als er sprach, erkannte sie seine Stimme, hatte sie einmal gehört, im nächtlichen Garten.

»Du hast mich gerettet und ich dich«, sagte er in gebrochenem Portugiesisch. »Ich bin dir nichts mehr schuldig.« Damit wandte er sich ab und ging zu den Geschwistern. »Ihr könnt mit mir kommen, aber Beeilung, ich werde nicht warten.« Mit diesen Worten drehte er sich um und war im Dunkel des Waldes verschwunden.

»Jetzt lauft doch«, stieß Catarina mit einer Stimme hervor, die ihr fremd war.

Marcos starrte sie an, während Elisa sich bereits abgewandt hatte und loslaufen wollte. Sie hielt inne und rief ihren Bruder.

»Wir können sie doch nicht hier so liegen lassen.«

»Ihr fehlt nichts, und uns kann es das Leben kosten, mit *ihm*«, Elisa deutete auf Rodrigo Coentrão, »gefunden zu werden. Wenn man denkt, dass wir das waren, sterben wir.«

»Sie hat recht«, sagte Catarina. »Und nun lauft, er kann euch helfen, er ist seit Jahren in den Wäldern, und sie haben ihn nie gekriegt.«

Marcos zögerte, aber dann traf er eine Entscheidung, nahm Elisas Hand und folgte dem Weg des Mannes. Über seine Schulter hinweg sah das Kind Catarina an, ein heller Fleck in den grünen Schatten. Dann hatte das Dickicht sie verschluckt.

Der Abendrot blutete aus zu einem bleiernen Grau, und im Wald war es bereits so finster, dass man außerhalb des Lichtschimmers, den die Fackeln warfen, kaum zwei Schritte weit sehen konnte. Seit dem frühen Nachmittag suchte Jeremy nach Catarina. Dona Lea sagte, sie habe sie beim Essen das letzte Mal gesehen, seither jedoch nicht mehr. Er fragte herum, aber man gab ihm nur widerwillig Auskunft. Ja, man hatte sie gesehen. In diese Richtung – man deutete vage in den Wald – sei sie gegangen. Ob er denn nicht wisse, wo sich seine Ehefrau herumtreibe. Und wo er selbst denn den ganzen Tag gewesen sei. Mache er etwa gemeinsame Sache mit den Niederländern? Spionierte er gar für sie?
Jeremy nahm eine Fackel und ging in den Wald, ohne so recht zu wissen, wo er suchen sollte. Hatte Catarina Freundinnen unter den Flüchtenden? Er hatte keine Ahnung, so, wie er überhaupt nur wenig von ihr wusste. Natürlich hätte er Dona Lea fragen können, aber er wollte sie nicht beunruhigen, ehe er nicht wusste, ob in der Tat Anlass zur Sorge bestand. Bei dieser Masse an Menschen konnte man sich schon aus den Augen verlieren. Und Dom Álvaro schien bisher nicht übermäßig besorgt, denn seit sie im Wald lebten, schlenderte Catarina oft in der näheren Umgebung herum und unterhielt sich mit anderen Frauen. Wenn ihm, Jeremy, das nicht gefalle, solle er es ihr eben verbieten. Genau das hatte Jeremy vor, wenn er sie nun nicht endlich fand. Was dachte sie sich dabei, sich vom

Lager zu entfernen? Wusste sie nicht, wie gefährlich das war?

Er leuchtete die Umgebung ab, rief mit leicht erhobener Stimme ihren Namen. Vergeblich. Langsam ging er weiter, während der Himmel dunkler wurde und die Fackel Schatten um Jeremy herum tanzen ließ. Er kam auf eine Lichtung und blieb stehen, hob den Arm, um zu einer Erhebung zu leuchten, die er zunächst für einen Baumstamm gehalten hatte, jetzt aber als Menschen erkannte. Es war nicht Catarina, das war ihm recht schnell klar. Die Gestalt regte sich, und Jeremy ging zu dem am Boden Liegenden. Senhor Coentrão. Der Mann hob einen Arm und streckte ihm hilfesuchend die Hand entgegen. Jede Bewegung schien ihn zu schmerzen, und er stöhnte, ließ den Arm wieder fallen.

»Ich kann nicht aufstehen«, sagte er kaum hörbar. Er sah auf, und seine Miene wurde starr, dann bekam er Angst. »Ich habe sie nicht angerührt«, keuchte er und verzog schmerzerfüllt das Gesicht, als sei selbst heftiges Atmen kaum zu ertragen.

Jeremy ging in die Hocke. »Wovon sprecht Ihr?«

»Dona Catarina. Ich habe nicht …« Der Mann verstummte.

»Seid Ihr nicht um ihretwillen hier?«

»Was ist mit ihr? Habt Ihr sie gesehen? Was meint Ihr damit, Ihr hättet sie nicht angerührt?«

Senhor Coentrão schwieg, schloss die Augen, dann sah er Jeremy wieder an. »Sie hat Marcos und Elisa bei der Flucht geholfen. Und dann war da ein weiterer Sklave, er kannte sie wohl. Ein riesenhafter Kerl. Ich wollte sie hindern, fortzulaufen, aber er hat mich übel zugerichtet.« Wieder ein tiefer, von einem Stöhnen begleiteter Atemzug.

»Und wo ist Dona Catarina?«
»Ich weiß es nicht. Vielleicht mit ihnen gegangen.«
Jeremy hob die Fackel. Catarina floh doch nicht mit entlaufenen Sklaven in den Wald. Ihnen zur Flucht zu verhelfen, das traute er ihr zu. Mit ihnen jedoch hier leben – nein, das war undenkbar. »Ihr sagtet, sie kannte den anderen Mann?«
Senhor Coentrãos Lachen ging in ein Husten über. »Ja, woher auch immer.« Er schaffte es tatsächlich, diesen Worten einen anzüglichen Klang zu geben. Und obwohl Jeremy nie einen Mann geschlagen hätte, der am Boden lag – noch dazu einen, der offensichtlich nicht mehr imstande war, ihn auch nur abzuwehren –, überkam ihn in diesem Augenblick das Verlangen, dem Kerl einen Fausthieb zu verpassen. Er erhob sich.
»Wo geht Ihr hin?« Panik färbte Senhor Coentrãos Stimme. »Ich kann nicht laufen. Wenn Ihr mich hierlasst, werde ich womöglich sterben.«
»Ich schicke Euch jemanden. Jetzt muss ich meine Frau suchen.« Damit verließ Jeremy ihn und suchte den Boden nach Spuren ab, um herauszufinden, wohin sie gegangen sein konnten. Aufs Geratewohl ging er einen kleinen Pfad entlang, der einzige, den man erkennen konnte. Obwohl der flüchtige Sklave vermutlich nicht gerade diesen Weg genommen hatte.
Es war der Zipfel von besticktem, dunkelgrünem Brokat, der ihn dazu brachte, das Gebüsch linker Hand näher in Augenschein zu nehmen. Dennoch erschrak er, als er in ein blasses Gesicht leuchtete und Catarina geblendet mit den Augen blinzelte. Sie saß dort, zusammengekauert an einen

Baum gelehnt, verborgen vor den Blicken der Menschen – und nur im Unterkleid, das wurde Jeremy jetzt erst bewusst. Ihr Kleid hielt sie mit beiden Fäusten an ihre Brust gepresst. Dann erkannte er, dass sie geweint haben musste, über ihr Gesicht zogen sich schmutzige Schlieren, als habe sie mit den Händen immer wieder über ihre Wangen gerieben, und ihre Augen waren glasig. *Und dann war da ein weiterer Sklave, er kannte sie wohl. Ein riesenhafter Kerl.* Vor Jeremys Augen erschien das Bild eines entlaufenen Sklaven, der Catarina schänden wollte, und Rodrigo Coentrão, der dies zu verhindern gesucht hatte und dabei so zugerichtet worden war. Danach hatte der Mann Catarina hierher geschleppt und sie ... Jeremy wollte den Gedanken nicht fortführen.

Er ging in die Hocke, wobei er achtgab, den Zweigen mit der Fackel nicht zu nahe zu kommen. Catarina sah ihn nur an, dann barg sie ihr Gesicht in den Armen, presste die Fäuste an ihre Stirn. Behutsam berührte Jeremy ihr Haar, dann umfasste er ihren Arm und zog sie mit sich hoch, sanft, aber bestimmt. Sie hielt nach wie vor das Kleid fest, folgte ihm aber. Er steckte die Fackel in den Boden, so dass sie nicht kippen konnte, und half Catarina schweigend, sich anzuziehen, legte die Hände um ihre Schultern und fragte, ohne dass sie ihm dabei in die Augen blicken musste: »Wer war das?«

Sie schnappte in einem hastigen Atemzug nach Luft. »Senhor Coentrão«, sagte sie schließlich.

Zorn brandete in Jeremy auf, und er musste an sich halten, nicht zur Lichtung zu laufen und dem Mann sein Messer zwischen die Rippen zu stoßen.

»Er …« Catarina setzte erneut an. »Er hat es versucht. Dann kam mir ein Mann zu Hilfe, ein Sklave, dem ich vor Jahren zur Flucht verholfen habe.«

Er hat es versucht. Jeremy wollte nicht fragen, tat es dennoch. »Er hat dich nicht geschändet?«

Sie wurde starr unter seinem Griff, dann drehte sie sich zu ihm um. »Er war kurz davor. Ich habe …« Ihre Stimme zitterte. »Es fühlt sich an, als hätte er es getan.«

Jeremy zögerte, dann zog er sie an sich, schloss die Arme um sie und spürte, wie ihr Körper bebte. Sie barg das Gesicht an seiner Schulter, atmete rasch, als sei sie gelaufen. Nur kurz löste er sich von ihr, um die Fackel aufzunehmen, dann gingen sie zurück zum Lager.

Sie hatten die Lichtung nicht passiert, Jeremy hatte sie so geführt, dass sie sich ein Stück weit durch das Unterholz schlagen mussten und dann wieder auf dem breiteren Weg waren. Viel hatte sie davon jedoch nicht mitbekommen, hatte ihr Gesicht stetig an seine Schulter gepresst, indes sie an ihrer Scham fast erstickte. Und an diffusen Schuldgefühlen, sosehr sie sich auch sagte, dass sie die Sache unmöglich hätte verhindern können. Aber die Gefühle blieben, die Frage, ob sie das, was geschehen war, nicht irgendwie hätte abwenden können. Sie hatte sich nicht gewehrt, als Elisa ihr das Kleid ausgezogen hatte, hatte nicht versucht, das Messer wegzuschlagen, hatte nicht … Diese Gedanken ließen sich endlos fortsetzen. Jeremy hatte kurz am Bachlauf gerastet, hatte ihr Gesicht gewaschen, ihr Haar in Ordnung gebracht, all das, wozu sie nicht imstande war. Aber gestarrt hatten die Leute dennoch. Und auch in Dona Mécias Augen las Catarina Abscheu. Dona Lea anzusehen vermochte sie nicht. Man sah es ihr an, man *musste* es ihr ansehen. Nun wussten es alle. Alle wussten, dass Catarina da Silveira nicht nur unehelich geschwängert worden war, sondern auch noch auf dem Waldboden geschändet wie eine Dirne. Ehe Jeremy sie ins Zelt geführt hatte, hatte sie ihn gefragt, was er nun tun würde.

»Nichts«, so seine Antwort.

»Vielleicht lebt er noch.«

»Ja, das tut er. Und ich werde ihm Hilfe schicken, ich habe es versprochen.«

»Lass ihn sterben. Wenn ich dir etwas bedeute, lässt du ihn sterben.«

Aber Jeremy ließ ihn nicht sterben. Und er sagte ihr, dass sie sich selbst verachten würde, wenn er das für sie tun würde. Zudem, so argumentierte er, würde man entlaufene Sklaven für seinen Tod verantwortlich machen. Catarina hatte sich wortlos von ihm abgewandt und war in ihr Zelt gestolpert. Nun lag sie auf ihren Decken und spürte *ihn* wieder, wie er sich an sie drängte, im Begriff, in sie einzudringen. Ein saurer Geschmack stieg ihr in den Mund, ließ sie würgen.

»Bist du schwanger?« Dona Mécias ungnädige Stimme. »Wenn ja, erleichtere dich bitte nicht hier drin.«

Schweigend kämpfte Catarina die Übelkeit hinunter und presste die Augenlider zusammen, um nicht zu weinen, spürte aber, wie Tränen dazwischen hervorquollen. Dann die kühlen Finger ihrer Großtante auf ihrer Wange, auf ihrem Haar. Dona Lea drängte ihr kein Gespräch auf, aber ihre Nähe war tröstlich, und obwohl Catarina sich die

Unterlippe zerbiss, um das Schluchzen zu unterdrücken, wurde der Druck in ihrer Brust ein klein wenig leichter. Und auch der Verrat von Jeremy wog nicht mehr ganz so schwer.

»Hast du sie gefunden?« Dom Álvaro saß am Bachlauf und schöpfte Wasser, als Jeremy zu ihm trat.

»Ja.«

»Wo war sie?«

Jeremy machte eine unbestimmte Geste in den Wald hinein.

»Was hat sie dort getan?« Wasser tropfte von Dom Álvaros Gesicht, und die Rüschen an seinen Handgelenken waren nass. Er griff nach einem Tuch und trocknete sich ab.

Jeremy beschloss, den Teil mit der Fluchthilfe auszulassen. Vermutlich war Dom Álvaros Verständnis dafür nur begrenzt. »Sie wurde angegriffen. Senhor Coentrão trieb sich hier in den Wäldern herum.«

Nun hatte er die volle Aufmerksamkeit von Catarinas Onkel. »Er hat sie angerührt? Was hat diese Närrin allein im Wald zu suchen?«

»Sie hat jemandem helfen wollen«, antwortete Jeremy ausweichend.

»Elisa und Marcos sind fort, ich kann mir schon denken, was sie getan hat. Sollen sie fortlaufen, was schert es mich, es sind ohnehin fast alle weg. Aber was ist mit Catarina? Was hat er mit ihr gemacht?«

»Er war offenbar im Begriff, sie zu schänden. Ein früherer Sklave kam ihr zu Hilfe, vermutlich einer, dem sie einmal zur Flucht verholfen hat.«

Dom Álvaro schwieg, aber über seine Züge flogen Fassungslosigkeit, Unglaube, Zorn. »Wo ist er?«
»Der Sklave?«
»Nein, du Narr. Senhor Coentrão.«
»Immer noch auf der Lichtung. Er kann sich nicht mehr bewegen.«
»Gut. Ich werde hingehen und ihn umbringen.« Dom Álvaro schnallte sein Rapier um. »Und du wirst mich begleiten.«
»Ich töte keinen Wehrlosen. Zudem dürfte inzwischen Hilfe zu ihm unterwegs sein, ich habe den Soldaten Bescheid gegeben, da ich wusste, wie Ihr reagieren werdet.«
»*Hilfe?* Bist du gänzlich von Sinnen? Hast du keinen Funken von Ehrgefühl im Leib? Hilfe für diesen Kerl, der deine Frau, meine Nichte, schänden wollte?«
»Er wird seine Strafe bekommen.«
»Und wie willst du das bewerkstelligen, wenn du meine Nichte nicht vor aller Welt bloßstellen möchtest?«
Jeremy wandte sich ab. »Das lasst nur meine Sorge sein.«
Er ging zum Rand des Lagers und bemerkte die Soldaten, die mit dem verletzten Mann zurückkehrten, ihn trugen, weil ihm seine Beine nicht mehr gehorchten. Als sie ihn nahe eines Feuers ablegten, schrie er laut auf. Dann sah er Jeremy und verstummte abrupt. Der ging zu ihm, hockte sich hin und sah ihn an, schwieg, aber sein Blick sagte deutlich, dass er alles wusste.
Er wartete, bis die Soldaten fortgegangen waren, auf der Suche nach dem *Médico*. Niemand schenkte ihm Beachtung.
»Ihr könnt nicht mehr laufen?«, fragte Jeremy beiläufig.

»Ich spüre meine Beine nicht«, stieß Rodrigo Coentrão japsend hervor.
»Hmhm.« Jeremy holte sein Messer hervor und ließ es locker zwischen seinen Fingern hin und her schwenken, beiläufig. »Ich kannte einen Mann, dem dergleichen auf See passiert ist, ein Mast ist ihm auf den Rücken gefallen in einem Sturm. Er konnte nie wieder laufen.«
Rodrigo Coentrãos Augen weiteten sich angstvoll.
»Nicht weglaufen können ist schlimm, nicht wahr?«
»Ihr könnt mich nicht vor allen Menschen hier töten.«
»Ich hätte Euch auf der Lichtung sterben lassen können, und ich war kurz davor, das kann ich Euch versichern.«
»Ich habe Dona Catarina nicht angerührt.«
»Nun, sie stellt es etwas anders dar, wie Ihr Euch vermutlich vorstellen könnt.« Jeremy sah auf das Messer in seiner Hand. »Wenn Ihr gefragt werdet, wer Euch so zugerichtet habt, was werdet Ihr dann antworten?«
»Ein entlaufener Sklave.«
»Nein, das werdet Ihr nicht. Ihr werdet lediglich sagen, dass es ein Mann war, den Ihr nicht kanntet. Und warum hat er das getan?«
Rodrigo Coentrão schwieg.
»Weil Ihr im Begriff wart, eine Frau zu schänden, und er Euch erwischt hat.«
»Das werde ich sicher nicht sagen.«
Jeremy umfasste den Griff seines Messers fester. »O doch, das werdet Ihr. Oder ich bringe Euch um. In der Stimmung dafür wäre ich wahrhaftig.«
»Das könnt Ihr nicht.«
»Doch, ich kann. Und dann laufe ich zu den Niederländern

über. Versteht Ihr denn nicht, dass ich nicht unter Eurer Gerichtsbarkeit stehe? Das Land ist im Krieg mit den Verbündeten meiner Heimat.« Jeremy lächelte. »Also, was werdet Ihr sagen?«

»Ich bin genug gestraft, denkt Ihr nicht?«

»Nein, das werdet Ihr nicht sagen.«

»Ich kann doch nicht …«

»Man wird Euch einsperren, aber immerhin lebt Ihr noch. Und Euer Leumund war auch vorher nicht der beste. Also?«

Rodrigo Coentrão schloss die Augen, atmete schwer. Dann nickte er kaum merklich.

»Ihr werdet Dona Catarinas Namen nicht nennen.«

»Man wird mich danach fragen.«

»Sagt, Ihr schweigt, um dem Ruf der Frau nicht zu schaden. Man wird das zu Euren Gunsten auslegen.«

Wieder nickte Rodrigo Coentrão. Jeremy erhob sich und steckte den Dolch ein, als ein Soldat mit dem *Médico* zurückkehrte.

Letícia lag auf dem Rücken und sah in das Blätterdach hinauf, das sich hoch über ihr wölbte. Man hatte aus Laken, die um Bäume gespannt wurden, drei kleine Zelte errichtet, eines für die Frauen, eines für Dom Álvaro und eines für Senhor Glanville, Fernão und Maria, da Dona Mécia sagte, die Anwesenheit des Kindes bereite ihr Kopfschmerzen. Die Sklavinnen lagen im Freien, nur Letícia schlief bei Dom Álvaro.

Sie hatte nie ernsthaft daran gedacht, zu fliehen. Was konnte ihr das Leben im Wald bieten, das sie bei Dom Álvaro nicht hatte? Freiheit. Aber um welchen Preis? Denn dass die Männer in den *Quilombas* sie unbehelligt ließen, konnte sie sich beim besten Willen nicht vorstellen. Wahre Freiheit sah anders aus.

Dom Álvaro trat zu ihr und ließ sich neben ihr auf dem Waldboden nieder. Er saß an einen Baum gelehnt, ein Knie angezogen, einen Arm daraufgelegt, und blickte sie an, was sie in der Dunkelheit eher erahnen als sehen konnte.

»Rodrigo Coentrão ist hier«, sagte er dann. »Catarina hat Marcos und Elisa zur Flucht verholfen, und er hat sie dabei erwischt.«

Letícia richtete sich auf. »Und was passiert nun?«

»Marcos und Elisa sind fort. Aber Rodrigo Coentrão hat versucht, meine Nichte zu schänden.«

Letícia riss erschrocken die Augen auf. »Ist *Sinhazinha* Catarina …«

Er machte eine beschwichtigende Handbewegung. »Es geht ihr gut, sie ist wieder hier. Jemand kam ihr zu Hilfe, ein Sklave, dem sie zur Flucht verholfen hat. Das kann nur dieser *Boçal* gewesen sein, einen anderen habe ich nicht verloren in den letzten Jahren. Sie war schwanger, als er geflohen ist, und durfte eigentlich ihr Zimmer nicht verlassen. Ich frage mich, wann sie das bewerkstelligt hat.« Er schwieg, nahm einen kleinen Ast und zerbrach ihn zwischen den Fingern. »Hätte ich damals davon erfahren, hätte ich sie bestraft. Hätten meine Häscher ihn gefangen, hätte ich ihn bestraft. Und doch war es ihre Rettung.« Er sah Letícia an, als wolle er sich vergewissern, dass er sie verstand. »Ich hätte ihm, ohne zu zögern, die Sehnen durchschneiden lassen, als Warnung für andere.«

Letícia sagte nichts, aber Dom Álvaro schien keine Antwort zu erwarten.

»Auf meiner Plantage wird nie wieder ein Rodrigo Coentrão über das Schicksal von Sklaven entscheiden. Und kein Sklave wird mehr zu Tode geschunden, entflohene Sklaven werden nicht bestraft.«

Letícia wusste, dass dies ein großes Zugeständnis war, das ihn viel gekostet haben musste. Aber sie fand nicht die richtigen Worte dafür.

»Ich bin froh«, sagte er, »dass du geblieben bist. Mir ist es gleich, wenn sie alle fortlaufen, nur dich hätte ich nicht verlieren wollen.«

»Ich ...«, sie stockte, »ich werde Euch nicht verlassen, Herr.«

Er nahm ihren Arm, zog sie an sich und küsste sie. Und Letícia ahnte, dass sie von dort, wo sie nun stand, keine andere Frau jemals würde verdrängen können.

In den kommenden Tagen schlugen die vormals verhaltenen Anfeindungen Jeremy gegenüber in offene Feindseligkeit um. Man bezichtigte ihn der Spionage für die Niederländer, sagte, dass der Zeitpunkt seiner Eheschließung verdächtig nahe an dem Übergriff der Niederländer lag – als habe er dies bereits ahnen können, als er Catarina geschwängert hatte. Und dann dieser seltsame Schiffbruch, der ihn überhaupt erst vor die Küste Olindas gebracht hatte.

Jeremy ertrug es, da ihm keine andere Wahl blieb. Zudem entzog sich Catarina ihm gänzlich, war still und in sich gekehrt. Er versuchte, mit ihr zu sprechen, ihr zu erklären, welche Zusage er Senhor Coentrão – der nach wie vor seine Beine nicht spürte – abgerungen hatte. Aber sie hatte nichts dergleichen hören wollen. Auch als sich zwei Tage später herumsprach, dass der ehemalige *Feitor* den Übergriff auf eine Frau gestanden habe, gab sie keine Regung preis. Sie fühlte sich von ihrem Ehemann verraten, das war offensichtlich.

Die Grenze des Erträglichen war für Jeremy jedoch erreicht, als ihm eines Abends eine Gruppe halbwüchsiger Männer auflauerte und ihn übel zusammenschlug. Er hatte es recht bald aufgegeben, sich zu wehren, als die Fäuste und Tritte von allen Seiten auf ihn eindroschen, und nur noch versucht, seinen Kopf zu schützen und möglichst wenig Angriffsfläche zu bieten. Die jungen Männer waren schließlich von zwei *Fidalgos* auseinandergetrieben worden.

»Er ist ein Verwandter von Dom Álvaro!«

»Er ist ein Spion«, verteidigten sich die Angreifer.

»Darum wird sich die Gerichtsbarkeit kümmern, nicht ihr.« Die Männer halfen Jeremy recht rüde auf die Beine. Der jedoch konnte kaum allein stehen, jeder Knochen im Körper schien zu schmerzen, und es wäre ein Wunder, wenn er sich nicht mindestens eine Rippe gebrochen hatte. Da jedoch keine weitere Hilfe zu erwarten war, wankte er zu den Zelten Dom Álvaros, begleitet von den Blicken der Umstehenden.

»Grundgütiger.« Jetzt war es ihm endlich gelungen, Catarina aus ihrer distanzierten Haltung zu locken. Bedauerlich, dass er dafür erst fast sterben musste. »Was ist geschehen?«

Mit einem Stöhnen ließ sich Jeremy auf dem Boden nieder.

»Man schätzt meine Anwesenheit hier nicht besonders«, stieß er mit einem schmerzhaften Zischen hervor.

Nun trat Dom Álvaro hinzu, die Stirn gekraust. »Ich habe eben davon gehört.« Er ging in die Hocke und sah Jeremy an. »Du weißt, ich bin nicht eben glücklich darüber, dass du Teil meiner Familie bist. Aber die Dinge sind nun einmal, wie sie sind. Ich kann nicht zulassen, dass dir etwas widerfährt, das Catarina schadet. Man wird dafür sorgen, dass die Soldaten dich holen, eher früher als später.«

»Und was wollt Ihr dagegen unternehmen?«, fragte Jeremy.

»Dagegen kann ich nichts unternehmen, wenn ich nicht riskieren möchte, auch als Verräter an der Krone zu gelten. Noch ist nichts bewiesen, man wird dich lediglich befragen.«

»Oh, die Art von Befragung ist mir bekannt. Am Ende gesteht man alles, was der Fragende hören möchte.«

»Ja, das ist wohl so.« Dom Álvaro sah Catarina an. Dann senkte er die Stimme. »Daher werdet ihr fortgehen. Heute Nacht noch.«

»Aber Jeremy kann nicht laufen. Und wir kennen den Weg nicht.«

»Er wird es müssen. Jeremy findet den Weg, er ist Seemann. Orientiert euch an den Sternen. Wenn ihr auf die Niederländer stoßt, seid ihr gerettet.« Er sah Catarina unverwandt an. »Denn wenn sie ihn der Spionage überführen, werden sie ihn auch fragen, ob du davon gewusst hast. Und glaub mir, Catarina, es gibt Situationen, da verrät man jeden. Und Gott möge dir gnädig sein, wenn sie dich danach in die Hände bekommen.«

Jeremy wollte widersprechen, wusste jedoch, dass Dom Álvaro recht hatte. »Heute Nacht«, sagte er kaum hörbar. Dom Álvaro nickte. »Und nun ruh dich aus. Sie werden dich gewiss nicht heute Nacht holen. Noch schützt dich mein Name.«

Widerstreitende Gefühle tobten in Catarina. Ja, sie hatte gewusst, dass sie nach England gehen würden, und sie wollte durchaus ein anderes Leben kennenlernen. Aber sie war auch Portugiesin und liebte ihr Land. So wollte sie nicht davon scheiden, als feindliche Überläuferin – denn nichts anderes wäre sie, wenn sie die Ihren bei Nacht verließe, um bei den Niederländern an Bord zu gehen. Dennoch hatte sie keine Wahl, das hatte ihr Onkel unmissverständlich deutlich gemacht. Sie gehörte zu Jeremy, das war seit dem Moment beschlossen, als sie in die Ehe eingewilligt hatte. Und wenn er alleine fortginge, würde man sie befragen, davon ausgehend, sie wisse, wo ihr Ehemann sei. Wie sie es auch drehte und wendete, es gab keinen anderen Ausweg als die Flucht.

Viel zu schnell war der Tag um, senkte sich Dunkelheit über den Wald. Jeremy konnte sich nur unter schlimmsten Schmerzen bewegen. Und obwohl Catarina ihm grollte und sich von ihm verraten fühlte, tat er ihr leid. Es musste ihn einiges an Selbstbeherrschung kosten, keinen Laut von sich zu geben, während er sich erhob. Sie folgte ihm, als er ihre Hand nahm. Kein Wort des Abschieds, kein Zeichen, das ahnen ließ, dass sie nicht vorhatten zurückzukommen. Es dauerte, ehe sie das Lager verlassen hatten, aber die Menschen schenkten ihnen, abgesehen von dem einen oder anderen feindseligen Blick, keine Beachtung. Jeremy hatte bekommen, was er verdiente, ebenso wie sie, da sie sich an diesen Engländer verschenkt hatte. Dann taten sie den ersten Schritt in die Finsternis, raus aus dem Licht der Fackeln. Dann den nächsten, gingen stetig weiter, bis nur noch Jeremys keuchender Atem zu hören war.

»Möchtest du einen Moment ausruhen?«, fragte Catarina.

»Nein.« Es bestand das Risiko, auf portugiesische Spähtrupps zu stoßen oder von den Vorposten gesehen zu werden, und diesen nächtlichen Ausflug hätte Jeremy schwerlich glaubhaft erklären können.

Catarina war es unheimlich im Wald, und stetig vermeinte sie Schritte hinter sich zu hören. Sich der Sinnlosigkeit bewusst, drehte sie immer wieder den Kopf und blickte in die Dunkelheit. Aber selbst wenn dort jemand wäre, wäre es ihr unmöglich, ihn zu sehen. Zudem litt sie Durst. Sie hatten nichts mitgenommen, keinen Proviant, kein Wasser, nichts, was darauf hindeutete, dass sie nicht vorhatten zurückzukehren.

Immer wieder hielt Jeremy inne, legte den Kopf zurück, um zwischen den Wipfeln der Bäume einen Blick auf den Sternenhimmel zu erhaschen. Für Catarina waren die Sterne einfach helle Punkte in der Finsternis, aber Jeremy konnte eine Ordnung darin erkennen, die ihm half, den Weg zur Küste zu finden.

Es war ein langer Marsch, und als sich der Wald lichtete, sank Jeremy keuchend am Stamm einer Palme zu Boden. Dort blieb er sitzen und atmete stoßweise. Catarina hatte nach wie vor nicht die geringste Ahnung, wo sie sich befanden oder wie lange sie bereits unterwegs waren. Es zeigte

sich auf jeden Fall noch kein Anzeichen einer nahenden Dämmerung.
Zu Catarinas Erschöpfung kam nun auch die Sorge um Jeremy hinzu, von dem nur der heftig gehende Atem zu hören war. Und sie machte sich Sorgen um sich selbst, denn was wäre, wenn er das Bewusstsein verlor? Was sollte sie dann tun? Sie wusste weder, wie sie zurück zum Lager kam, noch, in welcher Richtung die Küste lag – wobei sie ohnehin zu viel Furcht hatte, den Niederländern allein gegenüberzutreten. Wer konnte schon wissen, was sie mit ihr tun würden?
Sie setzte sich neben Jeremy auf den Boden und zog ihn an sich, so dass er zum Liegen kam, den Kopf in ihren Schoß gebettet. Vielleicht würde es ihm besser gehen, wenn er ein wenig ruhte.
»Wir ... müssen weiter«, brachte er stockend hervor.
»Später«, antwortete sie und lehnte sich gegen den Stamm der Palme, an der er zuvor gesessen hatte. Ihre Hände lagen an seinem verschwitzten Haar, und sie strich nach kurzem Zögern darüber, um ihn zu beruhigen. Catarina schloss die Augen. Sie wollte heim, auf die Plantage oder lieber noch nach Lissabon, in das Haus ihres Vaters, in die *Casa da Monteira*.

Jeremy erwachte, als ihn jemand rüttelte, was den Schmerz, der die Nacht zuvor in ihm getobt hatte, nun ebenfalls weckte. Er stöhnte und öffnete die Augen, blinzelte, hielt sich die Hand vor das Gesicht. Nun regte sich auch Catarina, stieß einen leisen Seufzer aus, dann ging ein Ruck durch ihren Körper. Offenbar hatte sie den niederländischen Offizier nun auch bemerkt, der vor ihnen stand.

»Wie bent U?«, fragte er, nicht unfreundlich, aber bestimmt. Catarinas Hände hatten sich um Jeremys Schultern gekrampft, und er schaffte es nur mit Mühe, sich aufzurichten. Die Bewegung schien den Mann zu alarmieren, denn er legte die Hand an seinen Degen.
»Blijf staan, waar U bent.«
Nun erst bemerkte er drei weitere Soldaten, die sich im Hintergrund hielten und sogar ein wenig amüsiert wirkten. Jeremy hob die Hände, was einen erneuten Schmerzstoß durch seinen Körper jagte, und richtete sich langsam auf.
»Mein Name«, sagte er auf Englisch, »ist Jeremy Glanville. Ich bin Engländer.«
»Und was tut Ihr hier?« Das Englisch des Offiziers klang schroff.
»Ich bin vor den Portugiesen geflohen. Man hielt mich für einen Spion der Niederlande.«
Der Offizier sah ihn aus leicht verengten Augen an. »Ich hingegen könnte geneigt sein, in Euch einen Spion der Portugiesen zu vermuten.«
»Dann hätte ich mitnichten meine Ehefrau mitgebracht.«
Ein kurzer Blick des Offiziers streifte Catarina. »Eure Frau ist Portugiesin?«
»Ja.«
»Was Euch noch verdächtiger macht.«
»Es gab gewisse ... Umstände, die uns in diese Ehe zwangen«, antwortete Jeremy und war froh, dass Catarina dem Gespräch offensichtlich nicht folgen konnte.
»Umstände?« Der Offizier wollte sich wohl nicht mit Andeutungen zufriedengeben.
Jeremy kam wacklig auf die Beine und stützte sich mit einer

Hand an der Palme ab. Jetzt musste er die Männer wenigstens nicht mehr von unten her anblicken, während sie auf ihn hinuntersahen und Antworten forderten. »Vor einigen Jahren verlor ich ihm Sturm die Flotte, mit der ich segelte, und mein Schiff schlug leck. Ich bin in Olinda an Land gegangen, da ich hier entfernte Verwandte habe. Obwohl unsere Familien verfeindet sind, gewährte Dom Álvaro mir Gastfreundschaft.« Nun begann die Gratwanderung, denn er wollte Catarina nicht bloßstellen. »Ich kam der Nichte meines Gastgebers näher, als es der Anstand erlaubte, und da sie hernach ein Kind erwartete, wurde ich von meiner Familie hierhergeschickt, um die junge Frau wieder ehrbar zu machen.«
Die Blicke der Männer flogen zu Catarina, dann wieder zu Jeremy, die Soldaten grinsten etwas anzüglich, der Offizier nickte. Man verstand sich. Jeremy spürte, wie Catarina, die sich ebenfalls erhoben hatte, erstarrte.
»Und nun möchtet Ihr Eure Familie verlassen? Möchte Eure Ehefrau das auch?«
»Wie ich bereits sagte, ließ man mir und somit auch ihr keine Wahl.«
»Fühlt Ihr Euch als Portugiese? Das wäre wichtig zu wissen.«
»Ich bin Engländer, aber da ich nun einmal für einige Zeit hierher verbannt bin, gehört meine Loyalität der Familie meiner Frau. Dom Álvaro warnte mich letzte Nacht davor, dass man vorhabe, mich zu verhören, da man mir nicht traue, und legte mir nahe, das Lager zu verlassen.«
»Ihr seid also stets dem Land gegenüber treu, das Euch gerade am besten passt.«

Jeremy ermahnte sich zur Ruhe. »Ich bin Engländer, und ich stehe zu England und seinen Verbündeten.«
»Nun gut. Was solltet Ihr sonst auch antworten? Ich bringe Euch zu meinem Kommandanten.«
»Vielen Dank.« Jeremy nahm Catarinas Hand.
»Wer hat Euch so zugerichtet?«, fragte der Offizier, während sie den Wald verließen.
»Einige junge Männer, die mir zeigen wollten, was sie von feindlichen Spionen halten.«
»Bei uns kommt Ihr nicht so glimpflich davon, solltet Ihr einer sein.«
Jeremy schwieg. Die Gruppe passte sich seinem Tempo an, denn er kam nur langsam voran. Wenn möglich, fühlte sein Körper sich noch zerschundener an als am Tag zuvor.
»Was hast du ihm gesagt?«, fragte Catarina auf Portugiesisch.
»Wie es zu unserer Eheschließung kam.«
»Wie konntest du nur? Hast du gesehen, wie sie mich angesehen haben?«
»Ja, aber was hätte ich denn tun sollen? Sie haben mich gefragt, ob meine Ehefrau Portugiesin ist.«
»Du hättest sagen können, du hättest dich in mich verliebt.«
»Die andere Geschichte war glaubhafter.«
Catarina riss seine Hand aus der seinen und brachte einige Schritte Abstand zwischen sich und ihn.
»Was ist mit ihr?«, wollte der Offizier wissen.
»Fragt nicht«, murmelte Jeremy.
Die Männer lachten.

Catarina hatte die Fäuste in den Stoff ihres Rockes geballt und ihn so hoch gerafft, dass sie auf dem unebenen Boden einigermaßen gut laufen konnte. Sie hörte das Lachen der Männer und spürte, wie ihr das Blut ins Gesicht stieg. Natürlich, für sie war das alles ein großer Spaß.
Bei Tageslicht war ihr die Landschaft wieder vertraut. Das Anwesen linker Hand musste Senhor Palhas Haus sein, sie mussten also bald wieder ein Stück Wald durchqueren, dann kamen sie an der Da-Silveira-Plantage vorbei, und von dort aus kannte sie den Weg bis zur Küste. Sollte Jeremy sich doch mühsam dahinschleppen, von ihr hatte er keine Hilfe zu erwarten. Und sollte sie doch Mitleid mit ihm bekommen, musste sie nur an die anzüglichen Blicke der Männer denken, um es direkt im Keim zu ersticken.
Nun passierten sie einige Söldnertruppen und berittene Offiziere, die sie fragend musterten. Man hielt sie jedoch nicht auf, und Catarina hörte, wie Jeremy sich mit den Männern an seiner Seite unterhielt. Als sie sich einmal verstohlen umblickte, bemerkte sie, dass einer der Soldaten ihn stützte, denn der Marsch schien ihn sehr anzustrengen. Er war blass, und der Schweiß lief ihm über das Gesicht.
Sie durchquerten den Wald, in dem Catarina sechs Jahre zuvor auf Benedicta gestoßen war. Die Füße taten ihr weh, und ihre Beine trugen sie kaum noch. Noch nie in ihrem Leben war sie so lange gelaufen. Dann kam die Plantage der da Silveiras in Sicht, und sie hielt inne, sah die brachliegenden Zuckerfelder, indes Niederländer anstelle der *Feitores* auf den Wegen dazwischen ritten.
»Wir werden hier rasten«, rief Jeremy ihr zu. »Ich habe ihnen erzählt, dass dies das Anwesen deines Onkels war.«

War. Catarina antwortete nicht, sondern steuerte auf das Haus zu.

Der Hof war leer, aber als sie die Tür aufstieß, sah sie zwei Soldaten, die in der Halle standen und sie verblüfft ansahen. Dann trat einer auf sie zu.

»Naar wie zoekt U?«, fragte er. Dann sah er über ihre Schulter hinweg und nahm Haltung an. »Kapitein van Aartsen.«

Der Offizier trat ein, gefolgt von Jeremy und den Soldaten. »Deze man is en engelse«, sagte er und nickte zu Jeremy. Dann deutete er mit dem Kinn auf Catarina. »En dit is zijn vrouw.«

Man führte sie in das Speisezimmer, und es versetzte Catarina einen Stich zu sehen, wie die vertrauten Räume von diesen fremden Männern eingenommen worden waren. Schränke und Truhen standen offen, und Catarina fragte sich, was der Unterschied zwischen Soldaten auf Eroberungszug und einfachen Dieben war. Sie grub die Zähne in die Unterlippe, während sie durch das Speisezimmer ging. Schließlich ließ sie sich zögernd auf einem Stuhl nieder. Sie war erschöpft und wollte nichts lieber als schlafen, wagte jedoch nicht, zu fragen, ob sie ihr Zimmer aufsuchen dürfe.

Jeremy hatte sich ebenfalls gesetzt und streckte vorsichtig die Beine aus. Es schien keine Stelle an seinem Körper zu geben, die sich nicht zerschunden anfühlte.

»Wo ist Euer gemeinsames Kind?« Offenbar ging dem Offizier erst jetzt auf, dass an der Geschichte etwas nicht ganz stimmen konnte.

»In England«, antwortete Jeremy und erklärte, wie die Sache sich verhielt.
»Keine sehr erquickliche Heimkunft, möchte ich annehmen.«
»Ihr nehmt richtig an.«
»Ihr hättet es schlechter treffen können, Eure Ehefrau ist sehr hübsch.«
Jeremy sah Catarina an, die ihm gegenübersaß und seinen Blick mied. Ja, das war sie in der Tat.
»Möchtet Ihr«, fuhr der Offizier fort, »ein wenig ruhen? Ohnehin werdet Ihr eine ganze Weile warten müssen, ehe das nächste Schiff nach Amsterdam ausläuft, da habt Ihr es hier etwas bequemer. Eure Ehefrau wirkt, als bedürfe sie der Ruhe.«
Nicht nur sie, dachte Jeremy. »Das wäre sehr freundlich«, sagte er.
»Ihr dürft Eure Räume nutzen, allerdings werde ich einen Soldaten davor postieren – zu Eurer und unserer Sicherheit.«
Jeremy nickte, dann wandte er sich an Catarina. »Komm, wir dürfen in unser Zimmer gehen.«
Erst wirkte es, als wolle Catarina rundheraus ablehnen, aber dann erhob sie sich doch und nahm sogar seine Hand, die er ihr entgegenstreckte. Ein Soldat folgte ihnen die Treppe hinauf und durch den Korridor bis zu ihrem Zimmer. Jeremy stieß die Tür auf und hörte, wie Catarina nach Luft schnappte.
Der Raum war gründlich durchsucht worden, aber Catarina hatte ihren Schmuck bei der Flucht mitgenommen, ihn dann jedoch im Lager vergessen. Und auch sonst hatte man

nichts von Wert in den Häusern belassen. Einige Kleider befanden sich noch hier, sowohl von ihr als auch von Jeremy, aber nichts, was für die Niederländer von Interesse sein konnte.

»Man wird uns sicher erlauben, das eine oder andere mitzunehmen«, sagte Jeremy.

Catarina sagte nichts, sondern ging zum Bett, schob die achtlos hingeworfenen Kleider beiseite und ließ sich nieder.

Er ging zu ihr, setzte sich neben sie und nahm ihre Hand. »Hör zu, ich weiß, dass du mir böse bist. Aber es war wirklich notwendig, bei der Wahrheit zu bleiben. Unter anderen Umständen hätte man unsere Ehe niemals erlaubt, da wäre es noch am glaubhaftesten, wenn du mit mir fortgelaufen wärest. Ich musste erklären, warum deine Familie mich hier duldet, warum sie gezwungen waren, in eine Ehe zwischen uns einzuwilligen.«

Catarina nickte nur.

»Ruh dich aus«, fuhr er fort. »Ich werde mit Hauptmann van Aartsen sprechen und ihn fragen, was wir mitnehmen dürfen.«

Wieder nickte Catarina.

Jeremy erhob sich und verzog das Gesicht vor Schmerz, dann räumte er das Bett gänzlich ab, damit Catarina sich hinlegen konnte. Er öffnete ihr Kleid im Rücken und spürte die Starre in ihrem Körper.

»Niemand wird das Zimmer betreten«, beruhigte er sie. Er schob das Kleid über ihre Schultern, strich über ihre Oberarme und betrachtete die feine Linie ihres Nackens. »Und ich bin derzeit nicht imstande, mit dir zu schlafen.«

Erneut nur ein Nicken. Sie streifte sich das Kleid ab und machte es sich im Bett gemütlich. Er ging auf die andere Seite, schlüpfte ebenfalls unter die Decke und war eingeschlafen, kaum dass er die Augen geschlossen hatte.

II

Olinda, Juni 1631

Sie waren von der Plantage in ein Stadthaus umgezogen. Zwar erlaubte man ihnen, sich frei darin zu bewegen, aber nichtsdestotrotz hatte Jeremy das Gefühl, sich in Gefangenschaft zu befinden. Für Catarina war es noch beengter, denn sie war auf ihr Zimmer beschränkt, und da es an Frauen mangelte, die ihr hätten helfen können, den Anstand zu wahren, verschloss Jeremy ihre Tür, wenn er nicht bei ihr war. Ein Soldat hielt dennoch davor Wache, ein weiterer begleitete ihn, wenn er in der Nähe des Hauses spazieren ging. Jeremy wusste, dass die Niederländer den Portugiesen in Grausamkeiten nicht nachstanden. Sie pflegten den Gegnern Nasen und Ohren abzuschneiden, ihnen die Hände abzuhacken und die Zungen rauszureißen, ehe sie ihnen die Köpfe abschlugen. Matias d'Albuquerque hatte Gesandte zu den Niederländern geschickt mit der Bitte, gefallene Portugiesen nicht zu verstümmeln, sondern nach Kriegsbrauch zu beerdigen.

Jeremy wusste auch, dass man mit Verrätern und Spionen auf beiden Seiten nicht viel Federlesen machte. In Olinda fand regelmäßig ein Hochgericht statt, und wer in Verdacht der Spionage oder des Verrats geriet, wurde peinlich befragt. Es gab durchaus Überläufer auf beiden Seiten, Franzosen und auch Deutsche, die in Olinda lebten. Es wurden Informationen weitergegeben, wie sich Überfälle am besten bewerkstelligen ließen, wo die Schwächen lagen, wie die Stärke der niederländischen Streitmacht war, wo Wachen positioniert waren und vieles mehr. Jeremy verstand durchaus, warum man ihn so misstrauisch beäugte, und verhielt sich so unauffällig wie nur möglich, stellte keine Fragen zu ein- und auslaufenden Schiffen, zur Verproviantierung, zu Geschützen oder Munition. Wenn er sich mit Soldaten und Offizieren unterhielt, dann nur über allgemeine Dinge. Und Catarina schirmte er gänzlich von ihnen ab.

Olinda war in Olanda umbenannt worden, und die Niederländer setzten alles daran, die Stadt, die als reichste der *Capitania* Pernambuco galt, zu halten. Ihre Hoffnung auf reiche Beute war ohnehin enttäuscht worden, denn die Bürger der Stadt und auch die Plantagenbesitzer hatten alles, was nicht niet- und nagelfest war, weggeschleppt, und so fanden die Niederländer nur etwas Munition, einige Geschütze, Handelsgegenstände von geringem Wert und etliche Kisten Zucker.

Die Portugiesen zwangen die Niederländer zu einer höheren Wachsamkeit, und Letzteren wurden die Überfälle durch die Portugiesen zunehmend lästig, denn sie erschwerten ihnen die Versorgung mit Trinkwasser und Lebensmitteln, so dass Unterstützung aus dem Mutterland bezogen werden musste. Inzwischen herrschte ein starker Mangel an Trinkwasser, frischem Fleisch, Früchten und auch an

Feuerholz. Die Schiffe, die aus den Niederlanden in den Hafen von Povo de Recife einliefen, linderten nur die größte Not. Da ein Vorstoß ins Landesinnere unmöglich war, machten sich die Niederländer zunächst daran, die eroberten Positionen zu befestigen und uneinnehmbar zu machen.

Die Niederländer galten als erstklassige Festungsbaumeister, und so bauten sie die von Matias d'Albuquerque begonnene Anlagen größer und vollkommener aus als von ihm geplant. Das Fort beherrschte nun den Hafen sowie den Zugang von Olinda und Povo do Recife aus. In erster Linie jedoch sicherte es den Zugang über die Landenge. Da Povo de Recife nur von Olinda aus über die Landzunge erreicht werden konnte und ansonsten von Wasser umgeben war, erleichterte dies die Arbeit an den Befestigungsanlagen. Zwischen dem Festland und der Landzunge gab es ein von zwei Flüssen umströmtes Eiland, das im Osten aus einer Sandbank bestand. Im Westen erhoben sich kleine Sanddünen aus einem Sumpfgebiet. Nahe der Nordspitze dieser kleinen Insel hatten die Portugiesen ein Kloster errichtet, das die Niederländer nun in ein Kastell umwandelten. Damit das Eiland auch gegen die Landseite gesichert war, wurde ein weiteres Fort am Südrand der Insel errichtet.

Catarina schien es mit einer gewissen Genugtuung zu betrachten, dass die politischen Räte alle Hände voll zu tun hatten mit den fast täglichen Angriffen der Portugiesen. Zur Verteidigung waren inzwischen alle verfügbaren Truppen und der größte Teil der Mannschaft der im Hafen liegenden Schiffe. Dass es den Niederländern zusehends schlechter ging, war unübersehbar. Die Nahrungsmittel,

die geschickt wurden, waren durch die lange Reise und die tropische Hitze meist bereits verdorben, wenn sie ankamen. Es gab kaum fetthaltige Nahrung, und aus Mangel an sauberem Trinkwasser war man dazu übergegangen, Regenwasser aufzufangen, aber auch das reichte nicht, den Durst zu stillen.
Und natürlich blieb auch Jeremy und Catarina nichts anderes übrig, als das halbverfaulte Fleisch zu essen, das ungenießbare Brot und die matschigen Erbsen. Jeremy wusste, dass die Portugiesen das gesamte Vieh in die Wälder gejagt hatten. Als immer weniger Nahrung kam und der Hunger zunehmend schlimmer nagte, ging man dazu über, Katzen und Ratten zu jagen.
Jeremy war oft am Hafen und sah aufs Meer, atmete die salzige Luft. In ihm kribbelte eine erwartungsvolle Freude, ein Schiff zu betreten und in die Heimat zu segeln. Vielleicht übertrug ihm sein Großvater wieder ein Kommando, und er konnte zur See fahren.
Es war einer dieser Tage, an denen er am Hafen stand, als Hauptmann van Aartsen auf ihn zutrat und ihm mitteilte, dass in den nächsten Tagen ein Schiff nach Amsterdam auslaufen würde. Dem niederländischen Offizier war die Zeit des Hungers und der Entbehrungen anzusehen, er war hohlwanging geworden und nur noch ein schwaches Abbild seiner schmucken Erscheinung wenige Monate zuvor. Vermutlich wäre er selbst ebenfalls gerne abgereist. In Jeremy machte sich Erleichterung breit, und er wandte sich ab, um Catarina Bescheid zu geben, dass sie Olinda in Kürze verlassen konnten.

Aus der Ferne zeichnete das Leben auf der Plantage eine Idylle, die es in Wahrheit nicht gehabt hatte, das wusste Catarina. Dennoch vermisste sie es, vermisste ihren Onkel, Marcos und Elisa, Zara, Letícia. Zudem hielt sie die Gefangenschaft in diesem Zimmer nicht mehr aus. Wieder einmal schloss man sie ein, wieder einmal nur zu ihrem Besten. Dabei hatte dieser blonde Offizier drastische Strafen angedroht, sollte man sich ihr ungebührlich nähern. Der Hunger schmerzte in ihrem Bauch, und sie litt Durst, aber ihr wäre alles erträglicher erschienen, müsste sie nicht den ganzen Tag in diesem Zimmer verbringen und an die Wände starren.
Sie hörte, wie die Tür entriegelt wurde, dann betrat Jeremy den Raum. Die frische Luft und die Nähe zum Meer schienen ihm gutzutun, er wirkte wieder wie jener Mann, den sie vor Jahren das erste Mal gesehen hatte, wenn auch eine schmalere, ausgemergeltere Ausgabe.
»Wir stechen in den kommenden Tagen in See«, sagte er.
Sie nickte nur. »Darf ich nun endlich dieses Zimmer verlassen?«
»Es ging mir nie darum, dich einzusperren«, sagte Jeremy. »Ich wollte dir lediglich einen weiteren Vorfall wie jenen durch Senhor Coentrão ersparen.«
Catarina spürte, wie ein Schauer durch ihren Körper lief. Alles in ihr verkrampfte sich, als sie daran dachte, wie nah er ihr gewesen war, wie kurz davor, sich ihren Körper zu Willen zu machen. Sie zog die Schultern hoch und wandte sich ab. In solchen Momenten konnte sie sich nicht vorstellen, jemals wieder bei einem Mann zu liegen. Seit ihrer Flucht von der Plantage hatte sie nicht mehr mit Jeremy

geschlafen. Im Wald hatte es keine Ungestörtheit gegeben, und selbst wenn sie diese im Unterholz gesucht hätten, hätte Catarina die Sorge begleitet, von Flüchtlingen oder Spähtrupps überrascht zu werden. Und in dem Haus mit einem niederländischen Soldaten vor der Tür war es ihnen ebenfalls unmöglich, wobei Jeremy vermutlich nicht abgeneigt gewesen wäre, hätte sie erkennen lassen, dass sie es wollte.

Sie ging zum Fenster und sah hinaus. Nun würde sie Olinda also endgültig Lebewohl sagen, würde ohne einen Abschied von ihrer Familie gehen. Gott allein wusste, ob sie Großtante Lea noch einmal wiedersah. Catarina lehnte den Kopf an den Fensterrahmen und schlang die Arme um ihren Oberkörper.

Jeremy trat hinter sie, legte die Hände um ihre Mitte und berührte mit den Lippen ihren Hals. »Die Niederländer«, sagte er dicht an ihrem Ohr, als befürchte er Mithörer, »werden Pernambuco nicht länger halten können als Bahia. Die Stadt wurde in aller Eile befestigt, ich denke, sie wird nicht standhalten, wenn die spanischen Kriegsschiffe eintreffen.«

Catarina wandte ihm ihr Gesicht halb zu. »Und wenn sie kommen, während wir auf einem niederländischen Schiff sind?«

»Darüber denke ich nach, wenn es so weit ist.«

Sie gingen drei Tage später an Bord und bezogen eine winzige Kajüte im Heckkastell des Schiffes, aber das kannte Catarina bereits von ihrer Hinreise. Vom Deck des Linienschiffes aus beobachtete sie, wie Proviant und Munition geladen wurden, sah den Seeleuten zu, die in Booten zwischen Schiff und Küste hin- und zurückruderten. Das Schiff war ein Dreidecker mit über hundert Kanonen, die auf drei Batteriedecks verteilt waren.

Catarina lehnte sich an die Reling und sah hinunter in das Wasser, das in kleinen Wellen an die Planken schwappte, und während sie die fischig schmeckende Luft atmete und das Knarren der Wanten hörte, überkam sie eine erwartungsvolle Unruhe, die Neugier darauf, was nun vor ihr lag, all das Fremde, das es zu erkunden gab. Die wehmütige Stimmung, die Niedergeschlagenheit, die sie noch bis in den Morgen hinein in fester Umklammerung gehalten hatte, fiel langsam von ihr ab. Vielleicht war es ja genau dieses Gefühl, das Männer zur See trieb, und sie fragte sich, ob Jeremy es wieder und wieder von neuem fühlte oder ob man sich irgendwann daran gewöhnte.

Sie hatten eine Truhe mit Kleidung mitnehmen dürfen, so dass sie die Reise wenigstens mit dem Nötigsten ausgestattet antreten konnten. In der Kajüte waren zwei Kojen, dazwischen stand die Truhe, und der restliche Platz war gerade ausreichend, dass sie und Jeremy sich nicht auf die Füße traten, da blieb kein Raum für Komfort. Nur die Kajüte des Kapitäns bildete eine Ausnahme. Sie fragte Jeremy, ob er eine solche auf seinem Schiff auch bewohnt hatte, was er bejahte.

Catarina stand an Deck, bis es dunkel wurde und der Kapitän des Schiffes sie darum ersuchte, in die Kajüte zu gehen. Er sagte, er habe nichts dagegen, wenn sie sich gelegentlich die Beine vertrat, jedoch befürchte er, dass ihre Anwesenheit unter der Mannschaft für Unruhe sorgte.

»Viele haben seit Monaten keine Frau mehr gesehen«, so Jeremys Begründung, als sie sich über die Einschränkung beklagte.
»Ich kann nicht den ganzen Tag in dieser Kammer hocken.«
»Das verlangt auch niemand, aber zumindest in den Abendstunden wirst du dich nicht ohne Begleitung an Deck aufhalten. In der Dunkelheit bekommt es niemand auf einem so großen Schiff mit, ob dich jemand schändet und bei voller Fahrt über Bord wirft.«
Catarina fügte sich widerwillig. In der ersten Nacht schlief sie schlecht, warf sich von einer Seite auf die andere und wäre einmal fast aus der Koje gefallen. Sie hörte das Rauschen der Wellen, den Wind, der um das Schiff strich, hörte die Stimmen der Matrosen und Schiffsjungen, die in dieser fremden, unmelodischen Sprache redeten. Es war stockfinster in der Kajüte, was die Geräusche überlaut erscheinen ließ.
Von Jeremys Seite waren nur die regelmäßigen Atemzüge eines Schlafenden zu hören. Er war entspannt, ruhig, auf dem Weg in die Heimat. Und für ihn war es nichts Neues, auf einem Schiff zu schlafen, es war eine ihm vertraute Umgebung. Catarina wünschte, ein wenig von dieser Ruhe würde sich auf sie übertragen. Ihr Reisefieber war einer diffusen Angst gewichen, weniger vor der Fahrt auf See als vielmehr vor dem, was sie hernach erwarten mochte.

London, September 1631

Die Reise bis Amsterdam war ereignislos, nahezu langweilig verlaufen. Natürlich war Catarina froh darüber, dass sie auf kein feindliches Schiff trafen – wenngleich es ihr ungewohnt erschien, die Spanier nun als ihre Feinde zu sehen – und in kein Unwetter gerieten. Aber sie hatte nichts tun können, außer vom Deck aus zum Horizont zu blicken oder dabei zuzusehen, wie der Schiffsrumpf das Wasser schäumen ließ. Die Seeleute hatten Anweisung, sich von ihr fernzuhalten, und außer Jeremy unterhielt sich nur der Kapitän gelegentlich mit ihr, wobei die Gespräche oberflächlich blieben, da es keine Interessen gab, die sie teilten, und ihr Englisch zudem nicht gut genug für eine tiefergehende Unterhaltung war.

Es war ein strahlender Herbstmorgen, als sie in Amsterdam eintrafen, einer prachtvollen, von Grachten durchzogenen Stadt, in der sie jedoch nur einen Tag blieben, weil Jeremy mit Hilfe des niederländischen Kapitäns ein englisches Handelsschiff ausfindig machte, dessen Kommandant sich bereit erklärte, sie mit nach London zu nehmen – ein überaus glücklicher Umstand. Da sie erschöpft waren von der Reise und sich das Festland ungewohnt anfühlte nach den Monaten auf See, suchte Jeremy ihnen ein Gasthaus – wobei es schwierig war, in Hafennähe eines zu finden, das nicht von Matrosen und Huren bevölkert war –, und sie schliefen einige Stunden, um dann am frühen Nachmittag einigermaßen erfrischt aufzustehen und etwas zu essen. Hernach gingen sie ein wenig spazieren, und Jeremy, der schon einige Mal in Amsterdam gewesen war, erzählte

ihr ein wenig über die Stadt. Abends war es dann Zeit, wieder an Bord zu gehen.
Auch diese Überfahrt verlief ereignislos, dafür schlug jedoch das Wetter um, und schon am kommenden Morgen schluckten graue Wolken, die sich träge über den Himmel wälzten, das Sonnenlicht. Dann setzte der Regen ein, den ein böiger Wind schräg über das Deck trieb. Die feuchte Kleidung ließ die Luft in der Kajüte modrig riechen, und weil nichts richtig trocknen konnte, fühlte sich jeder Faden, den Catarina am Leib trug, klamm an. Sie fror und hüllte sich in die kratzigen Decken, die auf ihrer Koje lagen.
In Catarinas früherer Vorstellung war London wie Lissabon gewesen, eine Stadt, die sich stets prachtvoll präsentierte, wenngleich es natürlich auch Armut gab, heruntergekommene Gassen, in denen sich der Unrat sammelte. Nach Dom Álvaros Reise dorthin hatte das Bild Risse bekommen, dennoch hatte sie darauf gehofft, dass er das Schöne unerwähnt gelassen hatte, weil er sie nicht als Ehefrau eines Glanville hatte sehen wollen. Aber die weißen Häuser Lissabons, die Orangenbäume, die Wärme, die die Sonne auch im Herbst noch spendete – was für ein gänzlich anderes Bild bot da London, als sie in den Themsehafen einfuhren. Erst glaubte Catarina, es sei nur eine Zwischenstation, wollte nicht glauben, dass dies in der Tat ihre neue Heimat sein sollte.
Die Stadt lag grau unter grauem Himmel, der Regen fiel in Fäden, es stank nach verrottendem Fisch, und am Kai war das Gedränge so groß, dass Catarina sich nur mühsam mit Jeremy durch die Menge schieben konnte. Jeremy heuerte zwei Träger an, die die Truhe in das Haus seiner Familie

bringen sollten. Mehrmals glitt seine nasse Hand aus der ihren, und Catarina musste sich immer wieder das Haar zurückstreichen, das ihr im Gesicht klebte, und das Wasser aus den Augen wischen.

»Niemand weiß, dass wir hier sind. Ich könnte nach einem Wagen schicken lassen, aber vermutlich sind wir zu Fuß dann genauso schnell daheim. Und nass sind wir ohnehin schon.«

Catarina gab ihm durch ein Schulterzucken zu verstehen, dass es ihr gleich war. Er hielt ihre Hand fest und zog sie aus dem Gewühl am Hafen und steuerte zielstrebig eine breite Straße an. Der Regen hatte aus Schlamm und Unrat einen schmierigen Matsch gemacht, in dem Catarina fast knöcheltief versank. Es stank nach Exkrementen, und sie mochte über das, was an ihren Schuhen und ihrem Kleidersaum klebte, keine nähere Überlegung anstellen. Bei dem Gedanken daran, wie sie stets in einer Sänfte durch Lissabon getragen worden war, stiegen ihr die Tränen in die Augen. Sie glitt mehrmals aus, aber es gelang ihr, sich immer wieder zu fangen, ehe sie zu Boden ging.

Jeremy nahm die Wege in spielerischer Vertrautheit, strebte seinem Zuhause zu und konnte die Vorfreude nur schwer verhehlen. Der Regen machte ihm nichts aus, er schien ihn gar zu beleben, und Catarina erwischte ihn einmal dabei, wie er den Kopf zurücklegte, als wolle er spüren, wie die Tropfen auf sein Gesicht fielen.

Irgendwann, es mochte fast eine Stunde Fußmarsch gewesen sein – allerdings hatte Catarina jedes Zeitgefühl verloren –, blieb Jeremy vor einem großen Haus stehen. Nun zögerte er einen Augenblick lang, wandte sich zu Catarina um, die ihn fragend ansah. Er schien etwas sagen zu wollen, dann jedoch drehte er sich wieder zum Haus, stieg die Stufen hoch und betätigte den Türklopfer.

Es dauert nicht lange, und die schwere Holztür wurde geöffnet. Eine ältere Frau stand davor, starrte sie an und stieß dann einen Laut der Freude aus.

»Mr. Jeremy!« Sie trat zurück, ließ die beiden in die finstere Halle treten. Dann wandte sie sich an Catarina, sah wieder Jeremy an und stieß einen Schwall englischer Sätze hervor, von denen Catarina nur hier und da ein Wort verstand, so dass sie es bald aufgab, dem Gespräch folgen zu wollen. Die Frau eilte davon, und kurz darauf kam ein Mädchen, das nur wenig jünger war als Catarina, in die Halle gelaufen.

»Jeremy!« Sie fiel ihm um den Hals, und er hob sie lachend hoch und wirbelte sie herum. Nun kamen ein dunkelhaariger Mann und eine Frau mit einem hübschen, vollen Gesicht hinzu, beide strahlten, der Mann zog Jeremy an sich, während die Frau ihn etwas förmlicher grüßte. Dann, als habe man erst jetzt bemerkt, dass er nicht allein war, wandte man sich ihr zu.

»Du musst Catarina sein«, sagte das Mädchen auf Portugiesisch. »Ich bin Anna, Jeremys Schwester. Und das«, sie hakte sich bei dem dunkelhaarigen Mann unter, »ist unser großer und vernünftiger Bruder Dominic.«

Der Mann grüßte ebenfalls auf Portugiesisch und lächelte sie an.

»Und das hier ist Elizabeth, die so hinreißend und lieb ist, dass es für zwei reicht, daher brauche ich mich nicht so anzustrengen.« Sie lachte, als Dominic ihr einen tadelnden Blick zuwarf.

Catarina wurde etwas leichter ums Herz, angesichts der freundlichen Aufnahme durch Jeremys Geschwister und der Tatsache, dass sie Portugiesisch sprachen und sie sich somit etwas weniger fremd fühlte. Sie lächelte und erwiderte, es sei ihr ebenfalls eine Freude, sie kennenzulernen. Nun sagte Dominics Ehefrau etwas, aber sie sprach zu schnell, als dass Catarina ihr folgen konnte. Dann wandte sie sich an Jeremy, und ihre Stimme bekam einen resoluten Klang, in den sich ein tadelnder Unterton mischte.

»So«, sagte Anna und deutete zur Treppe, »während Jeremy ausgeschimpft wird, weil er dich erst durch den Regen hierher geschleppt hat und nun frierend in der Halle stehen lässt, werde ich dafür sorgen, dass man dir ein Bad bereitet, und bringe dir etwas Trockenes zum Anziehen. Danach könnt ihr Großvater besuchen. Er sitzt in der Bibliothek, die Kälte in der Halle und den meisten Zimmern des Hauses ist nicht gut für seine Knochen.« Sie rief ein Dienstmädchen zu sich, sagte etwas, woraufhin das Mädchen antwortete und davoneilte. Dann führte Anna Catarina zu einer breiten, geschwungenen Treppe und ging ihr voraus in das erste Geschoss, das ebenso düster war wie die Halle. An den Wänden angebrachte Kandelaber erhellten den Gang nur schwach, und Catarina folgte ihrer Schwägerin mit einem beklommenen Gefühl in der Brust.

»Das hier ist Jeremys Zimmer«, sagte Anna und stieß eine Tür auf, nachdem sie eine Kerze aus einem der Kandelaber im Korridor genommen hatte. Das Zimmer war kalt und klamm, die Luft roch abgestanden und staubig. »Ihr werdet erst einmal hier unterkommen müssen. Da wir mit eurer Ankunft nicht gerechnet haben, wurde noch kein gemeinsames Ehezimmer hergerichtet.« Anna entzündete Kerzen in einem dreiarmigen Halter an der Wand.

»Das reicht, vielen Dank.« Catarina konnte nicht verhindern, dass ihr die Zähne aufeinanderschlugen. In ihrem ganzen Leben war ihr noch nicht so kalt gewesen.

»Oh, du Arme. Ich habe schon Anweisungen gegeben, dass ein Bad vorbereitet werden soll.« Sie öffnete die Tür zu einem angrenzenden Raum. »Der Zuber steht im Ankleidezimmer. Aber jetzt lass mich dir erst einmal aus diesem Kleid helfen, ehe du eine Lungenentzündung bekommst.« Ohne eine Antwort abzuwarten, steckte sie die Kerze in einen Halter, der auf einem Schreibtisch stand, trat hinter Catarina und öffnete das Kleid in ihrem Rücken. Es war schwierig, den nassen Stoff von ihrem Körper zu schälen, und als Catarina frierend in ihrem Unterkleid dastand und gerade dabei war, es aufzuschnüren, wurde die Tür geöffnet, und Jeremy trat ein, gefolgt von drei Dienerinnen, die ersten beiden mit Wassereimern, die letzte mit zwei großen Karaffen, aus denen Dampf aufstieg.

Catarina schämte sich, nahezu nackt vor diesen fremden Frauen zu stehen und dabei so selbstverständlich von Jeremy angesehen zu werden. Die Dienerinnen gingen in das Ankleidezimmer, und kurz darauf war dieses in weiches Licht getaucht.

»Danke«, sagte Jeremy zu seiner Schwester.

»Hattet ihr kein Gepäck?« Anna sprach portugiesisch, vermutlich, weil sie es höflicher Catarina gegenüber empfand.

»Die Träger müssten jeden Augenblick mit der Truhe hier eintreffen.«

»Nun ja, du hast ja noch genug Kleidung hier, aber Catarina braucht etwas.« Prüfend musterte Anna sie. »Wir haben ungefähr die gleiche Figur, ich lasse ihr ein Kleid bringen.« Dann ging sie in das angrenzende Zimmer, sprach mit den Dienerinnen und verließ den Raum mit ihnen zusammen. »Das Bad ist heiß genug.« Sie wandte sich an Catarina. »Wenn du Hilfe brauchst, soll Jeremy mir Bescheid geben. Ansonsten überlasse ich die Zofendienste nun ihm.« Sie zwinkerte ihrem Bruder zu und schlüpfte hinter den Dienerinnen durch die Tür in den Flur hinaus.

Catarina ging in das Ankleidezimmer und zog ihr Unterkleid aus. Sie fror erbärmlich. Eilig, ehe Jeremy auf den Gedanken kam nachzusehen, ob sie zurechtkam, stieg sie in den Zuber. Die Hitze prickelte auf ihrem Körper, war erst kaum erträglich, aber dann so angenehm, dass Catarina die Augen schloss und den Kopf an den Rand legte. Ihr war, als habe sie dergleichen Wohlbehagen nie zuvor erlebt. Ein tiefer Seufzer drang aus ihrer Brust.

Als sie Schritte hörte, öffnete sie die Lider und sah Jeremy vor sich stehen. Unwillkürlich sank sie tiefer in den Zuber und verschränkte die Hände vor der Brust.

»Ist dergleichen nicht langsam überflüssig?«, fragte er und streifte sein nasses Hemd ab. Dann ging er zu einer großen Truhe und kramte darin herum. Catarina beobachtete ihn, während er einen Morgenmantel herausnahm und ihn überzog. Anschließend kam er wieder zu ihr, lehnte sich an die Wand und sah sie an.

»Ich vermute, ich werde nicht in den Genuss eines gemeinsamen Bades kommen?«

»Du vermutest richtig.«

»Wie lange willst du mir noch grollen?«

»Das tue ich doch gar nicht.«
Er holte Luft, als wolle er etwas sagen, stieß diese dann jedoch in einem tiefen Atemzug aus und wandte sich ab. Dann ging er in sein Zimmer zurück, und kurz darauf hörte Catarina die Tür. Erst dachte sie, er wäre gegangen, aber dann hörte sie, wie er mit jemandem sprach, eine Frauenstimme. Schließlich öffnete und schloss sich die Tür erneut.
Catarina wusch sich mit der duftenden Seife, die auf einem niedrigen Hocker links neben ihr zusammen mit gefalteten Tüchern lag. Bei ihren Haaren hätte sie Hilfe gebraucht, aber sie scheute sich davor, Jeremy darum zu bitten, also bewerkstelligte sie die Wäsche mit einiger Mühe allein und goss sich Wasser aus einer Karaffe über den Kopf. Als das Wasser im Zuber sich merklich abgekühlt hatte, erhob sie sich und griff nach den Tüchern, schlang eines um ihren Körper, während sie mit dem anderen ihr Haar trockenrieb. Dann ging sie in das Schlafzimmer, wo Jeremy am Schreibtisch saß und in einem Buch blätterte. Er sah auf, als sie den Raum betrat.
»Unsere Kleidertruhe ist angekommen, aber zieh trotzdem das Kleid meiner Schwester an, es liegt auf dem Bett.«
»Warum?«
»Weil es eher der Mode hier entspricht und weil es vermutlich angenehmer zu tragen ist.«
Catarina sah die Truhe neben der Tür stehen und öffnete sie, entnahm ihr Unterkleidung, um sich erst einmal notdürftig anzuziehen. Dann besah sie sich ihre Kleider, dunkler Brokat und Samt, aufwendig bestickt. Und dann das Kleid von Jeremys Schwester, dunkelgrünes Mieder, zartgrüner Rock mit goldfarbener Stickerei, kein Kragen,

keine Polsterung oder Fischbein. Dafür jede Menge Unterröcke.

»Ich werde Kleider für dich in Auftrag geben«, sagte Jeremy. »Gleich morgen lasse ich nach Annas Schneiderin schicken.«

Catarina nahm einen der Unterröcke und zog ihn an. Bei dem Mieder kam Jeremy ihr schließlich zu Hilfe. Es war eng geschnürt, wie sie es auch bei ihren Kleidern kannte, schloss hoch und war spitz zulaufend. Aber es war weniger steif und endete bereits an der Taille. Schließlich zog sie das Kleid an, und nachdem Jeremy es in ihrem Rücken geschlossen hatte, nahm er den Oberrock um die Hälfte ringsum hoch und hakte ihn an der Taille fest. Auf diese Weise kamen die Unterröcke aus goldfarbenem Atlas zur Geltung.

»Muss das wirklich so getragen werden?« Catarina legte die Hand an den viereckigen Ausschnitt. So nackt konnte sie unmöglich vor den Augen der anderen erscheinen.

Jeremy sah auf ihre Brust, dann schüttelte er den Kopf, ging zum Bett und nahm ein Spitzentuch, das er um ihren Ausschnitt drapierte. »So wird das getragen.«

Das war schon besser. Catarina ging zu einem Spiegel, der von ausgezeichneter Qualität war, vermutlich venezianisch, und drehte sich davor. Was sie sah, gefiel ihr. Jeremy offenbar auch, wenn sie seinen Blick richtig deutete.

»Gehen wir nun zu Jaume?«, fragte sie zögernd.

»Jaume?« Er runzelte die Stirn. »Ach, du meinst James. Ja, natürlich. Ich wollte nur gerne vorher baden.«

»Kannst du das nicht heute Abend tun?« Sie umfasste seinen Arm und sah ihm bittend in die Augen.

»Ich beeile mich, versprochen.«

Er hatte bereits Wasser erhitzen lassen, und kurz darauf brachten zwei Dienstmädchen erneut dampfende Eimer ins Zimmer. Jeremy brauchte tatsächlich nicht lange, und als er das Ankleidezimmer wieder verließ, schlug Catarinas Herz heftig in erwartungsvoller Unruhe. Wie würde das Kind reagieren? Würde es erfreut sein? Oder wütend, weil es sich von der Mutter im Stich gelassen fühlte?

»Ich hoffe, er ist noch im selben Zimmer untergebracht wie damals«, sagte Jeremy, als sie in den Korridor hinaustraten. Offenbar war er das, denn das Kinderzimmer wirkte zwar bewohnt, war jedoch leer. »Vielleicht ist er bei meinem Großvater, der war ja ganz vernarrt in den Kleinen.«

Sie gingen über die Treppe hinunter in die Halle, die nun still dalag, nur schwach von einem Kandelaber erhellt. Jeremy bewegte sich mit der Sicherheit eines Menschen, der endlich wieder auf vertrautem Boden war, indes Catarina ihm zögerlich folgte und sich umsah, ihre Umgebung in sich aufnahm. Nun hatte sich alles umgekehrt, sie waren nicht mehr in ihrer Welt, sondern in seiner. Und die war so gänzlich anders als ihre warme, von Licht und Farben durchflutete.

»Ist es im ganzen Haus so kalt?«, fragte sie.

»Nein, in den bewohnten Räumen nicht. Und auch in unserem Zimmer wird heute Abend der Kamin beheizt. Du wirst also nicht frieren müssen.«

Er blieb vor einer Tür stehen und legte die Hand auf die schwere, eiserne Klinke. »Mein Großvater spricht Portugiesisch. Und du brauchst keine Angst vor ihm zu haben, in seinen Augen trifft mich an allem die Hauptschuld.«

»Womit er recht hat.«
»Ja, natürlich.« Jeremy öffnete die Tür, noch ehe Catarina etwas erwidern konnte, und betrat den Raum. Sie folgte ihm zaudernd.
Ein Feuer flackerte im Kamin und ließ Schatten über die Bücher an den Wänden tanzen. Es war ein großer Raum, von dicken Stumpenkerzen in warmes Licht getaucht. Eine schmale Gestalt, gebückt vom Alter, erhob sich aus einem Sessel und sagte etwas auf Englisch, auf das Jeremy antwortete.
»Und du?«, fuhr der alte Mann auf Portugiesisch und mit deutlich freundlicherer Stimme fort, »musst Catarina sein. Ich freue mich. Komm her, damit ich dich besser sehen kann. Meine Augen sind nicht mehr die besten.«
Langsam überwand Catarina die Distanz von wenigen Schritten, bis sie vor dem alten Mann stand, der auch im hohen Alter immer noch eine respekteinflößende Erscheinung war. Sie blieb vor ihm stehen, und er umfasste ihre Hände mit den seinen.
»Wie hübsch du bist. Mein Enkel ist ein ausgemachter Narr, ich hoffe, er hat dir das Leben in den letzten Monaten nicht so schwergemacht.«
Catarina warf Jeremy einen kurzen Blick über die Schulter zu, dann sah sie den alten Mann wieder an und schüttelte den Kopf. »Nein, er hat sich sehr … anständig benommen.«
»Das will ich hoffen. Komm, setz dich zu mir, mein Kind.« Er deutete auf einen Sessel, der neben seinem stand.
Gehorsam ließ Catarina sich nieder, und auch der alte Mann setzte sich.
»Mein Name«, sagte er, »ist Sebastian Glanville – eigentlich

Sebastião, aber so nennt mich seit meiner Jugend niemand mehr. Dein Vater ist der Sohn meines Vetters.«

»Großtante Lea hat mir die Verwandtschaftsgrade erklärt. Sie ist Eure Base?«

»Ja, ganz recht.« Sebastian Glanville wandte den Kopf. »Wo willst du hin?«, fragte er, an Jeremy gewandt, der gerade im Begriff war, den Raum zu verlassen. Zwar blieb er im Portugiesischen – wohl Catarina zuliebe –, aber seine Stimme hatte an Schärfe gewonnen.

»Zu Dominic«, antwortete Jeremy.

»Habe ich dir erlaubt zu gehen?«

»Nein.«

»Dann bleibst du. Ich erwarte, dass du die grundlegenden Regeln der Höflichkeit einhältst und nicht deine Ehefrau hier ablädst, um dann einfach ohne ein Wort zu verschwinden.«

»Ich bitte um Verzeihung.«

»Unverschämter Bengel.«

Der alte Mann gefiel Catarina zunehmend besser. Sie lächelte.

»Ich habe gehört, was in Olinda vor sich geht«, nahm Sebastian Glanville das Gespräch wieder auf. »Hat man euch vertrieben?«

»Nicht so direkt«, antwortete Catarina und schilderte die Beweggründe ihres Fortgangs.

»Ich hatte Jeremy untersagt heimzukommen, ehe er meine ausdrückliche Erlaubnis hat, aber in diesem Fall sieht die Sache natürlich anders aus.«

Catarina hatte sich bereits mit einem Blick durch den Raum davon überzeugt, dass ihr Kind nicht hier war. Sie wollte ihren Sohn sehen, und doch hatte sie Angst davor. Nun führte die Wärme in dem Raum und der gemütliche Sessel jedoch dazu, dass eine angenehme Mattigkeit sie überkam, und wenn sie sich jetzt nicht erhob, würde sie vermutlich einschlafen. Sie wandte sich an den alten Mann. »Ich würde gerne Jaume – James sehen.«

»Ja, natürlich, wie dumm von mir.« Er wandte sich an Jeremy, der immer noch nahe der Tür stand. »Dein Sohn spielt mit Charlotte im Kinderzimmer. Sei so reizend und geh ihn holen.«

Jeremy nickte und verließ den Raum.

»Eine Tochter von Dominic«, erklärte Sebastian auf Catarinas fragenden Blick hin. »Er hat inzwischen sechs Kinder, vier Töchter und zwei Söhne. An Spielgefährtinnen mangelt es James nicht.«

Catarina spürte, wie ihr Herz schneller schlug bei dem Gedanken daran, dass Jeremy jeden Moment mit ihrem Kind den Raum betreten würde. Sie schlang die Finger ineinander und schloss für einen Moment die Augen. Dann spürte sie, wie sich eine Hand auf die ihre legte, und als sie aufblickte, sah sie in die dunklen Augen Sebastian Glanvilles.

»Ich nehme an, sie haben dir den Kleinen nach der Geburt sofort weggenommen?«

Bei dem Gedanken daran kamen Catarina auch nach all den Jahren wieder die Tränen, und sie vermochte nur kaum merklich zu nicken.

»Ich kann mir vorstellen, wie du dich fühlst. Keine Mutter sollte ihr Kind erst im Alter von vier Jahren das erste Mal sehen.«

Dann war Jeremy zurück, auf den Armen ein Kind, das er auf den Boden setzte, kaum dass er den Raum betreten hatte.
»Großvater!«, rief der Junge auf Portugiesisch und lief zu dem alten Mann. »Dieser Mann sagt, er ist mein Vater. Stimmt das?« Er kletterte auf Sebastian Glanvilles Schoß und sah Catarina misstrauisch an. »Und wer ist das?«
»Deine Mutter«, antwortete sein Urgroßvater.
Der Junge runzelte die Stirn. »Bist du aus dem weit entfernten Land gekommen?«
»Ja.« Es gelang Catarina erst nach mehreren Anläufen, die Antwort zu artikulieren. Sie wollte die Hand ausstrecken, den kleinen Jungen berühren, über sein dunkles Haar streichen, die runden Kinderwangen. Aber sie traute sich nicht.
Nun trat auch Jeremy zu ihnen, stellte sich neben Catarinas Sessel und sah das Kind an. »Wir sind uns ja schon begegnet, aber daran erinnerst du dich vermutlich nicht mehr.«
Der Junge legte den Kopf schief, wirkte, als würde er nachdenken, dann sagte er: »Nein.« Nun sah er Catarina an. »Du siehst traurig aus. Warum?«
»Ich bin doch gar nicht traurig«, antwortete Catarina mit gebrochener Stimme.
»Aber du weinst. Also bist du traurig.«
»Manchmal«, erklärte ihm der alte Mann, »weint man auch, wenn man sich freut. Deine Mutter ist so glücklich darüber, dich zu sehen, dass sie weinen muss.«
Der Junge legte den Kopf schief und sah sie an. »Sie ist genauso schön wie Tante Anna.«

Die Familie tat alles, damit Catarina sich wohl fühlte. Man sprach bei Tisch portugiesisch mit ihr, Anna zeigte ihr zusammen mit ihrer Schwägerin das Haus, das in der Tat überall so düster und zugig war. Sie lernte Dominics Kinder kennen und wurde dem Gesinde vorgestellt. Aber das Schönste war, auf dem Boden des Kinderzimmers zu sitzen und von James gezeigt zu bekommen, wie man aus hölzernen Klötzen die höchsten Türme baute.
Nun lag sie in Jeremys Bett, lauschte dem Knacken und Knistern der Flammen im Kamin und hatte sich in die warmen Decken gekuschelt. Seit ihrer Flucht von der Plantage da Silveira war dies die erste wahrhaft behagliche Nacht.
Die Matratze senkte sich leicht, als Jeremy ins Bett kam. Er schlang die Arme um Catarina, und diese ahnte, dass die Zeit seiner Zurückhaltung nun ein Ende gefunden hatte. Obschon Catarina lieber ihren Gedanken nachgehangen hätte, bis sie in den Schlaf glitt, wies sie ihn nicht zurück. Er hatte nahezu sieben Monate Geduld und Zurückhaltung gezeigt, und so drehte sie sich zu ihm, umarmte ihn und erwiderte seine Küsse. Er versuchte, sein Verlangen zu zügeln, aber als sie ihm bereitwillig entgegenkam, war es um seine Beherrschung recht bald geschehen.
Nachdem er sich von ihr gelöst hatte, lag er auf dem Rücken und zog sie an seine Brust, hielt sie eng umarmt und ließ die Hand in einer trägen Liebkosung auf ihrer Hüfte ruhen. Catarina fragte sich, wie es sein mochte, wenn einem der Körper eines anderen Menschen so viel Lust bereitete wie der ihre dem seinen. Ob er dabei immer noch an *sie* dachte? Eigentlich glaubte sie das nicht, aber nun, da sie sich in

England befand, war dieser Gedanke wieder aufgekeimt, setzte sich hartnäckig fest. Catarina spürte, wie eine verzehrende Eifersucht in ihr aufglomm, und ihre Finger, die zuvor kleine Muster auf seine Brust gemalt hatten, hielten in der Bewegung inne.

»Was ist los?«, fragte er.

Catarina wollte nichts sagen, wollte einfach nur in den Schlaf gleiten und an dem letzten Rest von Wohlbehagen festhalten. Aber ihre Zunge war schneller als ihre Gedanken. »Denkst du immer noch an *sie,* wenn du mit mir zusammen bist?«

Er schwieg. Dann richtete er sich auf, so dass sie in das Kissen glitt, beugte sich über sie und sah sie an. »Hattest du den Eindruck, ich tue es?«

Catarina zuckte mit den Schultern.

»Ich habe lange nicht mehr an sie gedacht«, gestand er. »Und ehrlich gesagt war ich vorhin nicht imstande, überhaupt an etwas zu denken.«

Ein Lächeln glitt über Catarinas Lippen. Dann küsste er sie und schlief ein weiteres Mal mit ihr. Während Catarina den Bewegungen seines Körpers folgte, stieg vor ihr wieder jener Moment auf, in dem Rodrigo Coentrão ihren Körper zu Boden gezwungen und sich an sie gedrängt hatte, sie spürte ihn wieder, so abstoßend nah, und ein Schauer durchlief sie, indes Ekel in ihr aufstieg und sie ein säuerliches Gefühl in ihrem Mund schmeckte. Jeremy war ihre heftige Reaktion nicht entgangen. Er sah sie an, und Catarina wartete darauf, dass er sie fragte, was mit ihr sei. Er schwieg jedoch und ließ sie los.

In den kommenden Tagen verbrachte Catarina viel Zeit damit, sich in der neuen Umgebung einzugewöhnen. Alles war gänzlich anders, als sie es von daheim kannte. Vor allem wusste sie nicht so recht, wo eigentlich ihr Platz in dem Haushalt war.

Hausherrin war Dominics Ehefrau Elizabeth. Catarina bekam mit, wie die Haushälterin morgens mit ihr den Tagesablauf besprach. Später ging Elizabeth mit der Köchin das geplante Essen durch. Catarina hatte sie begleitet, und Anna übersetzte alles.

Aber die Dienstboten sahen sie seltsam an und waren ihr gegenüber reserviert. Dergleichen war Catarina nicht gewohnt, im Haus ihres Vaters und ihres Onkels war man ihr nie anders als mit Respekt begegnet. Sie bemühte sich, den Gesprächen zu folgen, aber die in rascher Folge gesprochenen englischen Wörter verschwammen meist zu einer Masse an fremden Lauten.

»Wie ist es denn bei euch so?«, fragte Anna, während sie in ihrem privaten Gesellschaftszimmer saßen. »Habt ihr auch so viele Dienstboten?«

»Mein Onkel hatte mehr, aber es waren alles Sklaven, und die meisten sind geflohen, als die Niederländer kamen.« Catarina erzählte von dem Leben in Olinda auf der Plantage, von den Zuckerrohrfeldern, den Sklaven und davon, wie sie in die Wälder geflohen waren.

»Das klingt aufregend«, sagte Anna. »Dagegen ist mein Leben langweilig, hier passiert nie etwas.«

»Bei uns war der Alltag auch langweilig, ich habe vielleicht einmal im Jahr andere Mädchen und Frauen gesehen. Auf den Plantagen lebten wir sehr zurückgezogen, und die

Senhores dos Engenhos wachen sehr eifersüchtig darüber, dass ihre Frauen und Töchter zu Hause bleiben.«

Annas Augen weiteten sich. »Oh, das hätte ich nicht ausgehalten. Immer nur allein? Wie erträgt man das? Hier gibt es Gesellschaften, Feiern, Besuche von Nachbarn und Freunden. Das kann zwar auch langweilig werden auf Dauer, aber zumindest gibt es hin und wieder ein wenig Abwechslung. Bist du denn nie rausgegangen, auf den Markt oder um einfach mal etwas anderes zu sehen?«

»Auf den Markt nicht, aber als ich noch in Lissabon lebte, habe ich meinen Vater in einer Sänfte begleitet, wenn es Prozessionen zu sehen gab. Frauen und Mädchen von Stand gehen in Lissabon nicht zu Fuß durch die Stadt.«

»Vermutlich wird es für dich hier sehr ungewohnt.« Anna spielte mit einer Strähne ihres dunklen Haars. »Wir werden demnächst eine größere Gesellschaft geben. Bis dahin müssen wir uns um dein Englisch kümmern, sonst kannst du dich mit niemandem unterhalten.«

»Wird«, Catarina zögerte, »wird Jeremys ehemalige Verlobte auch kommen?«

»Tereza? Oh, gewiss. Sie ist ja jetzt *Mrs. Calbot*.« Annas Mund verhärtete sich. »Dieser Schuft, Oliver, erzählt mir erst etwas von ewiger Liebe und rennt dann zu Tereza, kaum dass es die Runde machte, dass die Verlobung gelöst war.«

»Sie hat deinen Verlobten geheiratet?«

»Na ja, verlobt waren wir nicht. Aber er hat zumindest so getan, als stünde das Ereignis unmittelbar bevor. Und dann lässt er mich von einem Moment auf den anderen fallen.«

Catarina musterte Anna und fragte sich, was Tereza an sich

hatte, dass ein Mann eine so hübsche junge Frau für sie fallenließ. Und dass Jeremy derart in Liebe entbrannt war.
Anna lächelte. »Jeremy war ziemlich ungehalten darüber, dass Oliver und ich uns, hm, heimlich getroffen haben. Er hat es ausdrücklich untersagt und Oliver mit allerlei gedroht. Anfangs hat Oliver das nicht gestört, er sagte, seine Liebe sei stärker, na ja, all das, was sie eben so sagen. Aber dann war Tereza zu haben, und er war schneller weg, als ich bis drei zählen konnte.«
»Das muss eine große Enttäuschung gewesen sein.«
Anna zuckte mit den Schultern. »Ja, kann man sagen.«
Sie verbrachten danach einige Zeit bei James, zu dem Catarina keinen rechten Zugang fand. Zwar ließ er sich artig von ihr umarmen, aber er begrüßte seine Tante mit größerer Freude, und seine *Mucama* umarmte er mit einer solchen Wärme, wie ein Kind sonst nur seine Mutter umarmte. Zumindest stellte Catarina sich vor, dass es so war, sie selbst hatte ihre ganze Liebe ja ebenfalls ihrer *Mucama* geschenkt. Das war bitter, aber sie konnte den Kleinen verstehen, immerhin war sie für ihn eine völlig Fremde.
»Das wird irgendwann sicher auch anders«, tröstete Anna sie, der Catarinas Enttäuschung nicht entging.
Da Jeremy wieder in den Gewürzhandel der Familie eingebunden wurde, sah sie ihn nur abends. Er schien sich offenkundig darauf zu verlassen, dass seine Familie sie in die Abläufe des Hauses einführte, und verbrachte die Abendstunden damit, ihr Englisch beizubringen. Da Elizabeth kein Portugiesisch sprach, war es ein Gebot der Höflichkeit, dass die Tischgespräche auf Englisch geführt wurden. Catarina fiel die Sprache zunehmend leichter, und sie war

noch keine drei Wochen in London, da verstand sie schon mehr als nur hier und da ein Wort. Sie selbst artikulierte sich nur zögernd in der fremden Sprache, es war ihr peinlich, sich unbeholfen von Wort zu Wort zu hangeln, und sie fühlte sich furchtbar unwissend und ungebildet, ein Gefühl, das sie unter ihresgleichen nie kennengelernt hatte.

»Dafür sprichst du Spanisch«, sagte Jeremy, »und das beherrsche ich nicht.«

Es hätte eine vollkommene Harmonie zwischen ihnen herrschen können, und doch fand sie bei Nacht nur widerwillig zu ihm, wenn er sie an sich zog und seine Liebkosungen erkennen ließen, worauf er aus war. Immer wieder schob sich der Moment mit Rodrigo Coentrão zwischen sie.

London, Dezember 1631

Man hatte die Flügeltüren zwischen den beiden großen Gesellschaftszimmern und zur Halle hin geöffnet, um der Gästeschar von Rang und Namen Platz zu bieten. Diese Art rauschender Feste hatte Jeremy lange entbehren müssen, und er genoss es in vollen Zügen. Es gab freudige Begrüßungen von Freunden und Verwandten mütterlicherseits, man klopfte ihm auf die Schulter, bekundete, wie sehr man ihn vermisst habe, und beglückwünschte ihn zu seiner Ehe. Dabei war seine Ehe das Letzte, woran er in diesem Augenblick denken wollte.

Er hatte gehofft, dass Catarina wieder zugänglicher werden würde, wenn sie die Flucht hinter sich hatten. Ihre kleine

Annäherung in Olinda war inzwischen wieder gänzlich zunichtegemacht. Ihm war ihre Abscheu nicht entgangen, wenn er mit ihr schlief, aber er wusste auch nicht, wie er etwas daran ändern sollte. Sie hatte ihm gegrollt, weil er den ehemaligen *Feitor* nicht hatte im Wald liegen lassen, er hatte jedoch die Hoffnung gehegt, dass sie seine Beweggründe verstehen würde, dass sie sah, dass er sie nicht verriet, sondern durchaus dafür gesorgt hatte, dass der Mann seine Strafe bekam. Hätte man ihn später tot im Wald gefunden, hätte man doch als Erstes entlaufene Sklaven dafür verantwortlich gemacht. Nein, Jeremy war überzeugt davon, richtig gehandelt zu haben.

Aber das brachte ihn nicht weiter, was Catarina anging, denn sie war unzugänglicher denn je. Und Jeremy ertrug diesen Zustand, in dem sich seine Ehe befand, nur schwer. Catarina verweigerte sich ihm nicht, aber ihre gleichgültige Hingabe war ebenfalls nicht gerade erquicklich. Und dann diese Abscheu, die sie geschüttelt hatte. Jeremy hatte Erfahrung mit Frauen, und sicher war er gelegentlich auch egoistisch gewesen, aber eine solche Reaktion hatte er bei noch keiner ausgelöst.

Seine Stimmung, eben noch ausgelassen durch die Anwesenheit seiner Freunde, schlug bei den Gedanken an seine Ehe um. Gänzlich zunichtegemacht wurde sie durch das Auftauchen von Tereza an der Seite von Oliver Calbot. Sie schritt in die Halle, ihre Hand auf seinem Arm, sah sich um, jeder Zoll eine Königin. Ihr Blick traf auf Jeremy, und Terezas Augen weiteten sich kaum merklich. Dann nickte sie ihm freundlich zu und mischte sich unter die Gäste.

In dem Bewusstsein, dass es schlimmer nun nicht mehr

werden konnte, tauchte auch Jeremy ins Getümmel ein, gab sich fröhlich, lachte und tanzte. Irgendwann stand Tereza vor ihm, ihre Hände fanden sich, lösten sich voneinander, fanden sich erneut. Und für einen Augenblick glaubte Jeremy einen Widerhall seiner eigenen Gefühle in Terezas Augen zu erkennen. War das denn möglich? Der Gedanke daran ließ ihn nicht mehr los, und er beobachtete sie, begegnete mehrmals ihrem Blick, den sie stets einen Moment länger beantwortete, als es der Anstand erlaubte.

Er musste hier raus, brauchte einen Moment Abstand, um wieder zu klarem Verstand zu kommen. Nachdem er einen Pflichttanz mit Anna absolviert hatte, verließ er die Halle und ging in die Bibliothek, die an diesem Abend verwaist war, denn sein Großvater hatte es sich nicht nehmen lassen, der Feier beizuwohnen. Sebastian Glanville erfreute sich daran, die jungen Leute um sich herum glücklich und ausgelassen zu erleben, begeisterte sich für Tänze, die er selbst zu tanzen nicht mehr imstande war, und saß mit den wenigen Freunden, die noch lebten, zusammen und unterhielt sich über alte Zeiten. Catarina kannte die Schrittfolgen nicht und hatte sich zurückgehalten aus Sorge, sich zum Narren zu machen. Zwar hatten Anna und Elizabeth ihr ein paar Grundschritte gezeigt, aber sicher fühlte sie sich noch nicht.

Jeremy stellte den Kerzenleuchter, den er aus der Halle mitgenommen hatte, auf einen Tisch in der Bibliothek und ging ans Fenster, sah durch sein gläsernes Spiegelbild hinaus in den Garten. Gleich würde er wieder hinausgehen und sich als vorbildlicher Ehemann verhalten, würde mit

Catarina tanzen, immer wieder tanzen, bis sie die Schritte im Schlaf beherrschte, und würde Tereza nicht mehr ungebührlich lange ansehen.
Die Tür ging kaum hörbar auf, und mit einem tiefen Atemzug wandte Jeremy sich um, eine Rechtfertigung seinem Bruder gegenüber – der ihn zweifellos an seine Pflichten erinnern wollte – auf den Lippen. Doch er stieß die angehaltene Luft aus und erstarrte.
»Ich dachte mir, dass du hier bist«, sagte Tereza und betrat die Bibliothek. »Das war früher schon dein liebster Raum, wenn du mir den einen oder anderen Kuss rauben wolltest.« Sie lachte leise.
»Ja, das war, ehe mein Großvater seine Tage nur noch hier verbracht hat.« Jeremy stimmte in ihren scherzenden Tonfall ein, indes ihm das Herz bis zum Hals schlug.
Tereza trug ein Kleid in einem satten Blau, goldfarben bestickt, und goldfarben waren auch die Unterröcke, die von dem gerafften Oberkleid freigegeben wurden. Sie war atemberaubend schön, und in Jeremys Brust setzte ein Ziehen ein. Seine große Liebe, die er mit so leichter Hand in einem unbedachten Moment verloren hatte.
»Bereust du es?«, fragte Tereza, als hätte sie seine Gedanken gelesen.
»Ja«, antwortete Jeremy, ohne zu zögern.
»Ich auch, in gewisser Weise.« Sie ging an den Buchreihen entlang, ließ die Finger über die Rücken gleiten. »Aber fortzulaufen wäre keine Lösung gewesen. Und ich war viel zu wütend und verletzt, als dass ich auch nur darüber nachgedacht hätte. Ich wollte dich bestrafen.«
»Das ist dir gelungen.«

»Versteh mich nicht falsch, Oliver ist reizend, aber inzwischen sind wir über ein Jahr verheiratet, und ich habe immer noch kein Kind. Ich bin mir sicher, du wärest geduldiger als er. Er hingegen möchte der Welt und seinen Eltern um jeden Preis einen Sohn präsentieren, daher nimmt er mich, wo und wann er will.«
Ein wenig schockierte es Jeremy, dass sie so freiheraus erzählte, und es löste gleichzeitig ein unbändiges Verlangen nach ihr aus. Ob sie ahnte, wie gerne er an Olivers Stelle wäre?
Sie war nun nahe bei ihm und sah ihn an, den Kopf leicht zurückgelegt. »Du fehlst mir«, sagte sie.
Dann, ehe er so recht wusste, wie ihm geschah, schlang sie die Arme um seinen Hals, zog seinen Kopf zu sich heran und küsste ihn, küsste ihn wirklich und wahrhaftig, und so gänzlich anders als die schüchternen Küsse, die er ihr während ihrer Verlobung geraubt hatte. Sie war nun eine erfahrene Frau und ließ keinen Zweifel daran, dass sie recht genau wusste, was sie tat und was sie wollte. Ihre Finger glitten von seinem Nacken, umfassten seine Hand und legten sie auf ihre Brust. Ihm schwindelte. Ihr Brusttuch fiel zu Boden, und er spürte ihre Haut unter seinen Fingern, liebkoste sie, während ihre Küsse immer hungriger wurden, ihr Atem heftiger ging, zu einem Keuchen wurde. Jeremy hob Tereza auf einen Tisch, nestelte an ihren Röcken, und sie bog sich ihm entgegen.
Und dann, als er eben dabei war, sich seiner eigenen Kleidung so weit zu entledigen, dass er sie nehmen konnte, war da ein Geräusch, das nicht hierher passte, ein Missklang, der ihn innehalten ließ.

»Was ist los?«, fragte Tereza und drängte ihn weiterzumachen. Aber dann spürte offenbar auch sie es.
Gleichzeitig wandten sie ihren Blick der halboffenen Tür zu, und Jeremy fühlte, wie Terezas Körper starr wurde. Catarina stand in der Tür, hinter ihr Dominic. Sie schlug die Hände vor den Mund, starrte ihn aus Augen an, die wie schwarze Löcher in ihrem weißen Gesicht wirkten, dann wandte sie sich ab und lief davon.
Tereza ordnete ihre Kleider in aller Eile, hob ihr Brusttuch auf und steckte es sich in den Ausschnitt, fuhr sich mit den Händen ordnend über das Haar und war so bleich, dass Jeremy befürchtete, sie könne in Ohnmacht fallen.
»Geh!«, befahl Dominic ihr.
»Wirst du es Oliver erzählen?«
»Nein. Und jetzt raus.«
Sie rannte beinahe, und kaum war sie an ihm vorbei, betrat Dominic die Bibliothek und schloss die Tür hinter sich. Im nächsten Augenblick verpasste er Jeremy einen Fausthieb, der ihn zu Fall brachte. Als Jeremy sich aufrichten wollte, versetzte Dominic ihm einen Tritt in die Rippen, der ihn erneut zu Boden beförderte.
»Und jetzt steh auf«, sagte der Ältere kalt. »Und richte deine Kleidung.«
Jeremy erhob sich langsam. In seiner linken Gesichtshälfte pochte es, und der Schmerz in seinen Rippen machte ihm das Atmen schwer. Wenigstens war ihm die Demütigung erspart geblieben, mit heruntergelassenen Hosen vor seinem Bruder zu stehen. Jetzt, wo Tereza fort war, wurde ihm die Ungeheuerlichkeit dessen, was er beinahe getan hätte, in vollem Ausmaß bewusst. Was hatte er sich bloß

dabei gedacht? Gar nichts, das war die simple Antwort. Er hatte gar nichts gedacht, hatte nicht mehr denken können. Beinahe hätte er sie genommen, hier, bei halboffener Tür, wo jeder sie sehen konnte. War er denn toll? Und wenn sie ein Kind empfangen hätte? Jeremy Glanvilles Kind Oliver Calbot untergeschoben hätte?

»Und nun geh«, befahl Dominic, als Jeremy wieder präsentabel hergerichtet war, »und versuch, das zerschlagene Porzellan zu kitten.«

Jeremy antwortete nicht, sondern ging an seinem Bruder vorbei aus der Bibliothek.

Obwohl Catarina wusste, dass Jeremy sie vermutlich hier zuerst suchen würde, um seine Entschuldigung vorzubringen und seine Beteuerung, dass alles bloß eine unrühmliche Ausnahme gewesen sei und nie wieder vorkommen würde, war Catarina auf ihr Zimmer geeilt. Immer und immer wieder sah sie die beiden vor sich, Jeremy eng umschlungen mit seiner Geliebten, hörte ihren keuchenden Atem, sah das Verlangen, das sie beide antrieb. Jenes Verlangen, das er bei ihr nicht auslöste und das sie bei ihm seit jenem Nachmittag im Garten nicht mehr verspürt hatte. Er war bemüht, wenn er mit ihr schlief, war behutsam und in der Regel geduldig, aber es kam ihr vor, als erfülle er eine Pflicht, die für ihn zwar durchaus angenehm war, aber mehr auch nicht. Es war weit entfernt von dem, was er mit Tereza geteilt hatte, was er im Begriff zu tun gewesen war.

Catarina hatte ihn gesucht, hatte sich an Dominic gewandt, ihn gefragt, ob er wisse, wo Jeremy sei. Dominic hatte ihr geantwortet, Jeremy sei vermutlich in der Bibliothek, dorthin gehe er gelegentlich, wenn er einen Moment für sich haben wolle. Und weil Dominic ein überaus höflicher Mann war, begleitete er sie.

Was wäre gewesen, hätte sie Jeremy nicht gesucht? Wäre er dann irgendwann wieder auf der Feier erschienen, zufrieden, gesättigt, da er endlich bekommen hatte, wonach es ihn seit Jahren gelüstete? Hätte er gelächelt, wäre aufmerksam gewesen, hätte Catarina in dieser Nacht vielleicht auf die gleiche Art geliebt wie *sie*, weil ihn jener Moment der Glückseligkeit großzügig gemacht hätte?

Und wie würde man sie, Catarina, nun im Hause Glanville ansehen? Würde man sie bemitleiden, sie, die sich erst hatte schwängern lassen und deren Ehemann sie nur unter Zwang geheiratet hatte. Wie armselig kam ihr dieser Triumph nun vor. Er war ein Mann, und Männer gewannen letzten Endes immer. Bei dem Gedanken daran, dass man über sie reden könne, wie man es über ihre Tante Mécia tat, krümmte Catarina sich innerlich. Sie dachte an Dom Álvaros Blicke, mit denen er seine Frau bedachte, daran, wie selbst die Sklaven keinen Respekt mehr hatten, wenngleich sie sich hüteten, dies offen zu zeigen. Man gehorchte Dom Álvaro, aber für Dona Mécia hatte man Unverständnis übrig, Verachtung im schlimmsten Fall, Mitleid im besten. So wollte Catarina nicht werden.

Nun hörte sie seine Schritte, hörte, wie er sich der Tür näherte, innehielt, als wolle er ebenso wenig mit ihr reden wie sie mit ihm. Dann jedoch wurde die Türklinke gedrückt, und Jeremy betrat das Zimmer. Sie musste sich nicht umdrehen, um zu wissen, dass er es war, so selbstverständlich ihr Zimmer zu betreten stand außer ihm niemandem zu.

»Wir wissen beide, dass du keine Entschuldigung akzeptieren wirst, nicht wahr?«, sagte er in die Stille hinein.
Catarina zögerte, ehe sie sich zu ihm umdrehte. »Eine Entschuldigung muss aufrichtig sein, sonst ist sie nichts wert. Und ich kann mir beim besten Willen nicht vorstellen, dass es dir wahrhaftig leidtut, nicht, nachdem deine Hand auf ihrer nackten Hurenbrust lag und du dich zwischen ihre Beine gedrängt hast, sie geküsst hast wie ein Verhungernder.«
»Sie ist keine Hure.«
Kälte glitzerte in Catarinas Lächeln. »Ist das alles, was dir dazu einfällt?«
»Ich habe nicht vorgehabt, dass es so weit kommt, es ist einfach passiert.«
Catarina nickte, scheinbar verstehend. »Natürlich. Ich nehme an, diese Entschuldigung würdest du auch gelten lassen, würdest du mich in inniger Umarmung mit eurem hübschen Lakaien antreffen.«
»Das ist wohl schwerlich dasselbe.«
Catarinas frostige Distanz wich Zorn, einem brennenden, belebenden Zorn. »Tatsächlich?« Mit einem Mal wollte sie nichts mehr, als auf Jeremy losgehen, ihm das Gesicht zerkratzen, ihm jene Leidenschaft abringen, die er *ihr* so überreich dargeboten hatte, nur um ihn hernach zurückzuweisen.
»Hör zu, wenn ich es irgendwie wiedergutmachen kann …«
»Und wie sollte diese Wiedergutmachung aussehen?«
Die Antwort darauf blieb er ihr schuldig.
Catarinas Hand glitt über die Seide ihres Kleides, eines der vielen, die Jeremy für sie hatte anfertigen lassen. Er hatte

ihr Schmuck gekauft für diesen Abend, hatte ihr einen Kamm aus Elfenbein ins Haar gesteckt, hatte gesagt, wie hinreißend sie aussah in der cremegelben Seide und den üppigen goldgelben Unterröcken. Sie hatte die Blicke der Menschen gespürt, so wie seinerzeit im Haus ihres Vaters in Lissabon, als dieser sich ihr zugeneigt und geraunt hatte, allein in einer Nacht habe sie mehr Herzen erobert als seine Ehefrau in ihrem ganzen Leben.

Sie war Catarina da Silveira, auch wenn man sie hier *Mrs. Glanville* nannte, als wäre sie nun eins mit Jeremy, als habe sein Name den ihren ausgelöscht. Wer waren die Glanvilles überhaupt? Ein Händlergeschlecht. Sie war eine portugiesische Adlige. Was erdreistete er sich, sich diese andere Frau zu nehmen, sich nicht einmal darum zu scheren, ob die Tür geschlossen war? Als sei es ihm gleich, ob man ihn sah oder nicht, denn seine Ehefrau hatte ohnedies hinzunehmen, was er tat.

Catarina ging auf ihn zu und wollte ihn ins Gesicht schlagen, aber er schien dergleichen geahnt zu haben, denn er fing ihre Hand ab. Sie versuchte, sich zu befreien, aber er ließ sie nicht los, und als sie mit der anderen Hand ausholte, fing er auch diese ab, rang mit ihr, und Catarina spürte, wie sein loderndes Verlangen, das ihre Anwesenheit unterbrochen hatte, wieder entflammt wurde. Er hielt ihre Hände nach wie vor umklammert, stieß Catarina dann auf das Bett und war im nächsten Moment über ihr, küsste sie, drückte ihren Körper auf das Bett, indes Catarina ihre Hände in sein Haar grub und seine Küsse erwiderte, zuließ, dass er an ihrer Kleidung zerrte, Schnüre löste, Knöpfe beinahe abriss in seinen ungeduldigen Bestrebungen, sie zu entkleiden. Erst war es nur ein kleiner Funke, der sich in Catarina entzündete, dann loderte eine von Wut genährte Leidenschaft in ihr auf. Sie wehrte ihn gerade genug ab, um sein Verlangen noch stärker anzustacheln, und als ihre Körper sich bald darauf im wilden Gleichklang fanden, war es, als risse es sie in einen Strudel, der sie schwindeln ließ, ihr Denken verwirrte, und dann zersprang etwas in ihr, der Strudel spülte sie in einen Fluss, der alsbald ruhiger und ruhiger floss.

Jeremy küsste sie, und Catarina spürte es wieder, jenes Gefühl des Triumphs, so wie seinerzeit in Olinda, als sie ihn in diese Ehe gezwungen hatte. Und als sie seinen Kuss erwiderte, wusste sie, dass er glaubte, er habe gewonnen.

Es war nach Mitternacht, als Catarina sich aus dem Bett erhob, sich ins Ankleidezimmer schlich und mit eiskaltem Wasser aus der Karaffe wusch, um alle Spuren der letzten Stunden zu entfernen. Jeremy hatte noch zweimal mit ihr geschlafen, und obwohl es kein solcher Ausbruch war wie beim ersten Mal, war es ein überwältigendes Gefühl gewesen, und es war Catarina, als hätte sie damit eine Macht über ihren Ehemann gewonnen, von der sie vorher nichts geahnt hatte. Schließlich war er eingeschlafen, während sie wach dalag und Pläne schmiedete.

Sie kleidete sich an, schaffte es mit einigen Verrenkungen, die Knöpfe zu schließen, steckte ihr Haar auf, griff nach kurzem Zaudern zu dem kleinen Elfenbeinkamm und verließ das Zimmer, als sei nichts vorgefallen.

Obgleich es ihr vorkam, als sei sie sehr lange fort gewesen, war das Fest noch in vollem Gange. Sie begegnete Domi-

nics fragendem Blick, ignorierte ihn jedoch und ging durch die Halle und die beiden angrenzenden Gesellschaftszimmer, aus denen man den großen Festsaal gemacht hatte. Dann sah sie sie. Tereza Calbot stand in einer Nische und unterhielt sich mit einigen jungen Frauen. Sie lächelte, und vermutlich fiel außer Catarina niemandem auf, wie blass sie war. Nun erschien auch auf Catarinas Lippen ein Lächeln, und sie trat auf die Frauen zu. Man machte ihr Platz, grüßte sie freundlich, sprach langsam, ihr zuliebe. Nur Tereza Calbot musterte sie argwöhnisch.
Catarina lauschte dem Gespräch, das sich um Nichtigkeiten drehte, von denen sie nur die Hälfte verstand, dann warf sie Tereza einen Blick zu, der sie hoffentlich in Unruhe versetzte, entschuldigte sich und setzte ihren Weg durch die Menge fort. Sie war gerade einige Schritte gegangen, als Tereza sich scheinbar freundschaftlich bei ihr einhakte. Die hektischen roten Flecke und die vor Ärger und Furcht funkelnden Augen straften diese Geste jedoch Lügen.
»Was wollt Ihr von mir?«, fragte sie, ein unüberhörbares Beben in der leisen Stimme. »Warum seht Ihr mich so an?«
Catarina wählte ihre Worte sorgfältig. »Ihr werdet mir helfen«, sagte sie in ihrem gebrochenen Englisch.
»Helfen? Wobei?«
»Ich werde fortgehen.«
Terezas Augen weiteten sich überrascht. »Seid Ihr närrisch? Warum? Weil Jeremy das getan hat, was Männer seit Menschengedenken immer wieder tun?«
»Ich habe Euch nicht um eine Belehrung gebeten.«
»Nein, um meine Hilfe, die ich – nebenbei bemerkt – nicht gewähren werde.«

Catarina lächelte. »Ich bat Euch nicht, ich habe gesagt, Ihr *werdet* mir helfen. Ansonsten werde ich Euren Ehemann weinend bitten, Euch zu ersuchen, die Hände von meinem Ehemann zu lassen. Und …«
»Das werdet Ihr nicht tun! Wo kommt Ihr her, dass Ihr die einfachsten Regeln der Gesellschaft nicht kennt?« Terezas Wangen glühten, sie hatte die Augen leicht verengt, und es fiel ihr sichtlich schwer, Catarinas langsamem Spaziergang durch den Saal zu folgen.
»Und ich werde hier und da fallenlassen, wie ich Euch gesehen habe, mit halbnackter Brust in seinen Armen, während er Eure Röcke gehoben hat.«
Tereza blieb mit einem Ruck stehen. »Untersteht Euch.«
»Ihr werdet mir helfen?«
»Ich wüsste nicht, wie ich das tun könnte.«
Catarina setzte ihren Gang fort, und Tereza folgte ihr mit sichtlichem Widerstreben. »Mein Englisch ist nicht sehr gut.«
Ein spöttisches Lächeln spielte um Terezas Lippen. »Was Ihr nicht sagt.«
Catarina ignorierte sie. »Ich brauche einen Diener, der mich nach Lissabon bringt.«
»Im Grunde genommen ist es mir gleich, ob Ihr geht oder nicht. Aber Ihr tut mir unrecht. Jeremy wollte damals mit mir durchbrennen, aber ich habe ihn davon abgehalten.«
Ein kleiner Stich durchfuhr Catarina. »Wie großherzig.«
»Wenn jede Frau gleich fortliefe …«, murmelte Tereza und fügte dann lauter hinzu: »Ich nehme Euch doch nichts weg. Es wäre einmal passiert, vielleicht passiert es noch zwei- oder dreimal, weil er einmal meine große Liebe war. Aber

er bleibt Euer Ehemann, vielleicht sogar etwas glücklicher als sonst.«

Catarina packte Tereza am Arm und ihre Fingernägel gruben sich in den Stoff des Kleids. Die junge Frau zuckte zusammen. »Ich will nicht das, was Ihr mir übrig lasst. Wenn ich fort bin, könnt Ihr ihn haben, sooft Ihr wollt, es ist mir gleich.«

»Was soll ich also tun? Einen Diener für Euch suchen?«

»Ja. So bald wie möglich.«

»Ich brauche dafür Zeit.«

»Drei Tage?«

»Das weiß ich nicht, ich muss schließlich diskret vorgehen. Ihr bekommt Nachricht von mir.«

»Glaubt nicht, dass ich von meinem Vor…« Catarina suchte nach dem richtigen Begriff in Englisch.

»Vorhaben«, sagte Tereza ungeduldig, »das Wort, das Ihr sucht, ist Vorhaben. Und nein, ich denke nicht, dass Ihr davon ablasst, nur weil ich Zeit schinde.«

»Schinden?«

»Mir Zeit lasse, zögere, Himmel!« Tereza blieb stehen und befreite ihren Arm. »Und nun lasst mich los, Ihr tut mir weh.«

»Ich brauche auch eine kleine Reisetruhe.«

»Die wird es hier wohl geben, Ihr habt in eine Seefahrerfamilie eingeheiratet.«

Catarina nickte. »Dann ist es beschlossen?«

»Ja. Ihr hört von mir.« Grußlos wandte Tereza sich ab und verschwand in der Menge.

»Was hattet ihr zu besprechen?«

Catarina zuckte zusammen, als Anna so unmittelbar hinter ihr stand und sie neugierig musterte.

»Nichts weiter«, antwortete sie ausweichend.
»Aber du und Tereza – die Leute rätseln schon, was ihr zu reden habt.«
»Sollen sie. Entschuldige mich bitte, ich bin müde.«
»Du willst wirklich schon wieder gehen? Normalerweise gehen unsere Feiern bis in die Morgenstunden, und glaub mir«, sie zwinkerte ihr zu, »es wird noch ausgelassener. Wo ist Jeremy eigentlich?«
Catarina antwortete nicht, sondern verließ den Saal. Als sie die Treppe hochging, bemerkte sie, dass Dominic sie beobachtete.

Vier Tage vergingen, ehe Tereza von sich hören ließ. Jeremy hatte ein sichtlich schlechtes Gewissen, schien jedoch nicht zu wissen, wie er Catarina begegnen sollte. Und diese ahnte, dass sich der Vorfall mit Tereza wiederholen würde, wenn er die Gelegenheit bekäme, daran hatte Tereza kaum Zweifel gelassen. Vielleicht wären sie dann achtsamer. Das Mal auf dem Fest hatte er sicher auch nicht geplant, es war geschehen, weil sich die Möglichkeit geboten hatte. Und wenn sie sich wieder bot, würde er vermutlich ebenso wenig abgeneigt sein wie zuvor.
Catarina war täglich bei James, aber es war klar, dass er in die Welt der Glanvilles gehörte, nicht in ihre. Sie hatte sich alles leichter vorgestellt, hatte sich ausgemalt, dass sie und Jeremy zusammen mit James eine Familie werden würden, hatte gedacht, dass Jeremy sich fügen und sich in sie verlieben würde wie sie sich seinerzeit in ihn. Dass er *sie* nicht vergessen würde, das hatte sie nicht bedacht.
Sie bekam durch geschicktes Fragen bei einem der vielen

Beisammensein mit Anna heraus, dass die Reisetruhen auf dem Speicher gelagert wurden, und schaffte es sogar in einem unbeobachteten Moment hinauf. Jetzt musste sie nur noch ihre Kleidung darin verstauen, und dabei half ihr, dass sie die Abläufe im Haus nun einigermaßen gut kannte. Sie wusste, wann das Personal sich zum Essen versammelte und wann nicht zu befürchten war, man könne ihr begegnen. Sie schaffte die Truhe in eine leerstehende Schlafkammer und brachte nach und nach das, was sie mitzunehmen gedachte, hinein. Viel war es nicht, drei Kleider mitsamt Unterröcken, Unterkleidern und Miedern, leinene Tücher, ein Nachthemd, Bürste, Spangen und was sie sonst noch an Kleinigkeiten benötigte. Und selbst mit dieser kargen Ausstattung konnte sie die Truhe gerade eben noch schließen. Sie schob die beiden kleinen Riegel vor und seufzte zufrieden. Dann entnahm sie einer Schatulle, die Jeremy in seinem Zimmer verwahrte, so viel Geld, wie in ihre kleine Tasche passte, die sie an ihrem Kleid, verborgen unter den Röcken befestigte.

Der Brief kam, als die Familie beim mittäglichen Essen zusammensaß. Auf Jeremys fragenden Blick hin murmelte sie nur etwas davon, sie habe noch zwei weitere Kleider in Auftrag gegeben, was der Wahrheit entsprach, jedoch mit dem Schreiben nichts zu tun hatte. Catarina war eine schlechte Lügnerin, und sie spürte, wie ihr das Blut in die Wangen schoss, obgleich sie ja streng genommen bei der Wahrheit geblieben war.

»Ich habe dir gesagt, du kannst so viele Kleider anfertigen lassen, wie du möchtest.« Offenbar deutete Jeremy ihre roten Wangen falsch.

Sie sah ihn kurz an, dann öffnete sie das Schreiben und überflog es. Kommende Nacht würde der Diener, den Tereza aufgetrieben hatte, vor dem Haus warten. Wenn sie vor dem Morgengrauen nicht bei ihm wäre, würde er wieder gehen, und die Abmachung wäre nichtig. Sie, Tereza, rate ihr ernsthaft zu Letzterem. *Ihr überlasst mir kampflos das Feld.* Wieder sah Catarina Jeremy an, dann steckte sie den Brief ein. Nein, dachte sie, kampflos sicher nicht. Und sobald sie fort war, würde Jeremy Tereza nicht mehr anrühren, das ahnte sie.
In dieser Nacht liebte Jeremy sie wieder. So distanziert sie bei Tag miteinander umgingen, so innig waren ihre Begegnungen bei Nacht, und als Catarina an seiner Brust lag und seinem Atem lauschte, indes ihr eigenes Herz immer noch raste, dachte sie, dass die ganze Sache es durchaus wert war, dafür zu kämpfen. Und deshalb musste sie fort.

Es war nicht ganz leicht, die Truhe geräuschlos in die Halle zu befördern. Aber schließlich war es Catarina gelungen, und sie stand vor der hohen Eingangstür, das letzte Bollwerk, das sie noch von ihrem Entschluss trennte. Mit zitternden Fingern entriegelte Catarina das Schloss, zog die Tür auf und schleifte die Truhe hinter sich hinaus.
Es war stockdunkel und bitterkalt. Catarina zögerte, ehe sie die Tür hinter sich zuzog, und das eiserne Klicken, mit dem das Schloss einrastete, klang überlaut in der Finsternis. Sie sah sich um, versuchte, eine Gestalt auszumachen, und spürte bereits, wie Angst in ihr hochkroch, noch ehe sie den ersten Schritt vom Haus weg tat. Ihr Atem ging in hastigen Stößen, und als sie Schritte hörte, fuhr sie erschro-

cken herum. Ein Mann, nur silhouettenhaft zu erkennen, trat auf sie zu.

»Doña Catarina?«, fragte er auf Spanisch.

»Ja.«

»Mrs. Calbot schickt mich.« Er kam näher, und Catarina erkannte ein schmales Gesicht, eingerahmt von einem kurzen, dunklen Bart. Ohne ein weiteres Wort schulterte er die Truhe. »Meine Kutsche steht zwei Straßen weiter. Man sagte mir, Ihr seid auf Diskretion bedacht.«

»Das ist richtig.«

»Dann kommt.«

Catarina zog sich zitternd ihren wollenen Schal enger um die Schultern. Nebel waberte durch die Straßen und drang mit feuchter Kälte in ihre Kleidung, die sich schon bald klamm anfühlte. Noch nie hatte Catarina so gefroren, und ihr warmes Bett vor dem Kaminfeuer lockte sie für einen Moment unwiderstehlich. Aber sie schob den Gedanken daran rasch zur Seite.

Endlich waren sie an der Kutsche angekommen. Ein Mann saß auf dem Bock, drehte sich zu ihnen um, wechselte in einem fremdartig klingenden Zungenschlag einige Worte, die Catarinas Begleiter beantwortete. Dann hielt dieser ihr den Kutschschlag auf und schnallte die Truhe hinten fest. Catarina wickelte sich in die muffig riechende Decke, die auf dem Sitz lag, und zog die Schultern hoch. Furcht überkam sie bei dem Gedanken, dass sie sich zwei gänzlich fremden Männern ausgeliefert hatte. Niemand wusste, wo sie war – außer Tereza. Was, wenn sie sich auf diese Weise an ihr rächen wollte? Aber das war doch Unsinn, dachte Catarina und verdrängte diese Gedanken. Da sie nichts mehr ändern konnte, musste sie einfach abwarten, wie sich die Dinge entwickelten.

Der Mann ließ sich ihr gegenüber in den Sitz sinken – etwas, das ein portugiesischer Diener nie gewagt hätte. »Wir reisen nach Dover, von dort aus nach Calais und nehmen dann ein Schiff nach Lissabon.«

Catarina wusste weder, wo Dover, noch, wo Calais waren, und so gab sie lediglich ein knappes »Ja« von sich.

Er reichte ihr einen schwarzen Schleier aus Spitze. »Legt das über Euer Gesicht. Ich begleite eine spanische Dame zu ihrer Familie. Ihr hättet Eure Kleider klüger wählen können, aber das lässt sich nun nicht mehr ändern.«

Catarina hatte durchaus daran gedacht, aber ihre gesamte Garderobe aus Olinda war nicht mehr aufzufinden gewesen, und danach zu fragen hatte sie nicht gewagt. Anna hatte einmal erwähnt, dass sie abgelegte Kleider an Bedürftige verschenkte, vermutlich waren ihre denselben Weg gegangen.

»Macht Euch keine Sorgen.« Offenbar interpretierte der Mann ihr Schweigen falsch. »Man wird mir meine Geschichte glauben. Es kann unzählige Gründe geben, warum Ihr hier seid. Niemand wird das in Frage stellen.«

Obwohl der Mann sie in der dunklen Kutsche nicht sehen konnte, nickte Catarina und schwieg weiterhin.

In der nächtlichen Stille war nichts mehr zu hören als das Rattern der Kutschräder.

»Nein, hier war sie heute noch nicht, zumindest nicht, dass ich wüsste.« Dominic sah von dem Brief auf, den er eben gelesen hatte, und blickte Jeremy an. Es war noch früh,

Elizabeth hatte etwas gegessen und ihr Tagewerk bereits aufgenommen, und Anna schlief noch.
Jeremy hatte sich zunächst nichts dabei gedacht, dass Catarina nicht neben ihm gelegen hatte. Es kam gelegentlich vor, dass sie schon früher wach war. Er hatte in James' Zimmer nachgesehen, aber dort war sie an diesem Morgen noch nicht gewesen. Und als Dominic ihm nun sagte, dass er sie ebenfalls nicht beim Frühstück gesehen hatte, begann eine leise Unruhe an ihm zu nagen.
»Sie wird irgendwo im Haus sein«, sagte Dominic. »Vielleicht bei Großvater in der Bibliothek. Habt ihr euch gestritten?«
»Nein.«
»Und die Sache mit Tereza?«
Jeremy zuckte mit den Schultern. »Sie hat keinen großen Aufstand deswegen gemacht, wenn du das denkst.«
»Sie wirkte in der Nacht auch recht gefasst.«
Jeremy, der sich bereits abgewandt hatte, um in die Bibliothek zu gehen, hielt inne. »In der Nacht?«
»Ja, auf der Feier. Sie tauchte irgendwann wieder auf und hat sich mit Tereza unterhalten. Worüber, weiß ich nicht. Anna hat sie danach gefragt, aber Catarina hat nichts dazu gesagt.«
»Und davon erzählst du mir erst jetzt?«
»Ich wusste nicht, dass du keine Ahnung hattest. Ehrlich gesagt wirkte es ein wenig, als würden die Fronten geklärt. Tereza war ziemlich aufgebracht.«
Jeremy verließ das Speisezimmer und ging mit raschen Schritten in die Bibliothek. Sein Großvater saß in seinem Lieblingssessel und las ein Buch. Und er war allein, wie

Jeremy feststellte, nachdem er seinen Blick durch den Raum hatte gleiten lassen.
»Was gibt es?«, fragte der alte Mann.
»Nichts weiter. Ich wollte dir nur einen guten Morgen wünschen. Hast du Catarina heute schon gesehen?«
»Nein. Ist sie dir verlorengegangen?« Der Tonfall seines Großvaters klang scherzhaft-spöttisch.
»Es scheint beinahe so.« Jeremy zwang sich zu einem Lächeln, dann ging er wieder. Nun wurde seine Sorge konkret. Der Brief vom Vortag fiel ihm ein, jener, der angeblich von der Schneiderin stammte. Er eilte zurück ins Zimmer, konnte ihn aber nicht finden. Dann trat er an den Kamin und stocherte in der Asche herum, aber natürlich war das ein vergebliches Unterfangen, denn selbst wenn Catarina ihn erst abends verbrannt hatte, würde er nun nichts mehr finden.
Mit einem heftigen Stoß stellte er den Schürhaken zurück in die Ecke, wo er kurz stehen blieb und dann krachend zu Boden fiel. Wo war sie? Es war ausgeschlossen, dass sie das Haus verlassen hatte. Wo hätte sie denn hingehen sollen? Nach kurzem Überlegen kam ihm ein Gedanke, und er ging in das Ankleidezimmer, zählte ihre Kleider. Vier waren da, zehn hatte er ihr gekauft. Das von der Feier fehlte, aber es wurde vermutlich noch gewaschen und in Form gebracht. Jenes, das sie am Vortag getragen hatte, hing nachlässig hingeworfen dort, wo er es ihr ausgezogen hatte. Und eines trug sie vermutlich. Dennoch weigerte er sich, die Möglichkeit zuzulassen, sie könnte fortgegangen sein. Sie sprach die Sprache immer noch schlecht, hätte es vielleicht bis an den Hafen geschafft, aber ein

Schiff zu finden, das nach Lissabon fuhr und Passagiere mitnahm?
Als Jeremy in die Halle trat, sah er den ersten Hausdiener stirnrunzelnd an der Tür stehen.
»Stimmt etwas nicht?«, fragte Jeremy.
»Ich bin mir sicher, die Tür letzte Nacht verriegelt zu haben.«
Jeremy besah sich das Schloss, aber es wirkte nicht, als sei es von außen gewaltsam geöffnet worden. Eine unheilvolle Vorahnung ballte sich zu einem kalten Klumpen in seinem Magen zusammen. Er trat hinaus auf die Straße und sah sich um, als könne er in dem Unrat noch Spuren eines nächtlichen Aufbruchs ausmachen. Aber wo hätte Catarina denn hingehen sollen? Das war einfach ausgeschlossen. Sie wollte ihm einen Schrecken einjagen, und das war ihr ja auch gelungen. Vielleicht versteckte sie sich im Haus. Andererseits konnte er sich das nicht so recht vorstellen, es passte nicht zu ihr.
Anna kam die Treppe hinunter, sah ihn an der offenen Tür stehen und hob fragend die Brauen. »Wartest du auf jemanden?«
Jeremy schloss die Tür. »Nein«, antwortete er vage. Dann trat er zu ihr, nahm sie beiseite, damit der Hausdiener sie nicht hörte. »Weißt du, was Catarina mit Tereza zu besprechen hatte?«
»Das hat Dominic mich schon gefragt. Sie hat mir nichts gesagt.«
»Wirklich nicht? Oder hat sie dich zum Stillschweigen angehalten?«
Anna schüttelte den Kopf. »Wenn sie das getan hätte,

denkst du wirklich, ich würde ihr Vertrauen dann missbrauchen und dir davon erzählen?« Als Jeremy zu einer Antwort ansetzte, schüttelte sie rasch den Kopf. »Aber sie hat mir nichts erzählt, wirklich nicht.«
Jeremy sah sich in der Halle um, als verberge sich die Antwort auf Catarinas Verbleib in einem der dunklen Winkel. »Was ist überhaupt passiert?«
»Catarina ist fort. Zumindest sieht es ganz danach aus. Vier ihrer Kleider fehlen, und sie selbst ist nicht aufzufinden.«
Anna wirkte eher überrascht als erschrocken. »Daher fragte sie mich vor einigen Tagen, wo wir unsere Reisetruhen verwahren.«
»Und das hat dich nicht aufmerken lassen?«
»Sie fragte mich das beiläufig, während wir uns unterhielten. Ich habe mir natürlich nichts dabei gedacht.«
Natürlich nicht. Wer rechnete schon mit so etwas?
»Denkst du wirklich, sie hat gepackt und ist fort? Wie das?«
»Wenn ich das wüsste.«
»Und was hat ihr Gespräch mit Tereza damit zu tun?«
»Vermutlich nichts«, antwortete Jeremy ausweichend. Er konnte seiner Schwester unmöglich erzählen, dass Catarina vorher noch mit ihm im Bett gelegen hatte. Sie war aufgestanden, hatte sich angekleidet und war auf die Feier zurückgegangen, um mit Tereza zu sprechen. Und fünf Nächte später war sie fort. Selbstverständlich hingen die Dinge irgendwie zusammen.
»Habt ihr euch gestritten, du und Catarina?«
»Nein.« Jeremy fuhr sich mit beiden Händen durch das Haar, dann ließ er Anna stehen, ging in die Gesindestube und fragte den Hausdiener, der eben dabei war, das Perso-

nal zu befragen, was es mit der unverschlossenen Tür auf sich hatte. Hatten sie bei Nacht jemanden hineingelassen? Durch die Haupttür? Die Lakaien und Mägde verneinten. Würde man nicht den Eingang durch die Küche nehmen? Nur der Kammerdiener saß auf seinem Hocker und lehnte an der Wand. Niemand wäre so dreist, den ersten Diener der Herrschaften zu beschuldigen.

»Andrew.« Jeremy winkte ihn zu sich, und der gelangweilte Ausdruck auf dem Gesicht des Mannes wich einem beflissenen, und er erhob sich eilig.

»Sir?«

»Sieh sofort nach, ob eine der Reisetruhen fehlt.« Wenn jemand das wusste, dann der Kammerdiener, der bei Reisen für das Gepäck der Männer zuständig war. Jeremy hätte auch nach der Zofe suchen können, um sie zu fragen, wie viele Kleider sie gerade reinigte, aber er wusste, dass das müßig wäre. Catarina war fort, eine Ahnung, die zur Gewissheit wurde, als Andrew ihm berichtete, dass die kleinste Reisetruhe fehlte.

»Gut, danke«, antwortete Jeremy zerstreut.

»Ist hier eingebrochen worden, Sir? Die Tür war nicht versperrt, eine Truhe fehlt? Könnte darin Diebesgut transportiert worden sein?«

Wenn es nur so wäre, dachte Jeremy. Er schüttelte den Kopf und ging in das Speisezimmer, wo Anna bei Dominic saß.

»Hast du sie gefunden?«, fragte sein Bruder.

»Nein. Vier Kleider fehlen, die kleine Reisetruhe, und die Tür war nicht verriegelt.«

Nun wirkte auch Dominic beunruhigt. »Und du irrst dich nicht? Wo hätte sie denn hin sollen? Sie wird doch nicht bei

Nacht und Nebel die Truhe geschultert und das Weite gesucht haben.«
»Aber irgendwo muss sie doch sein.«
Anna sah ihn aus großen Augen an. »Was ist denn geschehen, dass sie die Flucht vor dir ergreift?« Die Brüder tauschten einen Blick, was ihr nicht entging. »Ist es wegen Tereza?«
Jeremy ignorierte sie. »Ich muss sie suchen.«
»Ja, das musst du«, sagte Dominic und erhob sich. »Und du musst es Großvater erzählen.«
Für einen Moment schloss Jeremy die Augen, dann sah er seinen Bruder an und nickte. »Aber erst, wenn ich weiß, was geschehen ist.«
»Wo fängst du an?«
»Ich frage auf den Straßen herum, ob jemand sie gesehen hat. Eine Frau mit einer Reisetruhe fällt doch auf.« Noch dazu eine wie Catarina. Wenn sie wirklich so närrisch gewesen war, das Haus bei Nacht zu verlassen, bezweifelte Jeremy, dass sie ihr Ziel erreicht hatte. Es trieb sich viel Gesindel herum, und eine Frau, die sich nicht auskannte, war eine leichte Beute. So dumm und unüberlegt konnte sie nicht gehandelt haben. Und doch sprach alles dafür.
»Ich begleite dich«, sagte Dominic, als Jeremy sich anschickte, den Raum zu verlassen.
»Ich komme mit!«, rief Anna.
»Nein«, antworteten ihre Brüder gleichzeitig.

In der Nacht zuvor hatte niemand auf den nächtlichen Straßen Catarina gesehen, zumindest behauptete das jeder, den die beiden Brüder befragten. Jeremy und Dominic fragten sich den ganzen Weg bis zum Hafen durch. Und hier erst war zwei Matrosen etwas Ungewöhnliches aufgefallen.

»Eine schöne Frau in Begleitung ihres Dieners«, sagte einer von ihnen.

»Woher willst du denn wissen, dass sie schön war«, mischte sich der andere ein, deutlich älter, mit einem Ausdruck der Resignation auf den eingefallenen Zügen. »Man konnte ihr Gesicht doch gar nicht sehen.«

»Schöner Wuchs, gerade Haltung, das Gesicht unter einem schwarzen Schleier verborgen. Sie kann nicht anders als schön gewesen sein.«

»Eine Engländerin?«, fragte Jeremy.

»Vermutlich, ich weiß es nicht, sie hat ja nicht gesprochen. Ihr Diener hat auf sie achtgegeben.«

Diener? Welcher Diener? Sie kannte hier doch niemanden, erst recht keine Männer.

»Sie kann es nicht sein«, sagte nun auch Dominic.

»Wo sind sie hingegangen?«, wandte sich Jeremy wieder an die beiden Matrosen.

Der Ältere der beiden machte eine vage Handbewegung zum Kai hin. »Auf eines der Schiffe, keine Ahnung, auf welches.«

Jeremy dankte ihnen und ging zum Anleger hinunter, blieb stehen und starrte auf die Schiffe, die leicht im Wind schaukelten.

»Das ist aussichtslos«, sagte Dominic. »Wenn sie an Bord gegangen ist, wird das Schiff bereits abgelegt haben. Und wir wissen nicht einmal, ob es die richtige Frau war.«

»Ich werde auf jedem einzelnen Schiff nachsehen.«

Dominic seufzte, dann nickte er und folgte ihm.

Es wurde später Vormittag, ehe klar war, dass sich Catarina auf keinem der Schiffe befand. Aber immerhin brachten sie in Erfahrung, dass im Morgengrauen ein Schiff nach Dover abgelegt hatte.

»Und nun?«, fragte Dominic.

Jeremy musste mit Tereza reden, aber er konnte schlecht zu ihr gehen und sie allein sprechen. Erst recht nicht nach dem, was geschehen war. Wieder ein Moment unwiderstehlichen Verlangens, in dem er zu viel auf eine Karte gesetzt und verloren hatte. Dabei hätte er aus dem Vorfall in Olinda doch wahrhaftig lernen können.

»Lass uns heimgehen«, antwortete er. Er konnte Tereza zwar nicht aufsuchen, aber Anna konnte dies tun.

»Ich mag sie nicht«, stellte Anna klar. »Aber dir zuliebe tue ich es. Und weil ich Catarina mag. Du musst ihr etwas Schlimmes angetan haben, wenn sie vor dir wegläuft. Und ehe ich zu Tereza gehe, möchte ich wissen, was es war.«

»Hör zu, ich …«

»Nein, keine Ausflüchte, Jeremy. Es hat mit dir und Tereza zu tun, und ich möchte wissen, was passiert ist.«

»Es ist nichts, was ich dir jetzt in allen Einzelheiten darlegen könnte. Catarina hat uns in einem äußerst … ungünstigen Augenblick erwischt.«

Anna nickte, als bestätige er ihr eine Ahnung. »Ich dachte mir schon, dass du die Finger nicht von ihr lassen kannst. Hätte ich dergleichen mit Oliver …«

»Hast du?«

»Nein. Ich habe nämlich meinen Stolz, im Gegensatz zu dir. Aber gut, so seid ihr Männer eben.«

Jeremy seufzte tief. »Bist du fertig? Denkst du, ich mache mir keine Vorwürfe?«
»Ja, aber immer zu spät.«
»Das weiß ich selbst. Und mir steht noch der Gang zu Großvater bevor.«
»Oh, viel Vergnügen.« Sie legte ihm die Hand auf den Arm und sah ihm in die Augen. »Du hast mein Mitgefühl, wirklich und wahrhaftig.«
»Ja, das glaube ich dir aufs Wort. Wann gehst du?«
»Jetzt. Ich möchte ja selbst wissen, was mit Catarina passiert ist. Und was Tereza damit zu tun hat.«
Jeremy verabschiedete sich von ihr und schlug den Weg zur Bibliothek ein.
Sein Großvater schien sich in den letzten Stunden keinen Schritt von seinem Sessel entfernt zu haben. Er hatte seine Lesegläser aufgesetzt und las in einem Buch. Nun blickte er auf, lächelte zunächst und wurde dann ernst.
»Was ist passiert?«

Lissabon, Dezember 1631

Die Reise nach Calais verlief ohne Zwischenfälle, wenngleich sehr ungemütlich. Catarina lag Tag und Nacht voll bekleidet auf ihrer Koje und wickelte sich frierend in ein paar Decken. Ihr Begleiter – Jonathan Cunningham, wie er sich nannte – hatte ihr eingeschärft, nicht zu sprechen. Er gab sie, solange sie noch in England waren, als Engländerin aus, die ein Gelübde abgelegt hatte. Niemand zwang ihr ein Gespräch auf, man vermutete

eine Adlige in ihr, und Mr. Cunningham widersprach nicht.
In Calais änderte er die Taktik, nun war sie Portugiesin, im Krieg in niederländische Gefangenschaft geraten und von ihrer Familie ausgelöst worden. Catarina fand die Geschichte entschieden zu weit hergeholt und fragte sich, ob sie überhaupt jemand glauben würde. Man tat es. Auch auf der Reise von Calais nach Lissabon verbrachte Catarina nahezu ausschließlich in ihrer Kajüte. Obwohl sie die Enge nur schwer ertrug, fügte sie sich. Gelegentlich holte Mr. Cunningham sie ab, damit sie sich an Deck die Beine vertreten konnte. Da ihr Gesicht nach wie vor unter dem schwarzen Spitzenschleier verborgen war, sah sie nicht viel von ihrer Umgebung, aber es tat ihr gut, die frische Meeresluft zu spüren.
Dann war es so weit, und sie fuhren in die Mündung des Tejo ein, das Strohmeer. Man hatte Catarina erlaubt, an Deck zu stehen, und wenngleich sie alles nur schemenhaft sehen konnte, war der Geruch des Hafens unverkennbar, war ihr vertraut von ihrer Abreise damals, dieser leicht faulige Geruch der Flussmündung und das Gemisch aus verrottendem Fisch und Schlick und Teer. Rufe der Männer waren zu hören, Stimmen von den Kaimauern, das Klatschen der Beiboote, die auf dem Wasser auftrafen, das Knarren der Ruder in ihren Halterungen.
Ein Boot brachte sie und ihren Begleiter an Land, und als sie am Hafenkai stand, stellte Mr. Cunningham ihre Reisetruhe neben ihr ab. »Ab hier müsst Ihr allein weiter.«
Catarina schlug den Schleier zurück und starrte ihn an. »Aber das Haus meines Vater liegt auf der Serra da Arrá-

bida, das ist die bewaldete Halbinsel da vorn. Ich weiß nicht, wie ich allein dorthin kommen soll.«

»Schickt ihm eine Nachricht und lasst Euch abholen. Mrs. Calbot hat mich nur dafür bezahlt, Euch nach Lissabon zu bringen, und das habe ich getan.«

»Mein Vater ist vermögend, er wird Euch bezahlen.«

»Nun gut. Die eine Hälfte jetzt, die andere, wenn Ihr bei Eurem Vater seid. Er wäre nicht der Erste, der versucht, mich um meinen Lohn zu betrügen.«

Catarina kramte in ihrer kleinen Tasche und zog eine Handvoll Goldmünzen heraus. »Reicht das?«

Ein Lächeln flog über die Lippen des Mannes. »Das ist zu viel.« Er zählte einige Münzen ab und steckte sie ein. »Wartet hier, ich frage nach, wann ein Boot übersetzt.«

Sie mussten eine Stunde warten, ehe sich jemand fand, der sie zur Serra da Arrábida brachte. Als Catarina in dem Boot saß, erblickte sie die grünen Berge, denen sie sich langsam näherten. Vom Meer her erhob sich die Steilküstenlandschaft, der kleine weiße Buchten vorgelagert waren.

Mr. Cunningham half ihr an Land, wuchtete ihre Reisetruhe aus dem Boot und machte sich auf die Suche nach einer Möglichkeit, zur *Casa da Monteira* zu kommen. »Wenn das Anwesen Eures Vaters in der Tat so weit oben in den Wäldern liegt, kommen wir ohne Wagen und Pferde nicht hin. Ihr müsst ihm eine Nachricht schicken.«

Catarina nickte und sah sich um. Indes hatte Mr. Cunningham einige Fischer angesprochen und kehrte mit einem von ihnen zurück. »Was soll er Eurem Vater ausrichten?«

»Kennt Ihr die *Casa da Monteira?*«, fragte Catarina den Mann.

»Wer kennt die nicht?«
»Richtet Ramón da Silveira aus, dass seine Tochter Dona Catarina hier wartet.«
Der Fischer nickte, ließ sich einen Real bezahlen und machte sich auf den Weg.
Wieder mussten sie warten, und Mr. Cunningham ließ sich in den Sand fallen, verschränkte die Arme hinter dem Kopf und schloss die Augen. Währenddessen ging Catarina hinunter zum Wasser. Bei den seltenen Besuchen in Lissabon hatte sie es immer gemocht, hier einfach zu stehen, ehe sie übersetzten, und aufs Meer zu sehen. Ihr ganzes Leben hatte sich erst auf den weitläufigen Ländereien der *Casa da Monteira* abgespielt, dann auf der Plantage ihres Onkels. Erst mit Jeremy hatte sie gesehen, wie viel mehr die Welt zu bieten hatte. Nun kehrte sie in die Enge zurück, wenngleich nur vorübergehend, denn wenn sie eines wusste, dann, dass Jeremy es nicht auf sich beruhen lassen würde, dass ihm die Frau davongelaufen war. Sie stellte sich vor, wie er sie suchte, wie er Stück um Stück ihren Weg nachvollzog und hier ankam, zweifellos wutentbrannt. Bei dem Gedanken flog ein kleines Lächeln über ihre Lippen. Dann legte sie die Hand auf ihren Bauch. Bis dahin würde sie Gewissheit über das haben, was sie bisher nur ahnte. Ein weiteres Kind. Ihr Kind.
Sie starrte auf jene horizontale Linie, wo der Himmel das Wasser berührte, bis ihr die Augen tränten. Als sie sich zu Mr. Cunningham umwandte, lag dieser noch ebenso unbeweglich da wie zuvor. Vielleicht war er eingeschlafen. Dann jedoch öffnete er die Augen, hatte offenbar gehört, was Catarina auch vernahm: ein sich rasch nähernder Huf-

schlag. Sie raffte ihr Kleid und lief auf den Reiter zu, der sein Pferd zügelte und aus dem Sattel sprang, noch ehe es stand.

»Catarina!« Dom Ramón hielt die Zügel mit einer Hand und umarmte seine Tochter mit dem anderen Arm, zog sie innig an sich. »Wo kommst du her? Bist du aus Olinda geflohen?« Dann schob er sie ein kleines Stück von sich und sah sie prüfend an. »Geht es dir gut? Warum bist du allein?«

Catarina sah zu Mr. Cunningham, der sich nun erhoben hatte und näher kam. »Dieser Mann hat mich hierhergebracht. Ich … ich komme aus England.«

Nun runzelte ihr Vater die Stirn. »Aus England? Wie das?«

»Jeremy und ich mussten aus Olinda fliehen, weil unsere Landsleute ihn verdächtigten, ein Spion der Niederländer zu sein. Und nun habe ich ihn verlassen.«

»Verlassen? Bist du von Sinnen?«

»Er hat mich mit einer anderen Frau betrogen.«

Verständnislosigkeit, Bestürzung und Ärger flogen in raschem Wechsel über das Gesicht ihres Vaters. Aber die erwartete Strafpredigt blieb aus. »Reden wir später darüber, das hier ist mitnichten der rechte Ort dafür.«

Mr. Cunningham trat zu ihnen. »Da Ihr nun wohlbehalten bei Eurem Vater seid, Doña«, sagte er auf Spanisch, »ist wohl der Zeitpunkt des Abschieds gekommen. Zahlt mir den ausstehenden Betrag, damit ich wieder meiner Wege ziehen kann.«

»Ihr seid mein Gast, solange Ihr wünscht«, sagte Dom Ramón.

»Das nehme ich für eine Nacht gerne an. Ich gestehe, die

Aussicht auf ein richtiges Bett und anständiges Essen hat ihren Reiz.«

Dom Ramón wandte sich an Catarina und hob sie auf sein Pferd, dann rief er einen der Fischer zu sich und bezahlte ihn dafür, auf die Reisetruhe achtzugeben, bis die Sklaven mit dem Karren kommen und sie abholen würden. Wilde Ölbäume, Mastixbäume und Korkeichen mit weit verästelten Zweigen säumten ihren Weg, an dessen Rändern Heidekraut und Zistrosen wuchsen. In der Luft lag der Duft von Geißblatt und Myrte. Es war ein Aufstieg von weniger als einer Stunde, bis sich vor ihnen die wuchtigen Mauern der *Casa da Monteira* erhoben.

Ein Wachhabender öffnete den rechten Flügel des imposanten Eingangstors und neigte ehrerbietig grüßend den Kopf, als Dom Ramón das Pferd hineinführte. Über dem Hof lag die Ruhe des frühen Nachmittags, wenn man im Haus ruhte und die Reste des mittäglichen Mahls fortgeräumt wurden. Es war so gänzlich anders als auf der Plantage, und die Vertrautheit des Augenblicks trieb Catarina die Tränen in die Augen. Für einen Moment war es wieder so, als habe es die letzten Jahre nicht gegeben, als wäre sie wieder vierzehn Jahre alt und lebte unbeschwert in den Tag hinein. Ehe ihr Vater heiratete.

»Ich wünschte, du hättest mich nie fortgeschickt«, sagte sie unvermittelt.

Dom Ramón half ihr aus dem Sattel. »Ja«, antwortete er. »Ich auch.«

Aus einem halboffenen Tor, das in den Stall führte, trat ein schmächtiger Junge und nahm die Zügel des Pferds. Catarina kannte ihn nicht. Dann wurde ihre Aufmerksamkeit wieder von ihm abgelenkt, als die Haustür geöffnet wurde und die Ehefrau ihres Vaters hinaustrat. Von Anfang an hatte Dona Ester deutlich gemacht, dass sie sich nicht als Catarinas Stiefmutter betrachtete und auch nicht als solche angesprochen werden wollte. Nun sah sie die junge Frau ungnädig an.

»Was will sie hier?«, wandte sie sich an Dom Ramón.

»Sie wohnt jetzt bei uns.«

»Für wie lange?«

»Das wird sich zeigen.«

Dona Ester kniff die Augenlider leicht zusammen. »Schick sie zu deinem Vetter, der wird sie sicher auch nehmen.«

Was Dona Mécia an Widerstand fehlte, hatte diese Frau zu viel, dachte Catarina. Dom Álvaro hätte einen solchen Tonfall nicht geduldet, aber ihr Vater war anders, ruhiger und gelassener. Er sah seine Ehefrau an, dann nahm er Catarinas Arm und bat Mr. Cunningham auf Spanisch, ihnen zu folgen. »Lass ein Quartier für unseren Gast herrichten. Catarina wird ihr altes Zimmer beziehen.«

»Das ist unmöglich, darin steht mein Spinnrad.«

Dom Ramón lächelte. »Es wird sich ein anderer Ort dafür finden. Bis heute Abend hast du das Zimmer für meine Tochter hergerichtet, oder ich werfe deine Sachen eigenhändig aus dem Fenster.«

Dona Ester sah Catarina an, dann drehte sie sich abrupt um und verschwand wieder im Haus.

Als sie die Halle betraten, kam eine rundliche Haussklavin auf sie zu. »Dona Catarina, wie schön, Euch wiederzusehen.«

»Ich freue mich auch, Alba.«

»Alba«, sagte nun Dom Ramón. »Sorg dafür, dass es unserem Gast an nichts fehlt.« Er wandte sich an Mr. Cunningham und sprach auf Spanisch weiter. »Ihr müsst hungrig sein.«

»In der Tat, Señor.«

»Alba kümmert sich um Euch, folgt ihr bitte.«

Mr. Cunningham neigte dankbar den Kopf und verließ mit der Sklavin die Halle. Zwar war Catarina auch müde und hungrig, aber sie ahnte, dass ihr Vater nicht gedachte, sie jetzt zu entlassen. Vielmehr sagte sein Blick recht deutlich, dass ihr eine gehörige Strafpredigt ins Haus stand. Er führte sie in ein angrenzendes Zimmer, dessen Wände heroische Motive aus der Seefahrt zierten. Schweres, dunkles Mobiliar beherrschte das Refugium ihres Vaters, sein Gesellschaftszimmer, in dem er Besucher empfing. Er deutete auf einen Sessel, der, wie Catarina aus Erfahrung wusste, bequemer war, als er aussah. Sie ließ sich darin nieder und verspürte eine bleierne Erschöpfung.

Ihr Vater redete nicht lange um die Sache herum. »Du hast gewusst, worauf du dich einlässt, nicht wahr? Oder wurdest du in diese Ehe gezwungen?«

»Ja, ich wusste es. Und nein, mich hat niemand gezwungen. Aber ich dachte …«

»Dass er dir treu bleibt, obgleich er dich nicht heiraten wollte?«

Sie zögerte, dann nickte sie.

»Du kennst die Männer nicht.«

Catarina knabberte an ihrem Daumennagel und schwieg.

»Du hieltest es also für eine angemessene Reaktion, einfach fortzulaufen, weil er eine Geliebte hat?«

»Sonst hätte ich es nicht getan.«
»Catarina, dergleichen kann ich nicht dulden.«
»Dann schickt mich doch zurück.«
»Bei nächstbietender Gelegenheit werde ich das auch tun. Du hast ihn willentlich geheiratet, du hättest auch in ein Kloster gehen können, dann wäre dir die Demütigung erspart geblieben.«
Tränen traten Catarina in die Augen, aber wieder schwieg sie.
»Hat er eine ständige Geliebte?«, fragte ihr Vater, nun etwas milder gestimmt.
»Es war seine ehemalige Verlobte, ich denke, es wird von Dauer sein. Sie steht seit dem Tag unserer Hochzeit zwischen uns.«
Dom Ramón nickte verstehend. »Und nun bist du fortgelaufen, um ihn ihr ganz und gar zu überlassen?«
»Er wird sich entscheiden müssen.«
Ihr Vater seufzte. »Du bist die Ehe mit allen Konsequenzen eingegangen. Es mag dich hart angehen, aber du kannst ihn nicht verlassen, kein Gericht wird dir recht geben, weder ein englisches noch ein portugiesisches. Von der Geistlichkeit ganz zu schweigen. Vermutlich ist dergleichen nicht einmal bei den englischen Ketzern erlaubt.«
Wieder schwieg Catarina.

London, Januar 1632

Die ganze Sache seinem Großvater zu gestehen war letzten Endes weniger schlimm für Jeremy als erwartet. Sebastian Glanville murmelte nur etwas von menschlichen Schwächen und fragte ihn, was er nun zu tun gedenke. Das wusste Jeremy indes auch nicht so recht. Sein erster Impuls war gewesen, Catarina nachzureisen, aber angesichts der politischen Lage war das kein leichtes Unterfangen.

Tereza hatte zunächst rundheraus von sich gewiesen, etwas mit der Angelegenheit zu tun zu haben. Erst als Anna drohte, dass sie von ihr und Jeremy wisse und nicht zögern würde, dieses Wissen zu teilen, gab sie nach und erzählte alles. Jeremy war vollkommen fassungslos, wie exakt Catarina alles geplant hatte, wie sie ihre Sachen packte und wartete, während sie sich normal mit allen unterhielt und nachts mit ihm ins Bett ging. Er hatte sich zunächst darüber gewundert, dass sie ihm Vorwürfe ersparte, abgesehen von ihrem Ausbruch, als sie auf ihn losgegangen war. Und die Liebesnacht, die darauf gefolgt war, war überwältigend gewesen, auch für sie, das hatte er gespürt. Es schien in den vier Tagen danach ein stummes Einvernehmen zwischen ihnen gegeben zu haben, die Angelegenheit nicht mehr zur Sprache zu bringen. Aber vielleicht hätte er genau das tun sollen.

Jeremy und seine Geschwister feierten die Zwölfte Nacht am sechsten Januar im Haus eines engen Freundes der Familie. Mr. Channing war ebenfalls anwesend und mit ihm seine Tochter Tereza und deren Ehemann. Es war ein rauschendes Fest, ausgelassen und von trunkener Freude.

Wie auch immer es zugegangen war, wusste Jeremy nicht, aber irgendwann nach Mitternacht fand er sich in enger Umarmung mit Tereza wieder, küsste sie wieder und wieder, während sie auf dem kalten Boden eines dunklen Zimmers lagen. Und noch während Tereza ihm ihren Körper willig darbot, schob sich das Bild Catarinas zwischen sie, und Jeremys Verlangen fiel in sich zusammen wie erlöschende Glut. Tereza schien es zu spüren, denn sie tat alles, um das Feuer wieder zu entfachen, aber auf einmal stießen ihn ihre Bemühungen ab, die Intensität, mit der sie ihn liebkoste. Abrupt erhob er sich, während sie mit hochgeschobenen Röcken und offenem Mieder auf dem Boden lag. Wieder war es nicht zum Äußersten gekommen, aber dieses Mal lag es an ihm. Wäre Catarina nicht fortgegangen, hätte er vermutlich keinen Moment gezögert und Tereza genommen, und vermutlich wäre es berauschend gewesen. Aber nun konnte er es nicht. Er wandte sich ab.

»Zieh dich an«, sagte er knapp.

»Was ist denn in dich gefahren?«

»Ich kann nicht mit dir schlafen.«

»Ach, tatsächlich?« Spott färbte ihre Stimme, durchmischt vom Zorn einer verschmähten Frau.

»Es liegt nicht an dir.«

»Was du nicht sagst.« Er hörte das Rascheln ihrer Kleidung.

»Bist du eigentlich wirklich der Vater deines Kindes?«

Er drehte sich zu ihr um. »Wie war das?«

»Nun ja, sie läuft weg, nachdem sie dich mit mir gesehen hat. Vielleicht versagst du bei ihr ja auch, und sie dachte, bei mir wäre es anders. Möglicherweise hat sie dir das Kind nur untergeschoben.«

Jeremy war nicht in der Stimmung zu streiten. »Denk, was du willst.«
Sie lachte, ein kalter, hässlicher Laut. »Die Kleine ist offenbar geschickter, als ich dachte.« Dann ging sie zu ihm und packte seinen Arm, grub die Nägel so fest hinein, dass er zusammenzuckte. »Leider kann ich nichts sagen, ohne meinem Ruf zu schaden, sonst wüsste morgen jeder, dass Jeremy Glanville nicht Manns genug ist, mit einer Frau zu schlafen.«
Er hob nur kurz die Schultern und sah ihr nach, wie sie den Raum verließ.

»Du solltest ihr ein wenig Zeit geben«, sagte Sebastian Glanville am kommenden Abend bei Tisch, als Jeremy zur Sprache brachte, dass er plane, Catarina nachzureisen. »Andererseits verstehe ich natürlich, dass du nicht untätig herumsitzen möchtest. Ich schicke dich in unsere Niederlassung nach Rotterdam, ich brauche jemanden, der dort nach dem Rechten sieht. Mir kommt es vor, als ob unser Mann vor Ort derzeit versucht, uns übers Ohr zu hauen.«
Jeremy wollte widersprechen und sofort nach Portugal reisen, aber vielleicht war es ja in der Tat die richtige Entscheidung, ein wenig zu warten, nichts zu überstürzen. Wenn Catarina hätte reden wollen, wäre sie nicht fortgegangen. Vielleicht war etwas Abstand ja das Beste, auch wenn er nichts lieber getan hätte, als ihr auf der Stelle nachzureisen. Erst recht nach dem, was in der Nacht zuvor geschehen war.
Nachdem er zugesagt hatte, nach Rotterdam zu gehen,

wurden die Vorbereitungen für seine Abreise getroffen. Die folgenden Tage verbrachte er damit, sich seiner Vaterpflichten zu besinnen und mehr Zeit mit James zu verbringen. Der Junge begegnete seinen Bemühungen zunächst mit einer gewissen Zurückhaltung, was Jeremy ihm nicht verübeln konnte, schließlich war es Catarina gewesen, die ihn täglich aufgesucht hatte, während er es bei gelegentlichen Pflichtbesuchen belassen hatte. Aber schon bald schien es dem Jungen zu gefallen, dass man mit Jeremy deutlich wilder spielen konnte als mit der *Mucama* oder mit seiner Tante Anna. Und so war Jeremy stets außer Atem, wenn er das Kinderzimmer verließ, nachdem James auf seinem Rücken geritten war und er ein bockendes Pferd, einen wildgewordenen Esel oder einen Stier spielen musste, der von James und Dominics Kindern regelmäßig niedergestreckt wurde.

Einmal fragte James ihn, wo seine Mutter war, gab sich aber mit der Antwort, sie besuche seinen anderen Großvater, zufrieden. Und Jeremy hoffte zutiefst, dass dies die richtige Antwort war, denn er wusste beim besten Willen nicht, wo er Catarina suchen sollte, wenn sie nicht in Lissabon war. Ganz zu schweigen davon, was Dom Ramón mit ihm anstellen würde.

Lissabon, Januar 1632

Catarina saß am Tisch zusammen mit ihrem Vater und Dona Ester. Ihre vier Halbgeschwister, drei Mädchen im Alter von neun, sieben und vier Jahren sowie ein zweijähriger Junge, bekamen in ihrem Spielzimmer Brot und süße Milch. Zu Dona Esters Missfallen mochten die Kinder ihre erwachsene Schwester, die so unvermittelt in ihrem Leben aufgetaucht war.

An diesem Morgen plagte Catarina eine starke Übelkeit, und sie legte das Stück Brot mit fettem Braten nach einem Bissen wieder hin. Als sie den Kopf wandte, begegnete sie dem Blick Dona Esters, die sie mit erhobenen Brauen betrachtete.

»Weiß dein Ehemann, dass du ein Kind erwartest?«, fragte sie.

Nun sah auch Dom Ramón sie an. »Du bist in Erwartung?«

Catarina presste die Lippen zusammen und warf der Ehefrau ihres Vaters einen giftigen Blick zu. Dann nickte sie.

»Weiß er davon?«, wollte Dom Ramón wissen.

»Nein.«

»Du entziehst deinem Ehemann sein Kind?« Dona Ester lächelte kühl. »Ich darf doch annehmen, dass es von ihm ist?«

Catarina spürte, wie ihr das Blut in die Wangen stieg, und sie setzte zu einer heftigen Antwort an, aber ihr Vater kam ihr zuvor. »Dergleichen Unterstellungen gegen meine Tochter möchte ich nie wieder hören.« Er hatte seine Stimme kaum erhoben, aber das war auch nicht nötig, denn offenbar gab es eine bestimmte Grenze, die selbst Dona Ester nicht zu überschreiten wagte. »Wann ist es so weit?«, wandte er sich an Catarina.

»Ich glaube, im Juli.«

Dona Ester schnaubte verächtlich. »Willst du es etwa *hier* zur Welt bringen?«

»Nein«, fauchte Catarina, »ich dachte, ich schlage mich zum Kloster durch und bekomme es dort.«
»Werde nicht unverschämt.«
»Schluss jetzt, alle beide«, fuhr Dom Ramón dazwischen. »Natürlich bekommt Catarina ihr Kind hier, was soll diese alberne Frage, Ester?«
Verstimmt schwieg seine Frau und beendete ihr Mahl, indem sie sich abrupt erhob. »Vielleicht denkst du auch an deine drei anderen Töchter, denen ein solches Vorbild mitnichten guttun kann.«
»Ich wollte tatsächlich heute mit der ersten Lektion anfangen: *Wie lasse ich mich unehelich schwängern?*«, platzte es aus Catarina heraus.
Dona Ester lief rot an, und Dom Ramón schlug mit der Hand auf den Tisch. »Catarina!«
»Verzeihung«, murmelte diese und senkte den Blick wieder auf ihr Brot. Aber der Anblick des fettglänzenden Fleisches war zu viel für ihren Magen, und sie stand so rasch auf, dass sie mit der Hüfte gegen den Tisch stieß. Ohne innezuhalten, stürzte sie aus dem Raum und schaffte es eben bis zum Abort, wo sie das wenige, das sie gegessen hatte, erbrach. Obwohl nur noch saure Galle in ihren Mund stieg, würgte sie noch eine Weile weiter. Glücklicherweise waren diese Anfälle von Übelkeit selten – bei James hatte sie sie gar nicht gehabt.
Langsam richtete sie sich auf, drückte die Hand auf ihren Bauch und atmete tief durch. Dann erhob sie sich, wankte kurz, stützte sich an der Wand ab und verließ schließlich den Abort. Das Speisezimmer war inzwischen leer, eine Sklavin machte sich gerade daran, den Tisch abzuräumen.

Trotz der Übelkeit verspürte Catarina Hunger. Das war völliger Irrsinn. Sie nahm einen Brotfladen, brach ein Stück davon ab und knabberte daran, während sie die Treppe hochging. Die Übelkeit wurde nicht weniger, aber wenigstens flaute das Hungergefühl ab.
In ihrem Zimmer setzte sie sich ans Fenster und sah in den Garten. Trotz der Umstände freute sie sich auf das Kind, das dieses Mal ganz und gar ihr gehören würde, und sie würde es hier gebären, in diesem Zimmer, während der Duft von Zitronenbäumen durch das Fenster wehte. Kurz dachte Catarina an die Schmerzen, vermochte aber nicht mehr, sie sich vorzustellen. Sie wusste, dass sie unerträglich gewesen waren, aber sie waren nicht mehr greifbar, die Freude auf das Kind war größer. Mit einem Anflug schlechten Gewissens dachte sie an James, aber sie wusste, dass es dem Jungen in London gutging, und er hätte es ihr vermutlich nicht verziehen, wenn sie ihn mit hierhergenommen hätte, fort von dem geliebten Großvater. In diesen Momenten fragte Catarina sich, ob sie richtig gehandelt hatte, ob es nicht doch ein Fehler gewesen war, Jeremy Tereza zu überlassen. Sie vertraute darauf, dass es ihm so naheging, von ihr, Catarina, verlassen worden zu sein, dass er Tereza, die er nun leicht haben konnte, nicht mehr wollte. Aber vielleicht irrte sie sich. Wie dem auch sei, zurück konnte sie nicht, zumindest nicht so ohne weiteres. Ihr Vater würde sie nach London bringen, das war nur eine Frage der Zeit, aber auf keinen Fall würde sie reumütig zu Jeremy zurückkehren, so, als sei sie diejenige, die einen Fehler begangen hatte.

Atlantischer Ozean/Lissabon, März 1632

Jeremy war von Mitte Januar bis Mitte März in Rotterdam geblieben, hatte sich um die Niederlassung des Glanvilleschen Gewürzhandels gekümmert, einige Ungereimtheiten aufgedeckt und den dafür verantwortlichen Angestellten auf die Straße gesetzt. Es hatte zwei Wochen gedauert, ehe er mit Hilfe eines befreundeten niederländischen Stoffhändlers einen vertrauenswürdigen Mann fand, in dessen Hände er das Geschäft legen konnte. Dann blieb er noch lange genug, um den Mann einzuarbeiten und die Finanzen zu überprüfen. Er schrieb Briefe an seinen Großvater und Dominic und hatte schließlich alles so weit in Ordnung gebracht, dass er guten Gewissens wieder abreisen konnte. Inzwischen waren auch seine Kenntnisse des Niederländischen wieder so gut, dass er sich unterhalten konnte, ohne das Gefühl zu haben, sich zu blamieren.

Am sechzehnten März bestieg er das Schiff eines niederländischen Händlers, das mit Proviant nach Olinda aufbrach. Eine jener seltsamen Verstrickungen der Lebenswege, wie Jeremy befand, als er an Bord ging. In Calais würde er von Bord gehen und von dort aus nach Portugal weiterreisen. Nur noch wenige Tage, bis er Catarina wiedersah. Ihr Vater würde ihm keinen erfreulichen Empfang bereiten, daran zweifelte Jeremy keinen Augenblick, aber letzten Endes hatte er vermutlich ein gewisses Maß an Verständnis, bedachte er, was für ein Leben sein eigener Bruder führte und wie man es generell mit der Moral hielt in den portugiesischen Kolonien.

Während er an der Reling stand und genoss, wie der Wind

ihm Gischtspritzer ins Gesicht blies, stellte er sich das Wiedersehen vor. Würde Catarina seinen Entschuldigungen überhaupt gewogen sein? Und was, wenn sie gar nicht gewollt hatte, dass er ihr nachreiste, wenn sie ihn verlassen wollte? Aber das war ausgeschlossen, das wusste sie selbst. Ein solches Vorhaben würde nicht einmal ihr Vater unterstützen – wenn sie in dem Fall überhaupt zu ihm gegangen war. Vielleicht befand sie sich auch in irgendeinem Kloster.

Es war so kalt, dass Jeremy der Atem in kleinen Wölkchen aus dem Mund trat, während er auf dem Deck stand, die Arme auf die Reling gestützt. Geplant war, dass er in Calais an Land ging, aber als sie in den Ärmelkanal einfuhren, verschlechterte sich das Wetter derart, dass der Kapitän beschloss, den Kanal rasch zu durchqueren. »Ich werde Euch nach Brest bringen«, sagte er. »Von dort aus könnt Ihr ein Schiff nehmen oder den Landweg.«

Da dies in der Tat die vernünftigste Entscheidung war, stimmte Jeremy ohne langen Disput zu. Gegen Mittag setzte ein leichter Schneefall ein, Flocken, die der Wind über das Deck in die Gesichter der Männer blies. Hohe Wellen schlugen gegen die Reling, und der Kapitän hatte alle Hände voll zu tun, das Schiff manövrierfähig zu halten. Grauviolette Wolken schoben sich über den Himmel, der Schneefall hüllte das Schiff wie in ein weißes Tuch, und man konnte kaum die Hand vor Augen sehen. Am frühen Nachmittag war es so dunkel, als seien die Abendstunden bereits hereingebrochen. Sturmböen trieben Hagelschauer über das Deck, und das Schiff kämpfte sich mühsam durch die Wellen. Es war sicher nicht das schlimmste Unwetter,

das Jeremy je erlebt hatte, aber unangenehm war es dennoch.
Die Mannschaft atmete auf, als sie den Kanal durchquert hatten und der Wind sie auf das offene Meer trieb. Der Sturm war abgeflaut, und auf dem Deck schmolzen die Hagelkörner. Jeremy hatte sich in einen schweren Umhang gehüllt und suchte den Horizont nach der Küstenlinie ab. Er würde wieder zur See fahren, beschloss er, er musste es einfach tun. Wann immer er ein Schiff als Passagier betrat, spürte er, wie sehr es ihm fehlte, Teil der Mannschaft zu sein. Er würde seinen Großvater um ein Schiffskommando ersuchen, und er würde George Witherspoon fragen, ob dieser ihn wieder begleitete.
»Schiff von Südwest.« Der Ruf von der Mars am Masttopp setzte sich auf dem Schiff fort.
Jeremy verengte die Augen, konnte jedoch noch nichts erkennen. Dann jedoch sah er es, ein dunkler Punkt am Horizont, dann, fein wie Tuschestriche, nahm er Masten und Segel wahr. Noch war nicht erkennbar, unter welcher Flagge es fuhr.
»Wir halten den Kurs«, sagte der Kapitän, »in diesen Gewässern ist es vermutlich ein französisches Schiff.«
Als sie es erkannten, war es zu spät.
»Portugiesisches Kriegsschiff!«, erscholl es von der Mars.
Eilig ließ der Kapitän den Kurs wechseln, aber das Schiff, ein prächtig aufgetakelter Viermaster, hatte sie bereits entdeckt und hielt auf sie zu, kam in raschem Tempo näher.
»Ergreifen wir die Flucht?«, fragte einer der Matrosen.
»Natürlich, du Narr. Denkst du, ich lasse mich mit unserer leichten Artillerie auf ein Seegefecht ein?«

Das niederländische Handelsschiff mochte eines der schnellsten sein, sich mit dem Linienschiff der Portugiesen messen zu wollen war jedoch aussichtslos.
»Gott steh uns bei«, sagte der Kapitän, als die Portugiesen ihnen den Weg abschnitten und sich offenkundig bereitmachten zum Entern.
»Lasst mich mit ihnen verhandeln«, sagte Jeremy. »Ich spreche ihre Sprache, mein Großvater ist Portugiese.«
Der Kapitän sah ihn an, als sei er ein feindlicher Überläufer. Dann jedoch nickte er.
Es stellte sich heraus, dass Jeremy nicht die Gelegenheit zum Reden bekam. Die zur Sicherheit des Schiffes mitreisenden niederländischen Soldaten machten den Fehler, sich mit Rapieren zur Wehr setzen zu wollen, obgleich der Kapitän eine Kapitulation befohlen hatte. Kampflos wollten sie sich jedoch nicht ergeben. Und die Portugiesen waren gnadenlos. Wen sie nicht töteten, warfen sie über Bord. Dann trieben sie die Matrosen und Schiffsjungen in eine Gruppe zusammen, den Kapitän, die Offiziere und die Passagiere in eine andere. Nun kam der *Capitão* der Portugiesen an Bord, leichtfüßig und so jung, dass Jeremy vermutete, es sei sein erstes Kommando. Er sah gut aus, jeder Zoll ein portugiesischer Adliger. Als er jedoch lächelte, lief Jeremy ein kalter Schauer über den Rücken.
»Ich bin«, sagte er in gebrochenem Englisch, »Antonio de Brissac.« Er hielt die Hände hinter dem Rücken verschränkt und sah die Männer an. »Eure Soldaten sind tot, allesamt.«
Dann drehte er sich zu seinen Leuten um und fuhr auf Portugiesisch fort: »Wer von den Matrosen jung und kräftig ist, kommt in ein Presskommando, die anderen tötet ihr.

Die Schiffsjungen nehmen wir alle mit. Die reichen Passagiere nehmt als Geiseln, ebenso den Kapitän und die Offiziere. Den ketzerischen Schiffsgeistlichen werft über Bord.«

Entsetzen machte sich breit, als die portugiesischen Soldaten den Anweisungen folgten und jeden älteren Matrosen, ohne zu zögern, hinrichteten. Jeremy trat vor, und umgehend wurde ihm die Spitze eines Rapiers an die Brust gesetzt. Antonio de Brissac wurde auf ihn aufmerksam und kam zu ihm.

»Wäret Ihr gerne der Nächste?« Er deutete auf einen Mann, der zuckend am Boden lag, während das Blut in Stößen aus seiner Brust trat.

»Diese Männer sind unbewaffnet«, presste Jeremy auf Portugiesisch hervor. »Selbst ein Mann des Krieges sollte einen Funken Barmherzigkeit kennen.«

Antonio de Brissac hob die Brauen. »Ah, Ihr seid unserer Sprache mächtig.«

»Mein Großvater ist Portugiese.«

»Tatsächlich. Und wie ist Euer Name?«

»Jeremy Glanville.«

Dom Antonio runzelte die Stirn. »Der Name sagt mir nichts. Bedeutend könnt Ihr nicht sein.«

»Ich bin der Schwiegersohn von Ramón da Silveira, mein Großvater stammt aus seiner Familie.«

Nun trat wieder dieses unheimliche Lächeln auf die Lippen Dom Antonios. »Da Silveira? Dann sind wir verwandt, ganz entfernt zumindest. Meine Urgroßmutter war eine von ihnen, Gott sei ihrer Seele gnädig.«

Jeremy entspannte sich ein wenig.

»Unsere Familien verbindet jedoch nicht gerade eine enge Freundschaft«, fuhr Dom Antonio fort und musterte Jeremy nachdenklich. »Und ich frage mich, was Ihr im Schilde führt. Wohin sollte die Reise gehen?«
»Nach Frankreich und von dort aus nach Portugal.«
Dom Antonio nickte nachdenklich. »Eure Ehefrau ist in England?«
»Nein, bei ihrem Vater in Lissabon. Ich möchte zu ihr.«
»Seltsame Zeiten, um zu reisen. Und ich meinte zu hören, Dom Ramóns erwachsene Tochter sei in Olinda.«
»Das war sie.«
Wieder lächelte Dom Antonio. »Ihr müsst mir unbedingt mehr davon erzählen. Die Umstände sind gar zu seltsam. Ihr seid Engländer, wart bei den Portugiesen, bei den Niederländern und seid nun auf einem niederländischen Schiff, das Kurs auf Olinda nimmt. Der Verdacht der Spionage drängt sich auf, denkt Ihr nicht?«
»Ich …«
Dom Antonio gebot ihm mit einer Handbewegung, zu schweigen. »Dom Eduardo.« Er winkte einen Mann heran. »Sperrt diesen Engländer in die Bilge. Ich werde mich in Lissabon mit ihm befassen.« Er neigte den Kopf. »Dort wolltet Ihr ja ohnedies hin, wenn ich Euch richtig verstanden habe?«
Jeremy antwortete nicht, und der mit Dom Eduardo Angesprochene trat hinter ihn, fesselte seine Hände auf den Rücken und führte ihn auf das portugiesische Schiff.

Man hatte Jeremy ohne viel Federlesens in den Kielraum verfrachtet, wo er gefesselt im stinkenden Bilgenwasser lag, dem Trippeln der Ratten lauschte und zweimal, während er in der Nacht einnickte, gebissen wurde. Mit einiger Mühe kletterte er auf eine Kiste, riss sich an dem splitternden Holz eine Schramme in den Arm, hatte aber für den Rest der Reise Ruhe. Offenbar hatte man die anderen Geiseln komfortabler untergebracht, denn niemand teilte sein Gefängnis. Wie hätte er auch ahnen können, dass er an einen Mann geriet, der jedes Wort zu seinen Ungunsten auslegte und noch dazu offensichtlich eine Familienfehde fortführte.

Obgleich Jeremy in der Bilge rasch sein Zeitgefühl verlor, vermutete er, dass sie nicht mehr als zwei Tage unterwegs gewesen waren, als sie Lissabon anliefen. Ein portugiesischer Soldat, der ihm während der Reise einmal täglich ein Stück Brot in den Mund geschoben und Wasser hinterhergekippt hatte, kam den schmalen Niedergang hinunter, packte ihn, ohne viele Worte zu machen, am Arm und zerrte ihn hinter sich her über die drei Zwischendecks zum Hauptdeck, wo Antonio de Brissac ihn bereits erwartete. Er rümpfte die Nase, da Jeremy vermutlich den Geruch der Bilge angenommen hatte, den Gestank nach modrigem Holz und jenem Geruch nach fauligem Ei, den Unrat verströmte. Auch die übrigen Gefangenen waren an Deck, wandten sich jedoch von ihm ab. Mit einem möglichen Spion wollte man nichts zu tun haben, schließlich war jedem daran gelegen, gegen ein Lösegeld freizukommen, während Jeremy vermutlich eine peinliche Befragung bevorstand.

»Dom Antonio«, versuchte er es noch einmal. »Ich bin kein Spion. Fragt Dom Ramón, wenn Ihr mir nicht glaubt.«

Antonio de Brissac ignorierte ihn und gab Befehl, die Gefangenen an Land zu bringen. Jeremy wurde in ein Beiboot geworfen, knickte dabei unglücklich mit dem Fuß um, woraufhin ein schmerzhaftes Pochen in seinem Knöchel einsetzte. Zudem hatten sich die Bisswunden der Ratten an seinem linken Schienbein entzündet, wie er nun im Tageslicht sah. Zwei Tage in der Bilge hatten aus dem reichen Kaufmannssohn einen Mann gemacht, der aussah, als habe man ihn aus der Gosse gezogen. Das Haar klebte ihm in der Stirn, und seine Kleidung starrte vor Dreck.
»Kann ich eine Nachricht an meinen Schwiegervater schicken?«, fragte er Dom Eduardo. Dieser schwieg und schüttelte den Kopf.
Man zerrte ihn über die Kaimauern und führte ihn unter den gaffenden Blicken der Menge ab wie einen Verbrecher. Eine Kutsche brachte ihn, bewacht von drei Soldaten und Dom Eduardo, in den festungsartig angelegten Kerker von Lissabon. Dom Eduardo selbst vergewisserte sich, dass man Jeremy an den Ringen, die an der Wand angebracht waren, sicher ankettete, als wäre seine Flucht zu erwarten. Dabei hätte Jeremy nicht einmal die schwere Eisentür aufbekommen, vom Einrennen der dicken Mauern ganz zu schweigen. Der Gestank im Kerker unterschied sich kaum von dem in der Bilge, nur dass sich der Geruch von altem Urin, Schweiß, Fäkalien und etwas ekelerregend Süßlichem hineinmischten. Es würgte Jeremy in der Kehle, und er atmete durch den Mund. Seine eigene Kleidung widerte ihn an, eingenässt wie die eines Kleinkindes, da ihm die Hände fortwährend gefesselt waren und er keinen Eimer oder auch nur eine Ecke als Abort hätte benutzen können. Er

lehnte den Kopf an die Wand und schloss die Augen. Dachte an Antonio de Brissacs Lächeln. Und daran, dass er sich um andere Dinge sorgen sollte als die Unfähigkeit, einen Abort zu benutzen.

Wenngleich die gelegentliche Übelkeit ihr lästig war, genoss Catarina die Schwangerschaft und war voll der Vorfreude auf das Kind. Ihr Bauch wurde runder, und abends, wenn sie im Nachthemd in ihrem Bett lag, legte sie die Hände darauf, versuchte Bewegungen und Tritte winziger Füße zu erspüren. Dann lächelte sie und stellte sich vor, wie sie das kleine Wesen in den Armen hielt. Isabella, dachte sie. Wenn es ein Mädchen würde, sollte es Isabella heißen. Und fortan nannte Catarina das Kind stets so, wenn sie ihre stillen Zwiegespräche mit ihm hielt. Kleine Isabella.
Es war schön, im Garten spazieren zu gehen. Gelegentlich nahm ihr Vater sie mit in den Wald, wo sie auf dem federnden Boden lief, Blumen pflückte und mit dünnen Zweigen zu Sträußen band. Da sie nicht reiten durfte, gingen sie stets zu Fuß. Sobald das Kind da war, versprach ihr Vater, würde er ihr eines der Pferde aus dem Stall überlassen, und sie würden morgens ausreiten wie damals, ehe sie nach Olinda gegangen war.
Catarina verbrachte viel Zeit mit ihren Geschwistern, saß auf dem Boden im Spielzimmer, baute Burgen aus Holzklötzen und spann Fäden mit einem winzigen Spinnrad. Ihre Schwestern konnten es kaum glauben, dass sie schon Tanten waren, ja, dass sogar der zweijährige Tomás Onkel war, gar jünger als sein Neffe. Musste James denn überhaupt einem Onkel gehorchen, der noch so klein war? Und

würde Catarina jetzt für immer hier bleiben? Ja, bettelten die Mädchen, sie bliebe gewiss doch, oder?

Vorläufig sah es ganz danach aus, dachte Catarina. Denn auch wenn Jeremy bald käme, müssten sie bis zur Niederkunft warten. Und hernach würden sie nicht mit einem Neugeborenen eine so anstrengende Reise antreten wollen. Dona Ester gefiel es, ihr zunehmend das Leben schwerzumachen. Sie ließ kleine Sticheleien fallen, begegnete ihr, wenn Dom Ramón nicht in der Nähe war, mit offener Feindseligkeit, und befahl ihr, sich von den Kindern fernzuhalten – ein vergeblicher Wunsch, den ihr Ehemann nicht teilte und der daher für Catarina nichtig war. Wenn nichts mehr fruchtete, sagte sie Catarina, sie solle auf ihrem Zimmer bleiben, anstatt ihren Bauch so schamlos zur Schau zu stellen.

»Wofür sollte ich mich denn schämen?«, fragte Catarina zurück.

»Dein Ehemann scheint es auf jeden Fall nicht eilig zu haben. Vermutlich ist es tatsächlich nicht seins, und er hat dich mit deinem Liebhaber erwischt und verstoßen.«

»So vehement, wie Ihr mir Untreue unterstellt, scheint Euch der Gedanke daran ja ständig umzutreiben. Ich hoffe, mein Vater entdeckt sich selbst in seinen Kindern.«

Dona Ester lief rot an und schlug Catarina so heftig ins Gesicht, dass es sich anfühlte, als zerspringe ihr Kopf. Danach war fürs Erste Ruhe.

Den ersten Tag seiner Befragung vergaß Jeremy nie, denn an diesem waren die Schmerzen noch klar konturiert, während sie hernach zu einer Masse verschwammen, in der selbst der Morgen nicht mehr vom Abend zu unterscheiden war. Dom Antonio hatte die erstaunliche Fähigkeit, mit geringen Mitteln ein Höchstmaß an Schmerz zu erzeugen. Die Hiebe mit der Reitpeitsche, die er dem am Boden Knienden verabreichte, waren vergleichsweise harmlos, wenngleich Jeremy jedes Mal zusammenzuckte, wenn die Peitsche seine bloßen Schultern trafen. *Woher kommt Ihr wirklich? Was wollt Ihr? Wer schickt Euch?* Immer wieder dieselben drei Fragen, stets gefolgt von einem Hieb. Als das nicht die gewünschten Antworten brachte, ließ Dom Antonio von einem Sklaven ein Becken mit Kohlen entfachen, und nun bekam Jeremy das erste Mal wahrhaftig Angst. Er spürte, wie ihm der Schweiß über die Stirn lief und in seine Augen tropfte.

»Die Geschichte Eurer Eheschließung hat hier die Runde gemacht«, erzählte Dom Antonio im Plauderton, während die Kohlen rot aufzuglühen begannen. »Dieser seltsame Umstand, der Euch nach Olinda geführt hat, die perfide Art, in eine Familie Portugals einzuheiraten. Eure Anwesenheit zu Zeiten der feindlichen Übernahme Olindas.« Er wandte sich um, als die eisenbeschlagene Holztür geöffnet wurde und ein Mann den Verhörraum betrat. »Ah, Dom Eduardo.«

»Verzeiht die Verspätung.«

Dom Antonio wandte sich an Jeremy. »Ihr erinnert Euch an Eduardo de Vasconselos?«, fragte er höflich.

Jeremy nickte nur und sah den Mann an, als sei von ihm Rettung zu erwarten.

»Er wird Eure Antworten aufschreiben.«

Dom Eduardo nahm an einem Stehpult Aufstellung und

griff nach der Feder, tunkte sie in das Tintenfass. Dann nickte er. Es konnte losgehen.

Im Nachhinein wusste Jeremy nicht mehr, wann er das Bewusstsein verloren hatte. Auf jeden Fall viel zu spät. Er hatte nicht gewusst, welches Ausmaß an Schmerzen man ertrug, ohne dass der Körper sich in die rettende Besinnungslosigkeit flüchtete. Er erwachte in einer Wasserlache, man riss ihn an den Armen hoch, und es ging weiter. *Woher kommt Ihr wirklich? Was wollt Ihr? Wer schickt Euch?* Bis er das Bewusstsein erneut verlor. Als er das nächste Mal wach wurde, lag er auf dem fauligen Stroh, das den Boden seiner Zelle bedeckte. Eine neugierige Ratte sah ihn aus Knopfaugen an und trippelte davon, als er sich bewegte. Durch das hoch oben angebrachte Fenster, das kaum groß genug war, um den Kopf hindurchzustecken, malte Sonnenlicht einen buttergelben Fleck auf den Boden. Jeremy richtete sich stöhnend auf. Die Brandwunden auf seiner Brust schmerzten höllisch. Immer wieder dieselben Fragen, und immer wieder dieselben Antworten. *Und wenn er die Wahrheit sagt?* Dom Eduardo. *Sie lügen alle.* Dom Antonio.

Man hatte ihn nicht gefesselt, wenigstens das. Jeremy setzte sich auf und lehnte sich mit dem Rücken an die Wand, dann kroch er zu einem strohgefüllten Sack, der als Bett diente. Ihn peinigte brennender Durst, und der Hunger war ein stetiger Schmerz in seinem Bauch. Ein Blick zur Essensklappe in der Tür zeigte jedoch, dass man noch nicht vorhatte, ihn mit Nahrung und Wasser zu versorgen.

Lissabon, April 1632

Der Besucher wurde gemeldet, als Catarina mit ihrem Vater und Dona Ester im Gesellschaftszimmer saß und an einem Kleidchen für ihr Kind stickte. Sie ließ die Nadel sinken und sah den Ankömmling neugierig an. Eduardo de Vasconselos, ein sehr entfernter Verwandter, dem sie auf Festen gelegentlich begegnet war.

»Dom Eduardo.« Ihr Vater erhob sich und bot seinem Gast einen Platz an. »Was verschafft uns die Ehre?«

Der Besucher ließ sich nieder, und Dona Ester nahm ihre Handarbeit und verließ den Raum. An der Tür blieb sie stehen und blickte Catarina an, gab ihr mit einem knappen Nicken zu verstehen, dass sie die Männer unter sich lassen sollte. Catarina seufzte und wollte sich erheben, als Dom Eduardo sie ansah.

»Der Grund meines Besuches betrifft in erster Linie Euch, Dona Catarina.«

Erstaunt ließ sie sich zurück auf den Stuhl fallen, und auch Dona Esters Aufmerksamkeit war geweckt, denn sie blieb an der Tür stehen. Zurück in den Raum konnte sie nun nicht mehr gehen, ohne unangemessen neugierig zu erscheinen.

»Dies ist zu meinem Bedauern kein Freundschaftsbesuch, wenngleich es mich freut, Euch wiederzusehen, Dom Ramón.« Er neigte den Kopf leicht zu Catarina, als wolle er sie in seine Worte einbeziehen. »Sagt, ist der Name Eures Schwiegersohns Jeremy Glanville?«

Nun richtete Catarina sich mit einem Ruck auf. »Ja, so heißt mein Gatte«, antwortete sie anstelle ihres Vaters.

»Er befindet sich seit einem Monat in Lissabon in Gefangenschaft, da gegen ihn der Verdacht der Spionage besteht.«
Catarina stieß einen Laut des Erschreckens aus, und auch von der Tür her kam ein heftiges Luftschnappen. Dom Ramón sah sie an und machte eine beschwichtigende Handbewegung. »Das muss ein Missverständnis sein«, sagte er.
»Nun«, setzte Dom Eduardo an, »inzwischen denke ich das auch. Er beteuert unter schlimmster Folter seine Unschuld und …«
»Folter?«, ging Dom Ramón dazwischen. »Ihr foltert meinen Schwiegersohn?«
»Dom Antonio de Brissac hat das angeordnet. Ihr wisst, dass die Folter ein legitimes Mittel der Befragung ist, und laut Dom Antonio besteht ein dringender Verdacht. Es hat alles seine Richtigkeit. Ich bin nur hier, weil ich denke, Ihr solltet davon erfahren. Meine Loyalität gehört Dom Antonio, jedoch erscheint es mir ein Akt der Gerechtigkeit, auch Eurem Schwiegersohn eine Stimme zu geben.«
Catarinas Herz ging in raschen Schlägen, und sie presste die Hand auf die Brust. Sie kannte Dom Antonio, hatte in ihrer Jungmädchenzeit für ihn geschwärmt, war aber abgesehen von höflicher Aufmerksamkeit nicht weiter von ihm beachtet worden. Eine uneheliche Tochter kam für einen de Brissac nicht in Frage. Ihr Vater hatte zudem oft betont, dass er die Männer dieser Familie nicht als Ehemänner für seine Tochter sehen wollte. »Die Frauen der de Brissac«, sagte er stets, »sind hinreißend, aber die Männer sind verzogene, arrogante Bastarde.« Catarina hatte ihm das nicht glauben wollen.

»Geht es dir gut?«, drang die Stimme Dom Ramóns nun in ihre Gedanken.
Sie blickte auf und sah in sein besorgtes Gesicht. »Ja«, antwortete sie. »Ja, ich bin nur erschrocken.«
Dom Eduardo sah flüchtig auf ihren Bauch und errötete. »Verzeiht mir, Dona, ich hätte Euren Zustand berücksichtigen sollen.« Das Rot auf seinen Wangen wurde noch dunkler, und er war sichtlich verlegen und wich ihrem Blick aus.
»Geh auf dein Zimmer, Liebes«, sagte Dom Ramón. »Ich kümmere mich um alles Weitere.«
»Aber es ist mein Ehemann, von dem Ihr sprecht. Ich möchte nicht untätig hier herumsitzen.«
»Es wird dir nichts anderes übrigbleiben.«
»Wenn Ihr ihn holt, möchte ich Euch begleiten.«
»Auf gar keinen Fall!«
»Es ist in der Tat kein Ort für eine Dame«, mischte sich nun auch Dom Eduardo ein. »Es grassieren Krankheiten in dem Kerker, es gibt Flöhe und Läuse.«
»Aber ich …«
»Wenn nicht um deiner selbst willen«, schnitt ihr Vater ihr das Wort ab, »so gehorche mir wenigstens, um dein Ungeborenes zu schützen.«
Damit nahm er ihr den Wind aus den Segeln, und sie schwieg, fügte sich.

Jeremy lag auf dem Boden, das Gesicht im fauligen Stroh, und hatte das Gefühl, sich nie wieder bewegen zu können. Er hatte bei der letzten Befragung kaum noch genug Kraft gehabt zu antworten und hatte die Schmerzen unter heiseren Schreien ertragen. In seinem Körper schien nichts mehr zu funktionieren, seine Arme waren aus den Schultergelenken gesprungen, als man ihm die Arme auf den Rücken gedreht und dann daran aufgehängt hatte – eine beliebte Foltermethode bei den Portugiesen – , und die Finger seiner rechten Hand waren ausgerenkt worden, ein Finger für jede falsch beantwortete Frage. Sein linkes Knie war dick geschwollen, vermutlich war es zertrümmert, was erklären würde, warum er das Bein kaum mehr bewegen konnte. Wenigstens hatten sie es aufgegeben, ihn mit den glühenden Eisen zu traktieren. Weil man trotz allem nicht seinen Tod wollte – immerhin gehörte er zu der Familie da Silveira und war noch nicht des Hochverrats überführt –, sah von Zeit zu Zeit ein Arzt nach ihm und wusch seine Wunden mit Essig aus, was beinahe eine ebenso schlimme Folter war wie das, was ihm Dom Antonio zufügte.

Als er hörte, wie die Tür entriegelt wurde, schloss er die Augen, presste die Lider zusammen, spürte, wie Tränen dazwischen hervorquollen. Sie hatten ihn an diesem Tag noch nicht geholt, gelegentlich gönnten sie ihm Ruhe, damit er sich erholen konnte. Ihm lag die Bitte um Schonung auf der Zunge, aber er wusste, dass es nichts bringen würde. Zudem hatte er kaum genug Kraft, um den Kopf zu heben, und so ließ er es zu, dass ihn zwei Männer unter die Schultern fassten und ihn hochzogen. Ein scharfer Schmerz durchschoss ihn, und er schrie auf. Die Männer, dunkelhäutige Sklaven, wie er nun feststellte – das war neu –, legten seine nutzlos gewordenen Arme um ihre Hälse und zogen ihn mit sich. Er schloss die Augen wieder und ließ sich willenlos aus der Zelle schleifen.

»Ich vermag es kaum«, sagte eine Männerstimme, die ihm vage bekannt vorkam, »mein Entsetzen in Worte zu fassen.«

»Ich bedaure sehr, Euren Unmut auf mich gezogen zu haben, Dom Ramón, aber ich habe im Interesse der Krone gehandelt. Wir haben gerade die *Capitania* Pernambuco verloren, dieser Mann war dort, genau zur richtigen Zeit. Er floh zur richtigen Zeit von dort, und er kam eben aus den Niederlanden, als ich ihn gefangen nahm. Was also sollte ich denken? Er spricht fließend Portugiesisch, man könnte ihn für einen von uns halten, was es ihm leichtmacht, Dinge zu erfahren, die er nicht erfahren sollte.«

Jeremy öffnete die Augen, ungläubig, irritiert. Konnte das wahrhaftig die Rettung sein? Er sah nur verschwommen, und auch mehrmaliges Blinzeln klärte seinen Blick nicht.

»Warum wurde mir nicht Bericht erstattet?«, fragte Dom Ramón.

»Ihr seid nicht Teil der Gerichtsbarkeit.« Schweigen. Dann fuhr Dom Antonio fort, freundlicher nun: »Ihr könnt ihn mitnehmen, wie ich es Euch gesagt habe. Selbst wenn Ihr nicht erschienen wäret, hätte ich in ein paar Tagen nach Euch schicken lassen, wenn er sich erholt hat. Ich bin fertig mit meinen Befragungen und von seiner Unschuld überzeugt.«

Jeremy hätte ihm am liebsten vor die Füße gespuckt. Ob der Mann ahnte, wie kurz er davor gewesen war, alles zu gestehen, zu sagen, was man von ihm hören wollte, selbst wenn ihn das an den Galgen gebracht hätte? Er wollte die Augen erneut aufschlagen, brachte es jedoch nicht fertig. Als man ihn die Treppe hinaufzog, war der Schmerz nahezu unerträglich, und noch ehe er in die Kutsche geladen wurde, hatte er erneut das Bewusstsein verloren.

Es war ein schrecklicher Anblick gewesen, zu sehen, wie Jeremy von den Sklaven ihres Vaters ins Haus geschleppt wurde. Catarina hatte in der Halle gestanden und sich in schweigendem Entsetzen die Hand vor den Mund geschlagen. Sein Haar hing ihm strähnig ins Gesicht, das von einem speckigen Bart überwuchert war. Die Kleidung hing ihm in Fetzen am Körper, und er roch selbst auf eine Entfernung von mehreren Schritten, als habe man ihn aus einer Mistgrube gezogen. Ihr Vater hatte Senhor Oliveira, den *Médico,* bereits mitgebracht, und dieser folgte den Sklaven nach oben. Catarina raffte ihr Kleid und wollte ebenfalls hinaufgehen, aber ihr Vater hielt sie auf.

»Du solltest warten, bis der Arzt ihn untersucht hat.«

»Ich bin seine Ehefrau, ich denke, es gibt nichts, was man mir zu sehen verwehren muss.«

Ihr Vater sah sie an, dann schüttelte er den Kopf. »Er hat Läuse und Flöhe, ich selbst werde mich umgehend waschen, allein, weil ich in der Kutsche bei ihm gesessen habe. Seine Kleidung muss verbrannt werden, die Laken, auf denen er liegt, gründlich gereinigt – die Sklaven sollen sich kümmern, ehe du zu ihm gehst.«

Catarina zögerte.

»Er ist ohnehin nicht bei Bewusstsein, und du wirst ihn weder waschen noch ohne Hilfe entkleiden können. Schone deine Gesundheit. Du darfst ja zu ihm, nur gedulde dich noch etwas.« Catarina fügte sich. Sie ging in das Gesellschaftszimmer, nahm die vergessene Handarbeit auf, stickte

halbherzig ein wenig daran herum und legte sie dann wieder fort. Eine Weile starrte sie blind in den Raum, dann erhob sie sich. Wenn sie schon nicht helfen durfte, wollte sie wenigstens hören, was gesagt wurde. Sie raffte ihr Kleid, durchquerte die Halle und lief die Treppe hoch. Die Tür zu ihrem Zimmer war geschlossen, und sie öffnete sie einen Spaltbreit und sah, wie ein Sklave Jeremys Oberkörper hielt, während ein weiterer ihn wusch. Danach rasierten sie ihm den Bart ab und wuschen sein Haar mit einer übelriechenden Substanz wegen der Läuse und Flöhe. Es folgte eine abschließende Spülung mit Essig, und Letzterer wurde auch benutzt, um seinen Körper abzureiben. Da seine Kleider und die Laken, auf denen er gelegen hatte, von zwei Sklavinnen, die an Catarina vorbeigehuscht waren, entsorgt worden waren, traute sich Catarina nun auch, das Zimmer zu betreten. Endlich konnte sie seinen Körper sehen. Ein entsetztes Aufkeuchen entfuhr ihr.
Rotschwärende Wunden bedeckten seine Brust, seinen Bauch, seine Oberschenkel. Das linke Knie war schwarzblauviolett und so dick geschwollen, dass die Haut glänzte. Die Prozedur mit dem Essig musste Jeremy aus seiner Bewusstlosigkeit gerissen haben, denn er öffnete die Augen mit einem lauten Stöhnen, wand sich, versuchte den kräftigen Händen der Sklaven zu entkommen. Catarina spürte, wie ihr Tränen in die Augen traten, und sie ging zum Bett, ließ sich am Rand nieder, griff nach Jeremys Hand und sprach beruhigend auf ihn ein. Er drehte den Kopf zu ihr, und seine Augen weiteten sich, als sehe er sie das erste Mal. »Du«, sagte er kaum hörbar. Dann verlor er wieder das Bewusstsein.

»Umso besser«, sagte der *Médico*. »Das Einrenken seiner Arme und Finger wird sehr schmerzhaft, es ist besser, wenn er das nicht mitbekommt.«

Catarina senkte den Blick, denn sie konnte es nicht mitansehen, ertrug dieses schmatzend-knackende Geräusch kaum. Als Senhor Oliveira sich Jeremys Fingern zuwandte, ergriff sie die linke Hand ihres Ehemannes und hielt sie fest in den ihren.

»Keine der Wunden ist brandig geworden«, stellte der *Médico* fest. »Allerdings befürchte ich, dass sein Knie zertrümmert wurde. Wenn sich das Blut nicht vergiftet, wird er das Bein jedoch nicht verlieren, ansonsten muss ich es absägen.«

Übelkeit stieg in Catarina auf, und sie presste vor lauter Sorge Jeremys Finger zusammen, was ihm nicht einmal ein Zucken entlockte. Er war erschreckend mager, seine Rippen stachen hervor, und die Haut seines Bauchs spannte sich über den Beckenknochen. Auch waren seine Arme und Beine dünner geworden, bar jeder Kraft. Catarina schluckte und spürte, wie ihr erneut die Tränen kamen.

»Na, na, Dona Catarina, Ihr müsst nicht weinen, er wird es überleben. Selbst wenn er ein Bein verliert, kommt er wieder zu Kräften. Gute, fette Brühe, Pflege, an der Ihr es sicher nicht werdet mangeln lassen – dann ist er in wenigen Monaten wiederhergestellt. Ich komme morgen und sehe nach ihm.« Während er sprach, verband der *Médico* mit Hilfe zweier Sklaven Jeremys Oberkörper und seine Beine.

Catarina nickte nur, dann zog sie die Decke über Jeremys Körper und verbarg ihn vor den Blicken der Sklaven und Sklavinnen und vor dem ihres Vaters, der eben das Zimmer betrat und einige Worte mit Senhor Oliveira wechselte.

»Ich hätte mir denken können, dass du doch tust, was du willst«, sagte er, als er zu ihr trat, aber es klang nicht unfreundlich.
»Sei mir nicht böse«, antwortete sie.
»Nein, ich erkenne mich selbst in dir wieder, wie könnte ich also.« Er sah Jeremy an. »Armer Kerl. Dom Antonio sagte, er sei zweifelsfrei von seiner Unschuld überzeugt. Es ist nicht leicht, die Folter durchzustehen und dabei standhaft in dem zu bleiben, was man sagt.«
»Das hättet Ihr ihm nicht zugetraut, nehme ich an?«
»Nein. Bedenkt man, dass er kein Mann des Kampfes ist und aus einer Händlerfamilie stammt – ich hätte es ihm in der Tat nicht zugetraut.«
»Denkt Ihr wirklich, Dom Antonio hätte ihn irgendwann freigelassen?«
»Ja, früher oder später.«
»Er ist ein Schuft«, sagte Catarina. »Wie konnte er nur, wo er doch wusste, dass Jeremy zu unserer Familie gehört.«
»Du solltest nicht so hart mit ihm ins Gericht gehen. Er hat im Interesse der Krone gehandelt, und er hat nichts Unrechtes getan, sosehr uns das auch missfallen mag.«
Catarina war nicht überzeugt, widersprach jedoch nicht. »Wenigstens lebt er noch«, sagte sie und sah Jeremy dabei an.
»Ja, das ist das Wichtigste.«
»Senhor Oliveira hat gesagt, er müsse ihm vielleicht das Bein abnehmen.«
»Er wird trotzdem genesen. Es mag ein hartes Schicksal sein, aber er wird sich daran gewöhnen.«
Ihr Vater verließ das Zimmer, und Catarina blieb mit

Jeremy allein. Sie legte sich neben ihn auf das breite Bett und schmiegte ihr Gesicht in die Beuge zwischen seiner Schulter und seinem Hals. Irgendwann – sie war fast eingenickt – spürte sie, wie er sich regte, den Kopf wandte. Sie stützte sich auf einen Ellbogen und sah auf ihn hinab, blickte in seine geöffneten Augen.
»Etwas Schöneres«, sagte Jeremy mit brüchiger, kaum hörbarer Stimme, »habe ich nie zuvor gesehen.«

Nahezu eine Woche schlief Jeremy fast ausschließlich, und Catarina weckte ihn nur, wenn sie ihm stärkende Fleischbrühe zu trinken brachte. Ein Sklave blieb bei ihm im Zimmer, half ihm, sich aufzurichten, entleerte bei Bedarf den Nachttopf und war stets zur Stelle, wenn Jeremy etwas brauchte. Er verließ das Zimmer nur dann für längere Zeit, wenn Catarina ihn fortschickte, weil sie an der Seite ihres Mannes sein wollte.
Am achten Tag nach seiner Ankunft schlug Jeremy die Augen auf und sah Catarina an, der Blick klar und ruhig. Die Verbände waren täglich gewechselt worden, und obschon sein Knie nach wie vor dick und dunkel verfärbt war, gab es keine Anzeichen dafür, dass er das Bein verlieren würde. Ganz sicher, so Senhor Oliveira, könnten sie sich jedoch erst sein, wenn er vollständig genesen war.
»Wie lange bin ich schon hier?«
»Seit über einer Woche.«
Jeremy schloss für einen Moment die Augen, dann sah er sie wieder an, ließ seinen Blick langsam über ihr Gesicht gleiten, ihre Brust, verharrte auf ihrem Bauch, zuckte dann wieder hoch. »Wusstest du es, als du abgereist bist?«

»Ich war mir nicht sicher.«
Er nickte kaum sichtbar.
»Bist du mir böse?«, fragte sie unwillkürlich.
»Nein, warum sollte ich?«
»Wegen … wegen der Sache mit Dom Antonio.«
»Das ist doch mitnichten deine Schuld.«
»Hättest du mir nicht nachreisen müssen …« Ihre Stimme erstarb.
Nun erschien ein kleines Lächeln auf seinen Lippen. »Ach, Catarina, ich bin ein Seemann, es hätte mich jederzeit treffen können. Wenn nicht auf dieser Reise, dann auf einer anderen.« Er holte tief Luft, schwieg, als müsse er zu Kräften kommen, als wäre das Reden zu anstrengend. »Hätte ich englisch gesprochen, hätte man mich gegen ein Lösegeld zu meiner Familie geschickt. Aber ich habe portugiesisch gesprochen, und das hat Dom Antonio auf mich aufmerksam gemacht.«
Catarina umfasste seine linke Hand und spielte mit seinen Fingern. Er streckte die Rechte versuchsweise, schloss sie, öffnete sie wieder.
»Euer *Médico* hat gute Arbeit geleistet.«
»Ist es … tut es immer noch weh?«
»Die Brandwunden? Ja, so schnell verheilt das nicht. Ich hoffe, mir bleibt die Essigprozedur heute erspart. Und mein Knie fühlt sich immer noch an wie ein formloser Klumpen.«
Catarina erzählte ihm nicht, dass er immer noch in Gefahr war, sein Bein zu verlieren. »Es wird sicher bald besser«, sagte sie stattdessen.
Sein Blick fiel wieder auf ihren Bauch. »Wann ist es so weit?«

»Wenn ich mich nicht verrechnet habe, im Juli.«
Er löste seine Hand aus der ihren und berührte ihren Bauch.
»Ich … ich hätte nicht …«
»Nein«, fiel Catarina ihm ins Wort, »das hättest du nicht. Aber es ist nun einmal geschehen.«
»Als du fort warst«, setzte er zögernd an, »habe ich Tereza auf einer Feier gesehen, und wir …« Er verstummte, und Catarina spürte, wie es sie kalt durchlief. »Ich war wütend, weil du fort warst, und wütend darüber, welche Rolle du Tereza dabei aufgezwungen hast. Es war eine Verkettung von Gelegenheiten, und irgendwann waren wir zusammen in einem dunklen Zimmer, haben uns geküsst …«
»Hör auf, ich will es nicht hören.« Catarina stand auf, wollte sich ihm entziehen, aber er umschloss ihr Handgelenk mit erstaunlicher Kraft und zog sie wieder zu sich aufs Bett.
»Ich konnte nicht. Sie lag bei mir, wir haben … aber ich konnte nicht, ich hatte immer nur dein Bild vor Augen.«
»Du hast nicht mit ihr …«
»Nein«, unterbrach er sie. »Habe ich nicht. Beinahe, aber letzten Endes doch nicht.«
Catarina entspannte sich ein wenig. »Du hättest mir das nicht erzählen müssen.«
»Nein. Aber ich wollte es dennoch. Vielleicht brauchte es diesen Moment mit ihr, damit mir klarwurde, dass ich sie nicht mehr wollte.«

Lissabon, Juli 1632

Jeremys Genesung war langsam, aber stetig vorangeschritten, und nach nahezu drei Monaten war er wieder so weit hergestellt, dass man ihm, wenn er bekleidet war, nichts mehr ansah. Wäre da nicht das starke Hinken. Zwar hatte er das Bein nicht verloren, aber sein Knie wollte nicht so recht funktionieren. Es fiel ihm schwer, die Treppe hinunterzugehen, und als er eines Tages wieder die Halle durchschritt, begleitet vom Klacken seines Stocks, auf den er sich schwer stützte, fragte Dom Ramón: »Wie geht es dem Bein?«

»Steif wie ein Brett. Es will einfach nicht besser werden.«

Dom Ramón klopfte ihm auf die Schulter und sagte etwas davon, dass alles seine Zeit brauche. Jeremy hingegen befürchtete, dass er nun zeit seines Lebens ein Krüppel sein würde. Wie sollte er mit diesem Bein zur See fahren? Wie jemals wieder ein Pferd besteigen?

Er sah Catarina durch die seitliche Tür hineinkommen, die zu einer Loggia in den Garten führte. In den Händen hielt sie einen Strauß Blumen, in den sie das Gesicht drückte. Ihr Bauch war so dick, dass Jeremy sich fragte, wie sie gehen konnte, ohne vornüberzukippen. Sie hatte dennoch etwas Heiteres an sich, etwas Leichtes. Als sie ihn bemerkte, lächelte sie und kam zu ihm. Ein rascher Blick, der sie davon überzeugte, dass ihr Vater nicht mehr in Sichtweite war, dann küsste sie Jeremy innig auf den Mund.

»Du kannst dir nicht vorstellen, wie schön der Sommer ist.«

»Ich nehme an, genauso schön wie gestern?«

Sie schlug ihm leicht vor die Brust. »Bei James musste ich auf meinem Zimmer sitzen, sobald man mir die Schwangerschaft ansah. Aber jetzt … es ist einfach so wunderbar.«
»Schamlos wäre das richtige Wort«, war Dona Esters Stimme zu vernehmen. »Man versteckt seinen Bauch und zeigt ihn nicht auch noch stolz herum. Und erst recht spricht man nicht mit seinem Ehemann über dergleichen Dinge.«
Jeremy lächelte sie an. »Oh, macht Euch um mich keine Sorgen, Dona Ester. Ich versichere Euch, ich weiß, wie das Kind hineingekommen ist.«
Dona Ester lief dunkelrot an, und Catarina warf den Kopf zurück und lachte.
»Ihr habt einander verdient«, sagte Dona Ester. »Wahrhaftig. Kein portugiesischer *Fidalgo* hätte dich genommen.« Damit rauschte sie an ihnen vorbei in das Gesellschaftszimmer.
»Wird sie sich nun bei deinem Vater beschweren?«
»Nein«, antwortete Catarina, »denn dann müsste sie die Anstößigkeiten vor ihm wiederholen.«
»Dein Vater und dein Onkel hatten keine sehr glückliche Hand bei der Wahl ihrer Ehefrauen, möchte ich meinen.«
»Mein Großvater hat es entschieden, sie hatten keine Wahl, als zu gehorchen.«
Sie hakte sich bei ihm ein, und da sie selbst nicht schnell gehen konnte, musste keiner den Schritt an den des anderen anpassen. Jeremy ging mit ihr ins Speisezimmer.
»Seltsame Vorstellung, dass meine Urgroßmutter und dein Urgroßvater als Geschwister hier gelebt haben, nicht wahr?«
»Ja, irgendwie schon. Ich habe mir oft vorgestellt, wie es

gewesen sein muss, sich einfach bei Nacht davonzuschleichen und ins Ungewisse zu reisen. Ich hätte mich das nicht getraut.«

»Warum hat sie es getan?«

»Sie wollte keinen de Brissac heiraten. Dabei wäre ein de Brissac erst recht ein Grund für mich gewesen, zu bleiben.« Dann verstummte sie unvermittelt, wurde rot, als sei ihr gerade wieder eingefallen, was Jeremy Antonio de Brissac Schlimmes verdankte.

»Nur kein schlechtes Gewissen«, sagte er und führte sie an den Tisch. »Ein klein wenig harmlose Schwärmerei für meinen Peiniger sei dir gegönnt. Es gibt vermutlich nicht wenige Frauen, die sich einen de Brissac als Strafe für ihren untreuen Ehemann wünschen.« Als er bemerkte, wie unglücklich sie ihn ansah, lächelte er, und sie entspannte sich sichtlich.

Eine Sklavin servierte das Essen, und Jeremy kam nicht umhin, die Unterschiede zur Da-Silveira-Plantage von Dom Álvaro festzustellen. Natürlich war die Sklaverei auch hier ein Unrecht, aber hier stand kein Pranger auf dem Hof, es gab keinen *Feitor,* der die Peitsche schwang. Die Sklaven gehörten zum Haushalt wie Dienstboten, nur mit dem Unterschied, dass sie nicht gehen konnten, wann und wohin sie wollten.

»Habt ihr etwas von deinem Onkel gehört?«

Catarina schüttelte den Kopf. »Nichts bisher. Ich wüsste gerne, wie es ihnen geht. Tante Lea hat der Aufenthalt im Wald nicht gutgetan, auch wenn sie sich nie beklagt hat.«

Jeremy fiel es schwer, eine Position zu finden, in der er trotz seines steifen Beins bequem sitzen konnte. Er aß mit wenig Appetit etwas Brot, Käse und Oliven. Nachdem Dom Ramón ihn aus dem Kerker befreit hatte – denn als Befreiung sah er diese Tat nach wie vor an –, hatte er erst nicht glauben können, dass er wirklich gerettet war. Dann der Moment, in dem er für einen Augenblick in Catarinas besorgtes Gesicht gesehen hatte, die Stimmen der Männer, der saure Geruch von Essig, der in seiner Nase brannte und ihn zurückwarf in die Gewissheit, wieder im Kerker zu sein. Starke Hände, die seine Kleidung zerfetzten, in seinem Haar zerrten. Und dann wieder Dunkelheit, die zerriss und den Blick freigab auf Catarina, die nun allein an seinem Bett saß. Das Schönste, was er je gesehen hatte, der Augenblick, in dem er wusste, dass er wirklich und wahrhaftig nicht mehr in seiner Zelle war, dass sich der Verhörraum weit weg befand.

Und während Jeremy nun Catarina beim Essen gegenübersaß und sie beobachtete, kündigte ein Haussklave einen Besucher an. »Dom Antonio de Brissac.« Jeremy erstarrte, fühlte eine panikartige Angst in sich aufsteigen, die Furcht, man könne ihn erneut holen, während Catarina nur erstaunt wirkte.

»Bring ihn zu meinem Vater.«

»Er möchte zu Senhor Glanville, Dona Catarina.«

Catarina machte eine knappe Handbewegung. »Nun, dann soll er hereinkommen.«

»Ja, Dona Catarina.«

Der Sklave ging und kehrte kurz darauf mit jenem Mann zurück, den Jeremy nie wieder zu sehen gehofft hatte. Dom Antonio lächelte, neigte den Kopf zu Catarina. »Ich hoffe, ich komme nicht ungelegen.«

»Keineswegs«, antwortete Catarina.

Dann sah Dom Antonio Jeremy an. Seine Stimme war beinahe schlimmer als sein Anblick, denn sie war stetig präsent gewesen. *Woher kommt Ihr wirklich? Was wollt Ihr? Wer schickt Euch?*

»Oh, seht mich nicht so entsetzt an, Senhor. Ich bin nur hier, um mich von Eurer Genesung zu überzeugen. Es mag Euch seltsam anmuten, aber da ich nur meine Pflicht getan habe, ist mir natürlich daran gelegen, dass Euch daraus keine Unannehmlichkeiten erwachsen.«

Jeremy fehlten die Worte.

»Es geht ihm gut«, sagte Catarina an seiner Stelle. »Den Umständen entsprechend zumindest. Ich wünschte nur, Ihr hättet ihm nicht ohne jede Not das Knie zertrümmert.«

»Er hat nach mir getreten und auch nach mehrmaligen Ermahnungen nicht davon abgelassen.« Dom Antonio wandte sich wieder Jeremy zu. »Schmerzt das Bein noch?«

»Es ist steif, nach wie vor.«

»Das bedaure ich. Aber Ihr werdet damit leben lernen, glaubt mir, ich weiß, wovon ich spreche.«

»Wurdet Ihr auch verhört?«

Dom Antonio lächelte. »Nein, aber ich habe einen Sklaven, der übel behandelt wurde, ehe er zu mir kam. Sein Bein ist steif, und er bewegt sich beinahe so behende, als bestehe diese Behinderung nicht.«

»Das ist sehr tröstlich, vielen Dank.« Der Spott kam Jeremy nur schwer über die Lippen, zerfloss in Bitterkeit.

»Nun, ich kann Euch nicht verübeln, dass Ihr mir grollt. Aber wäret Ihr in meiner Position, hättet Ihr im Interesse der Krone Englands sicher nicht anders gehandelt.«

Das konnte Jeremy nun tatsächlich nicht beantworten. Er dachte darüber nach. Für Dom Antonio war dies jedoch Antwort genug. Er lächelte erneut. »Ich empfehle mich. Dona Catarina, wo finde ich Euren Vater?«
»In seinem Arbeitszimmer.« Catarina rief den Haussklaven heran und trug ihm auf, Dom Antonio zu ihrem Vater zu bringen.
»Für *ihn* wärst du in Lissabon geblieben, ja?«, fragte Jeremy, nachdem Dom Antonio den Raum verlassen hatte.
Catarina zuckte mit den Schultern. »Ich war jung, und er sieht blendend aus.«

Das Kind kam mittags, schneller als es damals bei James gewesen war. Es kündigte sich nicht lange vorher an, kein Ziehen, das ignoriert werden konnte, sondern eines, das sich direkt ins Unerträgliche steigerte. Catarina schaffte es kaum, vom Tisch aufzustehen, stützte sich stöhnend ab und warf dabei eine Karaffe um. Ihr Vater sah sie an, wandte sich an Dona Ester, die jedoch keine weitere Aufforderung brauchte. Vergessen schien jede Abneigung, sie fasste Catarina am Arm und stützte sie. Der Einzige, der nicht sofort verstand, war Jeremy. Aber dann kam das Begreifen, und er erhob sich rasch, wollte ihr helfen, als die nächste Schmerzwelle sie überrollte. Sie schlug seine Hand weg.
»Rühr mich nie wieder an«, presste sie hervor, keuchte auf und krümmte sich. »Das ist alles deine Schuld.«
Jeremy blieb, wo er war. Catarina hörte ihren Vater sagen: »Keine Sorge, das ist normal, das habe ich mir auch jedes Mal anhören müssen.«
Dona Esters zweifellos wenig schmeichelhafte Antwort

ging für Catarina in einer weiteren Schmerzwelle unter, die sich von ihrem Bauch in Leisten und Oberschenkel krallte und ein eisernes Band um ihren Rücken spannte. Sie ließ sich von der Ehefrau ihres Vaters aus dem Raum führen.

»Glücklicherweise geht es schnell«, sagte die Hebamme, die eilig geholt worden war. »Eine sehr leichte Geburt.«

Dona Ester blieb bei Catarina, wischte ihr mit einem feuchten Lappen den Schweiß aus dem Gesicht, ließ zu, dass sie ihre Hand presste, wenn die nächste Wehe nahte. Catarina schrie und schrie. Der Schmerz wühlte durch ihren Körper, zerriss sie, umklammerte sie, ließ ihr kaum Zeit zwischen den Wehen. Es ist doch schlimmer als beim ersten Mal, dachte Catarina in den wenigen klaren Momenten, viel, viel schlimmer. Und dann der Augenblick, in dem der Schmerz abebbte, als das Kind aus ihr herausglitt, nass, rot und mit einem wütenden Schrei laut protestierend.

»Ein Mädchen«, sagte die Hebamme so stolz, als sei es das Produkt ihrer Mühen.

»Gebt sie mir.« Catarina richtete sich mühsam auf. »Gebt sie mir, bitte.«

Dona Ester ging zu der Hebamme und nahm ihr das Kind ab. »Später«, sagte sie. »Gedulde dich noch.« Sie wickelte den greinenden Säugling in ein weißes Tuch und stieß dabei leise, kosende Laute aus. Währenddessen widmete sich die Hebamme wieder Catarina, massierte ihren Bauch, forderte sie auf zu pressen. Catarina kam dem nach, ließ jedoch ihr Kind nicht aus den Augen. Dieses Mal würde man es ihr nicht wegnehmen, Jeremy würde dergleichen nicht dulden. Aber die Angst blieb dennoch.

Schließlich – nachdem man ihr geholfen hatte, sich umzukleiden – gab Dona Ester ihr das Mädchen, und Catarina schloss es in die Arme, neigte sich über das Neugeborene, berührte die flaumige Wange mit der ihren. »Kleine Isabella«, sagte sie wieder und wieder.

»Isabella?«

Sie sah auf, hatte nicht bemerkt, dass Jeremy ins Zimmer gekommen war. Nun trat er zum Bett, lächelte, neigte sich zu Catarina, küsste sie auf die Stirn und legte die Hand um den Kopf des Kindes.

»Isabella«, wiederholte er. »Ja, das passt.« Er ließ sich vorsichtig am Bettrand nieder, den Blick stetig auf das Kind gerichtet, fasziniert, verwundert. Dann sah er Catarina an. »Es war schlimm, ja?«

»Es war auszuhalten.«

Ein kleines Lächeln grub sich in seine Mundwinkel. »Ich habe dich bis unten schreien gehört.«

Catarina stieß einen langen Seufzer aus. »Glücklicherweise erscheint es im Nachhinein weniger schlimm. Was gut ist, denn sonst hätte ich nach James kein Kind mehr haben wollen.«

»Was uns zur Enthaltsamkeit zwingen würde.«

Catarina warf ihm aus den Augenwinkeln einen Blick zu. »Oder dich zur Vorsicht.«

Jeremy hob die Hand und strich ihr eine verschwitzte Haarsträhne zurück, die an ihrer Wange klebte. Seine Finger glitten über ihren Hals, ihren Arm hinab zum Kopf seiner Tochter, wölbten sich darum. »Ich war ein Narr, nicht zu schätzen, was ich habe.« Er neigte sich vor, küsste Catarina erneut auf die Stirn. »Du siehst müde aus.«

Das war sie in der Tat, eine angenehme, schwere Müdigkeit.
»Nur ein wenig die Augen schließen …«
»Ich bringe Isabella zu ihrer Amme.« Catarina wollte widersprechen, wollte die Kleine nicht hergeben. Aber da sie Sorge hatte, das Kind könne ihr entgleiten, wenn sie schlief, erhob sie keine Einwände, als Jeremy ihr das Kind aus den Armen nahm, so vorsichtig, als befürchte er, es könne entzweibrechen.
»Gib auf sie acht«, sagte sie leise.
»Sei unbesorgt.« Er wandte sich zur Tür, hielt seine Tochter in einem Arm und drückte mit der anderen Hand die Klinke herunter. Catarina sah ihm nach, bis sich die Tür hinter ihm schloss.

Lissabon, September 1632

Es blieb ein schöner Sommer in der *Casa da Monteira,* und Catarina hatte sich von der Geburt rasch erholt, so dass sie bald wieder Spaziergänge machen konnte, erst im Garten, dann in den umliegenden Wäldern. Mal begleitete ihr Vater sie, mal Jeremy. Mit Dona Ester verstand sie sich ein wenig besser seit der Geburt von Isabella. So kühl die Ehefrau ihres Vaters sich Catarina gegenüber stets gab, so hingerissen war sie von der Kleinen. Wenn man Dona Ester näher kannte, war sie umgänglicher als Dona Mécia. Zwar hatten sie und Catarina einander nicht ins Herz geschlossen und würden es sicher auch nie tun, aber wenigstens war ihr Umgang nicht mehr von fortlaufender Abneigung geprägt.
Eines Nachmittags, als Catarina mit Isabella im Garten saß

und entzückt beobachtete, wie sich das Blattgrün in den Augen des Kindes spiegelte, gesellte sich Jeremy zu ihnen, nach wie vor schwer auf einen Stock gestützt, da sein linkes Bein steif geblieben war. Er bemerkte ihren Blick, als er sich neben ihr niederließ.

»Es wird nicht besser«, sagte er. »Euer *Médico* sagt, ich kann froh sein, dass ich das Bein überhaupt behalten habe.« Ein Anflug von Bitterkeit lag in seiner Stimme.

Die letzten Monate hatten alles Weiche aus seinem Gesicht geschmolzen, er wirkte älter, kantiger. Es stand ihm, fand Catarina. Auch die feinen Linien, die sich nun darin fanden, die Nachdenklichkeit, die Ruhe. Er hatte sich verändert, war reifer geworden. Auch nachdem das Wochenbett nun hinter ihr lag, bewohnten sie getrennte Zimmer. Zu vieles lag noch unausgesprochen zwischen ihnen.

»Wie geht es nun weiter?«, fragte er.

»Was meinst du?«

»Wann reisen wir zurück nach England? Oder möchtest du, dass wir dauerhaft hierbleiben? Möchtest du, dass wir uns ein Haus in Lissabon suchen?«

»Das würdest du tun?«

Jeremy zuckte mit den Schultern. »Wenn dir der Gedanke einer Rückkehr nach England unerträglich ist, ja, dann würde ich es tun.«

»Aber lieber würdest du in London leben?«

»Ja, natürlich, dort lebt meine Familie, dort ist unsere Reederei. Aber ich möchte dich zu nichts zwingen, erst recht nicht nach dem, was ich … was geschehen ist.«

Catarina sog die Unterlippe zwischen die Zähne, dachte nach. »Als ich dich geheiratet habe, war mir klar, dass ich mit dir dorthin gehe, wo du lebst. Ich wollte etwas Neues kennenlernen. Ich bin bereit, dort zu leben, aber nicht allein, nicht, wenn du dich von mir abwendest und ich mit dem Gedanken leben muss, dass du und *sie* …« Sie sprach den Satz nicht zu Ende.

»Das wird nicht geschehen, nie wieder.«

»Als es das erste Mal passiert ist, hast du mir gesagt, du hättest es nicht geplant. Und dennoch ist es geschehen. Und hernach noch ein weiteres Mal.«

»Ja, weil sie in meinen Gedanken immer noch die Eine war. Irgendwie drehte sich immer alles darum, was ich verloren glaubte, meine Träume, meine große Jugendliebe. Dabei hattest du bestimmt auch andere Vorstellungen vom Leben, als geschwängert sitzengelassen zu werden.«

Catarina musste lächeln. »Ja, etwas anders geartet waren sie schon, das stimmt.«

»Ich habe dir das Gefühl gegeben, dass ich einen schlechteren Tausch gemacht habe, dass ich dich stets mit *ihr* vergleiche. Ich will auch gar nicht in Abrede stellen, dass ich dergleichen zu Beginn getan habe, aber irgendwann war das vorbei, und ich hatte das Gefühl, dass sich die Dinge zwischen uns verändern. Dann kam die Flucht, und zwischen uns war wieder dieses Fremde.«

Catarina nickte, senkte den Blick auf ihre Tochter, die schmatzende Geräusche mit den Lippen machte und überaus zufrieden wirkte.

»Und du wirktest stets so kühl, abweisend, hast es über dich ergehen lassen, mit mir zu schlafen. Da dachte ich, es wird mit der Zeit noch anders werden. Aber als du dich in der einen Nacht vor Abscheu geschüttelt hast …«

Catarinas Kopf fuhr zu ihm herum. »Du dachtest, es sei deinetwegen?«
»Was sollte ich sonst denken?«
»Es war ... es war wegen *ihm*, weil er ...« Catarinas Gesicht wurde heiß, und sie würgte an ihren Worten. »Weil ich *ihn* immer noch spüren konnte. Er war mir so nah.« Ihre Worte wurden zunehmend leiser.
Jeremy schwieg, ein Schweigen, das sich schwer in die satte, grüne Stille des Gartens legte. Schließlich schlossen sich seine Finger um die ihren.

Es gefiel Jeremy in der *Casa da Monteira*, und sein Schwiegervater gab ihm durchaus das Gefühl, willkommen zu sein. Aber er langweilte sich. Da an Ausritte mit seinem Bein noch nicht zu denken war, ging Jeremy oft spazieren, versuchte, sich an seine eingeschränkten Bewegungen zu gewöhnen, und daran, nie wieder behende über Schiffsplanken zu laufen, unbeschwert auf ein Pferd zu steigen, leichtfüßig Treppen zu nehmen.
»Du würdest wirklich hier bleiben?«, fragte Dom Ramón eines Abends, als sie zu zweit in seinem Gesellschaftszimmer saßen.
»Ja, wenn es Catarina zuwider ist, nach London zurückzukehren.«
»Befürchtest du nicht, dass dir ein Vorfall wie jener mit Dom Antonio erneut bevorstehen könnte?«
Jeremy hob die Schultern. »Wenn ich hier lebe, möglicherweise nicht.«
»Man könnte dich verdächtigen, für England zu spionieren, ein Moment zur falschen Zeit am falschen Ort würde

schon reichen.« Dom Ramón breitete die Hände aus. »Versteh mich nicht falsch, natürlich wäre ich glücklich darüber, Catarina in meiner Nähe zu wissen. Aber nicht als Ehefrau eines Mannes, der im Kerker gefoltert wird. Man könnte auf den Gedanken kommen, sie wisse ebenfalls etwas, und um zu ahnen, was einer hübschen jungen Frau in den Händen dieser Männer blüht, ist nicht viel Vorstellungskraft nötig.«

»Ihr ratet mir also, nach London zu gehen?«

»Ja.«

»Ich habe Catarina gesagt, dass sie die Entscheidung treffen darf.«

»Dann hoffe ich für euch beide, sie entscheidet richtig. Aber es ehrt dich, ihr diesen Gefallen zu tun. Solltet ihr hier bleiben, wird es euch an nichts fehlen, ich sorge dafür, dass du das tun darfst, was du am besten kannst – Gewürzhandel und Seefahrt. Meine Familie ist einflussreich, und wenn du dich bewährst, wirst du vielleicht sogar eine Kommandantur auf einem der Indienfahrer bekommen.«

Das waren auf jeden Fall beruhigende Aussichten.

Obschon die *Casa da Monteira* abgelegen lag und die Frauen ein zurückgezogenes Leben führten, war es doch deutlich geselliger als in Olinda. Eines Abends begegnete Jeremy auch Dom Antonio wieder, was ihn beinahe dazu gebracht hatte, die Geselligkeit zu verlassen. Er tat es allein aus dem Grund nicht, um seinen Schwiegervater nicht zu brüskieren. Jedoch bemerkte er die Blicke, mit denen sein Peiniger ihn maß, während er auf seinen Stock gestützt durch die Halle humpelte. An einer Wand zum Hof hin war unter den Fenstern eine lange Tafel aufgebaut, üppig mit Speisen beladen. Sklaven standen dahinter und gaben acht, dass es den Gästen an nichts fehlte. Als Jeremy sich an dem Essen bediente – weniger aus Hunger, sondern vielmehr, weil er unter all den Menschen, die er nicht kannte und die ihn mit leisem Argwohn betrachteten, nicht viel mit sich anzufangen wusste –, gesellte sich Dom Antonio zu ihm.

»Wie geht es Euch?«, fragte er, und Jeremy versuchte in seinem Blick zu lesen, ob er ihn verhöhnte, aber Dom Antonio begegnete seinem Blick offen.

»Ihr habt vermutlich bemerkt, dass mein Bein nach wie vor steif ist. Mein Knie wird sich vermutlich nie mehr bewegen lassen.«

Für einen kurzen Moment zeigte sich Mitgefühl in Dom Antonios Augen. »Ihr werdet mir vermutlich nicht glauben, dass ich es bedaure, Senhor?«

»Euer Bedauern nützt mir herzlich wenig, Dom Antonio.«

»Ihr müsst zweifellos einen Dämon in mir sehen, der sich ein Vergnügen daraus gemacht hat, Euch zu quälen, aber ein solcher bin ich nicht, dessen seid Euch gewiss. Und ich bedaure die Konsequenzen für Euch in der Tat. Dennoch würde ich im Interesse meines Königs immer wieder so handeln.«

Jeremy neigte nur kurz den Kopf, verstehend, aber nicht zustimmend.

»Werdet Ihr in Lissabon bleiben?«

»Ich weiß es noch nicht, die Entscheidung obliegt meiner Ehefrau.«

»Ihr lasst Dona Catarina für Euch entscheiden?« Nun wirkte Dom Antonio wahrhaft erstaunt.

Jeremy hatte nicht vor, dem Mann seine Beweggründe zu erläutern. Dom Antonio jedoch dachte gar nicht daran, ihm die Antworten zu erlassen.
»Warum ist sie überhaupt hierhergekommen, ohne Euch?«
Jeremy seufzte, setzte zu einer allgemeinen Antwort an, hielt dann jedoch inne. Dom Antonio beobachtete ihn, und Jeremy wusste, dass er jede Lüge durchschauen würde, und auf keinen Fall wollte er sich einer weiteren Befragung aussetzen, nur weil dieser Mann glaubte, er verheimliche ihm etwas Wichtiges. »Meine Ehefrau erwischte mich mit meiner ehemaligen Verlobten und hat sich entschieden, die Sache ernster zu nehmen, als sie war.«
Das war nun eine Welt, in der sich Dom Antonio auskannte, wie sein Lächeln zeigte. »Und Ihr habt sie gehen lassen?«
»Mitnichten. Sie war eines Morgens plötzlich fort.«
»Wie unerquicklich.«
»In der Tat.«
Dom Antonio sah auf die Speisen, schien zu überlegen, ob er etwas davon kosten sollte, entschied sich dann jedoch dagegen. »Wie hat sie es bewerkstelligt?«
»Sie hat meine ehemalige Verlobte dazu gezwungen, ihr zu helfen, indem sie sie um ihren Ruf fürchten ließ.«
Dom Antonio lachte schallend, was einige Umstehende dazu brachte, in ihren Gesprächen innezuhalten und zu ihnen hinüberzublicken. »Ich hielt Dona Catarina immer für etwas schüchtern.«
»Vielleicht war sie das früher einmal.«
Dom Antonio grinste breit. »Ihr habt es glücklich getroffen. Leider darf ich in der Wahl meiner Ehefrau nicht ganz

so frei sein, sonst würde ich auch das Überraschende wählen, es macht das Leben meist interessanter.«
Jeremy dachte an Tereza und Catarina, dann nickte er.
»Ich habe«, fuhr Dom Antonio fort, »mit meinem Großvater über Euch gesprochen. Meine Urgroßmutter war die Base Eurer Urgroßmutter, was bedeutet, dass wir verwandt sind, wenngleich nur entfernt.«
»Wäret Ihr anders mit mir verfahren, hättet Ihr es gewusst?«
»Nein.« Kein Zögern.
»Hat Euch beeinflusst, dass Eure Familie und die der da Silveiras keine große Freundschaft verbindet?«
»Nein.« Wieder kam die Antwort schnell. »Im Grunde genommen betrifft mich diese alte Geschichte nicht, ich weiß nicht einmal, worum es genau ging. Es war wohl eine Ehe, die nicht geschlossen werden konnte, eine Frau, die einen anderen wählte.« Dom Antonio zuckte mit den Schultern.
Jeremy sah zu Catarina, die in ihrem Gespräch mit einigen jungen Frauen innegehalten hatte und nun ebenfalls zu ihm herüberblickte.
»Wenn ich Euch einen Rat geben darf?«
Langsam wandte sich Jeremy wieder Dom Antonio zu.
»Reist nach England«, sagte dieser. »Gleich, was Dona Catarina sagt. Schützt Euch und Eure Tochter. In den Kolonien herrscht Krieg, Ihr wart in einer Kolonie, die man den Spaniern geraubt hat, in einer weiteren, die uns die Niederländer geraubt haben. Man wird Euch beobachten.«
Jeremy verlagerte sein Gewicht, da der Arm, mit dem er sich auf den Stock stützte, schmerzte. Er sah Dom Antonio

an, dessen Blick nach wie vor offen war. Dann nickte er zögernd.

Catarina beobachtete Jeremy. In ihr wirkte das nach, was ihr Vater ihr nachmittags gesagt hatte, und ließ sie wanken in dem, was sie bereits entschieden hatte. Sie schenkte dem Geplauder ihrer Freundinnen wenig Beachtung und ließ ihre Blicke durch den Raum schweifen, versuchte festzustellen, wie die Menschen zu Jeremy standen. War da eine Feindseligkeit feststellbar? Eine Abneigung? Jeder wusste, was es mit der ersten Begegnung zwischen Jeremy und Dom Antonio auf sich hatte. Man beobachtete die beiden aufmerksam, und sollte die Freundlichkeit des jungen de Brissac ins Wanken geraten, würde man Jeremy recht schnell die aufkeimenden Sympathien wieder entziehen.

Catarinas Blick streifte den einer Frau, die ihn einen Moment zu lang erwiderte und sich dann abwandte, langsam, nahezu gleichgültig. Sie kam ihr bekannt vor, vermutlich waren sie sich auf der einen oder anderen Geselligkeit begegnet.

»Wisst ihr, wer das ist?«, fragte Catarina ihre Freundinnen aus Kindertagen. Diese sahen in die Richtung, in die sie mit einem diskreten Nicken deutete.

»Oh, das. Das ist Dona Cátia, die Ehefrau von Dom Ricardo de Almeida.«

Catarina kannte die Familie de Almeida, Adlige, die über den da Silveiras standen und erhebliche Macht und Einfluss besaßen. Sie sah die Frau an, wusste nicht, was es war, das sie in ihren Bann zog, aber als spüre die Frau die Blicke, sah

sie ebenfalls wieder zu ihr hin. Sie musste Anfang vierzig sein, ungefähr in dem Alter ihres Vaters. Dona Cátia. Cátia und Catarina. War das nicht zu weit hergeholt?
Dennoch ging Catarina zu ihr, zögernd, als sei die Enthüllung eines großen Geheimnisses zu erwarten. Dabei würde die Frau so tun, als kenne sie sie nicht, selbst wenn sie ihre leibliche Mutter war. *Ihr Ehemann weiß nichts von dir, wüsste er es, würde sie alles verlieren.* Und dennoch wollte Catarina sehen, ob sie ihr eine Reaktion entlocken konnte, eine Nuance in ihrem Blick, der sich veränderte.
»Dona Cátia?« Sie lächelte. »Ich weiß nicht, ob Sie sich noch an mich erinnern, ich bin Catarina da Silveira.«
Die Frau sah sie an, lächelte freundlich. »Wir sind uns vorgestellt worden, da wart Ihr noch sehr jung, vielleicht fünfzehn Jahre.«
Hatte es etwas zu sagen, dass sie sich daran noch erinnern konnte?
»Ihr habt Lissabon danach verlassen, hörte ich?« Dona Cátias Stimme war ganz freundliche Aufmerksamkeit.
Wusste sie davon, weil es allgemein bekannt war, dass Dom Ramóns Tochter nach Olinda geschickt worden war, oder hatte sie sich diskret nach ihr erkundigt?
»Ja, in der Tat.« Catarina versuchte, etwas in dem Gesicht der Frau zu erkennen, eine Gefühlsregung, die Veränderung in der Art, wie sie sie ansah.
»Und nun werdet Ihr hierbleiben? Euer Ehemann ist Engländer, sagt man.«
Gut, das wusste nun allerdings jeder hier. »Wir haben uns noch nicht entschieden.«
»Unruhige Zeiten für jemanden wie ihn. Ich hörte, was ihm

widerfahren ist. Vermutlich ist es für Euch sicherer in England.«

Catarina nickte vage.

»Aber ich kann Euch verstehen, ich vermisse Lissabon auch sehr.«

»Ihr seid nicht von hier?«

»Meine Familie lebt hier, ich hingegen wohne mit meinem Gemahl im Alentejo.«

Länger konnte Catarina nicht bei ihr stehen bleiben, ohne aufdringlich zu wirken. Sie entschuldigte sich und ging langsam durch den Saal, begegnete dem Blick ihres Vaters und formte mit den Lippen lautlos ein Wort. *Dona Cátia?* Er strich sich mit zwei Fingern über die Lippen. *Keine Fragen, keine Namen.*

»Worüber habt ihr gesprochen?«, fragte Catarina.

Die Nacht war weit fortgeschritten, als der letzte Gast sich verabschiedet hatte, und Catarina stützte Jeremy, als sie die Treppe hinaufgingen. Erst war sie besorgt gewesen, als sie das Gespräch zwischen ihrem Ehemann und Dom Antonio beobachtet hatte, aber schon bald war offensichtlich, dass es nicht von Feindseligkeiten geprägt war, und als Dom Antonio gar gelacht hatte, war ihre Sorge Neugier gewichen.

»Er hat erneut sein Bedauern über die ganze Angelegenheit geäußert.«

»Und die fand er belustigend?«

»Nein, das war etwas anderes.«

Catarina verdrehte die Augen. »Muss ich dir jetzt Wort für Wort mühsam entlocken?«

»Können wir morgen reden? Ich bin müde.«
Sie waren an Catarinas Zimmertür angekommen, und Catarina sah ihn unter halbgesenkten Lidern an. »Oh, müde bist du. Wie bedauerlich. Und ich wollte dich eben bitten, mir Gesellschaft zu leisten. Nun denn, dann ein anderes Mal.« Sie öffnete die Tür unter Jeremys erstauntem Blick und hatte eben den ersten Schritt ins Zimmer getan, als er ihr folgte und einen Arm um ihre Mitte schob.
»Ich glaube«, sagte er, während er die Tür hinter sich zustieß, »ich kann es dir doch erzählen, ausführlich und in allen Einzelheiten.« Er presste seine Lippen auf die ihren, und sie umfasste seinen Kopf mit einer Hand, drückte ihn an sich.
Ihre Körper fanden sich in hastiger Atemlosigkeit, die keine Zeit zum Innehalten ließ, sie in einem wilden Strom mitriss und ebenso heftig und ohne jede Behutsamkeit wieder ausspie. Noch während sie sich in wortlosem Erstaunen umfangen hielten, ihre Herzen sich langsam beruhigten, küssten sie sich wieder, und Catarinas Körper bog sich unter Jeremys Händen, die nun, da sie ihn endlich kannten, darauf spielten wie auf einem Instrument. Catarina hätte nicht sagen können, was es war, das sich geändert hatte, aber auf einmal war ihr, als kenne Jeremy Geheimnisse, die so tief in ihr verborgen lagen, dass nicht einmal sie selbst sie erahnt hatte.
Als sie später, sehr viel später, eng umschlungen dalagen und Catarina bereits den ersten Lichtschimmer durch die Ritzen in den Fensterläden fallen sah, entglitt Jeremy ihr in den Schlaf. Er hatte nicht von dem Gespräch mit Dom Antonio erzählt, und sie hatte nicht mehr gefragt. In den

raren Momenten dieser Nacht, da sie hätten reden können, hatten sie sich angesehen und darauf konzentriert, wieder zu Atem zu kommen, nur um ihr Spiel von vorn zu beginnen.

»Ich denke«, sagte Catarina nun in die Stille, »ich gehe mit dir nach England.«

Jeremys Augenlider flatterten. »Du hast mit deinem Vater gesprochen?« Seine Stimme klang schläfrig.

»Ja.«

Ein kleines Lächeln glitt über seine Lippen, die sich hernach im Schlaf entspannten. Catarina barg ihren Kopf in der Kuhle unter seinem Kinn und schloss die Augen.

London, Dezember 1632

Ein Jahr nach ihrer Abreise betrat Catarina erneut englischen Boden, dieses Mal glücklicher und mit mehr Zuversicht. In Jeremys Arm lag Isabella, in warme Decken gewickelt, so dass nur ihr kleines Gesicht zu sehen war. Die roten Apfelbäckchen, die kleine Nase, der der Atem in Wölkchen entwich, die geschlossenen Augen mit den zarten Wimpern. Catarina war so entzückt, dass sie das Kind wieder und wieder ansehen musste. Inzwischen war Jeremy geübter geworden, so dass der Stock zwar immer noch eine Gehhilfe darstellte, er sich aber nicht mehr so schwer darauf stützen musste. Catarina ging an seiner Seite, ihnen folgte die Amme und zwei Diener, die Jeremy am Hafen dafür bezahlt hatte, dass sie die Reisetruhen ins Glanville-Haus trugen. Jeremy brachte sie in ein Gasthaus, damit sie,

dem Kind zuliebe, im Warmen saßen, während er einen Boten zum Haus seines Großvaters schickte.
Zögernd ließ Catarina sich auf der Bank nieder, die am nächsten zur Tür stand, als benötige sie im Notfall einen Fluchtweg. Jeremy bemerkte es und lächelte kaum merklich, dann ließ er sich an ihrer Seite nieder, während die Amme sich zögernd auf einen Stuhl setzte. Die Luft war schwer, roch nach schalem Bier und ranzigem Fett, in das sich der Geruch frischer Erbsensuppe mischte. Matrosen saßen an den Tischen, aber auch Offiziere und Soldaten.
»Wie James uns wohl empfängt.« In der Wärme der Schenke rann Catarina der Schweiß in Tröpfchen über den Rücken. »Und was er dazu sagen wird, dass er eine kleine Schwester hat.«
Isabella öffnete die Augen, war zunächst ruhig, dann jedoch gab sie maunzende Laute von sich, die sich nach kurzer Zeit von einem Wimmern zu lautem Hungergebrüll steigerten. Ihre Amme, eine freigelassene Sklavin, nahm Jeremy das Kind aus den Armen, entblößte ihre Brust und legte es an. Hungrig schnappte der Mund des Säuglings nach der Nahrungsquelle. Die Männer um sie herum glotzten.
Catarina senkte den Blick auf die Tischplatte, auf der irgendetwas Klebriges verschüttet worden war, und fragte sich, ob sie nicht doch die Kälte bevorzugen würde, als ihr Magen vernehmlich knurrte. Sie presste eine Faust darauf, als könne sie ihn so zur Ruhe zwingen. Jeremy grinste.
»Das Essen auf dem Schiff war schauderhaft«, sagte Catarina, als müsse sie sich verteidigen. »Aber du bist dergleichen ja gewohnt.«
»Ich kenne es sogar noch schlimmer.«

Catarina verzog das Gesicht und schüttelte sich. Noch immer grinsend winkte Jeremy die Gastwirtin heran und bestellte etwas zu essen.
»Ich weiß nicht, ob wir es damit unbedingt besser treffen als auf dem Schiff«, argwöhnte Catarina.
»Oh, du solltest die einfachen Köche nicht unterschätzen. Ich habe schon in so manchem Gasthaus gegessen, und vieles war durchaus genießbar.«
Kurz darauf erschien die Wirtin mit Schalen, in denen Erbsensuppe und dicke Brocken Lammfleisch dampften, und stellte diese auf dem Tisch ab.
»Nur zu«, ermunterte Jeremy Catarina, und diese nahm den Löffel und führte ihn an die Lippen. Die Suppe war erstaunlich gut. Die Wirtin kam erneut zu ihnen und brachte einen Laib dunkles Brot, den Jeremy ihr abnahm, ehe er auf der klebrigen Tischplatte landete. Er breitete ein sauberes Taschentuch aus und legte das Brot darauf.
Catarina aß so schnell, dass sie noch vor den anderen fertig war und die Reste mit einem Stück Brot aus der Schale wischte. Schließlich war sie satt und seufzte zufrieden. Dann lehnte sie sich an Jeremy, legte den Kopf an seine Schultern und schloss die Augen. Sie hatten eine lange Reise hinter sich, und nun fühlte sie sich träge und satt, und die Wärme trug ihr Übriges bei, so dass eine bleierne Müdigkeit ihre Glieder erfasste.
Es kam ihr vor, als habe sie die Augen gerade geschlossen, als sie Jeremys Stimme dicht an ihrem Ohr vernahm. »Die Kutsche ist da, Liebes.« Er half ihr auf, nahm seinen Stock und ließ ihr und der Amme den Vortritt, dann öffnete er die Tür, wartete, bis sie das Gasthaus verlassen hatten, und

folgte ihnen. Die kalte Luft hätte belebend wirken können, wäre Catarina nicht so elendsmüde gewesen. Der kurze Schlaf hatte bewirkt, dass sie sich nun noch matter fühlte. In der Kutsche nickte sie ein, kaum dass sie losgefahren waren, und wurde von Jeremy geweckt, als sie am Haus angekommen waren. Schlaftrunken richtete Catarina sich auf, stieg aus der Kutsche in die neblige Nässe, wartete auf Jeremy und die Amme, der er Isabella abnahm. Dann stiegen sie gemeinsam die Stufen hoch, und Jeremy betätigte den Türklopfer.

Die Tür wurde so rasch geöffnet, dass der Schluss nahelag, Anna habe dahintergestanden und bereits auf sie gewartet. Sie trug ein weinrotes, festlich aussehendes Kleid, das Haar zu einer kunstvollen Frisur aufgesteckt, und sie strahlte vor Freude.

»Oh, endlich! Warum habt ihr nichts von euch hören lassen? Großvater ist außer sich vor Freude!« Mit einem Schrei des Entzückens riss sie Jeremy Isabella fast aus den Armen. »Ist das eures?«

»Nein, wir haben es auf der Straße gefunden und dachten uns, wir nehmen es mit.« Jeremy schloss die Tür und wich geschickt einem Rippenstoß seiner Schwester aus, die ihm das Kind nun abnahm und damit durch die Halle lief. »Dominic! Elizabeth!«

Erst jetzt bemerkten sie die festlichen Lichter, hörten das Summen von Stimmen, sahen die elegant ausstaffierten Dienstboten in der Halle stehen. Andrew trat auf sie zu. »Herzlich willkommen, Sir.«

Nun kam auch Dominic aus dem großen Gesellschaftszimmer, breit lächelnd. »Was für eine schöne Überraschung.«

»Es war nicht nötig, uns zuliebe gleich ein Fest zu geben«, scherzte Jeremy.
Dominic grinste und zwinkerte ihm zu. Dann jedoch, als Jeremy die ersten Schritte tat, erstarb die Freude, und er runzelte die Stirn, starrte auf den Stock in der Hand seines jüngeren Bruders, dann wieder in sein Gesicht. »Was ist passiert?«
»Eine lange Geschichte. Und keine, die ich im Beisein der Gäste erzählen möchte.«
Dominic fragte nicht weiter, auch wenn sein Gesichtsausdruck nahelegte, dass ihn die Antwort nicht zufriedenstellte. Er wandte sich an Catarina. »Schön, dass du wieder da bist, noch dazu in so hinreißender Begleitung. Anna hat sie uns bereits gezeigt. Wie heißt eure Tochter?«
»Isabella.«
»Wie passend. Unsere Jüngste kennt ihr noch gar nicht, sie wurde vor zwei Monaten geboren und heißt Isabel.«
Jeremy lachte. »Nun, ich sagte doch, du machst irgendwann das Dutzend voll.«
Obwohl Catarina müde und nicht in Stimmung zum Feiern war, wusste sie, dass sie sich nicht einfach zurückziehen konnte. Mit Elizabeth strömten nun auch die Gäste in die Halle, umringten sie und Jeremy, übermütige Freude auf den Lippen. An die Wand gelehnt, stand nach wie vor die Amme, die kein Wort von dem verstand, was um sie herum geschah. Catarina wollte zu ihr, aber offenbar war nun auch Elizabeth auf sie aufmerksam geworden, denn sie nickte Catarina zu und ging zu der jungen Frau, umfasste beruhigend ihren Arm und führte sie mit sich, vermutlich zu Estela, die inzwischen in England einigermaßen heimisch geworden war.

Von allen Seiten stürmten Fragen auf sie ein, und Catarina, die irgendwann vor dem Vorhaben, alles verstehen zu wollen, kapitulierte, überließ Jeremy das Antworten. Sie selbst fragte Dominic, wo der Großvater sei, und stahl sich in einem unbeobachteten Moment davon. Dieser war dem Trubel entflohen und saß in der Bibliothek, was ihm angesichts seines Alters die Gäste verziehen.

Als Catarina den Raum betrat, schlug ihr eine wohlige Wärme entgegen. Mattgoldenes Kerzenlicht ließ Schatten tanzen, und das flackernde Kaminfeuer mischte einen rötlichen Schimmer darein. Es roch nach glimmendem Holz, Staub und in Leder gebundenen Büchern. Der alte Mann saß in seinem Lieblingssessel und hatte die Augen geschlossen. Erst vermutete Catarina, dass er schlief, und wollte das Zimmer wieder verlassen. Er jedoch sagte, ohne die Augen zu öffnen: »Was gibt es?«

»Ich bin es, Senhor«, antwortete sie auf Portugiesisch.

Die Lider hoben sich flackernd, und der altersschlaffe Mund verzog sich zu einem Lächeln. Als Catarina näher kam, bemerkte sie, dass Sebastian Glanville noch schmaler war als zuvor, die Hände waren Haut über Knochen, so dass die Gelenke knotig wirkten. Aber der Blick seiner dunklen Augen war so klar wie eh und je, und nun, da er sie prüfend maß, konnte Catarina eine unverhüllte Zufriedenheit darin erkennen.

»Er hat sich deiner also würdig erwiesen?«

»Ja.«

»Das ist gut.« Sebastian Glanville schloss die Augen wieder. »Wo ist er?«

»In der Halle, bei den Gästen.«

»Sag ihm, er soll zu mir kommen, ich möchte ihn sehen. Und wenn ich eingeschlafen sein sollte, soll er mich wecken. Er war so lange fort, und in meinem Alter weiß man nie, ob man den kommenden Tag noch erlebt.«
Catarina beugte sich vor und küsste ihn auf die faltige Wange, die sich dünn und pergamentartig unter ihren Lippen anfühlte. Dann richtete sie sich wieder auf und verließ den Raum.
Inzwischen war Jeremy mit den Gästen in das Gesellschaftszimmer gegangen, das zusammen mit dem angrenzenden Raum in einen Festsaal verwandelt worden war, und Catarina betrat nun ebenfalls den Raum. Es war ihr gleich, dass ihr Saum staubig und verkrustet vom Meerwasser war und dass sich das Haar aus ihrer Frisur löste. Dies war nicht der richtige Moment, um sich festlich zu kleiden, und niemand erwartete dies von ihnen. Man empfing sie als das, was sie waren – Reisende, die endlich angekommen waren.

Es dauerte einige Tage, ehe sie sich wieder gänzlich in den Haushalt einfanden, Tage, in denen Jeremy wieder und wieder erzählen musste, was ihm widerfahren war. Er erfuhr, dass Tereza Ende November mit einem Sohn niedergekommen war, und freute sich für sie, wenngleich sie sich beileibe nicht im Guten getrennt hatten. Allerdings, so Anna, hing der Haussegen im Hause Calbot schief, und man munkelte, Oliver werfe Tereza Untreue vor. Der vielsagende Blick, der folgte, machte deutlich, wer der Mann war, den man bezichtigte, Mrs. Calbot zum Ehebruch bewegt zu haben. Jeremy war unwohl bei der Vorstellung, dass dergleichen Vermutungen überhaupt laut ausgesprochen wurden, aber er vertraute darauf, dass sich dieser Klatsch mit der Zeit abnutzte. Derzeit jedoch konnte davon nicht die Rede sein, wie er feststellen musste, als er eines Morgens spazieren ging und sich von einem Moment auf den anderen in eine Gasse gedrängt und an eine Häuserwand gedrückt sah. Oliver Calbots Gesicht war nur eine Handbreit von seinem entfernt, die Spitze des Dolchs, den der Mann in der Hand hielt, war seinem Hals gefährlich nahe.

»Tereza hat einen Sohn bekommen, ich nehme an, Ihr hörtet davon.«

»In der Tat.« Jeremy verlieh seiner Stimme so viel Festigkeit, wie er es angesichts seiner Lage vermochte.

»Dieses Kind trägt nicht meine Züge.«

Der Säugling konnte höchstens drei Wochen alt sein, daher war das nicht weiter verwunderlich. Obgleich man sagte, Kinder ähnelten zu Beginn ihrem Vater, war Jeremy nicht imstande, sich selbst in Isabellas rundem, großäugigen Kindergesicht wiederzuerkennen. »Und was habe ich damit zu tun?«

»Man sagt, Ihr hättet Euch vor einem knappen Jahr während der Feier der Zwölften Nacht mit Tereza zurückgezogen.«

»Das war Anfang Januar, kurz darauf bin ich abgereist. Euer Sohn wurde Ende November geboren. Selbst wenn ich die Absicht gehabt haben sollte, Eure Ehefrau zu schwängern, was ich nicht hatte, wüsste ich nicht, wie ich es zu dem Zeitpunkt der Empfängnis hätte bewerkstelligen sollen.«

»Es gibt durchaus Frauen, die übertragen.«

»Nahezu zwei Monate? Lächerlich. Und nun nehmt Eure

Hände von mir.« Jeremy bog den Kopf zurück, versuchte, Abstand zwischen seinen Hals und die Dolchspitze zu bringen.

Oliver Calbot ließ ihn los und trat einen halben Schritt zurück. »Sie hat in all der Zeit nicht empfangen. Und dann, kaum, dass Ihr sie hattet ...«

»Ich *hatte* sie nicht. Und selbst wenn, könnte dies unmöglich mein Kind sein.«

Die Hand mit dem Messer senkte sich. »Ich hatte andere Frauen, vor meiner Ehe, aber keine von ihnen hat einen Bastard empfangen. Ich hielt das für Glück. Dann gab es weitere während meiner Ehe, um mir zu beweisen, dass ich jeder Hure ein Kind machen kann, was mir bei meiner Ehefrau nicht gelang. Aber auch da ...«

»Ich glaube nicht, dass ich das wissen möchte.«

Oliver Calbot sah ihn an, ein spöttisches Lächeln auf den Lippen. »Ich habe sie gefragt, aber sie hat mich nur angesehen, erst erschrocken, dann verächtlich. Und mich gefragt, wer ihr denn je so nahe hätte kommen können. Da dachte ich an das vage Gerede über Euch und sie.«

»Es ist nicht meins. Und alles andere betrifft mich nicht. Eure Ehe, Mr. Calbot, ist mitnichten meine Angelegenheit. Erfreut Euch an Eurem Sohn oder lasst es bleiben.« Jeremy drängte sich an ihm vorbei. Und diesen Mann hatte Anna heiraten wollen? Hatte mit ihm im Stroh gelegen? Glücklicherweise hatte er, Jeremy, eine Verbindung zwischen Oliver Calbot und Anna zu verhindern gewusst.

Catarina saß auf dem Boden bei James und ließ sich von ihm zeigen, wie er die höchsten Türme baute. »Noch höher als Richards, und der ist älter als ich.« Richard war Dominics Sohn. Konzentriert, die Zungenspitze im Mundwinkel, die Stirn gerunzelt, stapelte James einen Holzklotz auf den anderen. Der Turm erreichte eine kritische Höhe, schwankte, fiel aber nicht um. Das tat er erst, als Dominics fünfjährige Tochter Catherine danach griff.

»Mädchen!« James stieß das Wort in einem Tonfall hervor, als läge darin die Ursache allen Übels. Er ließ sich auf die Knie fallen und schob seine Base beiseite. Dann sah er seine Mutter an. »Warum habt Ihr mich nicht mitgenommen?«

Die Frage kam unvermittelt und gänzlich unerwartet. »Es war eine zu gefährliche Reise«, antwortete Catarina behutsam. »Du siehst ja, was deinem Vater widerfahren ist.«

»Isabella ist mit Euch gereist, und sie ist erst ein Säugling.«

»Sie kam in Lissabon zur Welt, ich konnte sie doch nicht dort lassen.«

»Mich lasst Ihr doch auch stets hier! Warum konnte sie nicht bei ihrem Großvater bleiben, so wie ich bei meinem?«

»Mein Vater ist auch dein Großvater. Und zu dir kehre ich doch immer zurück. Ich weiß nicht, wann ich wieder nach Lissabon reise, ob ich je wieder hin kann.«

James sah sie an, dann begann er, die Holzklötze erneut aufeinanderzustapeln. »Ich finde es schön, dass Ihr wieder da seid«, sagte er, ohne den Blick zu heben.

Ein Lächeln stahl sich in Catarinas Mundwinkel. »Ja, das finde ich auch.«

Sie erhob sich nach einer Weile und verließ das Kinderzimmer. Im Korridor war es still, die nachmittägliche Ruhe eines Tages, an dem keine Gesellschaft vorzubereiten war und kein Besuch erwartet wurde. Sie sah nach Isabella, die in ihrer Wiege schlief, dann ging sie hinunter in die Bibliothek, um Sebastian Glanville vorzulesen. Es wurde an der Zeit, sich einen festen Platz in der Familie zu suchen, Aufgaben und kleine Rituale, die den Tag einteilten. Der alte Mann freute sich über diese Aufmerksamkeit und sagte ihr, dass er ihr gerne lauschte, wenn sie Bücher auf Spanisch und Portugiesisch vorlas. Sogar ihr gebrochenes Englisch mochte er und fand ihre Aussprache hinreißend. »Als junger Mann wäre ich dir gänzlich verfallen, wenn du so zu mir gesprochen hättest«, sagte er gelegentlich mit einem Augenzwinkern.

Am späten Nachmittag wurde es bereits dunkel auf den Straßen. Catarina öffnete die Haustür, atmete die feuchtkalte Luft ein und zog fröstelnd die Schultern zusammen. Sie dachte daran, was Anna ihr vor zwei Tagen erzählt hatte, von Tereza, die einen Sohn bekommen hatte, und von Oliver Calbot, der so seltsam geworden war.

Catarina ging in Jeremys Arbeitszimmer, setzte sich in den bequemen Stuhl vor seinem Schreibtisch und sah ihm zu, wie er die Feder in die Tinte tauchte, lauschte dem Kratzen, als sie über das Papier glitt. Ein wenig erinnerte es sie daran, wenn sie daheim im Arbeitszimmer ihres Vaters gesessen und ihm zugesehen hatte, während sie den Duft der Gewürze atmete. Und sie stellte fest, dass sie all diese Momente zum ersten Mal nicht mehr schmerzlich vermisste, sondern dass neue geschaffen worden waren, die schöner waren, auf eine andere Weise vertraut. Es war die Gewissheit, dass sie nun endlich dort war, wo sie hingehörte und bleiben wollte, auch wenn sie bis vor kurzem noch gedacht hatte, dass dieser Ort Lissabon war.

Jeremy legte die Feder weg und stand auf, kam um den Tisch herum und reichte Catarina die Hand. »Komm, ich zeige dir etwas.«

Sie gingen durch die dunkle Halle in den hinteren Teil des Hauses, von wo aus man in den Garten gelangte, der in nebelverschleierter Dunkelheit dalag. Da sie kein Licht gemacht hatten, konnte Catarina durch die kleinen Butzenfenster hinaussehen, ohne dass sie durch ihr eigenes Spiegelbild blicken musste. Als Jeremy die Tür öffnete und ein Schwall kalter Luft ins Haus schwappte, erschauerte sie. Noch immer hielt er ihre Hand und ging mit ihr hinaus, tauchte in den Dunst, der sich zwischen Bäumen und Sträuchern verfangen hatte. Wolkenfetzen gaben eine bleiche Mondsichel frei, deren Licht matter Silberstaub war.

An seiner Seite ging Catarina durch den Garten, hörte ihre Schritte im nassen Gras, spürte Nässe und Kälte in ihre Schuhe dringen, an ihren Beinen hochkriechen. Schon bald fühlte sich ihre Kleidung feucht und klamm an, aber gleichzeitig hatte es etwas Belebendes, und sie legte den Kopf zurück und sah hoch in den Himmel, sah Wolken das Mondlicht schlucken, an anderer Stelle aufreißen, einen Blick auf Sterne freigeben. Unwillkürlich musste Catarina an die Momente auf See denken, wenn die Gestirne die einzige Orientierung waren, die sich bot. Und wie unvorstellbar es war, dass dies dieselben Sterne waren, dieselben wie über Olinda und Lissabon.

Jeremy führte sie zu einer Gruppe von Bäumen, die ein Stück Garten umgaben, das wie eine Lichtung wirkte, verborgen vor den Blicken vom Haus, ebenso, wie das Haus nun ihren Blicken entzogen war. Catarina war nicht oft im

Garten gewesen, kannte diese Stelle, hatte aber dem kleinen Stück verwilderten Grases, das von wilden Hecken gesäumt war, keine Beachtung geschenkt. Jetzt jedoch war es, als sei dieser Ort verzaubert, verborgen vor dem Rest der Welt.

»Hier war ich als Kind gerne«, sagte Jeremy. »Allerdings nur wenn es dunkel war. Ich habe mir immer vorgestellt, dass ich von hier aus die Welt erkunde. Dieser Ort konnte alles sein, was ich mir vorgestellt habe.«

Er zog Catarina an sich und küsste sie, warmer Atem, der in Wolken zwischen ihnen stand. »Ich habe hier gelegen, in den Himmel gestarrt und mir vorgestellt, wie es sein würde auf See. In klaren Nächten habe ich die Sternenbilder gelesen, in stürmischen habe ich mir vorgestellt, ins Ungewisse zu treiben.« Wieder küsste er sie, ließ seine Hand in ihr Haar gleiten, zupfte Strähnen hervor, die ihr ins Gesicht fielen. »Und es fiel mir immer sehr leicht, mir mein Heldentum vorzustellen angesichts tödlicher Gefahr.« Ein Lachen lag in seiner Stimme. »Und als ich dann in den ersten richtigen Sturm meines Lebens geraten bin, war mir alles andere als heldenhaft zumute.«

»Der erste Sturm deines Lebens war der, der dich vor die Küste Olindas getrieben hat?«

»In der Tat.«

Catarina lächelte, berührte seine Wange. »Hast du damals wirklich nicht gemerkt, wie verliebt ich in dich gewesen bin?«

»Ich habe gemerkt, dass du mich sehr mochtest, und natürlich war ich von deiner Aufmerksamkeit geschmeichelt, ich wollte gar nicht mehr darin sehen als den Wunsch, ein

Abenteuer zu erleben. Es hat die Sache einfacher gemacht. Ein verhängnisvoller Trugschluss.«

Catarina sah ihn forschend an, versuchte, in den Konturen seines Gesichts zu lesen, dachte an das, was alles zwischen ihnen gestanden hatte. »Bedauerst du es?«

Er ließ sich Zeit mit der Antwort, und Catarina dachte an die Tage in Olinda, dachte an die Dinge, die sie gesagt hatten und die ungesagt zwischen ihnen gestanden hatten. An Jeremys Blicke, an die seltenen Berührungen, die Küsse. Dachte daran, wie rasch er fortgewollt hatte und wie sehr es ihn doch immer wieder zu ihr gezogen hatte. Dachte an jenen Moment im Garten. *Warum, um alles in der Welt, hast du mir nicht gesagt, dass du das noch nie gemacht hast?*

Jeremys Stimme war kaum lauter als das Wispern der Blätter an Zweigen, die sich im nächtlichen Wind bogen. »Ich bedaure nichts.«

Epilog

London, Oktober 1636

Sebastian Glanville starb im Kreis seiner Familie. Im Frühjahr hatte er sich eine Verkühlung zugezogen, von der er sich nicht mehr recht erholte. Den Sommer über schien es ihm zunächst, abgesehen von gelegentlichem Husten, besser zu gehen, aber als dann der Herbst kam, als es kälter wurde und der Regen die Wohnräume klamm werden ließ, wurde er wieder krank, und dieses Mal hatte sein Körper keine Kraft mehr, dagegen anzukämpfen. Dominic, Jeremy, Elizabeth, Anna und Catarina saßen im Wechsel an seinem Bett, und auch James war nicht aus dem Zimmer zu bewegen, schlief an der Seite seines geliebten Urgroßvaters und hielt dessen Hand, als der alte Mann seine letzten Atemzüge tat. Mit Sebastian Glanville starb auch die letzte Erinnerung an die alte Zeit, als die Familien noch in Lissabon gelebt hatten, die Tage in Goa. Denn Dona Lea war ebenfalls gestorben, ein Jahr nach Beginn der Flucht.

Die Nachricht vom Tod ihrer Großtante hatte Catarina Anfang des Jahres 1636 erreicht, es war bereits der dritte Brief, den Onkel Álvaro ihr aus Lissabon schrieb, die beiden ersten hatten sie nicht erreicht. Für Dona Lea war das Leben im Wald zu anstrengend gewesen, ihre Gesundheit hatte gelitten, und schließlich war sie einer Lungenentzündung erlegen. Ihr Enkelsohn, der aus Bahia gekommen war, um sie zu holen, kam gerade noch rechtzeitig, um ihr Lebewohl zu sagen.

Dom Álvaro hatte mit den Seinen Olinda verlassen, hatte Letícia, Mayara, Nuria, Zara, Maria und Zaida mitgenommen. Das Angebot, unter der Herrschaft der Niederländer auf seine Plantage zurückzukehren, hatte er abgelehnt, und da er das Leben im Wald über hatte, war er nach Lissabon abgereist. Die Niederländer boten den portugiesischen Siedlern freies Geleit, so dass sie ohne weitere Zwischenfälle in Portugal ankamen. Dona Mécia war mit einem Mädchen niedergekommen, eine schwere Geburt, die sie so sehr geschwächt hatte, dass Dom Álvaro befürchtete, eine weitere könne sie nicht überleben. Und so zeigte er sich bei ihrer Ankunft in Lissabon großherzig und erlaubte ihr, fortan in einem Nonnenstift zu leben. Als er Dona Mécia dort besucht hatte, war sie wie ausgewechselt gewesen. »Man könnte nicht glauben, dass diese strahlende Frau dieselbe war, die in meinem Haus gelebt hat«, hatte Dom Álvaro geschrieben. Großtante Sofia hatte ihn in einem Brief dafür gelobt, seiner Frau diesen Weg freigegeben zu haben, um ihn jedoch im nächsten Satz für seinen Lebenswandel zu tadeln, denn er wohnte nun mit Letícia zusammen wie mit einer Ehefrau.

Dom Álvaro hatte ein Haus im Bélem gekauft, wo er mit Letícia, den beiden Töchtern, die sie ihm geboren hatte, Fernão und seiner ehelichen Tochter wohnte. Abgesehen von Großtante Sofia, machte jedoch niemand Dom Álvaro seinen Lebenswandel zum Vorwurf, denn er tat nur das, was viele der *Fidalgos* mit ihren Sklavinnen taten. Und auch Letícia verurteilte man nicht, denn sie war keine Freie und hatte keine Wahl. Dies mochte in der Tat der einzige Grund sein, warum Dom Álvaro sie nach wie vor als Sklavin hielt, obwohl er ihren Kindern die Freiheit geschenkt hatte und mit seinen ehelichen erzog. Wäre Letícia eine freie Frau, könnte er nur dann mit ihr leben, wenn er sie heiratete, aber die Ehebande fesselten ihn an Donna Mécia. Catarina zweifelte nicht daran, dass er für den Fall seines Todes Vorkehrungen getroffen hatte, damit Letícia in Freiheit und unter dem Schutz des Namens da Silveira leben konnte. Aber wie die Dinge auch standen, Letícia war die Herrin seines Hauses, und es gab niemanden, der ihr diesen Platz streitig machte. Mayara lebte allerdings nicht bei ihnen, er hatte ihr die Wahl gelassen zwischen der Freiheit und dem Leben im Haus seines Bruders, und sie hatte sich aus Angst davor, auf der Straße zu enden, für Letzteres entschieden.

Jeremy hatte es verwunden, nicht mehr zur See zu fahren. Natürlich hätte er trotz seines steifen Beins eine Kommandantur erhalten können, aber er selbst fühlte sich nicht wohl dabei, im Notfall nicht behende genug zu sein, im Sturm unbeholfen über das Deck zu humpeln, nicht richtig schwimmen zu können. Und so verabschiedete er sich von diesem Leben und erlernte ein Handwerk, das ihn bereits in seiner Kindheit gefesselt hatte. Fortan widmete er sich dem Entwerfen und Bauen von Schiffen, etwas, das ihn beinahe ebenso erfüllte wie das Reisen. Von früh bis spät konnte er über Schiffe sprechen, über Zeichnungen sitzen und diese in kleinen Modellen darstellen. Wenn er heimkam, roch er nach Holz und Teer, und oft nahm er James mit auf die Werften, was den Jungen begeisterte. Gelegentlich begleitete ihn sogar Catarina, ließ sich von ihm alles zeigen, teilte seine Begeisterung, wenn sie sich vorstellte, wie dieses oder jenes von ihm gebaute Schiff eines Tages die Werft verlassen und in die Welt hinaussegeln würde.

Außer Isabella hatten sie noch zwei weitere Töchter bekommen, und zusammen mit Dominics Kindern ging es im Haus sehr lebhaft zu, und die Tage waren angefüllt von Kinderlachen und einer Wildheit, die sie und Elizabeth oft nur mühevoll in die richtigen Bahnen zu lenken vermochten. Wäre das Haus nicht so groß und weitläufig, hätten Jeremy und Catarina sich ein eigenes bauen müssen, so jedoch lebte jede Familie für sich und dennoch zusammen. Und obschon Elizabeth die offizielle Hausherrin war, teilten sie und Catarina alle Aufgaben untereinander auf. Anna hatte im Jahr 1633 einen Kaufmann aus Essex geheiratet und zwei Söhne bekommen, mit denen sie jedes Frühjahr und im Herbst zu Besuch kam.

Als Sebastian Glanville starb, war die ganze Familie anwesend gewesen, und nach seiner Beerdigung waren es die Kinder, die die düstere Stimmung vertrieben, die das Haus trotz der Trauer mit Lachen erfüllten.

»Sein Leben wurde reich beschenkt«, sagten die Leute.

Er hatte seine Söhne und seine Ehefrau verloren, aber er hatte drei Enkel, hatte erleben dürfen, wie sie heirateten und ihm fünfzehn Urenkel schenkten. Ja, reich war er gewesen, in der Tat.

Als Catarina zwei Wochen nach der Beerdigung am Hafen

stand und zusah, wie Jeremys größtes Schiff sich zu seiner ersten Reise aufmachte, dachte sie an all die anderen Frauen der Familien, die ihre Männer und Söhne hatten aufbrechen sehen, stets in der Angst, dass sie nicht zurückkehren würden. Und sie dachte an eine junge Frau, nahezu hundert Jahre zuvor, die sich bei Nacht in der Bilge versteckte und die Flucht antrat aus allem, was sie kannte und was ihr vertraut war, und die unmöglich hatte wissen können, welche Schicksalsfäden sich viele Jahre später dadurch miteinander verwoben.

Jeremy stand neben Catarina, stolz auf sein Schiff und auch ein wenig wehmütig, weil es ohne ihn fortzog. Und auf ihrer anderen Seite stand James, in dessen Körper die Ungeduld vibrierte, der die Tage zählte, bis er selbst an Bord eines dieser prachtvollen Schiffe stehen würde. Catarina umschlang die Hände der beiden, drückte sie. Und sah aufs Wasser, in das der Wind kräuselnde Linien malte, als wolle er Verse hineinschreiben.

Anhang

Personen

Ramón da Silveira, portugiesischer Adliger
Catarina da Silveira, seine Tochter
Ester de Noronha, seine Ehefrau
Lea da Silveira de Vasconselos, seine Tante
Álvaro da Silveira, Ramóns Bruder
Mécia de Góis, seine Ehefrau
Fernão da Silveira, sein Sohn

Sebastian Glanville, englischer Gewürzhändler
Jeremy Glanville, sein Enkel
Dominic Glanville, Jeremys älterer Bruder
Elizabeth Glanville, Dominics Ehefrau
Anna Glanville, Jeremys jüngere Schwester
Tereza Channing, Jeremys Verlobte

Letícia, Haussklavin, Álvaros Geliebte
Elisa, Sklavin
Marcos, Sklave
Eila, Sklavin
Mayara, Sklavin
Mário, Sklave des Médico
Munia, Sklavin und Hebamme
Zara, Catarinas Zofe

Zaida, Haushälterin
Jorge, Haussklave
Nuria, Mécias Zofe
Maria, Fernãos Kindermädchen
Estela, Amme

Rodrigo Coentrão, erster Aufseher, *Feitor*
Bernardo Pacheco, Aufseher

George Witherspoon, Navigator, Jeremys Freund

Pedro Cardoso, Pflanzer
Miguel da Silva, Pflanzer
Paulo Réndiz, Pflanzer

Antonio de Brissac, portugiesischer Adliger
Eduardo de Vasconselos, Verwandter Leas

Glossar

Boçal (pl. Boçais), Plantagenarbeiter (gebräuchlich für *dummer Sklave*)
Capitania, Verwaltungseinheiten in den portugiesischen Kolonialreichen
Crioulo, in Brasilien geborener Sklave
Donatário, Besitzer einer Capitania
Feitor, Aufseher
Ladino, Facharbeitersklave
Lavrador, Pächter
Médico, Arzt
Morador, Siedler
Muleca, schwarzes Hausmädchen
Mucama, Kindermädchen
Quilombo, Niederlassung entflohener Sklaven
Senhor do Engenho, Mühlenbesitzer (Grundherr)
Senhor des Escravos, Sklavenhalter
Senzala, Hütte
Sinhazinha (Yayá), junge Herrin

Zeitleiste

1578 Niederlage gegen den Sultan von Fés, Tod des portugiesischen Königs, entscheidende Schwächung Portugals, das in Folge seine Unabhängigkeit verliert.
1580 Beginn der Personalunion Spaniens mit Portugal.
1580 Hormus fällt an die Briten.
1588 Niederlage der spanischen Armada vor England.
1605 Die Niederländer erobern das portugiesische Fort auf Ambon.
1622 Gescheiterter Angriff der Niederländer auf die Portugiesen in Macao.
1624 Beginn des Portugiesisch-Niederländischen Kolonialkriegs, die Niederländer erobern Bahia.
1625 Bahia wird durch spanisch-portugiesische Truppen zurückerobert.
1630 Die Niederländer nehmen Pernambuco ein und legen den Grundstein der Kolonie Niederländisch-Brasilien.
1637 Das westafrikanische Handelsfort Elmina fällt an die Niederländer.
1640 Seeschlacht bei Itamaracá, bei der die Niederländer einen klaren Sieg über die spanisch-portugiesische Flotte erringen, der portugiesische Adel ernennt Jo-

hann aus dem Hause Braganza zum neuen König, Ende der Personalunion mit Spanien.

1641 Waffenstillstand zwischen Portugal und den Niederlanden, Austausch von Gefangenen.

1648 Erneuter Ausbruch des Krieges, Olinda fällt zurück an die Portugiesen.

1654 Die Niederländer kapitulieren vor den Portugiesen.

1659 Beginn des Restaurationskrieges, in dem die Spanier die Herrschaft über Portugal zurückerobern wollen.

1668 Ende des Restaurationskrieges, Anerkennung Portugals.

1669 Beginn der absolutistischen Regierung Portugals.

1702 Beginn des Spanischen Erbfolgekriegs. Portugal kämpft an der Seite der Niederlande und Englands.

1703 Portugal wird wirtschaftlich an England gebunden.

1713 Ende des Spanischen Erbfolgekriegs.

1717 Niederländer und Briten dringen nach Asien und Afrika in das portugiesische Kolonialreich vor.

Laila El Omari

Der Duft der Muskatblüte

ROMAN

1545: Die portugiesische Adelige Ana will um jeden Preis der Ehe mit ihrem grausamen Verlobten entgehen. Als blinder Passagier versteckt sie sich auf einem Handelsschiff ihres Bruders Alessandro. Sie hofft auf seine Hilfe, doch stattdessen droht er, sie um der Familienehre willen zurückzubringen. Erst in Goa, dem Ziel der Reise, erhält Ana Unterstützung von unerwarteter Seite: Der junge Engländer Geoffrey bietet an, sie zu heiraten – jedoch nicht ohne Hintergedanken …

»Laila El Omaris von Leichtigkeit und Eleganz geprägter Stil nimmt die Leser von der ersten Seite an gefangen …«
LoveLetter Magazin

KNAUR